中国古典四大名剧

彩色插图本

西厢记

王实甫 著

张燕瑾 校注

人民文学出版社

图书在版编目（CIP）数据

西厢记／（元）王实甫著；张燕瑾校注. —北京：人民文学出版社，2022
（中国古典四大名剧：彩色插图本）
ISBN 978-7-02-015805-8

Ⅰ.①西…　Ⅱ.①王…②张…　Ⅲ.①杂剧—剧本—中国—元代
Ⅳ.①I237.1

中国版本图书馆 CIP 数据核字（2022）第 037664 号

责任编辑　张梦笔　葛云波
装帧设计　刘　静
责任印制　任　祎

出版发行　人民文学出版社
社　　址　北京市朝内大街 166 号
邮政编码　100705

印　　刷　三河市中晟雅豪印务有限公司
经　　销　全国新华书店等

字　　数　289 千字
开　　本　890 毫米×1290 毫米　1/32
印　　张　12.875　插页 9
印　　数　1—10000
版　　次　1995 年 10 月北京第 1 版
印　　次　2022 年 4 月第 1 次印刷

书　　号　978-7-02-015805-8
定　　价　69.00 元

如有印装质量问题，请与本社图书销售中心调换。电话：010-65233595

《西厢记图》〔明〕仇英／绘　现藏美国弗利尔美术馆

《西厢记图》 〔明〕仇英/绘 现藏美国弗利尔美术馆

《西厢记图》〔明〕仇英／绘 现藏美国弗利尔美术馆

《西厢记图》〔明〕仇英/绘 现藏美国弗利尔美术馆

《西厢记图》 [明] 仇英/绘 现藏美国弗利尔美术馆

《西厢记图》〔明〕仇英/绘 现藏美国弗利尔美术馆

《西厢记图》〔明〕仇英/绘 现藏美国弗利尔美术馆

前　言

　　在中国文学发展史上，就作品而论，有两座高峰，这就是王实甫的《西厢记》和曹雪芹的《红楼梦》，赵景深先生在《明刊本西厢记研究·序》中称之为"中国古典文艺中的双璧"。《西厢记》的出现，引起了社会上的惊叹，贾仲明〔凌波仙〕吊曲称："新杂剧，旧传奇，《西厢记》天下夺魁。"（《录鬼簿》）王伯良叹曰："实甫《西厢》，千古绝技；微词奥旨，未易窥测。"（《新校注古本西厢记》评语）陈继儒称之为"千古第一神物"（《陈眉公先生批评西厢记》），李卓吾目之为"化工之作"（《焚书·杂说》），金圣叹更说它是天造地设的妙文："不是何人做得出来，是他天地直会自己劈空结撰而出。"（《第六才子书·读西厢记法》）明清之际，注家蜂起，评本迭出，出现了一股"西厢热"，"几于家置一编，人怀一箧"（《江苏省例藩政》同治七年江苏巡抚丁日昌查禁淫词小说语），成了当时的"畅销书"。摹拟仿效之作在元代就时有出现，到了明清，凡写男女情事的戏曲、小说，很少有不受《西厢记》影响的。域外对《西厢记》的评价也很高，俄国柯尔施主编、瓦西里耶夫著的《中国文学史纲要》说："单就剧情的发展来和我们最优秀的歌剧比较，即使在全欧洲恐怕也找不到多少像这样完美的剧本。"可以说，《西厢记》不仅是中国，也是世界文艺中的瑰宝。

　　《西厢记》之所以能获得人们的喜爱，关键在于它表达了人们的心声。《西厢记》描写了以老夫人为代表的封建卫道者同以崔莺莺、张生、红娘为代表的礼教叛逆者之间的冲突，表现了这样的主题思想：

> 永老无别离，万古常完聚，愿普天下有情的都成了眷属。

婚姻缔结的基础应当是男女之间真挚的爱情，而不在于门第的高低、财产的多寡、权势的大小、容貌的丑俊、才情的敏拙。所以毛西河把"有情的"三字看作是概括《西厢记》全书的"眼目"。《西厢记》所表达的这种愿望，被写进了西湖月老祠的对联："愿天下有情的都成了眷属""是前生注定事莫错过姻缘"。可见，它所表达的不是某一时期、某一阶层的呼声，而是世世代代人的理想和愿望。这是《西厢记》主题思想高于前代、同代婚恋作品的原因，即使是明清时代的戏曲作品也无以过之。艺术上，它几乎是完美无缺的，文辞之华丽、故事之曲折、情绪之跌宕、文笔之细腻、人物之传神，都堪称绝唱。王伯良说："《西厢》妙处，不当以字句求之。其联络顾盼，斐亹映发，如长河之流，率然之蛇，是一部片段好文字，他曲莫及。"（《新校注古本西厢记·附评语十六则》）李渔说："吾于古曲中，取其全本不懈，多瑜鲜瑕者，惟《西厢》能之。"（《闲情偶寄·词曲部·词采第二》）它的出神入化的心理刻画，它的峰回路转的结构安排，在中国的爱情戏剧中，除《西厢记》外，是找不到第二部的。

　　关于《西厢记》的作者，历来众说纷纭。主要有：一、王实甫作。此说最早见于元人钟嗣成的《录鬼簿》，而这些资料又是钟氏友人"陆君仲良，得之于克斋先生吴公"；也为元末明初贾仲明〔凌波仙〕吊曲、明初朱权《太和正音谱》、明丘汝乘《娇红记序》所认同,此说出现最早。其后又有:二、关汉卿作王实甫续,三、关汉卿作,四、王作关续,等等说法。但都没有提出足以推翻王作说的证据,《西厢记》的著作权应当归王实甫。关于王实甫其人,也有种种说法,但多有矛盾,未可置信,当以《录鬼簿》所载为是。王名德信,字实甫,大都(今北京)人。钟氏列之为"前辈已死名公才人";元周德清《中原音韵序》中引有《西厢记》曲文,云"诸公已矣,后学莫及"。周氏后序作于元泰定甲子(1324),时实甫已谢世,可知实甫为元代前期作家。王实甫生活的时代,正是元蒙贵族"内北国而外中国,内北人而外南人"(叶子奇《草木子·克谨篇》),实行民族歧视和民族压迫的时代,科举考试停止了,士子不再可能把诗文当作上天梯,他们的地位由传统的"四民"之首,一变而为社会下层,由高踞于百姓之上,变为沉沦于百姓之中,真正了解了平民百姓的感情和愿望,于是将其才智寓乎声歌,抒其怫郁。另一方面,以弓马取天下的统治者,思想统治相对宽松,道德禁忌比较淡泊。元蒙统治者不杀工匠、不杀优伶(《元史·木华黎传》),又兼疆域空前广大,商贸活动极为活跃,城市经济畸形发展,为戏剧的繁荣提供了极好的条件,为戏剧大家的诞生提供了极好的条件,王实甫是时代的宁馨儿。贾仲明〔凌波仙〕吊王实甫云:"风月营,密匝匝,列旌旗。莺花寨,明飚飚,排剑戟。翠红乡,雄纠纠,施谋智。作词章,风韵美,士林中等辈伏低。"可知王实甫出入勾栏,与演员妓女相熟,生活在社会下层,以其才华受士林推崇。作杂剧十四种,除《西厢记》外,今存《四丞相高会丽春堂》和《吕蒙正风雪破窑记》全本,以及《苏小卿月夜泛茶船》、《韩彩云丝竹芙蓉亭》二剧的片断和一些散曲。

　　《西厢记》故事最早见于唐人元稹的传奇小说《莺莺传》。《传》中的张生是个文过饰非的无行文人，他骗取了莺莺的爱情却又抛弃了她而另娶高门，并称莺莺是"不妖其身，必妖于人"的"尤物"。小说写出了封建时代少女对爱情的向往与追求，也反映了爱情理想被社会无情摧残的人生悲剧。此后，故事广泛流传，产生了不少歌咏其事的诗词，对莺莺命运给予了同情，对张生始乱终弃的薄情行为进行了批评。影响最大的要算宋赵令畤的〔商调蝶恋花〕鼓子词，它使故事由案头文学发展为可以播诸声乐形诸管弦的演唱文学，推动了故事的传播。但故事情节并没有新的发展，矛盾冲突仍然是在青年男女之间展开的。宋元南戏和话本也有以此为题材的作品，可惜没有流传下来。直到金代董解元《西厢记诸宫调》的出现，《西厢》故事才有了新的突破：矛盾冲突的性质衍变成了争取恋爱婚姻自由的青年男女同封建家长之间的斗争；张生成了多情才子，莺莺富有了反抗性；故事以莺莺张生私奔团圆作结。还应当指出，一篇并非以崔张故事为题材的文言小说——温庭筠的《乾𦠼子·华州参军》，对董《西厢》某些情节以及红娘形象的塑造，有着明显的影响。但董《西厢》艺术上尚嫌粗糙，对爱情的描写也尚欠纯至，并不能满足人们的审美要求。只有经过王实甫的天才创造，才"令前无作者，后掩来哲，遂擅千古绝调。自王公贵人，逮闺秀里孺，世无不知有所谓《西厢记》者"，成为脍炙人口的杰作（王伯良《新校注古本西厢记序》）。其影响之巨大、深远，在戏曲史上找不到第二部。

　　《西厢记》的刊本不下百数十种，仅明刊本就有六十馀种。本校注本以暖红室所刻《凌濛初鉴定西厢记》为底本，以弘治间北京岳氏刊刻《新刊大字魁本全相参订奇妙注释西厢记》、王伯良《新校注古本西厢记》、刘龙田刻《重刻元本题评音释西厢记》、《张深之先生正北西厢秘本》等明刊本及《毛西河论定西厢记》等清刊本参校。校记于注释中列出。凡注释中征引上述诸本和《徐士范重刻元本西厢记释义字音》、陈继儒《陈眉公批评西厢记释义字音》、《闵遇五六幻西厢记五剧笺疑》及凌濛初《西厢记五本解证》等诸说，以及王季思先生《西厢记》注，径书某曰，不注书名。

本书收入《西厢记》的有关资料四种，作为"附录"，供读者研参。

因为《西厢记》是名著，研究者众，方家辈出，企盼同好析疑共赏、正误补阙。

张　燕　瑾

一九九三年二月

目　　录

西厢记五剧第一本

张君瑞闹道场杂剧

楔 子[1]

（外扮老夫人上开[2]）老身姓郑[3]，夫主姓崔，官拜前朝相国[4]，不幸因病告殂[5]。只生得个小姐，小字莺莺，年一十九岁，针黹女工[6]，诗词书算，无不能者。老相公在日，曾许下老身之侄，乃郑尚书之长子郑恒为妻。因俺孩儿父丧未满，未得成合。又有个小妮子[7]，是自幼伏侍孩儿的，唤做红娘。一个小厮儿[8]，唤做欢郎。先夫弃世之后，老身与女孩儿扶柩至博陵安葬[9]，因路途有阻，不能得去。来到河中府[10]，将这灵柩寄在普救寺内[11]。这寺是先夫相国修造的，是则天娘娘香火院[12]，况兼法本长老[13]，又是俺相公剃度的和尚[14]，因此俺就这西厢下一座宅子安下[15]。一壁写书附京师去[16]，唤郑恒来，相扶回博陵去。我想先夫在日，食前方丈，从者数百[17]，今日至亲则这三四口儿[18]，好生伤感人也呵。

【仙吕】【赏花时】[19]夫主京师禄命终[20]，子母孤孀途

1

路穷[21]，因此上旅榇在梵王宫[22]。盼不到博陵旧冢[23]，血泪洒杜鹃红[24]。

今日暮春天气，好生困人[25]。不免唤红娘出来分付他。红娘何在？（旦俫扮红见科[26]）（夫人云）你看佛殿上没人烧香呵，和小姐闲散心耍一回去来。（红云）谨依严命。（夫人下）（红云）小姐有请。（正旦扮莺莺上）（红云）夫人著俺和姐姐佛殿上闲耍一回去来。（旦唱）

【幺篇】[27]可正是人值残春蒲郡东[28]，门掩重关萧寺中[29]。花落水流红[30]，闲愁万种，无语怨东风[31]。（并下）

注　释

〔1〕　楔（xiē 歇）子——在元代及明初，把一段戏的首曲称为"楔子"，王骥德《曲律》云："登场首曲，北曰楔子，南曰引子。"这里使用的"楔子"，其概念是明代中期才形成的。明代中期刊刻剧本时（如臧晋叔《元曲选》等），才把正戏之外用来交待情节、介绍人物的场子，同剧本的正场戏区分出来，并名之为"楔子"。楔子本是木匠用来塞紧木制品缝隙的小木片，元杂剧中的楔子有使戏剧情节完整紧凑的作用，所以毛西河说："'楔子'，楔隙儿也。元剧限四折，倘情事未尽，则从隙中下一楔子。此在套数之外者，故名楔。"在楔子中只唱一两支单曲，不唱套曲；主唱人不限于戏的主脚（jué 决）。

〔2〕　外——元人杂剧中的女主脚为正旦，男主脚为正末，在正脚之外再加上一个脚色，叫"外"。王国维《古剧脚色考》云："曰冲，曰外，曰贴，均系一义，谓于正色之外，又加某色以充之也。"所扮不限男女，老年中年青年人物均可扮演，如外旦、外末、外净。这里指扮演老夫人的外旦。脚色，本指履历身份，如宋赵升《朝野类要》卷三"入仕脚色"云："脚色者，初入仕必具乡贯、户头、三代名衔、家口、年岁。"清·梁绍壬《两般秋雨盦

随笔》卷七:"今之履历,古之脚色也。"用作演员行当,则含有所扮人物性格的因素。以脚色代人物,便于剧团安排演员,指示剧中人的大体类型,也便于书写刻印。　　　开——戏剧开场。

〔3〕　老身——老年人之自称,不限男女。清·翟灏《通俗编·称谓·老身》:"按,妇人老者,每自称'老身'……然前此男子亦尝自称矣。"

〔4〕　拜——授官。　　前朝——指前一个皇帝在位之时。天子在位期间曰朝,杜甫《蜀相》:"三顾频烦天下计,两朝开济老臣心。"

〔5〕　告殂(cú)——布告死亡。《尔雅·释诂》:"殂,死也。"

〔6〕　针黹(zhǐ 指)女工——妇女从事的针线、纺织、刺绣等活计。黹,制衣、刺绣。《说文》:"黹,箴缕所紩衣也。"段玉裁注:"箴,当作针;紩,缝也;缕,线也。以针贯缕紩衣曰黹。"黹,俗作指;工,亦作红(gōng 工)。

〔7〕　小妮子——对婢女的称呼。《通俗编·妇女·妮子》:"《五代史·晋家人传》:耶律德光遗书李太后曰:吾有梳头妮子,窃一药囊,以奔于晋,今皆在否? 王通叟词有'十三妮子绿窗中'之句。今山左目婢曰小妮子。"

〔8〕　小厮(sī 斯)儿——宋元时称自家的小男孩儿(即儿子)为小厮。清·平步青《谂释》:"今人呼小子,古曰小厮。"关汉卿《钱大尹智勘绯衣梦》第一折:"俺两家指腹成亲,后来我家生了女儿……他家得了个小厮。"

〔9〕　柩(jiù 旧)——盛殓着尸体的棺材。《礼记·问丧》:"三日而敛,在床曰尸,在棺曰柩。"　　博陵——唐代郡名,治所在今河北省定州市。博陵崔氏为唐代五大高门(崔、卢、李、郑、王)之一。

〔10〕　河中府——北周置蒲州,隋为河东郡,唐复为蒲州,开元时改为河中府,治所在今山西省永济市。

〔11〕　普救寺——始建年代不详,唐·释道宣《高僧传·兴福篇·蒲州普救寺释道积传》载:"先是沙门宝澄,隋初于普救寺创营大像百丈,万工才登其一,不卒此愿而澄早逝。乡邑耆艾请积继之。乃惟大像之未成

也,且引七贵而崇树之,修建十年,雕妆都了,道俗庆赖,欣善相并。"是知普救寺隋代已有,又经唐释道积十年扩建,始成名刹。

〔12〕 则天——唐高宗李治的皇后武曌(zhào 照),死后谥则天皇后。 香火院——接受民间供奉的寺庙。这种寺庙往往是私人为了行善事、求护佑而出资建造的。香火,烧香和灯火,指供奉寺庙之物。

〔13〕 长(zhǎng 掌)老——《释氏要览》引《长阿含经》云,有三长老:"耆年长老(年腊多者)、法长老(了达法性,内有智德)、作长老(假号之者)。"这里是对寺院住持僧的尊称。住持,原为久住护持佛法的意思,禅宗兴起后,用为寺院主管僧之职。唐·释怀海(即百丈禅师)《百丈清规·住持章》:"百丈以禅宗寖盛……非崇其位,则师法不严,始奉其师为住持,而尊之曰长老。"

〔14〕 相公——此处指妻对夫之敬称。元·无名氏《孟德耀举案齐眉》杂剧第四折:"相公,认了丈人丈母罢!" 剃度——佛教认为剃除须发是度越生死之因,因此把佛教徒出家必须接受的剃发剃须过程称为剃度。《释氏要览》引《因果经》云:"过去诸佛,为成就无上菩提故,舍饰好,剃须发,即发愿言:'今落发故,愿与一切众生断除烦恼,及以习障。'"这里指不出家者买好度牒剃度别人为僧。度牒,是政府发放的承认僧人身份的证明书,持此可享受僧人的特权。初度牒不须金钱,安禄山叛乱后,肃宗为补军需,用裴冕计,度僧道开始收赏。见《旧唐书·裴冕传》。

〔15〕 安下——安置。《敦煌变文集·张淮深变文》:"安下既毕,日置歌筵,毬乐宴赏,无日不有。"

〔16〕 一壁——一边。壁、边,一声之转。《水浒传》第三回:"(史进)喝叫许多庄客,把庄里有的没的细软等物,即便收拾,尽教打迸起了,一壁点起三四十个火把。" 附——寄信。《广韵》:"附,寄也。"

〔17〕 "食前"二句——形容从前家道兴旺,上句是说肴馔之丰,食时列前者至方一丈;下句是说仆役之众,有几百人之多。《孟子·尽心下》:"食前方丈,侍妾数百人,我得志,弗为也。"东汉·赵岐注:"极五味之馔食,列于前方一丈;侍妾众多,至数百人也。"

〔18〕 则——仅,只。

〔19〕 仙吕——宫调名。宫调就是乐律,用以限定声调的高低缓急,表现乐曲的感情色彩。周德清《中原音韵》说:"大凡声音,各应于律吕,分于六宫十一调,共计十七宫调:仙吕调清新绵邈……"在元杂剧中,实际应用起来只有五宫四调,即黄钟宫、正宫、南吕、仙吕、中吕五宫及大石调、越调、双调、商调四调,合称"九宫"。元人杂剧的唱词,在音乐上要求叶宫调、唱套曲。　　赏花时——曲调名,属仙吕宫。每一宫调下都设有若干支曲子,叫曲调,仙吕宫所属曲调,《中原音韵》列有四十二支。这些不同的曲子连在一起,即成为套曲,押同一韵脚。曲调的名称,只表示曲词与曲调的格式,与内容无关,故散曲中曲牌之下,多有另标题目者。又,李昌集认为曲体之"宫调"非"调高"、"调式",元代之宫调声情意味当是主体,同时也起标示、限定一韵的作用。(见李著《中国古代散曲史》)

〔20〕 禄命——宿命论者所说的天命,人生运数。禄命终,人生运数终结,即死亡。王充《论衡·命义篇》:"人有命有禄,有遭遇,有幸偶。命者,贫富贵贱也;禄者,盛衰兴废也。以命当富贵,遇当盛之禄,常安不危;以命当贫贱,遇当衰之禄,则祸殃乃至,常苦不乐。"

〔21〕 穷——艰难窘迫之意,凌濛初曰:"夫所谓'穷',只此遭丧旅梓便是穷处,宾白中'路途有阻'是也。岂相公家赍一无所携而言穷耶?吴越语自以贫为穷耳,古人何尝以穷字训贫字?阮籍车迹所穷,辄恸哭而返,岂亦以囊中无钱耶?"途路穷,路途中遇到了困厄。

〔22〕 旅梓(chèn 衬)——未入祖茔前临时寄放在外的尸棺。上古贵族入葬有棺有椁(guǒ 果),椁为外棺,即棺的外套,用以保护棺材,多者至三四重;梓为直接放置尸体的棺材,《说文》:"梓,棺也。"段玉裁注引《玉篇》曰:"亲身棺也。"这里的所谓梓,与"柩"同义。　　梵(fàn 饭)王宫——梵王为大梵天王的简称。佛教把人世间分为欲界、色界、无色界三界。大梵天指第二色界诸天的第三天,其三称为大梵天王。梵王宫即大梵天王所居之宫殿,即佛所居之地,这里泛指佛寺。

〔23〕 冢(zhǒng 肿)——坟,坟地在家乡,故以"旧冢"代指家乡。

〔24〕 杜鹃——即子规鸟,相传为古代蜀王杜宇的魂魄所化。《蜀王本纪》载:"望帝(按,名杜宇)以鳖灵为相。时玉山出水,若尧之洪水,望帝不能治,使鳖灵决玉山,民得安处。鳖灵治水去后,望帝与其妻通,惭愧,自以德薄,不如鳖灵,乃委国授之而去,如尧之禅舜……望帝去时,子鹃(guī规)鸣,故蜀人悲子鹃鸣而思望帝。望帝,杜宇也。"《成都纪》《寰宇记》则以为杜鹃乃望帝所化。杜鹃鸣声凄切,叫后口常流血,《尔雅翼·释鸟》:"子嶲(xī西)出蜀中……以春分先鸣,至夏尤甚,日夜号深林中,口为流血。"子嶲即杜鹃。蔡梦弼《杜工部草堂诗笺·杜鹃行》引《华阳风俗录》:"鸟有杜鹃者,其大如鹊而羽乌,声哀而吻有血。"杜鹃红,即杜鹃鸟口上的血。这里以杜鹃鸣声之悲,形容老夫人心情之悲,以杜鹃叫后的口血来比喻眼泪。

〔25〕 困人——使人疲倦。《广雅·释言》:"困,悴也。"

〔26〕 旦俫(lái来)——扮红娘的幼小旦脚,即小旦。俫即俫儿,戏中扮演少年儿童的脚色。焦循《剧说》卷一谓:"俫儿,多不言以何色扮之,惟《货郎旦》李春郎前称俫儿,后称小末,则前以小末扮俫儿。盖俫儿者,扮为儿童状也。春郎前幼,当扮为儿童,故称俫儿;后已作官,则称小末耳。"

〔27〕 幺(yāo邀)篇——幺为"後"之简写,幺篇即后篇。元杂剧中同牌的第二支曲子称幺篇。王伯良曰:"凡北词第二曲,皆谓之'幺',犹南词之'前腔'也。"

〔28〕 值——遇上,《说文》:"值,一曰逢遇也。"　　蒲郡——即蒲州,见"河中府"注。

〔29〕 掩——闭门。《文选》沈约《学省秋卧》"愁人掩轩卧",李善注:"掩,犹闭也。"　　重(chóng虫)关——一道道的门。关,门闩,《说文》:"关,以木横持门户也。"这里代指门。　　萧寺——梁武帝萧衍信佛,建造了很多佛寺,后称佛寺为萧寺。《释氏要览》:"今多称僧居为萧寺者,必因梁武造寺,以姓为题也。唐·李约自官淮南,买得梁武寺额:萧子云飞帛大书'萧寺',将归洛下宅中,匮于小亭,号萧斋也。"李公垂《莺莺

歌》:"门掩重关萧寺中,芳草花时不曾出。"

〔30〕 红——指落花,李贺《河南府试十二月乐词·四月》:"老景沉重无惊飞,堕红残蕚暗参差。"

〔31〕 闲愁——难以言喻的愁思。贺铸〔青玉案〕词:"试问闲愁都几许?一川烟草,满城风絮,梅子黄时雨。"

第　一　折[1]

(正末扮骑马引俵人上开)小生姓张名珙,字君瑞,本贯西洛人也[2]。先人拜礼部尚书[3],不幸五旬之上因病身亡。后一年丧母。小生书剑飘零[4],功名未遂[5],游于四方。即今贞元十七年二月上旬,唐德宗即位[6],欲往上朝取应[7],路经河中府,过蒲关上[8],有一人姓杜名确,字君实,与小生同郡同学,当初为八拜之交[9],后弃文就武,遂得武举状元[10],官拜征西大元帅,统领十万大军,镇守著蒲关。小生就望哥哥一遭,却往京师求进[11]。暗想小生萤窗雪案[12],刮垢磨光[13],学成满腹文章,尚在湖海飘零,何日得遂大志也呵! 万金宝剑藏秋水[14],满马春愁压绣鞍。

【仙吕】【点绛唇】游艺中原[15],脚根无线,如蓬转[16]。望眼连天,日近长安远[17]。

【混江龙】向《诗》《书》经传[18],蠹鱼似不出费钻研[19]。将棘围守暖[20],把铁砚磨穿[21]。投至得云路鹏程九万里[22],先受了雪窗萤火二十年。才高难入俗人机,时乖

7

不遂男儿愿。空雕虫篆刻,缀断简残编[23]。

行路之间,早到蒲津[24]。这黄河有九曲[25],此正古河内之地,你看好形势也呵!

【油葫芦】九曲风涛何处显,则除是此地偏[26]。这河带齐梁分秦晋隘幽燕[27]。雪浪拍长空,天际秋云卷;竹索缆浮桥,水上苍龙偃[28];东西溃九州[29],南北串百川。归舟紧不紧如何见[30]?却便似弩箭乍离弦[31]。

【天下乐】只疑是银河落九天[32]。渊泉、云外悬[33],入东洋不离此径穿[34]。滋洛阳千种花[35],润梁园万顷田[36],也曾泛浮槎到日月边[37]。

话说间早到城中。这里一座店儿,琴童,接下马者。店小二哥那里[38]?(小二上云)自家是这状元店里小二哥。官人要下呵[39],俺这里有干净店房。(末云)头房里下,先撒和那马者[40]。小二哥你来,我问你:这里有甚么闲散心处?名山胜境、福地宝坊皆可[41]。(小二云)俺这里有一座寺,名曰普救寺,是则天皇后香火院,盖造非俗:琉璃殿相近青霄,舍利塔直侵云汉[42]。南来北往,三教九流[43],过者无不瞻仰,则除那里可以君子游玩。(末云)琴童,料持下晌午饭,那里走一遭,便回来也。(童云)安排下饭,撒和了马,等哥哥回家。(下)(法聪上)小僧法聪,是这普救寺法本长老座下弟子[44]。今日师父赴斋去了[45],著我在寺中,但有探长老的,便记著,待师父回来报知。山门下立地[46],看有甚么人来。(末上云)却早来到也。(见聪了[47],聪问云)客官从何来[48]?(末云)小生西洛至此,闻上刹幽雅清爽[49]，一来瞻仰佛像，二来拜谒长老。敢问长老在么？
(聪云)俺师父不在寺中，贫僧弟子法聪的便是。请先生方
丈拜茶[50]。(末云)既然长老不在呵，不必吃茶。敢烦和尚
相引瞻仰一遭，幸甚。(聪云)小僧取钥匙，开了佛殿、钟楼、
塔院、罗汉堂、香积厨[51]，盘桓一会，师父敢待回来[52]。
(末云)是盖造得好也呵！

【村里迓鼓】随喜了上方佛殿[53]，早来到下方僧院。行过
厨房近西、法堂北、钟楼前面[54]。游了洞房[55]，登了宝
塔，将回廊绕遍。数了罗汉[56]，参了菩萨[57]，拜了
圣贤[58]。

(莺莺引红娘捻花枝上云)红娘，俺去佛殿上耍去来。(末做见
科[59])呀！

正撞著五百年前风流业冤[60]。

【元和令】颠不剌的见了万千[61]，似这般可喜娘的庞儿罕
曾见。则著人眼花撩乱口难言，魂灵儿飞在半天。他那里
尽人调戏嚲著香肩，只将花笑捻[62]。

【上马娇】这的是兜率宫[63]，休猜做了离恨天[64]。呀，谁
想著寺里遇神仙！我见他宜嗔宜喜春风面，偏、宜贴翠
花钿[65]。

【胜葫芦】则见他宫样眉儿新月偃[66]，斜侵入鬓云边。
(旦云)红娘，你觑：寂寂僧房人不到，满阶苔衬落花红。(末
云)我死也！

未语人前先腼腆，樱桃红绽[67]，玉粳白露[68]，半晌恰
方言[69]。

【幺篇】恰便似呖呖莺声花外啭[70]，行一步可人怜[71]。解舞腰肢娇又软[72]，千般袅娜，万般旖旎[73]，似垂柳晚风前。

（红云）那壁有人，咱家去来。（旦回顾觑末下）（末云）和尚，恰怎么观音现来[74]？（聪云）休胡说！这是河中开府崔相国的小姐[75]。（末云）世间有这等女子，岂非天姿国色乎[76]？休说那模样儿，则那一对小脚儿[77]，价值百镒之金[78]。

（聪云）偌远地，他在那壁，你在这壁，系著长裙儿[79]，你便怎知他脚儿小？（末云）法聪，来来来，你问我怎便知，你觑：

【后庭花】若不是衬残红芳径软，怎显得步香尘底样儿浅。且休题眼角儿留情处，则这脚踪儿将心事传。慢俄延[80]，投至到椾门儿前面，刚那了一步远。刚刚的打个照面，风魔了张解元[81]。似神仙归洞天[82]，空馀下杨柳烟，只闻得鸟雀喧。

【柳叶儿】呀，门掩著梨花深院[83]，粉墙儿高似青天。恨天、天不与人行方便，好著我难消遣，端的是怎留连。小姐呵，则被你兀的不引了人意马心猿[84]。

（聪云）休惹事，河中开府的小姐去远了也。（末唱）

【寄生草】兰麝香仍在[85]，佩环声渐远[86]。东风摇曳垂杨线，游丝牵惹桃花片，珠帘掩映芙蓉面[87]。你道是河中开府相公家，我道是南海水月观音现[88]。

"十年不识君王面，恰信婵娟解误人[89]。"小生便不往京师去应举也罢。（觑聪云）敢烦和尚对长老说知，有僧房借半间，早晚温习经史，胜如旅邸内冗杂。房金依例拜纳。小生明日自来也。

【赚煞】饿眼望将穿,馋口涎空咽,空著我透骨髓相思病染,怎当他临去秋波那一转[90]。休道是小生,便是铁石人也意惹情牵[91]。近庭轩,花柳争妍,日午当庭塔影圆。春光在眼前,争奈玉人不见[92],将一座梵王宫疑是武陵源[93]。(下)

注　释

〔1〕　折——在元代,杂剧原不分折,以剧中人的上下场为界,分为若干场,一场一场连写下来。《元刊杂剧三十种》中提到的"折"即是场。到钟嗣成《录鬼簿》(初稿成于元顺帝至顺元年)里,"折"才有了新的含义:以一宫调之一套曲为一折。折也是剧情发展的自然段落,相当于明清传奇的"齣"、类似现代戏剧的"幕",但一折戏中,没有时间空间限制,可以包括很多场次。元人杂剧一般是一本四折,演一个完整的故事,也有一本五折、六折(如张时起《赛花月秋千记》,今不存)的,也有多本戏,如《西厢记》即五本。明代中叶刊刻剧本时(如臧晋叔《元曲选》等),才正式把杂剧分折,使折的形式固定下来。

〔2〕　本贯——原籍。《韵会》:"贯,本贯,乡籍也。"　　西洛——今河南洛阳。唐开元间以河南府为西京,治所在洛阳县,故称洛阳为西洛。

〔3〕　先人——已故的父亲。《史记·仲尼弟子列传》:"孤不幸,少失先人,内不自量。"

〔4〕　书剑飘零——携带书籍用具四处流浪。书剑,书籍与宝剑,都是古代文人的随身物品,这里泛指文人随身携带的各种用具。

〔5〕　功名未遂——科举考试还没有中第。遂,成功,如愿。《墨子·修身》:"功成名遂,名誉不可虚假。""成"与"遂"互文见义。

〔6〕　唐德宗即位——德宗为李适(kuò 括)死后在太庙奉祀时特起

的庙号。唐刘知几《史通·称谓》："古者天子庙号,'祖'有功而'宗'有德。"汉以后始乱,无德之君亦称"宗"。戏曲中往往对当朝皇帝使用庙号。凌濛初曰:"院本皆供应内用,故当场须称曩时庙号以为别考,剧戏中无不如此者,盖其体也。近有讥其称庙号于即位之日,其言似是,然实学究家见耳。若《高祖还乡》剧白云'什么改姓更名唤做汉高祖'、《子陵还诏》剧云'谁识你那中兴汉光武',学究家不更骇倒乎? 夏虫岂可与语冰!"

即位,此处为在位。德宗即位于建中元年(780),贞元十七年则已即位二十一年了。

〔7〕 上朝——朝廷,京城。相对于地方而言,称朝廷为上朝,犹上都、上京。 取应——朝廷开科取士,士子应选。关汉卿《感天动地窦娥冤》第三折:"止有个爹爹,十三年前上朝取应去了。"

〔8〕 蒲关——蒲津关的简称,在蒲津之上,位于黄河西岸,在今山西省永济市西。

〔9〕 八拜之交——结为异姓兄弟。八拜,本指相见时礼节的隆重,邵伯温《邵氏闻见前录》卷十载,李稷见文彦博,文身穿道服,曰:"而父,吾客也,只八拜。"李稷也如数拜了八拜。这里指结拜兄弟时的隆重礼节。

〔10〕 武举状元——科举制度中进士的第一名称状元。考试初由吏部主持,后改由礼部主持,亦间有在朝廷举行的殿试(廷试),但未成定制。宋代,殿试之制确立,礼部主持的省试第一名称"省元",殿试第一名称"状元"。唐武则天时,让门下用奏状报殿试的等第名次,第一名称为状头,后来通称为状元。王定保《唐摭言》卷八"自放状头":"杜黄门第一榜,尹枢为状头。……枢援毫斯须而就。每札一人,则抗声斥其姓名;自始至末,列庭闻之,咨嗟叹其公道者一口,然后长跪授之,唯空其元而已。公览读致谢讫,乃以状元为请,枢曰:'状元非老夫不可。'公大奇之,因命亲笔札之。"武举要考步射、弓射、马枪、负重等,也考语言、身材。

〔11〕 却——再。《诗词曲语辞汇释》云:"李白《白头吟》:'覆水却收不满杯',集中另一首《白头吟》作'覆水再收不满杯'。却即再也。"

〔12〕 萤窗——晋人车胤勤学故事。《晋书·车胤传》:"胤恭勤不

倦,博学多通。家贫,不常得油,夏月则练囊盛数十萤火以照书,以夜继日焉。"　　雪案——晋人孙康勤学故事。《文选》所收任昉《为萧扬州荐士表》:"至乃集萤映雪,编蒲缉柳。"李善注引《孙氏世录》:"孙康家贫,常映雪读书,清介,交游不杂。"孙康车胤两个典故,一冬一夏,也在说明张生一年四季都在刻苦攻读。

〔13〕　刮垢磨光——刮去污垢,磨出光亮。韩愈《进学解》:"爬罗剔抉,刮垢磨光。"原是比喻人才一经磨炼就能放出光辉,这里是读书时用心琢磨,去芜存精的意思。

〔14〕　"万金"句——是说自己满腹才学而功名未就,有如贵重的宝剑隐藏着四射的光芒。秋水,秋水明净清亮,用以比喻剑的光芒。《越绝书》:"太阿之剑,其色如秋水。"

〔15〕　游艺——语出《论语·述而》:"游于艺",艺指六艺:礼、乐、射、御、书、数;游于艺指沉浸于六艺的研讨之中,在剧中则指负笈游学,即《董西厢》所谓"收拾琴书访先觉,区区四海游学"。

〔16〕　蓬转——蓬,草名,又名飞蓬,秋天断根,随风飘转。《晏子春秋·内篇杂上》:"譬之犹秋蓬也,孤其根而美枝叶,秋风一至,根且拔矣。"闵遇五引陈长方《步里客谈》云:"古人多用蓬转,竟不知为何物。外祖林公使辽,见蓬花枝叶相属,团栾在地,遇风即转。问之,云:蓬转也。"

〔17〕　日近长安远——典出晋明帝司马绍事。《世说新语·夙惠》:"晋明帝数岁,坐元帝膝上。有人从长安来……(元帝)因问明帝:'汝意谓长安何如日远?'答曰:'日远。不闻人从日边来,居然可知。'元帝异之。明日,集群臣宴会,告以此意,更重问之,乃答曰:'日近。'元帝失色曰:'尔何故异昨日之言邪?'答曰:'举目见日,不见长安。'"(亦见《晋书·明帝纪》)后以"日近长安远"言帝都遥远难及,喻功名未遂的感叹。

〔18〕　诗书——本指《诗经》与《尚书》,这里泛指儒家经典著作。

经传(zhuàn 撰)——经,指经典原文,原义是丝线。先秦至魏晋时代的书是刻写在竹简木牒上的,用丝线贯穿起来,这便是经。官府刻原文用的竹木简长二尺四寸,民间用的竹木简较短,一尺二寸、八寸、六寸不等,备随时写记,称之为"传",后来把对经典著作的解释或有关参考资料称为"传"。

〔19〕 蠹（dù 杜）鱼——蛀蚀书籍、衣物等的小虫。《周礼·秋官》："翦氏掌除蠹物。"汉·郑玄注："蠹物,穿食人器物者,蠹鱼亦是也。"唐·贾公彦疏："至于蠹鱼,惟见书内有白鱼及白蠹,食书,故云'亦是'也。"这里是比喻自己像蠹鱼一样埋头在书里。

〔20〕 棘（jí 及）围——科举考试时,为防止人们捣乱和作弊,在试院围墙上遍插荆棘,故称考场为棘院、棘围或棘闱。唐·杜佑《通典·选举》："唐武德以来,礼部阅试之日,皆严设兵卫,栫棘围之,以防假滥。"将棘围守暖,即《董西厢》所谓"平日春闱较才艺,策名屡获科甲"。

〔21〕 铁砚磨穿——用以表示刻苦攻读、不获功名不罢休的决心。《新五代史》卷二九《晋臣传·桑维翰》："初举进士,主司恶其姓,以为'桑'、'丧'同音。人有劝其不必举进士,可以从他求仕者。维翰慨然,乃著《日出扶桑赋》以见志。又铸铁砚以示人,曰：'砚弊则改而他仕。'卒以进士及第。晋高祖辟为河阳节度掌书记,其后常以自从。"

〔22〕 投至得——直等到,在……之前。至,犹到,投至即投到,今冀中口语犹用之。元·无名氏《包待制陈州粜米》杂剧第四折："投至的分尸在市街,我着你一灵儿先飞在青霄外。"　　云路——致身青云之路。致身青云,喻官高位显。《史记·范雎蔡泽列传》："须贾顿首言死罪,曰：'贾不意君能自致于青云之上……'"刘禹锡《和苏郎中寻丰安里旧居》诗："同学同年又同舍,许君云路共华辀。"　　鹏程九万里——典出《庄子·逍遥游》："北冥有鱼,其名为鲲。鲲之大,不知其几千里也。化而为鸟,其名为鹏。鹏之背,不知其几千里也。怒而飞,其翼若垂天之云。……鹏之徙于南冥也,水击三千里,抟扶摇而上者九万里,去以六月息者也。"后来就用"鹏程万里"表示前程远大。

〔23〕 "空雕虫"二句——意思是说,白白地写诗作文、研究学问而一无所成。"空"字一直贯到第二句。虫,指虫书;刻,指刻符。虫与刻都是学童所习内容。许慎《说文解字序》："秦书有八体……三曰刻符,四曰虫

书。"扬雄《法言·吾子》："或问：'吾子少而好赋？'曰：'然。童子雕虫篆刻。'俄而曰：'壮夫不为也。'"本是把写作辞赋比喻为小技，这里泛指写诗作文。简，古代供写刻用的狭长竹片；把写刻有文字的简用丝或皮条穿连起来即成书，谓之"编"。《说文通训定声》："简，牒也……竹谓之简，木谓之牒，亦谓之牍、亦谓之札，联之为编，编之为册。"后世以编简代指书籍，《宋史·欧阳修传》："(修)好古嗜学，凡周汉以降金石遗文，断编残简，一切掇拾研稽异同。"

〔24〕　蒲津——黄河渡口，在今山西省永济市。

〔25〕　九曲——河道的弯曲处很多，《河图》："河水九曲，长九千里。"

〔26〕　"九曲"二句——黄河的风涛何处最能显现？只在这蒲郡一带。则除是，除非是、只有。凌濛初曰："'何处显'，言风涛何处显得，故以'则除是此地偏'接之，语意自明。"毛西河曰："张至河中府，故二曲咏河。'何处显'，只作'何处见'解，故曰'此地偏'，言偏见得也。董词：'黄河那里最雄？无过河中府。'"

〔27〕　带齐梁——犹言穿齐梁而过，围齐梁大地如带。齐，战国时齐国之地，今山东省泰山以北黄河流域和胶东半岛地区；梁，战国时魏国的别称，今河南省一带。　分秦晋——黄河把秦晋之地分割开来。秦，战国时秦国之地，今陕西省；晋，春秋时晋国之地，在今山西省大部及河北省西南地区。　隘(ài 碍)幽燕(yān 烟)——把幽燕之地与中原地区隔绝开来。《正字通》："隘，隔绝之也。"幽燕，今河北省北部及辽宁一带，战国时属燕国，唐以前属幽州，故称幽燕。《尔雅·释地》："燕曰幽州。"

〔28〕　"竹索"二句——用竹索作缆绳的浮桥，像是仰卧在水上的苍龙。竹索，竹篾制的大绳。缆，系船的绳。《玉篇》："缆，维舟索也。"这里用作动词，指连结捆缚船或筏。浮桥，把船或筏并排连结在水面，上铺木板而成的桥。《尔雅·释水》："天子造舟"，宋·邢昺疏："云'天子造舟'者，《诗·大雅·大明》云'造舟为梁'是也。言造舟者，比船于水，加板于上，即今之浮桥。"偃(yǎn 掩)，仰卧，《尔雅·释言》："偃，仰也。"《正字

通》："偃,卧也。"

〔29〕 溃——本指河水决堤泛滥,此指灌溉。 九州——古代中国置有九个州,九州之名,《书·禹贡》《周礼·夏官·职方氏》《尔雅·释地》所载各不相同。《尔雅·释地》云:"两河间曰冀州、河南曰豫州、河西曰雝州、汉南曰荆州、江南曰扬州、济河间曰兖州、济东曰徐州、燕曰幽州、齐曰营州:九州。"故以九州代指中国,陆游《示儿》诗:"死去元知万事空,但悲不见九州同。"

〔30〕 归舟——顺流而下的船。 紧不紧——即紧。无名氏《刘玄德醉走黄鹤楼》第二折:"那匹马紧不紧,疾不疾,荡红尘一道。"见——显。

〔31〕 弩(nǔ 努)箭——用机械发射的箭。 乍——突然,猛然。《增韵》:"乍,暂也,忽也,猝也。"

〔32〕 九天——高天之上。《吕氏春秋·有始》《太玄经》《太清玉册》都记有九天之名,所记各不相同。《吕氏春秋》云:天有九野,谓中央与四正四隅:中央曰钧天、东方曰苍天、东北方曰变天、北方曰玄天、西北方曰幽天、西方曰颢天、西南方曰朱天、南方曰炎天、东南方曰阳天。(《淮南子》所载同此)李白《望庐山瀑布》:"飞流直下三千尺,疑是银河落九天。"

〔33〕 "渊泉"句——是说黄河之源头好像是悬在云外。渊泉,水的本源。句本李白《将进酒》"黄河之水天上来"、《西岳云台歌送丹丘子》"黄河如丝天际来"诗意。

〔34〕 "入东洋"句——言黄河入海必经蒲津。

〔35〕 滋——灌溉繁育。《说文》:"滋,益也。"段玉裁注:"草木多益也。此字从水兹,为水益也。" 洛阳花——洛阳以种植花木闻名,尤以牡丹为最著,有洛花、洛阳花之称。宋人陶榖《清异录》列"洛阳花福"为"天下九福"之一。关汉卿〔南吕·一枝花〕《不伏老》套:"我玩的是梁园月,饮的是东京酒,赏的是洛阳花,攀的是章台柳。"

〔36〕 润——滋益之意。 梁园——即兔园,汉·梁孝王刘武所建,故址在今河南省开封市东南。这里以洛阳、梁园代指广大的黄河

流域。

〔37〕　"也曾"句——黄河直通天河，有海客曾乘浮槎到了天上。浮槎(chá　查)，木排、竹筏。晋·张华《博物志·杂说下》："旧说云：天河与海通。近世有人居海滨者，年年八月有浮槎去来，不失期。人有奇志，立飞阁于槎上，多赍粮，乘槎而去。十馀日中，犹观星月日辰，自后茫茫忽忽，亦不觉昼夜。去十馀日，奄至一处，有城郭状，屋舍甚严，遥望宫中多织妇。见一丈夫，牵牛渚次饮之。牵牛人乃惊问曰：'何由至此?'此人具说来意，并问：'此是何处?'答曰：'君还，至蜀郡访严君平则知之。'竟不上岸，因还如期。后至蜀，问严君平，曰：'某年月日，有客星犯牵牛宿。'计年月，正是此人到天河时也。"宋·胡仔《苕溪渔隐丛话》前集卷十一、周密《癸辛杂识前集》均引《荆楚岁时记》载《博物志》，谓乘槎事属张骞；今本《荆楚岁时记》及《博物志》均无此说。汉·张骞曾寻河源(见《史记·大宛列传》)，《太平御览》卷八引刘义庆《集林》："昔有一人寻河源，见妇人浣纱，以问之，曰：'此天河也。'乃与一石而归。问严君平，云：'此织女支机石也。'"几件事融合，遂有张骞乘槎之说。

〔38〕　店小二哥——宋元时称店主为大哥，称店里的伙计为二哥或小二哥。《清平山堂话本·陈巡检梅岭失妻记》："你做小二哥，我做店主人。"

〔39〕　官人——顾炎武《日知录》："南人称士人为官人，《昌黎集·王适墓志铭》：'一女怜之，必嫁官人，不以与俗子。'是唐时有官者始得称官人也。"(卷二十四)宋代可用为对男子的尊称，《醒世恒言·十五贯戏言成巧祸》："去那城中箭桥左侧，有个官人，姓刘名贵。"剧中用为后者。

下——住店，住下。李文蔚《同乐院燕青博鱼》第一折："俺这店里下着个瞎大汉。"

〔40〕　撒和——饲喂牲口。王国维《观堂集林》卷十六《蒙古札记》引《山居新话》云："凡人有远行者，至巳午时以草料饲驴马，谓之'撒和'，欲其致远不乏也。"

〔41〕　福地——生有福有德之地域，用为对寺院的敬称。又，道教传

说中神仙居住的地方亦称福地,《云笈七签》卷二七"洞天福地":"七十二福地,在大地名山之间,上帝命真人治之,其间多得道之所。"　　宝坊——《释氏要览》:"《韵林》云:坊,区也。苑师云:坊,区院也。"宝坊,用为寺院之美称,《大集经》卷一:"尔时如来示现无量神通力,渐渐至彼七宝坊中。"

〔42〕　舍利塔——塔为梵文音译,也译为浮图、浮屠等,指用土木砖石等高积成的建筑物。塔内一般会用称为"龛(kān 刊)"的房室或阁子安置佛法道场(如佛骨舍利、佛经等),象征佛教正法、觉者高风之所在,成为人们瞻仰信奉的神圣象征,犹如传统文化中为逝去先人之建坟树碑。舍利为梵语音译,意为尸体、身骨,相传为释迦牟尼遗体火化后结成的珠状物,后来德行较高的和尚死后,焚尸的凝结物也叫舍利。贮藏舍利的塔即舍利塔,《魏书·释老志》:"佛既谢世,香木焚尸,灵骨分碎,大小如粒,击之不坏,焚亦不燋,或有光明神验,胡言谓之舍利。弟子收奉,置之宝瓶,竭香花,致敬慕,建宫宇,谓为塔。塔亦胡言,犹宗庙也。"这里泛指佛塔。又,舍利子,亦作舍利弗、舍利弗多,其意为"子",舍利为其母名。据《大智度论》卷十一、《佛本行集经·舍利目连因缘品》等。舍利子原本修习外道,为佛之驳难者,后皈依释迦牟尼,常随从佛陀,为佛陀十大弟子之一。职明才智,被誉为佛弟子中"智慧第一"。舍利与舍利子不可相混。曲中指前者。据明嘉靖甲子(1564)年的《再建普救寺浮图诗》碑载:"蒲东旧有普救寺浮图,创自隋唐,工制壮丽。"《董西厢》云:"七层宝塔"。原塔毁于地震,嘉靖间重建后为十三层方形砖塔,今存,俗称"莺莺塔"。侵——《说文》:"侵,渐近也。"侵今省作"侵"。　　云汉——天河。《诗经·大雅·棫朴》:"倬彼云汉,为章于天。"毛亨传云:"云汉,天河也。"

〔43〕　三教九流——泛指不同职业的各色人等。三教,指儒、释、道三家(见《北史·周高祖纪》);九流,指春秋战国时期的儒家、道家、墨家、阴阳家、法家、名家、纵横家、农家、杂家九种学派(见《汉书·艺文志》)。

〔44〕　弟子——《释氏要览》:"《南山钞》云:'学在我后名之弟,解从我生名之子。'即因学者以父兄事师,得称弟子,又云徒弟,谓门徒弟子,略

之也。（原注：司马彪曰：徒，弟子也。）"

　　〔45〕　赴斋——参加法会或受"在家人"的邀请去吃斋叫赴斋。吃斋，指午前、午中之食，《释氏要览》："佛教以过中不食名斋。"又，素食曰斋，此为大乘佛教之本意。

　　〔46〕　山门——佛教寺庙的外门。寺庙一般有三个门，象征"三解脱门"（空门、无相门、无作门），故又称"三门"。只有一门的，往往也称山门为三门。

　　〔47〕　见聪了——与法聪见面寒暄已毕。了，表演完毕。

　　〔48〕　客官——古代对出门在外人的尊称。《水浒传》第二回，王进投奔延安府，途中住宿庄院，庄主叫道："客官，天晓，好起了。"

　　〔49〕　刹（chà 诧）——梵文音译，原指佛塔顶上的装饰（相轮），也指佛寺或寺前幡杆，《宋史·危稹传》："漳俗视不葬亲为常，往往栖寄僧刹。"《增韵》："刹，僧寺。"上刹，对寺的尊称。

　　〔50〕　先生——儒者之通称，简称之则曰"生"，故下文称张生、那生。《管子·君臣篇》："是以为人君者，坐（按，似为'主'字之误）万物之原，而官诸生之职者。"尹知章注："'生'，谓知学之士也。"《史记·魏公子列传》："公子从车骑，虚左，自迎夷门侯生。"唐·司马贞索隐："自汉以来，儒者皆号'生'，亦'先生'者省字呼之耳。"　　方丈——据《维摩诘经》云，身为菩萨的维摩诘居士，其所住卧室一丈见方，但容量无限，禅宗寺院比附此说，称住持所居之所为方丈，《景德传灯录·禅门规式》："既为化主，即处于方丈，同净名（按，为维摩诘意译名）之室，非私寝之室也。"（卷六）也称住持为方丈，此指住持所居之室。

　　〔51〕　罗汉堂——安置释迦牟尼五百个罗汉弟子塑像的佛殿。罗汉，梵语"阿罗汉"的省称。指解脱一切烦恼、应受天人供养、永远进入涅槃不再受生死轮回因果报应（见《智度论》三），是小乘佛教修行的最高果位。　　香积厨——《维摩诘经·香积品》："上方界分……有国名众香，佛号香积……其界一切皆以香作楼阁，经行香地，苑园皆香。其食香气，周流十方无量州界。"维摩诘曾于香积如来处，化得众香钵盛满香饭，以饱

众僧,故称僧家之厨房为香积厨。

〔52〕　敢待——也许。

〔53〕　随喜——佛家语,本指见人行善做功德,随之而生欢喜之心,又称随己所喜为随喜,比如布施,富者施以金帛,贫者施以水草,各随所喜,皆为布施。后称游览佛寺为随喜,杜甫《望兜率寺》诗:"时应清盥罢,随喜给孤园。"　　上方——《故事成语考·释道鬼神》:"曰上方,曰梵刹,总是佛场。"山寺、住持均可称上方。

〔54〕　法堂——宣讲佛法的殿堂。

〔55〕　洞房——本指深邃之室,《楚辞·招魂》:"姱容修态,绸洞房些。"王逸注:"洞,深也。"此即指佛殿,后折"红上佛殿"生云"引入洞房"可证。

〔56〕　数罗汉——旧俗,在五百罗汉塑像中,任从一个数起,数到与自己年龄相等的数字时,即可从该罗汉喜怒哀乐的表情中,预知自己的祸福命运,谓之数罗汉。

〔57〕　参——佛教仪式,众僧参见住持、坐禅说法、念诵,谓之"参"。《象器笺》:"参,趋承也,晋谒。"这里是瞻仰、拜见的意思。　　菩萨——梵语"菩提萨埵"的省称,地位次于佛。菩提,指对佛教真理的觉悟;萨埵,众生。《翻译名义集》卷一引智颙释:"用诸佛道,成就众生故,名菩提萨埵。"引法藏释:"以智上求菩提,用悲下救众生。"就是参悟佛教真理,普救众生,于未来成就佛果的修行者。如观世音、文殊、普贤、大势至等,皆为菩萨。

〔58〕　圣贤——对神佛的敬称。《俱舍光记》曰:"贤谓贤和,圣谓圣正。"如《璎珞本业经》有四十二贤圣之称、成实宗立二十七贤圣等,杨景贤《西游记》杂剧第三本第九出:"今日得圣贤接引,天王相救,恩义比天高。"圣贤指佛;石子章《秦翛然竹坞听琴》第二折:"不免的唤道姑添净水,我刚刚的把圣贤来参罢。"圣贤指神。这里的圣贤指佛。

〔59〕　科——元杂剧中作舞台提示用的术语,也叫"介"。徐渭《南词叙录》:"相见、作揖、进拜、舞蹈、坐、跪之类,身之所行,皆谓之科。今人

不知，以'诨'为科，非也。""'介'……盖书坊省文，以'科'字作'介'字，非科、介有异也。"科除指示剧中人的表情、动作之外，也用来指示舞台效果，如马致远《破幽梦孤雁汉宫秋》第四折之"雁叫科"、关汉卿《感天动地窦娥冤》第三折之"内作风科"。

〔60〕 "正撞着"句——正碰上前世的风流冤家。五百年前，是说前生注定。业冤，前世冤家；冤家，本为佛教语，《五灯会元》卷一《东土祖师·六祖慧能大鉴禅师》："佛教慈悲，冤亲平等。"冤谓冤家，怨敌之家；亲谓亲爱者。佛教认为，于一切众生，无冤无亲，同样慈悲，平等救度。后用指仇敌，也用为对情人的爱称，为爱极的反话。清·褚人获《坚瓠丁集·冤家》："《苇航纪谈》：词人多用'冤家'，不知何所出。阅《烟花记》，谓'冤家'之说有六：情深意浓，彼此牵系，宁有死耳，不怀异心，所谓冤家者一也；两情相系，阻隔万端，心想魂飞，寝食俱废，所谓冤家者二也；长亭短亭，临歧分袂，黯然销魂，悲泣良苦，所谓冤家者三也；山遥水远，鱼雁无凭，梦寝相思，柔肠寸断，所谓冤家者四也；怜新弃旧，辜恩负义，恨切惆怅，怨深刻骨，所谓冤家者五也；一生一死，触景悲伤，抱恨成疾，迨与俱逝，所谓冤家者六也。"（卷二）张国宾《相国寺公孙合汗衫》第四折："休提起俺那小业冤，他剗腾了我好家缘。"　本句"前"字，据《雍熙乐府》补。

〔61〕 颠不剌——用法不同则含义各异，故于其解众说纷纭。具体到《西厢记》中，颠，有可爱、风流义；不剌，语助词，有声无义。《诗词曲语辞汇释》："《五剧笺疑》云：'不剌，北方语助词，不音铺，剌音辣，去声，如怕人云怕人不剌的，唬人云唬人不剌的。'盖为衬垫语辞之用，无意义可言也。《董西厢》一：'怕曲儿捻到风流处，教普天下颠不剌的浪儿每许。'颠有风流或轻薄之义，此为风流义。颠不剌的浪儿，意言风流浪子也，与上句风流相应。《西厢》一之一：'颠不剌的看了万千，似这般可喜娘罕曾见。'生得风流，长得可喜，为当时习用语。此与可喜对举，亦当为风流意。"

〔62〕 "他那里"二句——是说莺莺尽由着张生对她顾盼不止，而她却垂肩持花微笑。调戏，这里指张生因极端爱慕而情随目视、神魂颠倒。

鞺（duǒ 朵），《广韵》："鞺，垂下貌。"唐人玄应《一切经音义》引汉·服虔《通俗文》："手捏曰捻。"相传释迦牟尼于灵山会说法，捻花示众，众不解其意，惟有弟子摩诃迦叶破颜微笑（《五灯会元》卷一《七佛·释迦牟尼佛》），后遂以捻花微笑喻心心相印。此化用其意。

〔63〕　的是——确实是，《增韵》："的，实也。"　　兜率（lù 律）宫——兜率为梵文音译，意为妙足、知足、喜足。兜率天为欲界六天之第四天。兜率天有内外二院，外院为欲界天的一部分，内院为菩萨最后身之住处。释迦如来为菩萨时最后住此，后下生人间而成佛。后为弥勒菩萨之净土。《普曜经》："其兜术（按，即兜率）天有大天宫，名曰高幢，广长二千五百六十里。菩萨常坐为诸天人敷演经典。"《弥勒生经》："尔时此宫有一大神，名牢度跋提，即从座起，遍礼十方佛，发弘誓愿：'若我福德，应为弥勒菩萨造善法堂，令我额上自然出珠。'既发愿已，额上自然出五百亿宝珠……化为四十九重微妙宝宫。"

〔64〕　离恨天——佛教经典所载三十三天中，无离恨天。然曲中多用为男女相思烦恼的境界，如石子章《秦翛然竹坞听琴》第二折："三十三天离恨天最高，四百四病相思病最苦。"

〔65〕　"我见他"二句——是说莺莺美貌，正适合打扮。春风面，美丽的容貌。杜甫《咏怀古迹》之三："画图省识春风面，环珮空归月夜魂。"偏，正、恰。花钿（diàn 电）有簪于发髻者，此指贴于妇女眉间或面颊的饰物，亦称花子，唐·段成式《酉阳杂俎》前集卷八："靥钿之名，盖自吴孙和邓夫人也。和宠夫人，尝醉舞如意，误伤邓颊……医言得白獭髓，杂玉与琥珀屑，当灭痕。和以百金购得白獭，乃合膏。琥珀太多，及差，痕不灭，左颊有赤点如痣，视之，更益其妍也。诸婢欲要宠者，皆以丹点颊，而后进幸焉。"又云："今妇人面饰用花子，起自昭容上官氏（按，武则天时人）所制，以掩点迹。大历以前，士大夫妻多妒悍者，婢妾小不如意，辄印面，故有月点、钱点。"眉间花钿，《丹铅录》谓源于唐·韦固妻小时被刺伤眉间事（见李复言《续玄怪录·定昏店》），长成后常以花钿掩饰。或云源于南朝宋武帝寿阳公主人日卧章含殿时，梅花落于额上，拂之不去，宫女效为"梅花

妆"、"寿阳妆"（见《太平御览》卷三十"时序部"引《杂五行书》）。唐·王建《题花子赠渭州陈判官》描写贴花钿甚详："腻如云母轻如粉，艳胜香黄薄胜蝉。点绿斜蒿新叶嫩，添红石竹晚花鲜。鸳鸯比翼人初贴，蛱蝶初飞样未传。况复萧郎有情思，可怜春日镜台前。"元时亦然，无名氏〔中吕·喜春来〕："花钿宜点黛眉尖，可喜脸，争忍立谦谦。"花钿以极薄之小金属片或彩纸，剪成花鸟形状，贴于面额之上。毛西河曰："'偏'字断作一字句，调法如此。然字断而意接。"

〔66〕　宫样眉——按宫中流行式样描画的眉毛。晏几道〔六幺令〕词："晚来翠眉宫样，巧把远山学。"唐之画眉，其时尚细与淡，白居易《上阳白发人》："青黛点眉眉细长，天宝末年时世妆。"

〔67〕　樱桃——蔷薇科植物，果实小、色鲜红，球形，常用来比喻美女之口。孟启《本事诗·事感》："白尚书（按，指白居易）姬人樊素善歌，妓人小蛮善舞，尝为诗曰：'樱桃樊素口，杨柳小蛮腰。'"樱桃红绽，喻莺莺启唇欲言。

〔68〕　玉粳——光洁如玉的粳米，喻齿之光洁。

〔69〕　恰——犹才、刚刚。关汉卿《感天动地窦娥冤》第二折："恰消停，才苏醒，又昏迷。"

〔70〕　"呖（lì力）呖"句——以黄莺在花丛中鸣叫，喻莺莺话音之动听。语本白居易《琵琶行》"间关莺语花底滑"句意。呖呖，声音宛转流利。《集韵》："呖，呖呖，声也。"啭（zhuàn撰），《玉篇》："啭，鸟鸣。"

〔71〕　可人怜——犹让人爱。《尔雅·释诂》："怜，爱也。"

〔72〕　解舞腰肢——《集韵》谓："解，晓也。"引申为会、能、擅长诸义。解舞腰即善舞、适宜于舞之腰肢体态。

〔73〕　旖旎（yǐ nǐ椅你）——轻盈柔美。引申则为风流之意，凌濛初曰："旖旎，即风流也。"（二本一折）

〔74〕　观音——观世音的省称，是中国佛教四大菩萨之一。《法华经·普门品》："苦恼众生，一心称名，菩萨即时观其音声，皆得解脱，以是名观世音。"唐代避李世民讳，省称观音，为后世沿用。观音又名观自在，

23

因为他是阿弥陀佛的弟子(一说为化身),阿弥陀佛本名观自在王,观音依其师而称观自在。观音本为男性,唐宋时尚有男性观音像。女观音造像始于南北朝而盛于唐代以后。

〔75〕 开府——本为古代高官设置府署自选僚属的制度。汉制,三公、大将军可以开府,唐宋定"开府仪同三司",为一品文散官的称号。莺父为相国,故称开府。

〔76〕 天姿国色——美丽超群的女子。天姿,不加修饰的天然姿容,托名班固的《汉武帝内传》:"(西王母)修短得中,天姿掩蔼,容颜绝世。"国色,一国中最美的容貌,《公羊传》昭公三十一年:"颜夫人者,妪盈女也,国色也。"

〔77〕 小脚——剧中多次描写莺莺小脚,按妇女缠足,起于南唐李后主之宫嫔窅娘,唐代无缠足风习。(见《南村辍耕录·缠足》卷十)

〔78〕 镒(yì亿)——古代重量单位,二十两或二十四两为一镒。百镒,言其贵重。

〔79〕 系著长裙——唐宋之制,妇女裙长拖地。《新唐书·车服志》:"妇人裙不过五幅,曳地不过三寸。……唯淮南观察使李德裕,令管内妇人衣袖四尺者,阔一尺五寸,裙曳地四五寸者,减三寸。"宋代女裙多以纱罗为之,上可销金刺绣,缀珍珠为饰,且颇长,故宋词有"行即罗裙扫落花"、"裙边微露双鸳并"之句,本剧有"翠裙鸳绣金莲小"之句。

〔80〕 俄延——拖延。白朴《唐明皇秋夜梧桐雨》第三折:"把死限俄延了多半霎,生各支勒杀,陈玄礼闹交加。"

〔81〕 风魔——本指精神错乱失常,元·无名氏有《随何赚风魔蒯通》。这里作动词用,指着魔入迷、神魂颠倒。　　解元——唐制,考进士的人都由地方解送入试,后遂称乡试第一名为解元,《明史·选举志二》:"士大夫又通以乡试第一为解元。"也用作对读书人的尊称,《警世通言·俞仲举题诗遇上皇》:"俞良便挨身入去坐地,只见茶博士上前唱喏,问道:'解元吃什么茶?'"此指后者。

〔82〕 洞天——道教传说中神仙居住的地方,大都在名山洞府之中,

洞中与人世不同,别有天地,故名。《茅君内传》:"大地之内,有地之洞天三十六所,乃神仙所居。"

〔83〕"门掩"句——意本戴叔伦《春怨》"梨花春雨掩重门"诗意。

〔84〕兀(wù 务)的——指示词,这里兼表惊异口气。　意马心猿——指人心驰意散就像猿猴跳跃、快马奔驰一样,难以控制。《参同契》:"心猿不定,意马四驰,神气散乱于外。"《敦煌变文集·维摩诘经讲经文》:"卓定深沉莫测量,心猿意马罢颠狂。"

〔85〕兰麝——香料,这里指莺莺佩带的香物。

〔86〕佩环——莺莺身带的佩玉。《礼记·经解》:"行步则有环佩之声,升车则有鸾和之音。"郑玄注:"环佩,佩环,佩玉也。……环取其无穷止,玉则比德焉。"

〔87〕"东风"三句——是张生揣想莺莺去后枕门以内的景象。游丝,在空中飘荡着的昆虫吐的丝,庾信《春赋》:"一丛香草足碍人,数尺游丝即横路。"掩映,遮藏,隐蔽。《说文》:"映,隐也。"关汉卿〔双调·新水令〕套:"怕别人瞧见咱,掩映在酴醾架。"芙蓉,荷花,《西京杂记》:"卓文君姣好,眉色如远山,脸际常若芙蓉。"

〔88〕南海水月观音——即观音。《法华经·普门品》有观音示现三十三身之说,其一为观水中之月的姿态。又,观音所居的净土,在南印度普陀洛伽山(见《千手经》、《华严经》等),其山在印度南海岸。《西域记》云:"秣剌耶山东,有布呾洛伽山……山顶有池,其水澄镜,流出大河,周流绕山二十匝,入南海。池侧有石天宫,观自在菩萨,往来游舍。"故有南海水月观音之称。

〔89〕婵娟——容貌姿态美好的样子,《广韵》:"娟,婵娟,好姿态貌。"《集韵》:"婵,婵娟,美容。"常用以代指美女。　误人——指使人迷恋而耽误功名进取。戴善甫《陶学士醉写风光好》第三折:"古人云:'十年不睹君王面,始信婵娟解误人。'信斯言也。"

〔90〕秋波——像秋水般明亮的眼睛。苏轼《百步洪》诗:"佳人未肯回秋波,幼舆欲语防飞梭。"

〔91〕 铁石人——可指意志坚强的人,赵令畤《侯鲭录》:"刘器之自岭外归,与东坡遇于赣上,意气不衰,东坡称为'铁石人'。"也指铁石心肠的无情之人,刘肃《大唐新语》卷四《持法第七》:唐太宗为大理寺卿唐临题考词曰:"行若死灰,心如铁石。"此指后者。

〔92〕 玉人——王嘉《拾遗记》卷八:"蜀先主甘后……玉质柔肌,态媚容冶。先主召入绡帐中,于户外望者如月下聚雪。河南献玉人,高三尺,乃取玉人置后侧……后与玉人齐白齐润,观者殆相惑乱。嬖宠者非惟嫉于甘后,亦妒于玉人也。"后以玉人喻指颜美如玉之人,可指女,亦可指男。

〔93〕 武陵源——相传东汉人刘晨、阮肇,于永平五年(62)入天台山采药,迷路求食,入桃花源,遇二仙女成其婚配,《绍兴府志》、《齐谐记》、《幽明录》等均有记载。晋·陶渊明《桃花源诗并记》则写"晋太元中,武陵人捕鱼为业,缘溪行",进入桃花源,这里的桃花源乃是一个没有剥削压迫的乌托邦世界。太元(376—396)为晋孝武帝年号,刘阮事与武陵渔人事相距三百馀年;武陵在今湖南省常德市,天台山在今浙江省天台县。天台山之桃源与武陵溪之桃源二者本无关系,但后世常把刘阮所入之桃花源说成武陵源。唐·王之涣《惆怅诗》:"晨肇重来事已迷,碧桃花谢武陵溪。"元·王子一《刘晨阮肇误入桃花源》第三折,刘晨唱道:"我和他武陵溪畔曾相识,错认陶潜作阮郎。"

第 二 折

(夫人上白)前日长老将钱去与老相公做好事〔1〕,不见来回话。道与红娘,传著我的言语,去问长老,几时好与老相公做好事?就著他办下东西的当了〔2〕,来回我话者。(下)(净扮洁上〔3〕)老僧法本,在这普救寺内做长老。此寺是则天皇后盖造的,后来崩损,又是崔相国重修的。见今崔老夫人领著家眷,扶枢回博陵,因路阻暂寓本寺西厢之下,待路通回博陵迁葬。老夫人处事温俭,治家有方,是是非非[4],人莫敢犯。夜来老僧赴斋[5],不知曾有人来望老僧否?(唤聪问科)(聪云)夜来有一秀才[6],自西洛而来,特谒我师,不遇而返。(洁云)山门外觑著,若再来时,报我知道。(末上云)昨日见了那小姐,到有顾盼小生之意。今日去问长老借一间僧房,早晚温习经史;倘遇那小姐出来,必当饱看一会。

【中吕】【粉蝶儿】不做周方[7],埋怨杀你个法聪和尚。借与我半间儿客舍僧房,与我那可憎才居止处门儿相向[8]。虽不能勾窃玉偷香[9],且将这盼行云眼睛儿打当[10]。

【醉春风】往常时见傅粉的委实羞[11],画眉的敢是谎[12]。今日多情人一见了有情娘,著小生心儿里早痒、痒。迤逗得肠荒,断送得眼乱,引惹得心忙[13]。

　　(末见聪科)(聪云)师父正望先生来哩,只此少待,小僧通报去。(洁出见末科)(末云)是好一个和尚呵!

【迎仙客】我则见他头似雪,鬓如霜,面如童,少年得内养[14]。貌堂堂,声朗朗,头直上只少个圆光[15],却便似捏塑来的僧伽像[16]。

　　(洁云)请先生方丈内相见。夜来老僧不在,有失迎迓。望先生恕罪。(末云)小生久闻老和尚清誉,欲来座下听讲,何期昨日不得相遇。今能一见,是小生三生有幸矣[17]。(洁云)先生世家何郡?敢问上姓大名,因甚至此?(末云)小生姓张名珙,字君瑞。

【石榴花】大师一一问行藏[18]，小生仔细诉衷肠。自来西洛是吾乡[19]，宦游在四方[20]，寄居咸阳。先人拜礼部尚书多名望，五旬上因病身亡。

（洁云）老相公弃世，必有所遗。（末唱）[21]
平生正直无偏向，止留下四海一空囊[22]。

（洁云）老相公在官时浑俗和光[23]。（末唱）

【斗鹌鹑】俺先人甚的是浑俗和光[24]，衡一味风清月朗[25]。

（洁云）先生此一行，必上朝取应去。（末唱）

小生无意求官，有心待听讲。

小生特谒长老，奈路途奔驰，无以相馈——
量著穷秀才人情则是纸半张[26]。又没甚七青八黄[27]，尽著你说短论长，一任待掂斤播两[28]。

径禀：有白银一两，与常住公用[29]，略表寸心，望笑留是幸。（洁云）先生客中，何故如此？（末云）物鲜不足辞[30]，但充讲下一茶耳[31]。

【上小楼】小生特来见访，大师何须谦让。

（洁云）老僧决不敢受。（末唱）

这钱也难买柴薪，不勾斋粮，且备茶汤。

（觑聪云）这一两银，未为厚礼。

你若有主张，对艳妆，将言词说上，我将你众和尚死生难忘。

（洁云）先生必有所请。（末云）小生不揣有恳[32]。因恶旅邸冗杂，早晚难以温习经史，欲假一室[33]，晨昏听讲，房金

按月任意多少。（洁云）敝寺颇有数间，任先生拣选。（末唱）

【幺篇】也不要香积厨，枯木堂[34]。远著南轩，离著东墙，靠著西厢。近主廊，过耳房，都皆停当。

（洁云）便不呵，就与老僧同处何如？（末笑云）要恁怎么[35]？你是必休题著长老方丈[36]。

（红上云）老夫人著俺问长老，几时好与老相公做好事，看得停当回话。须索走一遭去来。（见洁科）长老万福[37]。夫人使侍妾来问[38]，几时好与老相公做好事，著看的停当了回话。（末背云[39]）好个女子也呵！

【脱布衫】大人家举止端详，全没那半点儿轻狂。大师行深深拜了[40]，启朱唇语言的当。

【小梁州】可喜娘的庞儿浅淡妆，穿一套缟素衣裳。胡伶渌老不寻常[41]，偷睛望，眼挫里抹张郎[42]。

【幺篇】若共他多情的小姐同鸳帐，怎舍得他叠被铺床。我将小姐央，夫人快，他不令许放，我亲自写与从良[43]。

（洁云）二月十五日可与老相公做好事。（红云）妾与长老同去佛殿看了，却回夫人话。（洁云）先生请少坐，老僧同小娘子看一遭便来。（末云）何故却小生[44]？便同行一遭，又且何如？（洁云）便同行。（末云）著小娘子先行，俺近后些。（洁云）一个有道理的秀才。（末云）小生有一句话说，敢道么？（洁云）便道不妨。（末唱）

【快活三】崔家女艳妆，莫不是演撒你个老洁郎[45]？

（洁云）俺出家人那有此事？（末）既不沙[46]，却怎睃趁著你头上放毫光[47]？打扮的特来晃[48]。

（洁云）先生是何言语！早是那小娘子不听得哩[49]，若知呵，是甚意思！（红上佛殿科）（末唱）

【朝天子】过得主廊，引入洞房，好事从天降。

我与你看著门儿，你进去。（洁怒云）先生，此非先王之法言[50]！岂不得罪于圣人之门乎？老僧偌大年纪，焉肯作此等之态！（末唱）

好模好样忔莽撞。

没则罗便罢，

烦恼则么耶唐三藏[51]？

怪不得小生疑你，

偌大一个宅堂，可怎生别没个儿郎[52]，使得梅香来说勾当[53]？

（洁云）老夫人治家严肃，内外并无一个男子出入。（末背云）这秃厮巧说[54]！

你在我行、口强，硬抵著头皮撞。

（洁对红云）这斋供道场都完备了[55]，十五日请夫人小姐拈香。（末问云）何故？（洁云）这是崔相国小姐至孝[56]，为报父母之恩，又是老相公禫日[57]，就脱孝服，所以做好事。（末哭科云）"哀哀父母，生我劬劳。欲报深恩，昊天罔极[58]。"小姐是一女子，尚然有报父母之心；小生湖海飘零数年，自父母下世之后，并不曾有一陌纸钱相报[59]。望和尚慈悲为本[60]，小生亦备钱五千，怎生带得一分儿斋[61]，追荐俺父母咱[62]。便夫人知，也不妨，以尽人子之心。（洁云）法聪，与这先生带一分者。（末背问聪云）那小姐明日来么？

(聪云)他父母的勾当,如何不来?(末背云)这五千钱使得有
些下落者!

【四边静】人间天上,看莺莺强如做道场。软玉温香[63],
休道是相亲傍,若能勾汤他一汤[64],到与人消灾障。

(洁云)都到方丈吃茶。(做到科)(末云)小生更衣咱[65]。(末出
科云)那小娘子已定出来也,我则在这里等待问他咱。(红辞
洁云)我不吃茶了,恐夫人怪来迟,去回话也。(红出科)(末迎
红娘祗揖科)小娘子拜揖。(红云)先生万福。(末云)小娘子莫
非莺莺小姐的侍妾么?(红云)我便是。何劳先生动问[66]?
(末云)小生姓张,名珙,字君瑞,本贯西洛人也。年方二十
三岁,正月十七日子时建生[67]。并不曾娶妻……(红云)
谁问你来?(末云)敢问小姐常出来么?(红怒云)先生是读书
君子,孟子曰:"男女授受不亲,礼也[68]。"君知"瓜田不纳
履,李下不整冠[69]。"道不得个"非礼勿视,非礼勿听,非
礼勿言,非礼勿动[70]。"俺夫人治家严肃,有冰霜之操。
内无应门五尺之童[71],年至十二三者,非呼召,不敢辄入
中堂。向日莺莺潜出闺房[72],夫人窥之,召立莺莺于庭
下,责之曰:"汝为女子,不告而出闺门,倘遇游客小僧私
视,岂不自耻?"莺立谢而言曰[73]:"今当改过从新,毋敢
再犯。"是他亲女,尚然如此,何况以下侍妾乎!先生习先
王之道,尊周公之礼[74],不干己事,何故用心?早是妾
身,可以容恕。若夫人知其事呵,决无干休!今后得问的
问,不得问的休胡说!(下)(末云)这相思索是害也。

【哨遍】听说罢心怀悒怏,把一天愁都撮在眉尖上[75]。说
"夫人节操凛冰霜,不召呼,谁敢辄入中堂!"自思想,比及

你心儿里畏惧老母亲威严[76]，小姐呵，你不合临去也回头儿望。待飏下教人怎飏[77]？赤紧的情沾了肺腑，意惹了肝肠[78]。若今生难得有情人，是前世烧了断头香[79]。我得时节手掌儿里奇擎[80]，心坎儿里温存，眼皮儿上供养。

【耍孩儿】当初那巫山远隔如天样，听说罢又在巫山那厢[81]。业身躯虽是立在回廊[82]，魂灵儿已在他行。本待要安排心事传幽客[83]，我子怕漏泄春光与乃堂。夫人怕女孩儿春心荡，怪黄莺儿作对，怨粉蝶儿成双。

【五煞】小姐年纪小，性气刚。张郎倘得相亲傍，乍相逢厌见何郎粉，看邂逅偷将韩寿香。才到是未得风流况，成就了会温存的娇婿，怕甚么能拘束的亲娘[84]。

【四煞】夫人忒虑过，小生空妄想。郎才女貌合相仿[85]。休直待眉儿浅淡思张敞，春色飘零忆阮郎。非是咱自夸奖，他有德言工貌[86]，小生有恭俭温良[87]。

【三煞】想著他眉儿浅浅描，脸儿淡淡妆，粉香腻玉搓咽项[88]。翠裙鸳绣金莲小[89]，红袖鸾销玉笋长[90]。不想呵其实强，你撇下半天风韵，我拾得万种思量。

却忘了辞长老。（见洁科）小生敢问长老：房舍何如？（洁云）塔院侧边西厢一间房，甚是潇洒[91]，正可先生安下，见收拾下了，随先生早晚来[92]。（末云）小生便回店中搬去。（洁云）既然如此，老僧准备下斋，先生是必便来。（下）（末云）若在店中人闹，到好消遣；搬在寺中静处，怎捱这凄凉也呵！

【二煞】院宇深,枕簟凉。一灯孤影摇书幌[93]。纵然酬得今生志,著甚支吾此夜长[94]!睡不著如翻掌,少可有一万声长吁短叹,五千遍倒枕槌床[95]。

【尾】娇羞花解语[96],温柔玉有香[97]。我和他乍相逢记不真娇模样,我则索手抵著牙儿慢慢的想[98]。(下)

注　释

〔1〕　将钱去——拿着钱去。将,拿,带着,《荀子·成相》:"吏谨将之无铍滑",唐·杨倞注:"将,持也。"　　好事——指佛事。《元史·顺帝纪》:"孛罗帖木儿请禁止西番僧人好事。"做好事,此指超度亡灵的法事活动。

〔2〕　的(dí迪)当——妥当。苏洵《上欧阳内翰第一书》:"陆贽之文,遣言措意,切近的当,有执事之实。"

〔3〕　净——以扮演刚猛人物为主的脚色,一般由男脚扮演,也有由女脚扮演的。此指扮和尚的男脚。　　洁——僧人止淫事、断酒肉,故称僧人为洁郎或杰郎,简称洁,此指法本长老。

〔4〕　是是非非——以是为是,以非为非。能分清是非,毫不含糊的意思。《荀子·修身篇》:"是是非非谓之知,非是是非谓之愚。"杨倞注:"能辨是为是、非为非,谓之智也。""以非为是、以是为非,则谓之愚。"

〔5〕　夜来——唐时已有二义。一为"昨夜",白居易《卖炭翁》:"夜来城外一尺雪,晓驾炭车辗冰辙。"夜来与晓相对;一为"昨日",《太平广记》卷三四八引唐·薛渔(或作渔)《河东记·韦齐休》:"(韦齐休云)'夜来诸事,并自劳心……'妻曰:'何也?'齐休曰:'昨日湖州庚七寄买口钱……'"夜来与昨日互用。剧中用为"昨日"。

〔6〕　秀才——本指优秀人才,汉始为举士科目,历代相沿,《新唐书·选举志上》:"其科之目,有'秀才'……"自后士人通称谓之秀才。赵翼《陔馀丛考·秀才》:"元明以来,秀才为读书者之通称,今俗犹以府县学

生员为秀才，盖亦沿旧称也。”（卷二八）

〔7〕 周方——王伯良释为“周旋方便之意”，即成全别人，给人以方便。高文秀《须贾大夫诮范叔》第一折：“须贾奉使，多谢大夫周方，今还国，特来告辞。”

〔8〕 可憎才——非常可爱的人。可憎，爱极的反话，元·李治《敬斋古今黈》：“世俗以‘可爱’为‘可憎’，亦极致之词。”（卷二）《敦煌变文集·丑女缘起》：“王郎见妻端正，指手欢喜，道数声‘可曾’。”曾即憎。闵遇五曰：“不曰可爱而曰可憎，犹曰‘冤家’，爱之极也，反语见意。”

〔9〕 窃玉偷香——指男女私通。偷香，韩寿与陈骞之女事。《太平御览》卷九八一引《郭子》：“骞以韩寿为掾，每会，闻寿有异香气，是外国所贡，一著衣，历日不歇；骞计武帝唯赐己及贾充，他人理无此香。嫌寿与己女通，考问左右，婢具以实对。骞即以女妻寿。”《世说新语·惑溺》、《晋书·贾充传》均谓与寿通者为贾充女。按充之二女，一为太子妃、一为齐王妃。刘孝标注《世说新语》云：“《郭子》谓与韩寿通者，乃是陈骞女，即以妻寿。未婚而女亡，寿因娶贾氏，故世因传是充女。”《郭子》作者郭澄之为晋人，其说近是。窃玉，传说有郑生兰房窃玉事，详情待考。

〔10〕 盼行云——盼望与美人相会。宋玉《高唐赋序》：“昔者，楚襄王与宋玉游于云梦之台，望高唐之观，其上独有云气……王问玉曰：‘此何气也？’玉对曰：‘所谓朝云者也。’王曰：‘何谓朝云？’玉曰：‘昔者先王尝游高唐，怠而昼寝，梦见一妇人曰：“妾，巫山之女也，为高唐之客。闻君游高唐，愿荐枕席。”王因幸之。去而辞曰：“妾在巫山之阳，高丘之阻，旦为朝云，暮为行雨。朝朝暮暮，阳台之下。”旦朝视之，如言。故为立庙，号曰朝云。’”先王，指楚怀王。宋玉《神女赋序》：“楚襄王与宋玉游于云梦之浦，使玉赋高唐之事。其夜王寝，果梦与神女遇，其状甚丽。”后世遂把与神女欢会者，误为楚襄王。 打当——闵遇五曰：“打当，犹言准备。”马致远《马丹阳三度任风子》第三折：“要往人口里过度的茶饭，打当的干净。”

〔11〕 傅粉——搽粉。旧注多谓指三国时魏人何晏事。《世说新

语·容止》:"何平叔(按,何晏字)美姿仪,面至白。魏明帝疑其傅粉,正夏月,与热汤饼。既噉,大汗出,以朱衣自拭,色转皎然。"后以何郎傅粉喻美男。但用于此则义不可通。李清照〔多丽〕词:"韩令偷香,徐娘傅粉",刘克庄〔满江红〕词:"竟爱东邻姬傅粉,谁怜空谷人如玉?"是有以"傅粉"状女子者。这里以"傅粉的"代指美女。　　委实——实在,确实。

〔12〕　画眉——《汉书·张敞传》:"(张敞)又为妇画眉,长安中传张京兆眉怃。有司以奏敞,上问之,对曰:'臣闻闺房之内,夫妇之私,有过于画眉者。'"后遂用为夫妇相爱的典故。

〔13〕　"迤(tuō 拖)逗"三句——是说被莺莺引逗得眼花缭乱、心神不定。迤逗、断送、引惹,都是撩拨、勾引、招惹的意思。赵令畤〔清平乐〕:"去年紫陌青门,今宵雨魄云魂。断送一生憔悴,只消几个黄昏。"肠荒(按,即慌)、眼乱、心忙,都是心思不定、心慌意乱的意思。

〔14〕　内养——指脱离尘世不争名利,清心寡欲不为七情所伤,戒持自己的身心以养其内。《庄子·达生》篇:"鲁有单豹者,岩居而水饮,不与民共利,行年七十而犹有婴儿之色。不幸遇饿虎,饿虎杀而食之。……豹养其内而虎食其外。"

〔15〕　头直上——头顶上。直,表示方位之词,郑廷玉《宋上皇御断金凤钗》第一折:"头直上打一轮皂盖。"　　圆光——指佛菩萨头顶上放射的光明圆轮,《观无量寿经》:"彼佛圆光,如百亿三千大千世界,于圆光中有百万亿那由他恒河沙化佛。"

〔16〕　僧伽(jiā 加)——梵文音译,略称为"僧"。佛教称四个以上的出家人结合在一处为僧伽,即僧团之意。后来一个出家人也可称僧伽,《僧史略》:"若单曰僧,则四人以上方得称之。今谓分称为僧,理亦无爽。如万二千五百人为军,或单己一人亦称军也,僧亦同之。"

〔17〕　三生有幸——有奇缘,很幸运。三生为佛教名词,亦称三世,认为人的生命可以不断迁流转化,现在的生存为今生,前世的生存为前生,命终之后的生存为来生。《增一阿含经》卷四八:"沙门瞿昙恒说三世。云何为三?所谓过去、将来、现在。"但佛教各派对此说法并不相同。《传

灯录》载:"有一省郎,梦至碧岩下一老僧前,烟穗极微,云:此是檀越结愿。香烟存而檀越已三生矣:第一生,明皇时剑南安抚巡官;第二生,宪皇时西蜀书记;第三生,即今生也。"(丁福保《佛学大辞典》)

〔18〕 大师——本为对佛的尊称。师谓师范,大师为众生的模范。《瑜伽师地论》:"能善教诫声闻弟子一切应作不应作事,故名大师;又能化导无量众生,令其离苦寂灭,故名大师;又为摧灭邪秽外道世间出世间,故名大师。"后遂成为道行崇高僧人的通称,一般僧人亦可尊称大师。

行藏——《论语·述而》:"用之则行,舍之则藏",行,出仕;藏,家居。后以行藏指身世经历。

〔19〕 自来——本来。王锳《诗词曲语辞例释》增订本:"自,'本'的意思,语气副词。……另有'自来'一词,不是通常'历来'义而同样为'本来'义。《琵琶记》剧二十九:'我待要画他个庞儿展舒,他自来长恁面皱。'"

〔20〕 宦游——在外地做官或为求仕进而在外游历,都叫宦游。此指后者。《说文》:"宦,仕也。"

〔21〕 "洁云"至"末唱",原无,据明弘治本补。

〔22〕 四海——古人认为中国四周被海包围,故以"四海"代指全国。《礼记·祭义》:"夫孝,置之而塞乎天地,溥之而横乎四海……推而放诸东海而准,推而放诸西海而准,推而放诸南海而准,推而放诸北海而准。"

空囊——囊指皮囊,又称皮袋,指人畜之身躯,《赵州录》卷下:"僧问狗子还有佛性无,州曰:'有。'僧曰:'既有,为什么撞入这个皮袋?'"四海一空囊,谓四海之内空馀一身,别无财产。

〔23〕 浑俗和光——与世俗混同,不露锋芒,与世无争的意思。浑,混同;和,一致。《老子》下篇:"和其光,同其尘,是谓玄同。"王弼注:"无所特显,则物无所偏争也","无所特贱,则物无所偏耻也。"魏源《老子本义》:"光贵尘贱,和而同之,则不自贵而人亦不得贱之矣。"佛教也借用它以显佛菩萨和威德光,近诸恶人,又现身结缘。　　本句原无,据弘治本补。

〔24〕　甚(shěn 审)的是——不知道什么是。毛西河曰："甚的是,言不识何者是也。"

〔25〕　衠(zhūn 谆)——王伯良曰："衠,正也,真也。"衠一味,犹言纯是一心一意。　风清月朗——以月明风清喻人光明磊落,清白纯洁。

〔26〕　人情——犹言送礼。翟灏《通俗编》："以礼物相遗曰送人情,唐、宋、元人皆言之也。"

〔27〕　七青八黄——指黄金,王伯良曰："《格古要论》谓,金品:七青八黄九紫十赤。"

〔28〕　"一任"句——任凭你呵去较量钱物的多少。一任,听从,任凭。《敦煌变文集·舜子至孝变文》:"千重万过,一任阿爷鞭耻(笞)。"待,语助辞,无义。掂(diān 颠),掂量,以手掂估轻重。《字汇》:"掂,手量掂也。"　毛西河曰——"此四句是将馈寓金,而预为谦让未遑之意,言穷措大人情如纸,无以为馈,纵说长道短,终是琐屑。此以自谦作调笑语,妙绝。"

〔29〕　常住——佛家语,据《释氏要览》,僧物有四种:一为常住常住,谓众僧舍宇、什物、树木、田园等;二者十方常住,谓供僧成熟饮食等;三为现前常住;四为十方现前常住,谓亡僧轻物施,体通十方,唯得本处现前僧得分故。统称常住。常住为法无生灭变迁、佛本性常住无生无灭,故寺院可称常住,僧人亦可称常住。

〔30〕　物鲜(xiǎn 显)——东西很少。《集韵》:"尟,《说文》:是少也。或作鲜。"

〔31〕　讲下一茶——聊作茶资之意。讲谓讲经说法之法座。讲下,对讲经说法僧人的尊称,犹今言左右。

〔32〕　不揣(chuǎi)有恳——揣为量度之意,不揣,不自量,有冒昧意。郑廷玉《看钱奴买冤家债主》第四折:"说先生施的好药,老汉不揣,求一服儿咱。"恳,请求。

〔33〕　假——借也。《仪礼·少牢馈食之礼》:"假尔大筮有常",郑玄注:"假,借也。"

〔34〕 枯木堂——和尚参禅打坐的房间。打坐时闭目盘腿而坐,形如枯木,万念俱寂,心如枯木,故称枯木堂。

〔35〕 恁——王伯良曰:"'恁'之为'如此'也。"(《新校注古本西厢记例三十六则》)

〔36〕 是必——势必,一定。无名氏《玉清庵错送鸳鸯被》楔子:"父亲,你是必早些儿回来。" 题——与"提"通。

〔37〕 万福——原为一般祝颂之词,韩愈《与孟尚书书》:"未审入秋来眠食何似,伏惟万福。"宋元之后,为妇女所行的一种礼节,与人相见行礼时以手敛衽,口称"万福"。陆游《老学庵笔记》卷五:"王广津(按,即王建)《宫词》云:'新睡起来思旧梦,见人忘却道胜常。'胜常,犹今妇人言万福也。"闵遇五曰:"宋太祖尝问赵普:拜礼何以男人跪,妇人不跪?礼官无有知者。王贻孙曰:古诗云'长跪问故夫',即妇人亦跪也。唐武后朝,欲尊妇人,以屈膝为拜,称万福。见孙甫《唐书》及张建国《渤海图记》。"

〔38〕 侍妾——婢女,《书·费誓》:"臣妾逋逃",旧题孔安国传:"役人贱者,男曰臣,女曰妾。"

〔39〕 背云——又叫背工、背躬,演出时假定其他剧中人听不见,而向观众讲述自己的心里话,犹今之旁白。

〔40〕 行(háng杭)——用于自称或人称之后,如我行、他行,相当于这边、那里。大师行,即大师这边,大师跟前。

〔41〕 胡伶渌(lù路)老——聪明伶俐的眼睛。王伯良云:"鹘伶(原注:'音零',又'大都北语,元无正音,故字多通用'),概言伶俐,而带言渌老则指眼耳。元·宋方壶词'懵懂的伶磕睡,鹘伶的惺惺'。王和卿词:'假胡伶,骋聪明',可征其不专指眼也。"鹘鸰,也作胡伶、鹘伶。鹘鸰为猛禽,眼睛敏锐。渌老,王伯良云:"北人调侃谓眼,见《墨娥小录》。"焦循《剧说》卷二引《知新录》云:"渌老,谓眼也,亦作睩老,'老'是衬字,如身为躯老、手为爪老是也。"

〔42〕 眼挫——眼角。 抹——斜视,不正眼看。毛西河曰:"抹,目睫撩撤也。'抹张郎',言红之撩己,正用董词'见人不住偷睛抹'语。"

毛西河曰——"三曲俱写红,〔脱布衫〕写红举止言词之妙;'可喜'二句,写红妆束之雅;'鹘伶'三句,写红俊眼。"

〔43〕 "我将"四句——这四句承"怎舍得他叠被铺床"而来,是说与莺莺成婚之后,将央求莺莺许放红娘,如果夫人不同意,我就亲自给红娘写从良文书。毛西河曰:"此以调红为调莺语。'央'者,央说许放耳;'怏',不肯也,《史记》:'诸将与帝为编户民,今北面为臣,心常怏怏。'《汉书》曰:'塞其怏怏。'心言:倘夫人不肯,不教小姐许放,我独写从良券合耳。'许',属莺;'令',属夫人,令许二字俱有着落。"央,央求;怏,不满,这里有不允许、不同意的意思。妓女赎身嫁人、男女奴婢赎身为平民,都叫从良,此指后者。

〔44〕 却——拒绝,推谢,《增韵》:"却,不受也。"

〔45〕 演撒——勾搭迷惑。撒,语尾助词。王晔〔凌波仙〕曲:"从来道水性难拿,从他趄过,由他演撒,终只是个路柳墙花。"《西游记》第四回:孙悟空拔下毫毛,变做他的本相,"手挺着棒,演着哪吒;他的真身,却一纵,赶至哪吒脑后……"演即演撒。毛西河曰:"演撒,调侃弄也。第十九折:'这妮子定和酸丁演撒。'《墨娥小录》以'演撒'训'有',非也。""有",亲爱之意;"弄",亦勾搭戏弄之意。

〔46〕 既不沙——既不是这样。焦循《剧说》卷二引《知新录》云:"'既不沙',犹云'若不然'。"沙,"是呵"的合音。

〔47〕 睃(suō 梭)趁——看。《集韵》:"睃,视也。"趁,助音无义,如说寻找曰寻趁。　　毫光——佛光,是说佛光像毫毛一样光芒四射。《敦煌变文集·降魔变文》:"如来表此专精,遂放毫光照烛,天地洞晓,犹千日之晖盈。"《识小篇》:"永乐颁佛经,至大报恩寺,当日夜,本寺塔现舍利光如珠宝,次现五色毫光。"放毫光,此为调侃语,明光锃亮之意。

〔48〕 特来晃——特别光彩之意。《广雅·释诂四》:"晃,明也。"王伯良曰:"特来,犹后'别样',出落之谓,甚之词也;晃,炫耀之意。言崔家艳妆之女,莫不有你老僧之意,不然你非佛菩萨,既非为看你能显毫光而来,何故打扮得十分炫耀如此也?董词:'诸僧与看人惊晃',晃字正

此意。"

〔49〕　早是——幸亏。

〔50〕　法言——合于礼法之言。《孝经·卿大夫章》："非先王之法言不敢道,非先王之德行不敢行。"唐玄宗李隆基注:"法言,谓礼法之言;德行,谓道德之行。"

〔51〕　则么耶——犹怎么呀。凌濛初曰:"'烦恼则么耶唐三藏',旧本原自如此。盖元人'则么'、'子么'、'怎么',皆一样解。今本不知其解,而改为'怎么'。"　　唐三藏——唐僧玄奘(zàng 葬),号三藏法师,曾往西方天竺国取经,取来经一藏、律一藏、论一藏,故名三藏。藏,佛教经典的总称。此之"唐三藏"意为老佛爷,乃调侃法本语。

〔52〕　怎生——《许政扬文存》云:"'怎生',就是'怎么'、'怎样','生'是语助词,如'好生'的'生'就是同样的例子。……张先词〔迎春乐〕:'怎生得伊来——今夜里,银蟾满?'"翟灏《通俗编·生》:"李白诗'借问别来太瘦生',欧阳修诗'为问青州作么生'。按,生,语辞,即今云怎生之生。"

〔53〕　梅香——戏曲中称丫环使女为梅香。王骥德《曲律·论部色》卷三:"元杂剧中……凡厮役皆曰'张千',有二人则曰'李万';凡婢,皆曰'梅香'。"　　勾当——事情。《通俗编》卷十二《行事·勾当》:"《北史序传》:'事无大小,士彦一委仲举推寻勾当。'……《却扫编》:'旧制:诸路监司属官曰勾当公事。建炎初,避上嫌名,易为干办。'按,勾当乃干事之谓,今直以事为勾当。据《元典章》,延祐三年均赋役诏有云:'只交百姓当差,勾当也成就不得。'盖其时已如是矣。"

〔54〕　秃厮——犹言秃家伙。厮为对贱役的称呼,《集韵》:"厮,析薪养马者。"犹奴才、家伙。用为对人的蔑称。

〔55〕　斋供道场——亦称水陆道场、水陆斋,简称水陆或道场。斋供,供佛的食品;道场,乃梵文之意译,所指有多种,如佛成道之所、修行所据之佛法、供佛祭祀之所、修行学道之处、寺院等。此指为死者追福、超度亡灵所举行的佛事活动。宋·高承《事物纪原》:"今释氏中有水陆斋仪,

按其事始出于梁武帝萧衍。初,帝居法云殿,一夕梦僧教设水陆斋,觉而求其仪,而世无其说,因自撰集。诠次既成,设之于金山,实天监七年也。"

〔56〕 至孝——大孝,极尽事亲之道。《礼记·祭义》:"至孝近乎王,虽天子必有父;至弟近乎霸,虽诸侯必有兄。"

〔57〕 禫(dàn 淡)日——父、母死后二十七个月,举行祭祀,然后除去孝服之日。《仪礼·士虞礼》:"中月而禫",郑玄注:"禫,祭名也……自丧至此,凡二十七月。禫之言澹澹然,平安意也。"

〔58〕 "哀哀"四句——哀哀,悲伤不止,是说一想到死去的父母就悲伤不止;生,养育;劬(qú 渠)劳,辛苦、劳累;昊(hào 浩)天,即天,昊为广大之义。《诗经·小雅·蓼莪》:"哀哀父母,生我劬劳……欲报之德,昊天罔极。"朱熹曰:"罔,无也;极,穷也。言父母之恩如此,欲报之以德,而其恩之大,如天无穷,不知所以为报也。"

〔59〕 陌(mò 墨)——计算钱数的单位,百钱为陌。沈括《梦溪笔谈·辩证二》:"今之数钱,百钱谓之陌者,借陌字用之,其实只是百字,如什与伍耳。"一陌纸钱,犹言一些纸钱。

〔60〕 慈悲——佛家语,《大乘义章》:"爱怜名慈,恻怆曰悲。"《大智度论》卷二十七:"大慈与一切众生乐,大悲拔一切众生苦。"是说佛菩萨用爱心看待众生,使他们都得到好处为慈;以同情心看待众生,救他们出苦难为悲。佛教认为慈悲是普度众生的重要依据,把慈悲视为立身修道的根本。

〔61〕 怎生——这里是务必设法的意思。马致远《江州司马青衫泪》第四折:"怎生地使手法,待席罢敲他一下。"

〔62〕 追荐——为死者求冥福而进行的法会、行善等事,包括读经写经、施斋造寺、祭祀等。唐·宗密《盂兰盆经疏》卷上:"搜索圣贤之教,虔求追荐之方。" 咱(zā)——语助词,无义。王伯良《新校注古本西厢记例三十六则》:"咱,又与波、沙、呵……之为助语也。"

〔63〕 软玉温香——形容莺莺玉貌花容而又温柔妩媚。软玉,苏鹗《杜阳杂编·软玉鞭》:"(唐)德宗尝幸兴庆宫,于复壁间得宝匣,中获玉

鞭,其末有文曰'软玉鞭',即天宝中异国所献也。端妍节文,光明可鉴,虽蓝田之美,不能过也。屈之则首尾相就,舒之则径直如绳,虽以斧锧锻研,终不伤缺,德宗叹为神物。"温香,任昉《述异记》:"辟寒香,丹丹国所出,汉武时入贡。每至大寒,于室焚之,暖气自外而入,人皆减衣。"

〔64〕 汤——凌濛初曰:"汤,犹言擦着。元人多用之。"

〔65〕 更衣——上厕所的婉称。清·黄生《义府》:"古人入厕名更衣。"王充《论衡》:"夫更衣之室,可谓臭矣。"

〔66〕 动问——即"问","动"为发语助词,无义。

〔67〕 子时——十二时辰之一,夜二十三时至翌日一时。

〔68〕 "男女"二句——语出《孟子·离娄上》,是说男女之间不亲手递接东西。《说文》:"授,予也。"段玉裁注:"手付之,令其受也。"受,接受。

〔69〕 "瓜田"二句——避嫌疑的意思。《古君子行》:"君子防未然,不处嫌疑间。瓜田不纳履,李下不整冠。"纳履,即提鞋;李下,李树之下;整冠,正帽子。

〔70〕 道不得个——这里意为"说不得"。乔吉《李太白匹配金钱记》第三折:"我来折你这晓风春日观音柳,道不的错分付了风流画眉的手。" "非礼"四句——语出《论语·颜渊》,是说不合礼的事不去看,不合礼的话不去听,不合礼的话不去说,不合礼的事不去做。红娘认为张生违背了"四勿",故云道不得。

〔71〕 "内无"句——是说院内连一个幼年男子也没有。应门,照看门户;古尺短,故以五尺童泛指儿童。《孟子·滕文公上》:"虽使五尺之童适市,莫之或欺。"李密《陈情表》:"外无期功强劲之亲,内无应门五尺之僮。"陆深《春风堂随笔》:"仲尼之门,五尺童子,羞称五霸。古以二岁半为一尺,言五尺,是十二岁以上。……周尺准今八寸。"

〔72〕 潜——《说文》:"潜,一曰藏也。"《广雅·释诂四》:"潜,隐也。"意为暗地里、背地里。唐·宋若莘《女论语·立身章》:"莫窥外壁,莫出外庭。"同上《守节章》:"有女在室,莫出闺庭。"可见莺莺受训斥之因。

〔73〕　立谢——立即认错。《正字通》："谢,自以为过曰谢。"

〔74〕　周公之礼——周公姓姬名旦,是周文王之子、武王之弟,是西周典章制度的制定者。杜佑《通典》："成王幼弱,周公摄政,六年致太平,述文武之德,制《周官》及《仪礼》以为后王法。"郑樵《通志》引孙处之言曰,周公居摄六年之后《周礼》之书成。

〔75〕　"把一天愁"句——撮,聚合。句同关汉卿《闺怨佳人拜月亭》第二折:"把这世间愁都撮在我眉尖上。"

〔76〕　比及——这里作"既然"解。李好古《沙门岛张生煮海》第二折:"比及你来相问,先对俺说明白。"

〔77〕　"待飏(yáng 扬)"句——意谓即使要丢开莺莺也丢不开。《诗词曲语辞汇释》："飏,犹抛也;丢也。周邦彦〔南柯子〕词:'娇羞不肯傍人行,飏下扇儿拍手引流萤。'"

〔78〕　"赤紧"二句——是说五脏六腑都被情意牵动了。赤紧的,当真的,真个的。郑德辉《醉思乡王粲登楼》第一折:"赤紧的世途难,主人悭。那里也握发周公,下榻陈蕃!"

〔79〕　断头香——即半截的香。礼神敬佛须烧整支的香,烧折断或已燃过的残香,会遭贫穷、分离、无子、功名及婚姻不顺等报应。王仲文《救孝子贤母不认尸》第四折:"可着我半路里孤孀……莫不是前生烧着什么断头香?"

〔80〕　奇擎(qíng 晴)——捧护。奇,助音无义。《广雅·释诂一》:"擎,举也。"这里是捧意。

〔81〕　"当初"二句——与李商隐《无题》"刘郎已恨蓬山远,更隔蓬山一万重"及欧阳修〔踏莎行〕"平芜尽处是春山,行人更在春山外"同一机杼。

〔82〕　业身躯——是张生见莺之难遇而自怨自骂的话。业,梵文意译,意为造作,一般分为身业、口业、意业,泛指人的一切身心活动。业有善恶,必得报应。《成实论》卷七有业报三种:"善得爱报,不善得不爱报,无记无报。"但"业"一般偏指恶业。业身躯,犹言造孽之身。

〔83〕 幽客——幽闺客,犹言深闺女儿,指莺莺,不指张生。

〔84〕 "五煞"一曲——王伯良曰:"'乍相逢厌见何郎粉',应'年纪小性气刚'句;'看邂逅偷将韩寿香',应'张郎倘得相亲傍'句。大约言莺莺年小性刚,未得风流之情况,故尚厌畏于我,看我得亲傍而一窃其香之后,彼自然爱我温存不暇,而尚肯惧夫人之拘束耶?"乍,初,刚开始,杨树达《词诠》:"乍:时间副词,始也。'今人乍见孺子将入于井……'(《孟子·公孙丑上》)"何郎粉,即傅粉何郎,为张生自指。邂逅(xiè hòu 泄后),不期而遇,意外相逢。《诗经·郑风·野有蔓草》:"邂逅相遇,适我愿兮。"毛亨传:"邂逅,不期而会。"风流况,即风流情况,荆幹臣〔黄钟醉花阴·闺情〕套:"成就了风流情况,永远团圆昼锦堂。"成就娇婿,谓与莺莺私订终身。

〔85〕 合相仿——理当匹配。仿,《说文》:"仿,仿佛,相似。"仿佛即相当、彼此般配,作动词用,婚配之意。

〔86〕 德言工貌——封建时代要求妇女具有的四种品德。《周礼·天官·九嫔》:"九嫔掌妇学之法,以教九御,妇德、妇言、妇容、妇功。"郑玄注:"妇德,谓贞顺;妇言,谓辞令;妇容,谓婉娩;妇功,谓丝枲。"工,即妇功,貌,即妇容。又,班昭《女诫·妇行》:"妇有四行,一曰妇德,二曰妇言,三曰妇容,四曰妇功。……幽闲贞静,守节整齐,行己有耻,动静有法,是谓妇德;择词而说,不道恶语,时然后言,不厌于人,是谓妇言;盥浣尘秽,服饰鲜洁,沐浴以时,身不垢辱,是谓妇容;专心纺绩,不好戏笑,洁齐酒食,以奉宾客,是谓妇功。此四者,女子之大节,而不可乏无者也。"

〔87〕 恭俭温良——《论语·学而》:"夫子温、良、恭、俭、让以得之。"宋·邢昺疏:"敦柔润泽谓之温;行不犯物谓之良;和从不逆谓之恭;去奢从约谓之俭;先人后己谓之让。"

〔88〕 "粉香"句——形容莺莺颈项像粉玉捏成的一样。腻玉,状肌肤之光洁,唐人已有,裴铏《传奇·裴航》:"脸欺腻玉。"王伯良曰:"苏长公词(按,指苏轼〔满庭芳〕词)'腻玉圆搓素颈',实甫本此。……徐(按,指徐渭)云:'言粉玉搓成一条咽项也。'"

〔89〕 "翠裙"句——意谓绣着鸳鸯的翠裙盖住了一双小脚。金莲，女足，《南史·齐东昏侯纪》："又凿金为莲华以贴地，令潘妃行其上，曰：'此步步生莲华也。'"

〔90〕 鸾销——即销鸾，以金色丝线绣鸾凤。销，销金，《韵会》："销，铺金也。"器物上敷设金色以为装饰谓之销金。 玉笋——喻女子手指纤细白润，韩偓《咏手》："腕白肤红玉笋芽，调琴抽线露尖斜。" 翠裙红袖，泛指美女妆束。莺莺此时孝服未除，不当穿彩色衣服。

〔91〕 潇洒——明亮整洁。文天祥《官籍监》诗序："予监一室颇潇洒，明窗净壁，树影横斜，可爱也。"

〔92〕 早晚——随时之意。关汉卿《刘夫人庆赏五侯宴》第四折："我讨了一个孩儿来，要早晚扶侍你。"

〔93〕 摇书幌——谓灯光下的孤影在书斋中摇动。状张生夜深不寐相思徘徊。书幌，书斋，书帷。

〔94〕 支吾——支持，应付。白朴《唐明皇秋夜梧桐雨》第二折："端详了你上马娇，怎支吾蜀道难！"

〔95〕 倒枕槌床——状失眠时急躁情状。荆幹臣〔黄钟醉花阴·闺情〕："当初啜赚我的言词都是谎，害的人倒枕垂床。"

〔96〕 花解语——会说话的花，喻人美如花。解，能，善。王仁裕《开元天宝遗事·解语花》："明皇秋八月，太液池有千叶白莲数枝盛开，帝与贵戚宴赏焉。左右皆叹羡久之。帝指贵妃云左右曰：'争如我解语花？'"

〔97〕 玉有香——苏鹗《杜阳杂编·三辟邪》："肃宗赐李辅国香玉辟邪二，各高一尺五寸，工巧殆非人工。其玉之香，可闻数百步。虽锁之于金函石柜中，不能掩其气，或以衣裾误拂，芬馥经年，纵瀚濯数四，亦不消歇。"后世多以解语花、玉生香喻美女。宋·赵彦端〔鹧鸪天·玉腕〕："清肌莹骨能香玉，艳质英姿解语花。"荆幹臣〔黄钟醉花阴·闺情〕："花解语玉生香，月户云窗。"

〔98〕 则索——只得。马致远《破幽梦孤雁汉宫秋》第三折："锦貂裘生改尽汉宫妆，我则索看昭君画图模样。" 手抵牙——即以手托腮。

荆幹臣〔黄钟醉花阴·闺情〕："手抵着牙儿自思想,意踌躇魂荡漾。"

第 三 折

（正旦上云）老夫人著红娘问长老去了,这小贱人不来我行回话。（红上云）回夫人话了,去回小姐话去。（旦云）使你问长老,几时做好事?（红云）恰回夫人话也,正待回姐姐话。二月十五日请夫人、姐姐拈香。（红笑云）姐姐,你不知,我对你说一件好笑的勾当。咱前日寺里见的那秀才,今日也在方丈里。他先出门儿外,等著红娘,深深唱个喏道〔1〕:"小生姓张,名珙,字君瑞,本贯西洛人也,年二十三岁,正月十七日子时建生,并不曾娶妻。"姐姐,却是谁问他来?他又问:"那壁小娘子,莫非莺莺小姐的侍妾乎?小姐常出来么?"被红娘抢白了一顿呵回来了〔2〕。姐姐,我不知他想甚么哩,世上有这等傻角〔3〕！（旦笑云）红娘,休对夫人说。天色晚也,安排香案〔4〕,咱花园内烧香去来。（下）（末上云）搬至寺中,正近西厢居址。我问和尚每来〔5〕,小姐每夜花园内烧香。这个花园,和俺寺中合著。比及小姐出来〔6〕,我先在太湖石畔墙角儿边等待〔7〕,饱看一会。两廊僧众都睡著了,夜深人静,月朗风清,是好天气也呵！正是:闲寻方丈高僧语,闷对西厢皓月吟。

【越调】【斗鹌鹑】玉宇无尘〔8〕,银河泻影,月色横空,花阴满庭〔9〕。罗袂生寒,芳心自警〔10〕。侧著耳朵儿听,蹑著脚步儿行〔11〕:悄悄冥冥〔12〕,潜潜等等〔13〕。

【紫花儿序】等待那齐齐整整〔14〕,袅袅婷婷〔15〕,姐姐莺莺。一更之后[16]，万籁无声[17]，直至莺庭。若是回廊下没揣的见俺可憎[18]，将他来紧紧的搂定，则问你那会少离多，有影无形[19]。

（旦引红娘上云）开了角门儿[20]，将香桌出来者。（末唱）

【金蕉叶】猛听得角门儿呀的一声，风过处花香细生。踮著脚尖儿仔细定睛：比我那初见时庞儿越整。

（旦云）红娘，移香桌儿，近太湖石畔放者。（末做看科云）料想春娇厌拘束[21]，等闲飞出广寒宫[22]。看他容分一捻[23]，体露半襟，弹香袖以无言，垂罗裙而不语。似湘陵妃子，斜倚舜庙朱扉[24]；如月殿嫦娥，微现蟾宫素影[25]。是好女子也呵！

【调笑令】我这里甫能、见娉婷[26]，比著那月殿嫦娥也不恁般撑[27]。遮遮掩掩穿芳径，料应来小脚儿难行[28]。可喜娘的脸儿百媚生[29]，兀的不引了人魂灵！

（旦云）取香来。（末云）听小姐祝告甚么。（旦云）此一炷香，愿化去先人[30]，早生天界；此一炷香，愿堂中老母，身安无事；此一炷香……（做不语科）（红云）姐姐不祝这一炷香，我替姐姐祝告：愿俺姐姐早寻一个姐夫，拖带红娘咱！（旦再拜云）心中无限伤心事，尽在深深两拜中。（长吁科）（末云）小姐倚栏长叹，似有动情之意。

【小桃红】夜深香霭散空庭，帘幙东风静。拜罢也斜将曲栏凭，长吁了两三声。剔团圞明月如悬镜[31]，又不是轻云薄雾，都则是香烟人气[32]，两般儿氤氲得不分明[33]。

我虽不及司马相如[34]，我则看小姐颇有文君之意。我且高吟一绝,看他则甚:月色溶溶夜[35],花阴寂寂春。如何临皓魄[36],不见月中人?(旦云)有人墙角吟诗!(红云)这声音,便是那二十三岁不曾娶妻的那傻角。(旦云)好清新之诗!我依韵做一首。(红云)你两个是好做一首!(旦念诗云)兰闺久寂寞[37],无事度芳春[38]。料得行吟者,应怜长叹人。(末云)好应酬得快也呵!

【秃厮儿】早是那脸儿上扑堆著可憎[39],那堪那心儿里埋没著聪明[40]。他把那新诗和得忒应声[41],一字字诉衷情,堪听。

【圣药王】那语句清,音律轻,小名儿不枉了唤做莺莺。他若是共小生、厮觑定[42],隔墙儿酬和到天明,方信道惺惺的自古惜惺惺[43]。

我撞出去,看他说甚么。

【麻郎儿】我揎起罗衫欲行,(旦做见科)他陪著笑脸儿相迎。不做美的红娘忒浅情,便做道谨依来命[44]。

(红云)姐姐,有人!咱家去来,怕夫人嗔著。(莺回顾下)(末唱)

【幺篇】我忽听、一声、猛惊,元来是扑剌剌宿鸟飞腾,颤巍巍花梢弄影,乱纷纷落红满径[45]。

小姐你去了呵,那里发付小生[46]!

【络丝娘】空撇下碧澄澄苍苔露冷[47],明皎皎花筛月影。白日凄凉枉耽病,今夜把相思再整。

【东原乐】帘垂下,户已扃。却才个悄悄相问[48],他那里低低应。月朗风清恰二更,厮偻幸[49],他无缘[50],小生薄命[51]。

【绵搭絮】恰寻归路，伫立空庭，竹梢风摆，斗柄云横[52]。呀，今夜凄凉有四星[53]，他不偢人待怎生！虽然是眼角传情，咱两个口不言心自省。

　　今夜甚睡到得我眼里呵！

【拙鲁速】对著盏碧荧荧短檠灯[54]，倚著扇冷清清旧帏屏。灯儿又不明，梦儿又不成；窗儿外渐零零的风儿透疏棂，忒楞楞的纸条儿鸣；枕头儿上孤另，被窝儿里寂静。你便是铁石人，铁石人也动情。

【幺篇】怨不能，恨不成，坐不安，睡不宁。有一日柳遮花映，雾障云屏[55]，夜阑人静，海誓山盟[56]——恁时节风流嘉庆，锦片也似前程[57]；美满恩情，咱两个画堂春自生。

【尾】一天好事从今定，一首诗分明照证[58]。再不向青琐闼梦儿中寻[59]，则去那碧桃花树儿下等[60]。（下）

注　释

　　〔1〕　唱喏（rě惹）——许政扬云："'唱喏'，就是叉手拜时口中同时呼'喏'的声音，古时的一种礼数。……《老学庵笔记》：'按古所谓揖，但举手而已；今所谓喏，乃始于江左诸王。方其时，惟王氏子弟为之；故支道林入东，见王子猷兄弟还，人问诸王何如，答曰："见一群白项乌，但闻哑哑声。"即今喏也。故曰唱喏'。所谓'哑哑'声，与'喏'音相近，故知唱喏时口中即发'喏'声。《玉篇》：'喏，敬声也。'《蜀语》：'作揖曰唱喏。'注：'古者揖必称呼之，故曰：唱喏。'似误，喏非称呼，但有其声而已。《古今小说·错斩崔宁》：'崔宁叉着手只应得喏。'大概不出声为揖，为叉手；出声即为喏。"

〔2〕 抢白——责备,训斥。石君宝《鲁大夫秋胡戏妻》第二折:"娶也不曾娶的,我倒吃他抢白了这一场。"

〔3〕 傻角——徐渭《南词叙录》云:"傻角,痴人也,吴谓'呆子'。"

〔4〕 案——《说文》:"案,几属。"香案即烧香之几案。唐宋均有拜月祝告习俗,唐·李端《拜新月》:"开帘见新月,即便下阶拜。细语人不闻,北风吹罗带。"

〔5〕 每——是从元代俗字"懑"衍变来的。宋·周辉《清波杂志》卷一:"钦圣云:'便休与他懑宰执理会,但自安排着。'"宋·叶寘《爱日斋丛钞》卷五:"懑,本音闷,俗音门,犹言辈也。"《通俗编》卷三十三"们"条:"北宋时先借'懑'字用之,南宋则借为'们',而元时则又借为'每'。"按,今冀中一带读"们"为"每(měi美)"。

〔6〕 比及——等到,在……之前。乔吉《杜牧之诗酒扬州梦》第一折:"比及赏吴宫花草二十年,先须费翰林风月三千首。"用法与前折异。

〔7〕 太湖石——点缀庭院、花园用的石头,奇形异状,孔穴玲珑,以江苏太湖所产而得名。李斗《扬州画舫录》:"太湖石乃太湖中石骨,浪激波涤,年久孔穴自生。"(卷七)

〔8〕 玉宇——天帝住在天上,以玉为殿宇,《云笈七签》卷八:"太微之所馆,天帝之玉宇也。"故以"玉宇"代指天空。

〔9〕 庭——庭园,园庭,非指庭院之庭。

〔10〕 芳心——美人之心,曾巩《虞美人草》:"芳心寂寞寄寒枝,旧曲闻来似敛眉。"也用来指对他人心志的敬称。　　警——警醒。

〔11〕 蹑(niè聂)著脚步行——犹今言蹑手蹑脚地走路,谓走路小心,怕出声响。

〔12〕 冥冥——暗地里。《荀子·修身篇》:"行乎冥冥而施乎无报",杨倞注:"行乎冥冥,谓行事不务求人之知。"

〔13〕 等等——犹停停。等即等待等候,《通俗编·交际·等》:"按以俟为等,俗言也。宋人诗亦屡用之。"

〔14〕 齐齐整整——即齐整,指妇人容貌端庄匀称。《通俗编·状

貌·齐整》:"按,凡物整顿者,古均谓之齐整,而时俗多于妇人言之,唐以来有然也。……《集韵》云,媵,妇人齐整貌。"

〔15〕　袅袅婷(tíng 亭)婷——秀丽美好的样子。《字汇》:"袅,软美也。"同上:"婷,娉婷,美好貌。"《剪灯新话·牡丹灯记》:"约年十七八,红裙翠袖,婷婷袅袅,迤里投西而去。"

〔16〕　更——古人夜间计时单位,一夜分为五个更次,每更次约两小时。《颜氏家训·书证》:"或问:一夜何故五更?'更'何所训?答曰:汉魏以来,谓为甲夜、乙夜、丙夜、丁夜、戊夜;又云鼓,一鼓、二鼓、三鼓、四鼓、五鼓;亦云一更、二更、三更、四更、五更。皆以'五'为节。《西都赋》亦云:卫以严更之署。所以尔者,假令正月建寅斗柄,夕则指寅,晓则指午矣,自寅至午,凡历五辰。冬夏之月,虽复长短参差,然辰间辽阔,盈不至六,缩不至四,进退常在五者之间。更,历也,经也,故曰五更尔。"一更,相当于晚八时至十时。

〔17〕　籁(lài 赖)——声音。《庄子·齐物论》:"汝闻人籁而未闻地籁,汝闻地籁而未闻天籁夫?"万籁,指天地人万物发出的各种声音。

〔18〕　没揣的——意外地,有侥幸意。徐士范曰:"没揣的,犹云不意中。"

〔19〕　有影无形——可闻声不能睹其面,本指竹林寺。《徐霞客游记·游庐山日记》:"访仙台遗址地。台后石上,书'竹林寺'三字。竹林为匡庐幻境,可望不可即,台前风雨中,时闻钟梵声,故以此省之。"吴念慈《庐山志》之《吴志》卷三"竹林寺"条引桑乔《庐山纪事》:"佛手岩东北有磐石突出,下临绝壑,潭色沉沉正黑,僧云牧竹林寺也。有影无形,神圣所居,风雨中行者往往闻钟梵声。"

〔20〕　角门儿——旁门。

〔21〕　春娇——年轻美貌的女子,元稹《连昌宫词》:"春娇满眼睡红绡,掠削云鬓旋妆束。"此指嫦娥。

〔22〕　等闲——犹言随随便便。岳飞〔满江红〕:"莫等闲、白了少年头,空悲切。"　　广寒宫——即月宫。旧题柳宗元《龙城录·明皇梦游广

寒宫》:"开元六年,上皇与申天师、道士鸿都客,八月望日夜,因天师作术,三人同在云上游月中,过一大门,在月光中飞浮,宫殿往来无定,寒气逼人,露濡衣袖皆湿。顷见一大宫府,榜曰:'广寒清虚之府',其守门兵卫甚严,白刃粲然,望之如凝雪。"

〔23〕 "捻",原作"脸"。"容分一捻"以下四句全据《董西厢》,兹据《董西厢》改。捻,有美意,《董西厢》卷七:"身分即村,衣服儿特捻。"一捻,有少意、小意,如毛滂〔粉蝶儿〕词"楚腰一捻"、刘过〔清平乐〕词"一捻儿年纪"。凌景埏曰:"'容分一捻',指美丽的形态显露了一小部分。"(凌注《董解元西厢记》卷一)

〔24〕 "似湘陵"二句——是说莺莺像斜靠着舜庙红门的湘水女神一样。尧的两个女儿娥皇、女英是舜的两个妃子。舜南巡死于苍梧山,二女追至,自投湘水,成为湘水女神。(事见刘向《列女传·有虞二妃》及《楚辞·九歌·湘夫人》王逸注)湘陵,湘水岸边舜的陵墓。参见第五本第一折"湘江"二句注。

〔25〕 蟾宫——即月宫。《全上古三代秦汉三国六朝文》辑《灵宪》云:"嫦娥遂托身于月,是为蟾蜍。"故称月宫为蟾宫。蟾宫素影,指月中嫦娥素净洁白的身影。谢庄《月赋》:"引元兔于帝台,集素娥于后庭。"唐·李周翰注:"常娥窃药奔月,因以为名。月色白,故云素娥。"《龙城录》:明皇游月宫,"见有素娥十馀人,皆皓衣乘白鸾"。《敦煌变文集·叶净能诗》,明皇将游月宫。"皇帝又问曰:'着何色衣服?'净能奏曰:'可着白锦绵衣。'皇帝曰:'因何着白锦绵衣?'净能奏曰:'缘彼是水晶楼殿,寒气凌人。'"可证嫦娥及月中人着白衣。莺莺孝服未除,故以蟾宫素影喻之。

〔26〕 甫能——方才,刚刚。《醒世恒言·十五贯戏言成巧祸》:"官人直恁负恩!甫能得官,便娶了二夫人!"

〔27〕 撑——漂亮,美丽。汤显祖评《西厢记诸宫调》注"撑"云:"方言,谓美也。"白朴《唐明皇秋夜梧桐雨》第一折:"行的一步步娇,生的一件件撑。"

〔28〕 料应来——推测之词,犹大概是、料想是。来,语助词,无义。

〔29〕　百媚生——言有许多妩媚动人之处。白居易《长恨歌》:"回眸一笑百媚生,六宫粉黛无颜色。"

〔30〕　化去——谓死。《淮南子·精神训》:"故形有摩而神未尝化者,以不化应化。"化,指形体变化,高诱注:"化,犹死也。"

〔31〕　剔——程度副词,极,很。　　团圞(luán 栾)——圆。《一切经音义》:"团,圆也。"《正字通》:"圞,团圞,圆也。"

〔32〕　人气——指莺莺的长吁。

〔33〕　氤氲(yīn yūn 因晕)——又作绷缊。烟气蒸腾、纠结缭绕之意。《易·系辞下》:"天地绷缊,万物化醇。"孔颖达疏:"绷缊,相附著之义。言天地无心,自然得一,唯二气绷缊,其相和会,万物感之,变化而精醇也。"释文曰:"绷缊,本又作氤氲。"

〔34〕　司马相如——汉代著名辞赋家,与卓文君相恋私奔成婚。《史记·司马相如列传》:"卓王孙有女文君新寡,好音,故相如缪与令相重,而以琴心挑之。相如之临邛,从车骑,雍容闲雅甚都。及饮卓氏,弄琴,文君窃从户窥之,心悦而好之,恐不得当也。既罢,相如乃使人重赐文君侍者通殷勤。文君夜亡奔相如,相如乃与驰归成都。"

〔35〕　溶溶——水流动的样子,常用以形容月色如水。意本晏殊《无题》诗:"梨花院落溶溶月,柳絮池塘淡淡风。"

〔36〕　临——面对。　　皓魄——月或月光,此指月。权德舆《酬从兄》:"清光杳无际,皓魄流清宫。"

〔37〕　兰闺——女子的住室。庾肩吾《咏檐燕》:"双燕集兰闺,双飞高复低。"

〔38〕　芳春——春天。梁元帝萧绎《纂要》:"春曰青阳,亦曰发生、芳春、青春、阳春、三春、九春。"

〔39〕　早是——已经是,本来已经。《敦煌变文集·伍子胥变文》:"蒙王收录,早是分外垂恩,更蒙举立,为臣死罪,终当不敢!"　　扑堆——遍布,堆聚。扑,或作"抪",《方言》:"抪,聚也。"

〔40〕　埋没——这里是"蕴含"、"包藏"的意思。

〔41〕 新诗——格律诗是唐朝出现的一种诗体,与古体诗相对而言,称为近体诗或新诗。 和(hè 贺)——依另一首诗的韵律作出来的诗称为和诗。 应声——随声。《三国志·魏书·陈思王植传》:"每进见难问,应声而对。"此言莺莺才思敏捷,彼音刚落,此便出口。

〔42〕 厮觑定——互相看着,注目良久。厮,相,互相。《元曲释词》(三)引明·胡震亨《唐音癸签》卷二十四:"相,思必切,读若瑟,今北人皆呼为厮。"黎锦熙《中国近代语研究法》云:"厮字,向来无解,不知即'相'字一声之转。"

〔43〕 惺(xīng 星)惺的自古惜惺惺——聪明人从来就喜欢聪明人,性格、才调相同的人互相爱慕、看重,或同病相怜之意。曾布《曾公遗录》八:"皇子……虽三岁未能行,然能言语,极惺惺。"惺惺,聪明机灵意。惜,爱怜看重。《水浒传》第二回:"惺惺惜惺惺,好汉识好汉。"

〔44〕 "不做美"二句——凌濛初曰:"生欲行,莺欲迎,而红在侧,故谓其'浅情'、'不做美'。'便做道谨依来命',言何不便依了我们意也。'谨依来命',是成语,故用之,所取只一'依'字,犹'愿随鞭镫'之类。此曲家法。"

〔45〕 "幺篇"全曲——王伯良曰:"此与下曲,皆莺去后之景。'忽听、一声、猛惊',只指'宿鸟飞腾'句。下'花梢弄影',因'宿鸟飞腾'来。'落红满径',又因'花梢弄影'来。首六字,本调所谓务头,连用三韵,词家以此见巧,然须韵脚俱用平声。《中原音韵》引《周公摄政》传奇〔太平令〕云:'口来、豁开、两腮',正此例。记中如'本宫、始终、不同',皆用三平韵。后'世有、便休、罢手',及'讪筋、发村、使狠',间用仄韵,盖其次也。"

〔46〕 发付——打发,处理。《醒世恒言·钱秀才错占凤凰俦》:"你看我今番自去,他怎生发付我?"

〔47〕 苍苔——指台阶上长的青苔。晋·崔豹《古今注·草木》:"室中无人行则生苔藓,或紫或青,名曰圆藓。"

〔48〕 却才——犹刚才。元剧中却、恰通用,见第一本第一折"恰"字注。个,语助词,无义。

〔49〕　僛幸——凌濛初曰："僛幸,有侥幸意,有蹺蹊意,有可几幸意,有无着落意,亦在可解不可解。王(按,指王伯良)解为戏弄,非也。僛落乃是欺负作弄之解耳。"凌说近是,厮僛幸,言无缘、薄命,二人都无着落,怅惘失落。

〔50〕　缘——缘分,人与人之间命中注定的遇合机会。吕南公《奉答顾言见寄新句二首》:"更使襟灵憎市井,足知缘分在云山。"《剪灯新话·金凤钗记》:"然与崔家郎君缘分未断。"无缘,即无缘分。

〔51〕　薄命——所谓命,《列子·力命》篇晋·张湛注谓:"命者,必然之期,素定之分也。"薄命,谓命运不好,福分低浅,《列子·力命》:"北宫子厚于德,薄于命;汝厚于命,薄于德。"

〔52〕　斗柄云横——斗谓北斗,即大熊星座的七颗星——天枢、天璇、天玑、天权、玉衡、开阳、摇光。把它们连接起来,很像古代舀酒用的斗,故称北斗。其中玉衡、开阳、摇光三星为斗柄,又叫斗杓;其他四星为斗身,又叫斗魁。由于星空流转,斗柄所指的方位也不断变化。在固定的季节月份里,可以从斗柄的方位测定时间的早晚。斗柄云横,表示夜深。句本汉乐府《善哉行》:"月没参横,北斗阑干。"

〔53〕　四星——有四种解释:一,古人以二分半为一星,四星即"十分"(陈继儒),乃极、甚之意;二,斗柄三星没于云中,只馀斗身的四星,是冷落凄凉之意(弘治本、张相《诗词曲语辞汇释》);三,古人钉秤,每斤处用五星,只有末稍用四星,故以四星代指下梢(王伯良、凌濛初);四,天南地北,参辰卯酉,用为阻隔、不得相见意(弘治本、凌濛初)。此取第一义,即十分凄凉之意。

〔54〕　短檠(qíng 晴)灯——本指贫寒读书人读书照明的灯。韩愈《短灯檠歌》:"长檠八尺空自长,短檠二尺便宜光。……太学儒生东鲁客,二十辞家来射策。夜书细字缀语言,两目眵昏头雪白。此时提携当案前,看书到晓那能眠?一朝富贵还自恣,长檠高张照珠翠。吁嗟世事无不然,墙角君看短檠弃。"这里代指读书之灯。第五本第一折中状元后仍用短檠,可证。檠,灯架,支撑灯盘的立柱,以柱之长短区分长檠与短檠。

〔55〕 雾障云屏——王伯良曰:"'障'字、'屏'字,皆作活字用,与上'遮映'字一例看。"则是云遮雾障之意。《太和正音谱》引作"雾帐云屏",则是轻软如雾之纱帐与云母之屏风,亦通。

〔56〕 海誓山盟——男女定情的誓言,庾信《功臣不死王事请袭封表》:"汉以山河为誓,义在长久。"辛弃疾〔南乡子·赠妓〕:"别泪没些些,海誓山盟总是赊。"

〔57〕 锦片也似前程——形容婚姻美满似锦如花。郑德辉《㑳梅香骗翰林风月》楔子:"全凭玉带为媒证,锦片姻缘指日成。"前程,元剧中多指婚姻,乔吉《李太白匹配金钱记》第四折:"寄与他多情女艳娇,你着他别寻一个前程倒好。"宋已有此语,见《夷坚丁志》郎岩妻条。

〔58〕 照证——证明,证据。关汉卿《赵盼儿风月救风尘》第四折:"你再要嫁人时,全凭这一张纸是个照证。"

〔59〕 青琐闼(tà 踏)——宫门,这里代指朝廷。《文选》范云《古意赠王中书》:"摄官青琐闼,遥望凤凰池。"青琐,古代宫门上的一种装饰,《名义考》:"青琐,即今门之有亮隔者,刻镂为连琐文也。"闼,《后汉书·张步传》:"带剑至宣德后闼",李贤注:"闼,宫中门也。"

〔60〕 碧桃花下——元杂剧中男女幽会之地每称花下,如碧桃花下、牡丹花下、海棠花下,盖美其事兼美其地。

第 四 折

(洁引聪上云)今日二月十五日开启〔1〕,众僧动法器者〔2〕!请夫人小姐拈香。比及夫人未来,先请张生拈香,怕夫人问呵,则说道贫僧亲者。(末上云)今日二月十五日,和尚请拈香,须索走一遭。

【双调】【新水令】梵王宫殿月轮高,碧琉璃瑞烟笼罩。香烟云盖结〔3〕,讽咒海波潮〔4〕。幡影飘飘〔5〕,诸檀越尽来到^{〔6〕}。

【驻马听】法鼓金铎^{〔7〕},二月春雷响殿角;钟声佛号^{〔8〕},半天风雨洒松梢。侯门不许老僧敲^{〔9〕},纱窗外定有红娘报^{〔10〕}。害相思的馋眼脑^{〔11〕},见他时须看个十分饱。

  (末见洁科)(洁云)先生先拈香,恐夫人问呵,则说是老僧的亲。

  (末拈香科)

【沉醉东风】惟愿存在的人间寿高,亡化的天上逍遥。为曾祖父先灵^{〔12〕},礼佛法僧三宝^{〔13〕}。焚名香暗中祷告:则愿得红娘休劣,夫人休焦,犬儿休恶。佛啰,早成就了幽期密约。

  (夫人引旦上云)长老请拈香,小姐,咱走一遭。(末做见科)(觑聪云)为你志诚呵,神仙下降也。(聪云)这生却早两遭儿也。

  (末唱)

【雁儿落】我则道这玉天仙离了碧霄,元来是可意种来清醮^{〔14〕}。小子多愁多病身,怎当他倾国倾城貌^{〔15〕}。

【得胜令】恰便似檀口点樱桃^{〔16〕},粉鼻儿倚琼瑶^{〔17〕}。淡白梨花面,轻盈杨柳腰。妖娆^{〔18〕},满面儿扑堆著俏^{〔19〕};苗条,一团儿衠是娇^{〔20〕}。

  (洁云)贫僧一句话,夫人行敢道么?老僧有个敝亲,是个饱学的秀才^{〔21〕},父母亡后,无可相报,对我说,央及带一分斋,追荐父母。贫僧一时应允了,恐夫人见责。(夫人云)长老的亲,便是我的亲,请来厮见咱。(末拜夫人科)(众僧见旦发科^{〔22〕})

【乔牌儿】大师年纪老,法座上也凝眺[23];举名的班首真呆僗[24],觑著法聪头做金磬敲[25]。

【甜水令】老的小的,村的俏的[26],没颠没倒[27],胜似闹元宵[28]。稔色人儿[29],可意冤家,怕人知道,看时节泪眼偷瞧。

【折桂令】著小生迷留没乱[30],心痒难挠。哭声儿似莺啭乔林,泪珠儿似露滴花梢。大师也难学,把一个发慈悲的脸儿来朦著。击磬的头陀懊恼[31],添香的行者心焦[32]。烛影风摇,香霭云飘,贪看莺莺,烛灭香消[33]。

(洁云)风灭灯也。(末云)小生点灯烧香。(旦与红云)那生忙了一夜。

【锦上花】外像儿风流,青春年少;内性儿聪明,冠世才学。扭捏著身子儿百般做作,来往向人前卖弄俊俏。

(红云)我猜那生——

黄昏这一回,白日那一觉,窗儿外那会镂铎[34],到晚来向书帏里比及睡著,千万声长吁捱不到晓。

(末云)那小姐好生顾盼小子!

【碧玉箫】情引眉梢,心绪你知道;愁种心苗,情思我猜著。畅懊恼[35],响铛铛云板敲[36],行者又嚷,沙弥又哨[37],怎须不夺人之好[38]。

(洁与众僧发科)(动法器了)(洁摇铃跪宣疏了[39],烧纸科)(洁云)天明了也,请夫人小姐回宅。(末云)再做一会也好,那里发付小生也呵!

【鸳鸯煞】有心争似无心好,多情却被无情恼[40]。劳攘了一宵[41]，月儿沉，钟儿响，鸡儿叫。唱道是玉人归去得疾[42]，好事收拾得早。道场毕诸人散了，酩子里各归家[43]，葫芦提闹到晓[44]。（并下）

【络丝娘煞尾】[45]则为你闭月羞花相貌[46]，少不得翦草除根大小。

题目　　老夫人闭春院[47]　　崔莺莺烧夜香
正名[48]　　小红娘传好事　　张君瑞闹道场

西厢记五剧第一本终

注　释

〔1〕　开启——僧人开始做法事叫开启。《敕修清规圣节》："披阅金文，今辰开启。"

〔2〕　法器——佛教道教做法事时所用的鼓、磬、金钟、铙、钹、木鱼等响器。动法器，即动响器，奏乐。

〔3〕　香烟云盖结——香的烟雾在空中聚成云盖。云盖即烟盖，罩在上方的盖形香烟。《贤愚经》卷六："香烟如意，乘虚往至世尊顶上，相结合聚，作一烟盖。"

〔4〕　讽咒——念诵佛经。毛西河云："讽，诵也……犹言经诵与经咒。"　海波潮——喻诵经之声，有二义：一，声音之大、传闻之远如同海潮；二，海潮起落不违其时，表佛菩萨随人发响应时适机而说法，不待请。《法华经·普门品》曰："梵音，海潮音。"《楞严经》二曰："佛兴慈悲，哀悯阿难及诸大众，发海潮音，遍告诸善男子。"

〔5〕　幡——梵文意译，为旌旗的总称，有各种颜色，也有的绘有狮、龙等图像，是用来供养和装饰佛菩萨像的。《长阿含经》："以佛舍利置于床上，使末罗童子举床四角，擎持幡盖，烧香散花，伎乐供养。"

〔6〕　檀越——佛教徒称向寺院施舍财物、饮食的世俗信徒为檀越，

也称施主。檀,布施;越,谓有布施功德的人可超越贫穷海,来世免受贫穷。《南海寄归内法传》卷一:"梵云陀那钵底,译为施主。陀那是施,钵底是主。而言檀越者,本非正译,略去那字,取上陀音,转名为檀。更加越字,意道由行檀舍,自可越渡贫穷。"

〔7〕 法鼓金铎——鼓与铎都是佛教法器。法堂设二鼓,东北角者称法鼓,西北角者称茶鼓。铎为金属制成的铃形乐器,有柄及铃舌,摇动发声。这里用为动词,意为击鼓摇铎。

〔8〕 佛号——佛的名号,此作动词,呼佛名号。

〔9〕 侯门——唐·范摅《云溪友议》卷一《襄阳杰》云,崔郊姑姑的一个婢女与崔郊相恋,婢被卖于连帅,郊为诗曰:"侯门一入深如海,从此萧郎是路人。"后以侯门指显贵之家。

〔10〕 纱窗——指莺莺居室。毛西河云:"'檀越'句暗起莺未至之意,最妙;'侯门'二句则因莺未至而急作揣度之词,言僧众固难通,梅香应报知也,此时当至也。报是报莺,故云'纱窗'。王伯良解作红娘应报长老,误矣。"

〔11〕 馋眼脑——犹言贪看的眼睛。王伯良曰:"眼脑,即眼也。"毛西河曰:"北人称眼为眼脑。"李文蔚《同乐院燕青博鱼》第四折:"为甚么干支剌吐着舌头,呆不腾瞪着个眼脑?"

〔12〕 曾祖父——指曾祖父、祖父、父亲三代。　先灵——道家称祖先为先灵,谓先辈之灵魂。此即指亡灵。

〔13〕 礼——《释氏要览》曰:"《声论》云:盘那寐,或云槃淡,华言礼。《地持论》云:五轮著地。《长阿含经》云:二肘、二膝、头顶谓之五轮。轮者,圆转之义也,亦云五体。……《智度论》云:礼有三品。一,口但称'南无',是下品礼;二,屈膝著地,头顶不著地,是中品礼;三,五轮著地,是上品礼。又云,下者揖,中者跪,上者头面著地。"这里就指拜佛。　三宝——《释氏要览》云:"三宝,谓佛、法、僧也。"佛宝,指一切佛;法宝,即佛教教义;僧宝,即依佛法修业宣扬佛法的僧众。

〔14〕 可意种——称心如意人,心爱之人。　清醮(jiào 叫)——

本指道士为消灾求福而设坛祭祷的法事活动。其法为清身洁体而筑坛设供，书表章以祷神灵，故称清醮。这里指僧人超度亡灵的法事活动。

〔15〕　倾国倾城貌——《诗经·大雅·瞻卬》："哲夫成城，哲妇倾城。……乱匪降自天，生自妇人。"哲，智也；城，犹国也；倾，倾败。诗刺周幽王。据《史记·周本纪》，周幽王宠爱褒姒，为使其笑，乃举烽火戏诸侯，终至亡国。是说美女可以倾覆国家。又，《汉书·外戚传上》："孝武李夫人，本以倡进。初，夫人兄延年性知音，善歌舞，武帝爱之。……延年侍上起舞，歌曰：'北方有佳人，绝世而独立，一顾倾人城，再顾倾人国，宁不知倾城与倾国，佳人难再得。'上叹息曰：'善，世岂有此人乎？'平阳主因言延年有女弟，上乃召见之，实妙丽善舞。"是说佳人可使满城满国的人为之倾倒。后以"倾国倾城"代指姿容绝世的女子。

〔16〕　檀口——檀为浅绛色，常用以形容嘴唇红艳，韩偓《余作探史因而有诗》："黛眉印在微微绿，檀口消来薄薄红。"

〔17〕　琼瑶——美玉。本句是说鼻如美玉琢成。

〔18〕　妖娆（ráo 饶）——艳冶美丽。凌濛初曰："妖娆，面庞冶丽。"

〔19〕　俏——用于貌则指俊俏。《集韵》："俏，好貌。"

〔20〕　一团娇——犹言无处不娇好。

〔21〕　饱学——学问广博，满腹学问。《文心雕龙·事类》："才自内发，学以外成，有学饱而才馁，有才富而学贫。"

〔22〕　发科——戏曲术语，指做出各种逗笑的情态，以动观众。元·陶宗仪《辍耕录》说连枝秀"发科打诨，不离机锋"（卷十二）。

〔23〕　法座——原指佛说法时的座位，后凡僧家做佛事时的座位均称法座。

〔24〕　举名——做佛事时的呼令。　班首——头领，此指主持法事的和尚。　呆㑩（láo 劳）——元时口语，王伯良曰："呆㑩，方言也，犹言痴呆懵懂之意。古本作劳，音义并同。"闵遇五曰："㑩，劳去声，北方骂人多带㑩字，如云囚㑩、馋㑩之类，不知何义。"按，㑩，通"痨"，病，北方骂人加痨字，表程度之深。

〔25〕 磬(qìng 庆)——梵音犍稚、犍椎等,译为磬、钟、打木、声鸣,是可打而发声之物的通称。宋·元照释《南山行事钞》上之一:"犍椎,此名磬,亦名为钟。"《释氏要览》:"但是钟磬、石板、木板、木鱼、砧槌,有声能集众者,皆名犍稚也。""瓦木铜铁,鸣者皆名犍稚。"金磬,金属制做的响器。

〔26〕 村——粗俗,无知,"雅"的反义词。翟灏《通俗编》卷十《品目》"村气":"《隋唐嘉话》:'薛万彻尚丹阳公主,太宗尝谓人曰:"薛驸马有村气。"'《续演繁露》:'古无"村"名,今之"村",即古之鄙也。凡地在国中、邑中,则名之为"都"。都,美也,言其人物衣制皆雅丽也。凡言美曰都,"子都"、"都人士"、"车骑甚都"是也。及在郊外,则名之曰"鄙",言其朴质无文也。隋世乃有"村"名。唐令:在田野者为村,别置村正二人。则村之为义著也。故世之鄙陋者,人因以"村"目之。'" 俏——用于心性,则指聪明伶俐,今冀中犹言某人很俏,即指机灵之意。

〔27〕 没颠没倒——即颠倒,"没"与不尴不尬之"不"用法相同。此言因贪看莺莺而神魂颠倒忙乱无措。

〔28〕 元宵——旧历正月十五为上元节,祭神以元宵(食物)为献,俗称元宵节。唐代以来的民间风俗,在元宵节三街六市观赏灯火、表演奇术异能、歌舞百戏,称为闹元宵。

〔29〕 稔(rěn 忍)色——王伯良曰:"稔色,美色也。稔色人儿,指莺莺。"闵遇五曰:"稔,音饪,谷熟也。稔色,言美得丰足。"

〔30〕 迷留没乱——即没撩没乱,言撩乱之甚,心神不定。用法同"没颠没倒"。

〔31〕 头陀——梵语,意为抖擞,淘汰、涤除烦恼之意。《青藤山人路史》:"头陀,梵语也,原是'杜多'二字转音为头陀,华言抖擞也。言三毒之尘坌于心胸,须振迅而落之也。"三毒,指贪毒,贪婪之心;瞋毒,忿恚之心;痴毒,愚昧之心。《十二头陀经》、《大乘义章》卷十五,载有十二种修行规定,称为"头陀行",是佛教苦行之一,故称苦行僧为头陀。这里泛指僧人。

〔32〕 行者——佛教对三种人的称谓:一为善男子欲求出家,未得衣钵,依寺中住者,指在寺院服役而尚未剃度出家;二为行脚乞食僧;三为泛

指一切佛教徒。《释氏要览》云:"经中多呼修行人为行者。"这里泛指僧人。

〔33〕　烛灭香消——句本朱淑真〔浣溪沙〕:"衾寒枕冷夜香消。"白朴《唐明皇秋夜梧桐雨》第四折:"枕冷衾寒,烛灭香消。"

〔34〕　镬(huò获)铎——宋元方言,王伯良曰:"喧闹之意。"是。石君宝《李亚仙花酒曲江池》第四折:"那门外又是什么人闹炒? 我试看咱:(唱)阶垓下闹镬铎,闹火火为甚么?"

〔35〕　畅——程度副词,甚、很、极之意。

〔36〕　云板——佛教中铁铸成的云状法器,也作击以报时之用。《象器笺》:"云章曰:版形铸作云样,故云'云版'。《俗事考》云:宋太祖以鼓多惊寝,易以铁磬,此更鼓之变也。或谓之钲,即今云版也。"

〔37〕　沙弥——梵语,息恶行慈的意思,《翻译名义集》:"初入佛法,多存俗情,故须息恶行慈。"又,《魏书·释老志》:"为沙门者,初修十诫,曰沙弥。"沙弥本指刚出家、初受戒的出家男子,年龄在七岁以上未满二十岁,已受十戒,未受具足戒,俗称小和尚。　　哨——与上文"嚷"互文,叫也。《正字通》:"哨,多言也。"用于禽则指鸣叫,马致远〔哨遍·张玉喦草书〕套曲:"爱花香哨遍画眉。"哨即叫。

〔38〕　"恁须"句——恁,您。徐渭《南词叙录》:"你每二字,合呼为恁。"今冀中尚读您为"馁(něi)"。王伯良曰:"行者沙弥扰嚷其间,张生不得致其私款,故曰'夺人之好'。"凌濛初曰:"因大家动火而喧嚷,故张曰此乃我所好也,恁须不夺人之好。因古有'君子不夺人之好'语,故以此为谑。"毛西河曰:"法事了则速莺之去,故曰'夺人之好',与白中'再做一会也好'相应。"王说近是。

〔39〕　宣疏——僧道做法事时,演说佛法、宣读祝告文字叫宣疏。

〔40〕　"有心"二句——争似,怎如;无情,指僧众,僧众既闹嚷于前,使张生"畅懊恼",佛事毕又促莺回宅,故云。苏轼〔蝶恋花〕:"墙里秋千墙外道,墙外行人,墙里佳人笑。笑渐不闻声渐悄,多情却被无情恼。"

〔41〕　劳攘——辛苦劳碌之意。李好古《沙门岛张生煮海》第三折:

"一地里受煎熬,满海内空劳攘,兀的不慌杀了海上龙王。"

〔42〕 唱道是——真是、正是。用"唱道"二字是〔鸳鸯煞〕曲子的定格,第五句必以此二字开头。

〔43〕 酩(mǐng)子里——也作瞑子里、冥子里,宋元俗语,有暗地里、昏暗糊涂、忽然、无端诸义,张耒《明道杂志》:"冥子里,俗谓昏也。"陈眉公:"酩子里,犹云昏黑。"赵长卿〔簇水〕词:"闵子里、施纤手。"万树《词律》注云:"闵子里,即酩子里,乃暗地里之谓也。"宁希元《元曲的假借和音读》:"'冥'、'瞑'、'酩'都是假借,本字当作'窫',就是地室。《说文》:'窫,北方为地空,因以地穴为窫户。从穴,皿声,读若猛。'……元曲中的'冥子里'本是名词,'昏暗'、'忽然'、'无端',都是由'窫子'给人的生活感受后起的引申义。"

〔44〕 葫芦提——《许政扬文存》释云:"无名氏《赚蒯通》第四折:'想起那韩元帅,葫芦提斩在法场。'《陈州粜米》第三折:'可不先犯了个风流罪,落的价葫芦提罢俸钱。'葫芦提,犹今言糊涂,亦俗语,故无定字。宋·王陶《谈渊》:'……当时轻薄少年改邓公诗云:"赭案当衙并命时,与君两个没操持,如今我得休官去,一任夫君鹘露蹄。"闻者无不大哂。''鹘露蹄'即葫芦提,所以讥其政之斁败也。张文潜《明道杂志》:'钱文穆内相决一滞狱,苏长公誉以为霹雳手,钱曰:"仅免葫芦蹄耳。"'吴曾《能改斋漫录》引此,'葫芦蹄'作'葫芦提'。"

〔45〕 络丝娘煞尾——《西厢记》五本,前四本戏结束时,因情节未完,在套曲之外都用〔络丝娘煞尾〕二句,承上启下,剧情已完便不复用。凌濛初曰:"此有〔络丝娘尾〕者,因四折之体已完,故复为引下之词结之,见尚有第二本也。此非复扮色人口中语,乃自为众伶人打散语,犹说词家有分交以下之类,是其院本家数。王(按,指王伯良)谓是挡弹引带之词而削去,太无识矣。"打散,即散戏时送客的"饶戏"。毛西河《西河词话·连厢词》云:"少时观《西厢记》,见每一剧末,必有〔络丝娘煞尾〕一曲,于扮演人下场后复唱,且复念正名四句。此是谁唱谁念?至末剧,扮演人唱〔清江引〕曲,齐下场后,复有〔随煞〕一曲、正名四句、总目四句,俱不能解

唱者、念者之人。及得《连厢词》例，则司唱者在坐间，不在场上，故虽变杂剧，犹存坐间代唱之意。此种移踪换迹，以渐转变，虽词曲小数，然亦考古家所当识者。"王伯良《新校注古本西厢记例三十六则》则云："至诸本益以〔络丝娘〕一尾，语既鄙俚，复入他韵；又窃后折意提醒为之，似挡弹说词家所谓'且听下回分解'等语；又止第二、三、四折有之，首折复阙，明系后人增入。但古本并存，又《太和正音谱》亦收入谱中，或纂入已久，相沿莫为之正耳。今从秣陵本删去。"孰说为是，有待详考。

〔46〕　闭月羞花——女子容貌之美能使花月羞愧。李白《西施》："秀色掩今古，荷花羞玉颜。"《新五代史·唐家人传》言明宗淑妃王氏"有美色，号'花见羞'"。戏曲小说中多用之，《宦门子弟错立身》戏文："有沉鱼落雁之容，闭月羞花之貌。"

〔47〕　"闭春院"，原作"闲春院"，据一九七八年发现的《新编校正西厢记》残页，改"闲"为"闭"。毛本亦作"闭"。毛西河曰："闭，即门掩重关之意，虽出游犹闭也。"

〔48〕　题目正名——元杂剧有二或四句对文，用来概括该本戏的内容，叫题目正名。一般取其末句作为剧的全名，取末句中能代表戏之内容的几个字作剧的简名。题目与正名只是同一事物的不同叫法，所以有的戏只标"正名"，有的则标"题目正名"。题目正名的位置，有的放在剧的开头（如孟称舜《古今名剧合选》、顾曲斋《古杂剧》），有的放在剧的末尾（如《元刊杂剧三十种》、臧晋叔《元曲选》等），孙楷第《也是园古今杂剧考》云："以今思之，自当以置后者为是……然则题目正名即由众唱出，实亦打散语也。盖打散亦有诸般节目，有独舞鹧鸪，有念词，有诵诗，诵诗之后，继以唱题目正名，则唱题目正名又是一节目也。"李渔《闲情偶寄·格局第六·家门》则云："元词开场，止有冒头数语，谓之正名，又曰楔子（按，说误，参见第一本'楔子'注），多则四句，少则二句，似为简捷。"即演出开场时用以向观众介绍剧情，如今之报幕。王季思先生云："盖书于纸榜，悬之作场，以示观众，有似于今之海报者。"

西厢记五剧第二本

崔莺莺夜听琴杂剧

第 一 折

(净扮孙飞虎上开[1])自家姓孙,名彪,字飞虎。方今上德宗即位[2],天下扰攘[3]。因主将丁文雅失政[4],俺分统五千人马,镇守河桥。近知先相公崔珏之女莺莺,眉黛青颦[5],莲脸生春,有倾国倾城之容,西子太真之颜[6],见在河中府普救寺借居。我心中想来,当今用武之际,主将尚然不正,我独廉何为? 大小三军,听吾号令:人尽衔枚[7],马皆勒口[8],连夜进兵河中府,掳莺莺为妻,是我平生愿足! (法本慌上)谁想孙飞虎将半万贼兵[9],围住寺门,鸣锣击鼓,呐喊摇旗,欲掳莺莺小姐为妻。我今不敢违误,即索报知夫人走一遭。(下)(夫人上慌云)如此却怎了?俺同到小姐卧房里商量去。(下)(旦引红上云)自见了张生,神魂荡漾,情思不快,茶饭少进[10]。早是离人伤感,况值暮春天道[11],好烦恼人也呵! 好句有情联夜月,落花无语怨东风。

【仙吕】【八声甘州】恹恹瘦损[12],早是伤神,那值残春[13]。罗衣宽褪[14]，能消几度黄昏[15]？风袅篆烟不卷帘[16]，雨打梨花深闭门[17]；无语凭阑干[18]，目断行云[19]。

【混江龙】落红成阵，风飘万点正愁人[20]；池塘梦晓，阑槛辞春[21]。蝶粉轻沾飞絮雪[22]，燕泥香惹落花尘。系春心情短柳丝长，隔花阴人远天涯近[23]。香消了六朝金粉[24]，清减了三楚精神[25]。

（红云）姐姐情思不快，我将被儿薰得香香的，睡些儿。（旦唱）

【油葫芦】翠被生寒压绣裀，休将兰麝薰；便将兰麝薰尽，则索自温存。昨宵个锦囊佳制明勾引[26]，今日个玉堂人物难亲近[27]。这些时坐又不安，睡又不稳，我欲待登临又不快[28]，闲行又闷，每日价情思睡昏昏。

【天下乐】红娘呵，我则索搭伏定鲛绡枕头儿上盹[29]，但出闺门，影儿般不离身。

（红云）不干红娘事，老夫人著我跟著姐姐来。（旦云）俺娘也好没意思。

这些时直恁般堤防著人[30]！小梅香伏侍的勤，老夫人拘系的紧，则怕俺女孩儿折了气分[31]。

（红云）姐姐往常不曾如此无情无绪，自曾见了那生，便却心事不宁，却是如何？（旦唱）

【那吒令】往常但见个外人，氲的早嗔[32]；但见个客人，厌的倒褪[33]；从见了那人，兜的便亲[34]。想著他昨夜诗，依前韵，酬和得清新。

【鹊踏枝】吟得句儿匀，念得字儿真，咏月新诗，煞强似织锦回文[35]。谁肯把针儿将线引[36]，向东邻通个殷勤[37]。

【寄生草】想著文章士，旖旎人。他脸儿清秀身儿俊，性儿温克情儿顺[38]，不由人口儿里作念心儿里印。学得来一天星斗焕文章[39]，不枉了十年窗下无人问[40]。

（飞虎领兵上围寺科）（下）（卒子内高叫云）寺里人听者：限你每三日内，将莺莺献出来，与俺将军成亲，万事干休。三日之后不送出，伽蓝尽皆焚烧[41]，僧俗寸斩，不留一个。（夫人洁同上，敲门了，红看了云）姐姐，夫人和长老都在房门前。（旦见了科）（夫人云）孩儿，你知道么，如今孙飞虎将半万贼兵，围住寺门，道你眉黛青颦，莲脸生春，似倾国倾城的太真，要掳你做压寨夫人[42]。孩儿，怎生是了也？（旦唱）

【六幺序】听说罢魂离了壳，见放著祸灭身。将袖梢儿揾不住啼痕。好教我去住无因，进退无门。可著俺那埚儿里人急偎亲[43]？孤孀子母无投奔，赤紧的先亡过了有福之人。耳边厢金鼓连天振[44]，征云冉冉，土雨纷纷。

【幺篇】那厮每风闻[45]，胡云，道我眉黛青颦，莲脸生春，恰便似倾国倾城的太真。兀的不送了他三百僧人[46]！半万贼军，半霎儿敢剪草除根。这厮每于家为国无忠信，恣情的掳掠人民。更将那天宫般盖造焚烧尽，则没那诸葛孔明[47]，便待要博望烧屯[48]。

（夫人云）老身年六十岁，不为寿夭；奈孩儿年少，未得从夫[49]，却如之奈何？（旦云）孩儿有一计：想来则是将我与贼汉为妻，庶可免一家儿性命。（夫人哭云）俺家无犯法之男,再婚之女,怎舍得你献与贼汉,却不辱没了俺家谱[50]?(洁云)俺同到法堂两廊下,问僧俗有高见者,俺一同商议个长便[51]。(同到法堂科)(夫人云)小姐,却是怎生?(旦云)不如将我与贼人,其便有五[52]。

【后庭花】第一来免摧残老太君;第二来免堂殿作灰烬;第三来诸僧无事得安存;第四来先君灵柩稳;第五来欢郎虽是未成人,

(欢云)俺呵,打甚么不紧[53]。(旦唱)

须是崔家后代孙。莺莺为惜己身,不行从著乱军,著僧众污血痕,将伽蓝火内焚,先灵为细尘,断绝了爱弟亲,割开了慈母恩。

【柳叶儿】呀,将俺一家儿不留一个龅龇[54]。待从军又怕辱没了家门,我不如白练套头儿寻个自尽,将我尸榇,献与贼人,也须得个远害全身。

【青哥儿】母亲,都做了莺莺生忿[55],对傍人一言难尽。母亲,休爱惜莺莺这一身。

怎孩儿别有一计:

不拣何人,建立功勋,杀退贼军,扫荡妖氛,倒陪家门[56],情愿与英雄结婚姻,成秦晋[57]。

(夫人云)此计较可。虽然不是门当户对,也强如陷于贼中。长老,在法堂上高叫:两廊僧俗,但有退兵之策的,倒陪房奁,断送莺莺与他为妻[58]。(洁叫了,住[59])(末鼓掌上云)我有退兵之策,何不问我?(见夫人了)(洁云)这秀才便是前日带追荐的秀才。(夫人云)计将安在?(末云)重赏之下,必有勇夫[60];赏罚若明,其计必成。(旦背云)只愿这生退了贼者。(夫人云)恰才与长老说下,但有退得贼兵的,将小姐与他为妻。(末云)既是恁的,休諕了我浑家[61],请入卧房里去,俺自有退兵之策。(夫人云)小姐和红娘回去者。(旦对红云)难得此生这一片好心。

【赚煞】诸僧众各逃生,众家眷谁俅问。这生不相识横枝儿着紧[62]。非是书生多议论,也堤防著玉石俱焚[63]。虽然是不关亲,可怜见命在逡巡[64]。济不济权将秀才来尽[65]。果若有出师表文[66],吓蛮书信[67],张生呵,则愿得笔尖儿横扫了五千人。(下)

注　释

〔1〕　原无"净扮"二字,据弘治本补。

〔2〕　今上——当今天子,《广雅·释诂一》:"上,君也。"

〔3〕　扰攘——动乱,混乱。《汉书·律历志上》:"历战国扰攘,秦兼天下。"

〔4〕　失政——政治混乱失当。《韩非子·问田》:"二君者,驱于声词,眩乎辩说,不试于毛伯,不关乎州部,故有失政亡国之患。"

〔5〕　眉黛——黛为古代妇女画眉用的青黑色颜料,常用来代指妇女眼眉。白居易《喜小楼西新柳抽条》:"须教碧玉羞眉黛,莫与红桃作曲尘。"　青颦——眉青而常蹙。《广韵》:"颦,颦眉,蹙也。"

〔6〕　西子——春秋时越国美女西施。汉·赵晔《吴越春秋·勾践阴谋外传》:"种曰:'……夫吴王淫而好色,宰嚭佞以曳心,往献美女,其必受之。惟王选择美女二人而进之。'越王曰:'善。'乃使相者国中,得苎罗山鬻薪之女,曰西施、郑旦。"西施有心脏病,常皱眉,人以为美,《庄子·天运》:"西施病心而矉其里,其里之丑人见而美之,归亦捧心而矉其里。"王

先谦注："瞔……字同釁。"　　太真——名杨玉环,本为寿王妃,出家为女道士,号太真,后被唐玄宗册封为贵妃。白居易《长恨歌》写杨妃之美云:"天生丽质难自弃,一朝选在君王侧。回眸一笑百媚生,六宫粉黛无颜色。"

〔7〕衔枚——是古代行军打猎及丧礼执绋时一种禁止喧哗的措施,口中含物叫衔。《周礼·秋官·衔枚氏》:"军旅田役令衔枚。"唐·贾公彦疏:"军旅田役二者,衔枚氏(按,为执掌禁止喧哗的官员)令,使六军之士皆衔枚,止言语也。"又,《周礼·夏官·大司马》:"徒衔枚而进",郑玄注:"枚如箸,衔之,有缰结项中。军法止语,为相疑惑也。"贾公彦疏:"缰即两头系也。既有两系,明于项后中央结之。"

〔8〕勒口——犹今言戴嚼子。《说文》:"勒,马头落衔也。"段玉裁注:"落、络古今字……金部,衔,马勒口中。此云落衔者,谓落其头而衔其口,可控制也。"

〔9〕将——率领。《史记·秦始皇本纪》:"将军击赵",唐·张守节曰:"将,犹领也。"

〔10〕茶饭——谓饮食。《东京梦华录》:"凡店内卖下酒厨子,谓之茶饭量酒博士。"(卷二"饮食果子")

〔11〕天道——犹天气。关汉卿《感天动地窦娥冤》第三折:"这等三伏天道。"

〔12〕恹(yān 烟)恹——委靡不振的样子。唐·刘兼《春昼醉眠》诗:"处处落花春寂寂,时时中酒病恹恹。"

〔13〕那——况,又,更加之意。沈佺期《答魑魅代书寄家人》:"抱愁那去国,将老更垂裳。"那、更互文。白云:"早是离人伤感,况值暮春天道",唱云:"早是伤神,那值残春",可证那即况。

〔14〕宽褪(tùn)——宽松。褪亦宽松之意,秦观(一作苏轼)〔点绛唇〕:"美人愁闷,不管罗衣褪。"

〔15〕"能消"句——本赵令畤〔清平乐〕词:"断送一生憔悴,只消几个黄昏。"

〔16〕 篆烟——香烟上升时纡徐盘旋,形如篆字,故称篆烟;也指制作成屈曲盘绕,状如篆字的香。元·宋梅洞小说《娇红传》:"日影萦阶睡正醒,篆烟如缕午风平。"

〔17〕 "雨打"句——语本宋·李重元〔忆王孙·春词〕:"杜宇声声不忍闻,欲黄昏,雨打梨花深闭门。"

〔18〕 "无语"句——意本孙光宪〔临江仙〕:"含情无语、延仁倚栏干。"

〔19〕 目断——极目远望。柳永〔少年游〕:"夕阳岛外,秋风原上,目断四天垂。" 行云——流动的云。《宋史·苏轼传》:"尝自谓作文如行云流水,初无定质,但常行于所当行,止于所不可不止。"

〔20〕 "落红"二句——上句出宋词,秦观〔水龙吟〕:"卖花声过尽,斜阳院落,红成阵、飞鸳甃。"贺铸〔木兰花〕:"纷纷花雨红成阵,冷酒青梅寒食近。"下句出杜诗,《曲江》:"一片花飞减却春,风飘万点正愁人。"

〔21〕 "池塘"二句——感叹春光易逝,是说景色刚刚如谢灵运梦中所得诗句"池塘生春草",春天却又匆匆逝去。池塘梦,钟嵘《诗品》卷中引《谢氏家录》:"康乐(按,谢灵运袭封康乐公)每对惠连(按,灵运从弟谢惠连),辄得佳语。后在永嘉西堂,思诗竟日不就,瘃寐间忽见惠连,即成'池塘生春草'。"阑槛,指花圃。

〔22〕 "蝶粉"句——是说飘飞的柳絮沾在蝴蝶身上,好像是一层雪。蝶粉,蝴蝶身上的鳞粉。《世说新语·言语》:"谢太傅(按,谢安)寒雪日内集,与儿女讲论文艺。俄而雪骤,公欣然曰:'白雪纷纷何所似?'兄子胡儿(按,谢朗小字)曰:'撒盐空中差可拟。'兄女(按,指谢道韫)曰:'未若柳絮因风起。'"

〔23〕 "系春心"二句——是说柳丝虽短,可是连接互相爱慕的情思还不如柳丝长;天涯虽远,但与只隔着一簇花丛的心上人相比,却好像人比天涯更远。上句本杨果〔越调·小桃红〕:"美人笑道:'莲花相似,情短藕丝长。'"下句本欧阳修〔千秋岁·春恨〕:"夜长春梦短,人远天涯近。"

〔24〕 "香消"句——是说无心梳妆,身上的脂粉香气消失。金粉,铅

粉,妇女妆饰用的脂粉。崔豹《古今注》:"纣烧铅为粉,名曰胡粉,又名铅粉。萧史炼飞雪丹,与弄玉涂之,后因曰铅华,曰金粉。今水银腻粉是也。"六朝风气奢华,故称六朝金粉。洪亮吉《冬青树乐府序》:"金粉六朝,尽才子伤心之赋。"

〔25〕　"清减"句——意即精神衰减。三楚,战国楚地,古有东西南三楚之分。阮籍《咏怀》有"三楚多秀士"之句,故借三楚之地以写人之精神。

〔26〕　锦囊佳制——犹言美好的诗句。李商隐《李长吉小传》云:李贺"能苦吟疾书……恒从小奚奴,骑距驴,背一古破锦囊,遇有所得,即书投囊中。及暮归,太夫人使婢受囊出之,见所书多,辄曰:'是儿要当呕出心乃已尔。'上灯与食,长吉从婢取书,研墨叠纸足成之,投他囊中。"

〔27〕　玉堂人物——玉堂本为汉代位于未央宫内的玉堂殿,《汉书·李寻传》:"臣寻位卑术浅,过随众贤待诏,食太官,衣御府,久污玉堂之署。"汉时待诏于玉堂殿,唐时待诏于翰林院,遂称学士为玉堂人物。此指张生。

〔28〕　登临——登山临水,这里泛指游玩。

〔29〕　"搭伏定"句——句本杨果〔仙吕·赏花时〕:"唱道则听得玉漏声频,搭伏定鲛绡枕头儿盹。"搭伏定,伏在……之上。鲛绡(jiāo xiāo 交消),传说居于南海水中之鲛人所织成的细纱,《太平御览》卷八〇三引《博物志》:"鲛人,水底居也,俗传从水中出,曾寄寓人家,积日卖绡。绡者,竹孚俞也。"任昉《述异记》卷上:"南海出鲛绡纱,泉室潜织,一名龙纱,其价百馀金,以为服,入水不濡。"这里指鲛绡做的枕头。

〔30〕　直恁般——竟这样。直,竟、居然,《水浒传》第二回:"姐夫直如此挂心!"　　堤防——防备,防范。关汉卿《感天动地窦娥冤》第三折:"没来由犯王法,不堤防遭刑宪。"

〔31〕　折了气分——丢了光彩,失了体面。气分,光彩,体面,气概。张国宾《罗李郎大闹相国寺》第四折:"你两个苦修文,温故知新,这的是显耀男儿气分,只愿你早成名天下闻。"

〔32〕　氲的——亦作"晕的"、"缊地",脸红,脸变色。关汉卿《闺怨

佳人拜月亭》第一折："每常我听得绰的说个女婿,我早豁地离了坐位,悄地低了咽颈,缊地红了面皮。"

〔33〕 厌的——突然,猛的。马致远《马丹阳三度任风子》第二折:"我骗土墙腾的跳过来,转茅檐厌的行过去。" 倒褪——后退,倒退。

〔34〕 兜(dǒu 陡)的——陡然,顿时,立刻。纪君祥《赵氏孤儿大报仇》第一折:"可怎生到门前兜的又回身?"

〔35〕 煞强似——更胜过,比……强得多。 织锦回文——又名璇玑图,意思是像珠玉一样美好的诗句。回文,是一种纵横反复都可通读的文体,诗词曲都有,此指回文诗。武曌(武则天)《苏氏织锦回文记》云:前秦苻坚时,秦州刺史扶风窦滔妻苏氏名蕙,字若兰,窦滔镇守襄阳,苏蕙不与偕行,遂绝音问,"苏氏悔恨自伤,因织锦为回文,五彩相宣,莹心辉目,纵广八寸,题诗二百馀首,计八百馀言,纵横反覆,皆为文章。其文点画无缺,才情之妙,超今迈古,名曰璇玑图"《晋书·列女传》。所载略有不同。

〔36〕 针儿引线——陈眉公曰:"出《淮南子》。线因针而入,如女因媒而成也。"

〔37〕 东邻——宋玉《登徒子好色赋》:"天下之佳人,莫若楚国;楚国之丽者,莫若臣里;臣里之美者,莫若臣东家之子。东家之子,增之一分则太长,减之一分则太短,着粉则太白,施朱则太赤。眉如翠羽,肌如白雪,腰如束素,齿如含贝。嫣然一笑,惑阳城,迷下蔡。然此女登墙窥臣三年,至今未许也。"又,司马相如《美人赋》:"臣之东邻,有一女子,玄发丰艳,蛾眉皓齿。"东邻,本指多情美女,此指张生。张生搬至寺中,恰在莺莺东邻。

〔38〕 温(yùn 蕴)克——温和恭敬。《诗经·小雅·小宛》:"人之齐圣,饮酒温克。"温,郑玄笺:"温(蕴)藉自持",朱熹集传:"温恭自持"。克,毛亨传:"胜也",即克制自己的酒风。本指喝了酒还能自我克制,保持温恭仪态。此有文雅温柔之意。

〔39〕 一天星斗焕文章——文章如满天星斗一样灿烂夺目。焕,光

彩夺目的样子。杜牧《华清宫》：“雷霆驰号令，星斗焕文章。”

〔40〕　十年窗下无人问——元·刘祁《归潜志》卷七：“南渡后疆土日狭……故仕进调官，皆不得遂。……故当时有云：古人谓：‘十年窗下无人问，一举成名天下知’。今日‘一举成名天下知，十年窗下无人问’也。”这里是十年寒窗苦读，久不为世人所知的意思。王伯良引徐渭云：“‘十年’句，莺莺自语，此只用现成语，‘十年窗下’四字俱不着紧。言此人又俊雅，又着人，又有文学，不由我不爱之也，非以功名显达期之也。”

〔41〕　伽（qié 茄）蓝——梵文僧伽蓝的的省称，《十诵律》卷五十六：“地法者，佛所受地，为僧伽蓝故，听僧起方舍故。”原指修建僧舍之基地，转而为寺院之总称。晋·法显《佛国记》：“名众僧止处，为僧伽蓝。”

〔42〕　压寨夫人——语出《新五代史·唐家人传》：“庄宗攻梁军于夹城，得符道昭妻侯氏，宠专诸宫，宫中谓之‘夹寨夫人’。”戏曲小说中常用指占山为王的寇盗之妻，康进之《梁山泊李逵负荆》第一折：“把你这女孩儿与俺宋公明哥哥做压寨夫人！”

〔43〕　“那埚（guō 郭）儿里”句——王伯良曰：“埚……诸本皆讹作‘窝’，非。《冤家债主》剧：‘倘有些儿好歹，可着我那埚里发付！’《王魁负桂英》剧：‘哎耶耶也，这埚儿是俺那送行的田地。’可证。……‘埚儿里’，犹今俗言这所在、那所在之谓。‘人急偎亲’者，人急迫而相偎傍也。”

〔44〕　金鼓——即钟鼓，古代用来节制军队的进退，击鼓则进，鸣金则退。《吕氏春秋·不二》：“有金鼓，所以一耳。”一，指统一军队的行动。高诱注：“金，钟也。击金则退，击鼓则进。”

〔45〕　风闻——传闻，听说。《汉书·南粤王传》：“风闻老夫父母坟墓已坏削，兄弟宗族已诛论。”颜师古注：“风闻，闻风声耳。”

〔46〕　送——葬送。无名氏《包待制陈州粜米》第一折：“哎哟天那！兀的不送了我也这条老命！”

〔47〕　则——虽。杜甫《别蔡十四著作》：“天地则疮痍，朝廷多正臣。”则没，犹云虽没有。

〔48〕　博望烧屯——本为刘备事，见《三国志·蜀书·先主传》：“曹

公既破绍(按,袁绍),自南击先主。先主遣糜竺、孙乾与刘表相闻。表自郊迎,以上宾礼待之,益其兵,使屯新野。荆州豪杰归先主者日益多,表疑其心,阴御之,使拒夏侯惇、于禁等于博望。久之,先主设伏兵,一旦自烧屯伪遁,惇等追之,为伏兵所破。"戏曲小说衍为诸葛亮火攻夏侯惇,被称为诸葛亮初出茅庐第一功,如元·无名氏杂剧《诸葛亮博望烧屯》、《三国演义》第三十九回"博望坡军师初用兵"。

〔49〕 从夫——《仪礼·丧服·子夏传》:"妇人有三从之义,无专用之道,故未嫁从父,既嫁从夫,夫死从子。"后以"从夫"代指出嫁。

〔50〕 辱没——玷辱。孟汉卿《张孔目智勘魔合罗》第二折:"更做到钱心重,情分少,枉辱没杀分金管鲍。" 家谱——记载家族世系和人物事迹的谱籍。辱没家谱,犹言玷辱了家族的清白历史。

〔51〕 长便——长策,好办法。《水浒传》第三十三回:"我却不妨,只恐刘高那厮不肯和你干休。我们也要计较个长便。"

〔52〕 便——有利,适宜。《淮南子·本经训》:"行快而便于物。"高诱注:"便,利也。"

〔53〕 打甚么不紧——当时口语,不要紧、没什么要紧。打紧,即要紧;打甚么不紧,即要什么紧。"不"字为语中助词,无义。关汉卿《感天动地窦娥冤》第三折:"这个就依你,打甚么不紧。"

〔54〕 龆龀(tiáo chèn 条衬)——《韩诗外传》卷一谓男孩换牙为龆,女孩换牙为龀:"男八月生齿,八岁而龆齿。……女七月生齿,七岁而龀齿。"清·俞樾《曲园杂纂·韩诗外传》谓男女换齿皆称龀。龆即髫,指垂发。龆龀即垂髫换齿之时,指幼年。陶渊明《祭从弟敬远文》:"相及龆龀,并罹偏咎。"剧中代指儿童。

〔55〕 生忿——不孝之意。闵遇五曰:"元词多用'生忿',或用'生分',皆是戾气之意。或云:'生忿',忤逆也。祸始于莺而及于母,故自引为己之忤逆。亦得。"贾仲明《荆楚臣重对玉梳记》第一折:"常言道母慈悲儿孝顺,则为你娘狠毒儿生分。"生分为孝顺的反义。

〔56〕 倒陪家门——指不仅不要财礼,反而倒陪送家私财产。家门,

家私财产。贾仲明《荆楚臣重对玉梳记》第一折："这厮待逞精神,卖弄家门。"

〔57〕　成秦晋——结为夫妇。春秋时秦晋两国世通婚姻,后称联姻为成秦晋之好。《左传》僖公二十三年载,晋公子重耳至秦,"秦伯纳女五人,怀嬴与焉,奉匜沃盥。既而挥之,怒曰:'秦晋匹也,何以卑我?'"匹,匹敌,汉·刘熙《释名·释亲属》:"夫妻,匹敌之意也。"

〔58〕　断送——打发,送出。《张协状元》戏文:"我去讨米和酒并豆腐,断送你去。"

〔59〕　住——停一会儿。犹话剧之"哑场"。

〔60〕　"重赏"二句——见《黄石公记》:"芳饵之下,必有悬鱼;重赏之下,必有死夫。"(《后汉书·耿纯传》李贤注引)

〔61〕　浑家——妻子。钱大昕《恒言录·亲属称谓》:"称妻曰浑家,见郑文宝《南唐近事》。"

〔62〕　横枝儿着紧——非亲非故的局外人而能急人之难,分人之忧。王伯良曰:"横枝,非正枝也。《传灯录》:道信大师曰:'庐山紫云如盖,下有白气,横分六道,汝等会否?'弘忍曰:'莫是和尚化后,横出一枝佛法否?'诸僧伴既各自逃生,众家眷又无人瞅问,张生非亲非故,乃曰'我能退兵',是所谓横枝儿着紧也。实甫《丽春堂》剧:'则我这家私上,横枝儿有一万端。'马致远《陈抟高卧》剧:'索甚我横枝儿治国安民。'关汉卿词:'怎当那横枝罗惹,不许提防。'"横枝儿,喻不相干的人和事。此指不相干之人。

〔63〕　玉石俱焚——《尚书·胤征》:"火炎昆冈,玉石俱焚。"孔安国传:"山脊曰冈。昆山出玉,言火逸而害玉。"玉和石头全被烧掉,比喻好的坏的、相干的不相干的同归于烬。

〔64〕　命在逡(qūn)巡——犹命在旦夕。逡巡,顷刻,不一会儿。

〔65〕　济——成。《礼记·乐记》:"事早济也。"郑玄注:"济,成也。"尽(jǐn紧):任凭,由着。将秀才尽,犹让秀才尽先,尽量由着秀才办。

〔66〕　出师表文——三国时蜀相诸葛亮在刘备死后,辅佐后主刘禅,

励精图治,兴复汉室,建兴五年(227),诸葛亮率军北驻汉中(今陕西省汉中市),准备北伐曹魏。出师前上书后主,即《出师表》。

〔67〕 吓蛮书信——唐·范传正《唐左拾遗翰林学士李公新墓碑铭》载:"天宝初,召见(按,召见李白)于金銮殿,玄宗降辇步迎,如见园绮。论当世务,草答蕃书,辩如悬河,笔不停辍。"《答蕃书》今不传,后世传为"吓蛮书",如元杂剧《李太白贬夜郎》,郑光祖《迷青琐倩女离魂》第一折谓"李太白醉写平蛮稿"。小说如《警世通言·李谪仙醉草吓蛮书》、明吴敬所《国色天香》卷三亦有《吓蛮书》。出师表文、吓蛮书信,均指文人用兵退敌之策。

楔　子〔1〕

(夫人云)此事如何?(末云)小生有一计,先用著长老。(洁云)老僧不会厮杀,请秀才别换一个。(末云)休慌,不要你厮杀。你出去与贼汉说:"夫人本待便将小姐出来,送与将军,奈有父丧在身。不争鸣锣击鼓〔2〕,惊死小姐,也可惜了。将军若要做女婿呵,可按甲束兵,退一射之地。限三日功德圆满〔3〕,脱了孝服,换上颜色衣服,倒陪房奁,定将小姐送与将军。不争便送来,一来父服在身,二来于军不利。"你去说来。(洁云)三日如何?(末云)有计在后。(洁朝鬼门道叫科〔4〕)请将军打话〔5〕。(飞虎卒上云)快送出莺莺来!(洁云)将军息怒。夫人使老僧来与将军说。(说如前了)(飞虎云)既然如此,限你三日后若不送来,我著你人人皆死,个个不存。你对夫人说去:恁的这般好性儿的女婿,教他招了者!(洁云)贼兵退了也,三日后不送出去,便都是死的。(末云)小子有一故人,姓杜,名确,号为白马将军,见统十万大兵,镇守著蒲关。一封书去,此人必来救我。此间离蒲关四十五里,写了书呵,怎得人送去?(洁云)若是白马将军肯来,何虑孙飞虎!俺这里有一个徒弟,唤作惠明,则是要吃酒厮打。若使央他去,定不肯去;须将言语激著他,他便去。(末唤云)有书寄与杜将军,谁敢去?谁敢去?

(惠明上云)我敢去[6]!

【正宫】【端正好】不念《法华经》[7],不礼《梁皇忏》[8],彪了僧伽帽[9],袒下我这偏衫[10],杀人心逗起英雄胆,两只手将乌龙尾钢椽揝[11]。

【滚绣球】非是我贪,不是我敢,知他怎生唤做打参[12],大踏步直杀出虎窟龙潭。非是我挣[13],不是我揽,这些时吃菜馒头委实口淡,五千人也不索炙煿煎熰[14]。腔子里热血权消渴,肺腑内生心且解馋,有甚腌臜[15]!

【叨叨令】浮沙羹宽片粉添些杂糁[16];酸黄齑烂豆腐休调啖[17]。万馀斤黑面从教暗[18],我将这五千人做一顿馒头馅。是必休误了也么哥[19],休误了也么哥!包残馀肉把青盐蘸[20]。

(洁云)张秀才著你寄书去蒲关,你敢去么?(惠唱)

【倘秀才】你那里问小僧敢去也那不敢,我这里启大师用咱也不用咱。你道是飞虎将声名播斗南[21];那厮能淫欲,会贪婪,诚何以堪[22]!

(末云)你是出家人,却怎不看经礼忏,则厮打为何?(惠唱)

【滚绣球】我经文也不会谈,逃禅也懒去参[23];戒刀头近新来钢蘸[24],铁棒上无半星儿土渍尘缄。别的都僧不僧、俗不俗、女不女、男不男,则会斋的饱也则向那僧房中胡浻[25],那里怕焚烧了兜率伽蓝。则为那善文能武人千里,凭著这济困扶危书一缄,有勇无惭[26]。

(末云)他倘不放你过去,如何?(惠云)他不放我呵,你放心。

【白鹤子】著几个小沙弥把幢幡宝盖擎[27],壮行者将捍棒镬叉担[28]。你排阵脚将众僧安[29],我撞钉子把贼兵来探[30]。

【二】远的破开步将铁棒飐,近的顺著手把戒刀钐[31];有小的提起来将脚尖踸[32],有大的扳下来把髑髅勘[33]。

【一】瞅一瞅古都都翻了海波,滉一滉斯琅琅振动山岩[34];脚踏得赤力力地轴摇,手扳得忽剌剌天关撼[35]。

【耍孩儿】我从来驳驳劣劣[36],世不曾忑忑忐忐[37],打熬成不厌天生敢[38]。我从来斩钉截铁常居一[39],不似恁惹草拈花没揽三[40]。劣性子人皆惨[41],舍著命提刀仗剑,更怕甚勒马停骖[42]。

【二】我从来欺硬怕软,吃苦不甘[43],你休只因亲事胡扑俺[44]。若是杜将军不把干戈退,张解元干将风月担,我将不志诚的言词赚[45]。倘或纰缪[46],倒大羞惭[47]。

(惠云)将书来,你等回音者。

【收尾】恁与我助威风擂几声鼓,仗佛力呐一声喊。绣旗下遥见英雄俺,我教那半万贼兵唬破胆。(下)

(末云)老夫人、长老都放心,此书到日,必有佳音。咱眼观旌节旗,耳听好消息[48]。你看一封书札逡巡至,半万雄兵咫尺来[49]。(并下)(杜将军引卒子上开)林下晒衣嫌日淡,池中濯足恨鱼腥[50]；花根本艳公卿子，虎体原班将相孙[51]。自家姓杜，名确，字君实，本贯西洛人也。自幼与君瑞同学儒业，后弃文就武，当年武举及第，官拜征西大将军，正授管军元帅，统领十万之众，镇守著蒲关。有人自河中来，听知君瑞兄弟在普救寺中，不来望我；著人去请，亦不肯来，不知主甚意。今闻丁文雅失政，不守国法，剽掠黎民。我为不知虚实，未敢造次兴师[52]。孙子曰[53]："凡用兵之法，将受命于君[54]，合军聚众[55]，圮地无舍[56]，衢地交合[57]，绝地无留[58]；围地则谋[59]，死地则战[60]；途有所不由[61]，军有所不击[62]，城有所不攻[63]，地有所不争[64]，君命有所不受[65]。故将通于九变之利者[66]，知用兵矣。治兵不知九变之术[67]，虽知五利[68]，不能得人用矣[69]。"吾之未疾进兵征讨者，为不知地利浅深出没之故也。昨日探听去，不见回报。今日升帐，看有甚军情，来报我知道者。（卒子引惠明和尚上开）（惠明云）我离了普救寺，一日至蒲关，见杜将军走一遭。（卒报科）（将军云）著他过来！（惠打问讯了云）贫僧是普救寺僧[70]。今有孙飞虎作乱，将半万贼兵，围住寺门，欲劫故臣崔相国女为妻。有游客张君瑞奉书，令小僧拜投于麾下[71]，欲求将军以解倒悬之危[72]。（将军云）将过书来。（惠投书了）（将军拆书念曰）"珙顿首再拜大元帅将军契兄纛下[73]：伏自洛中[74]，拜违犀表[75]，寒暄屡隔，积有岁月，仰德之私[76]，铭刻如也。忆昔联床风雨[77]，叹今彼各天涯；客况复生于肺腑，离愁无慰于羁怀[78]。念贫处十年藜藿[79]，走困他乡；羡威统百万貔貅[80]，坐安边境。故知

虎体食天禄,瞻天表[81],大德胜常;使贱子慕台颜[82],仰
台翰[83],寸心为慰。辄禀:小弟辞家,欲诣帐下,以叙数
载间阔之情;奈至河中府普救寺,忽值采薪之忧[84]。不
期有贼将孙飞虎,领兵半万,欲劫故臣崔相国之女,实为迫
切狼狈。小弟之命,亦在逡巡。万一朝廷知道,其罪何归?
将军倘不弃旧交之情,兴一旅之师,上以报天子之恩,下以
救苍生之急;使故相国虽在九泉[85],亦不泯将军之德。
愿将军虎视去书,使小弟鹄观来旌[86]。造次干渎[87],不
胜惭愧。伏乞台照不宣[88]。张珙再拜[89]。二月十六日
书"(将军云)既然如此,和尚你行,我便来。(惠明云)将军是
必疾来者。(将军云)虽无圣旨发兵,将在军,君命有所不受。
大小三军,听吾将令:速点五千人马,人尽衔枚,马皆勒口,
星夜起发,直至河中府普救寺,救张生走一遭。(飞虎引卒子
上开)(将军引卒子骑竹马调阵拿绑下[90])(夫人洁同末上云)下书已两
日,不见回音。(末云)山门外呐喊摇旗,莫不是俺哥哥军至
了?(末见将军了)(引夫人拜了)(将军云)杜确有失防御,致令老
夫人受惊,切勿见罪是幸。(末拜将军了)自别兄长台颜,一向
有失听教。今得一见,如拨云睹日。(夫人云)老身子母,如
将军所赐之命,将何补报?(将军云)不敢,此乃职分之所当
为。敢问贤弟:因甚不至戎帐?(末云)小弟欲来,奈小疾偶
作,不能动止[91],所以失敬。今见夫人受困,所言退得贼
兵者,以小姐妻之,因此愚弟作书请吾兄。(将军云)既然有
此姻缘,可贺,可贺!(夫人云)安排茶饭者。(将军云)不索。
倘有馀党未尽,小官去捕了,却来望贤弟。左右那里,去斩
孙飞虎去!(拿贼了)本欲斩首示众,具表奏闻,见丁文雅失

守之罪。恐有未叛者,今将为首各杖一百,馀者尽归旧营去者!(孙飞虎谢了下)(将军云)张生建退贼之策,夫人面许结亲,若不违前言,淑女可配君子也[92]。(夫人云)恐小女有辱君子。(末云)请将军筵席者!〔将军云〕我不吃筵席了,我回营去,异日却来庆贺。(末云)不敢久留兄长,有劳台候。(将军望蒲关起发)(众念云)马离普救敲金镫,人望蒲关唱凯歌。(下)(夫人云)先生大恩,不敢忘也。自今先生休在寺里下,则著仆人寺内养马,足下来家内书院里安歇[93]。我已收拾了,便搬来者。到明日略备草酌,著红娘来请你,是必来一会,别有商议。(末云)这事都在长老身上。(问洁云)小子亲事,未知何如?(洁云)莺莺亲事,拟定妻君[94]。只因兵火至,引起雨云心。(下)(末云)小子收拾行李,去花园里去也!(下)

注　释

〔1〕　楔子——第二本之楔子,应为一折。"楔子"只起序幕和过场的作用,戏剧冲突之发展不宜放在楔子里进行,且不唱套曲。凌濛初曰:"历考诸剧,楔子止用〔仙吕·赏花时〕,或一或二,及〔仙吕·端正好〕一曲耳。此独竟以正宫诸曲演而成套,若另为一折然者。此因欲写惠明之壮勇,难以一调尽,而为此变体耳。近本竟去'楔子'二字,则此剧多一折;若并前〔八声甘州〕为一,则一折二调,尤非体矣。"一本五折之剧不为罕见,而楔子唱套曲者,仅此一处,故应视为一折。

〔2〕　不争——用于句首,与"若是"义同。王晔《桃花女破法嫁周公》楔子:"不争儿板僵身死,天那,着谁人送我无常!"

〔3〕　功德——做善事,如念佛、诵经、布施等为功,得福报为德。智颉《仁王经疏》卷上:"施物名功,归己曰德。"《胜鬘经宝卷》卷上:"恶尽言

功,善满曰德。又,德者得也,修功所得,故名功德。"功德圆满,指做佛事结束。

〔4〕 鬼门道——戏台上左右两边剧中人的上场门和下场门。因为所演多为古人古事,故称鬼门道或古门道。丹丘先生论曲云:"构肆中戏房出入之所,谓之'鬼门道',言其所扮者皆已往昔人,出入于此,故云'鬼门'。愚俗无知,以置鼓于门,改为'鼓门道',又讹而为古,皆非也。东坡诗有云:'搬演古人事,出入鬼门道。'"但元剧中已写作"古门",可见由来已久。"论曲"所引苏轼诗,今本苏集未见,不知何据。

〔5〕 打话——对话。宋·陈规《守城录》卷三:"高呼城上人……教来打话。"

〔6〕 "(惠明上云)我敢去",原无,据弘治本补。

〔7〕 法华经——佛经名,为《妙法莲华经》的简称。妙法,是指所说教法微妙无上;莲华,喻经典洁白美丽如莲花。《法华玄义》卷一曰:"所言妙者,名不可思议也;所言法者,十界十如权实之法也;莲花,譬权实法也。"《法华玄赞》卷一曰:"莲华有二义:一出水义,所诠之理出离二乘泥浊水故;二开敷义,以胜教言开真理故。"

〔8〕 梁皇忏——原名《慈悲道场忏法》。《释氏稽古史略》卷二云:"梁帝(按,指梁武帝)初为雍州刺史时,夫人郗氏性酷妒,既亡,至是化为巨蟒入后宫,通梦于帝求拯拔,帝阅佛经为制《慈悲道场忏法》十卷,请僧忏礼。夫人化为天人,空中谢帝而去。其《忏法》行于世,曰《梁皇忏》。"不礼梁皇忏,这里是不念经之意。

〔9〕 飐(diū 丢)——抛掷,甩。钱南扬曰:"闵遇五《注》:'飐,音丢;义同。'案:元·杨朝英《朝野新声太平乐府》马致远《借马套》《三煞》:'休教鞭飐着马(眼),休教鞭擦着毛衣。'倘作'丢'解,义不可通。盖'飐'者,犹南方人的言甩,与丢义异,《字汇补》云:'飐,巴收切。'闵注音义俱欠正确。"(见钱注《南柯记·漫遣》)

〔10〕 偏衫——为开脊接领,斜披于左肩上的僧人法衣。《六物图》曰:"此方往古并服祇支,至后魏时始加右袖,两边合谓之偏衫。截领开

裙,犹存本相,故知偏衫左肩即本衹支,右边即覆肩也。"宋·释赞宁《僧史略·服章法式》云:"后魏宫人见僧自恣,偏袒右肩,乃施一肩衣,号曰偏衫。"

〔11〕　"两只手"句——王伯良曰:"乌龙尾钢椽,谓铁裹头棍也。北人以握为揝。"乌龙尾,比喻棍之威力有如乌龙尾。

〔12〕　打参——打谓打坐,指佛教徒跏趺而坐,使心入定;参,见第一本第一折注。

〔13〕　搀——抢,争。郑廷玉《包龙图智勘后庭花》第三折:"王搀科云"、"卜说王又搀科云",即王庆抢着说话。

〔14〕　炙煿(bó 博)煎爁(lǎn 览)——都是烹调的方法,四字连用即对食物进行加工制作的意思。炙,烤;煿,爆;煎,炒;爁,炖。

〔15〕　腌臜(ā zān 阿簪)——不洁。宋·赵叔向《肯綮录》:"不洁曰阿臜。"

〔16〕　"浮沙羹"句——都指佛教徒的素食品。以米和羹谓之糁(sǎn 伞),《礼记·内则》:"析稌犬羹兔羹,和糁不蓼。"郑玄注:"凡羹齐宜五味之和米屑之糁。"杂糁,似指菜粥。

〔17〕　酸黄虀(jī 机)——酸菜。　　休调(tiáo 条)唉——不要调和了酸菜、豆腐给我吃。凌濛初曰:"'休调唉',言休调此等与我吃,我待将吃人肉馒头也。俗本俱作'淡',误。"

〔18〕　"万馀斤"句——只管用万馀斤黑面去做馒头,面黑就让他黑去。从教,任从、听凭。暗,指面之黑。

〔19〕　也么哥——表惊叹的语助词,无义。用"也么哥"为〔叨叨令〕定格。关汉卿《感天动地窦娥冤》第三折:"枉将人气杀也么哥,枉将人气杀也么哥!"

〔20〕　"包残"句——把做包子剩下的人肉,蘸着盐吃。

〔21〕　声名播斗南——犹名声扬于天下。斗南,北斗星以南,指普天下。《新唐书·狄仁杰传》:"狄公之贤,北斗以南,一人而已。"斗南一人,即天下一人。

〔22〕 诚何以堪——实在让人不能忍受之意。王伯良曰:"'诚何以堪',言人不堪之也。惠明言:你每不须看得孙飞虎是件大事,便如此慌张。你怕我不去,我只怕你不用我耳。你闻得孙飞虎之名,便自畏缩,不知他贪淫之甚,人皆不堪其毒而欲划除他,即甚猖獗,何足惧哉!"

〔23〕 逃禅懒去参——懒得去学佛参禅。禅,梵语禅那的略称,即一心审考的意思。息虑凝心地思考,参悟佛法叫参禅。逃禅,本指逃出禅戒,不去参禅。杜甫《饮中八仙歌》:"苏晋长斋绣佛前,醉中往往爱逃禅。"明·王嗣奭《订讹杂录·逃禅》云:"逃禅……是逃而出,非逃而入。醉酒而悖其教,故曰逃禅。后人以学佛者为逃禅,误矣。"一说,逃即逃避世事,禅即皈依佛法。此以学佛法为逃禅。

〔24〕 戒刀——僧人所带的月头小刀。《释氏要览》曰:"《僧史略》云:戒刀皆是道具。按律,许蓄月头刀子,为割衣故。今比丘蓄刀名戒者,盖佛不许砍截一切草木、坏鬼神村故。草木尚戒,况其他也!" 钢蘸——淬水,使刀刃锋利。

〔25〕 斋——此作动词,吃斋。 胡渰(yān淹)——犹今言装傻,或不干正经事。

〔26〕 有勇无惭——勇敢而无所羞愧。《俱舍论》卷四:"于所造罪,自观无耻,名曰无惭。"佛教把做了坏事而不感到羞耻叫无惭。

〔27〕 幢(chuáng床)幡——幢,又作宝幢、法幢,为旗帜的一种,长片状者为幡,圆桶状者为幢。表示佛统率众生制伏众魔之意。幢幡连称,其意为幡。 宝盖——悬于佛菩萨及讲师读师高座上的圆筒形丝帛制成之伞盖,饰有宝玉。《无量寿经》卷上:"妙珍华香,缯盖幢幡,庄严之具。"

〔28〕 捍棒——棍棒。 镬(huò获)叉——金属器杖。

〔29〕 阵脚——本指战阵阵形的前列,此指战斗队列。如"阵脚大乱"、"稳住阵脚"。

〔30〕 撞钉子——喻自己像尖钉楔进物体一样,向叛军冲去。

〔31〕 钐(shàn善)——砍,劈。《抱朴子·博喻》:"禁令不明而严刑

以静乱,庙算不精而穷兵以侵邻,犹钐木以讨蝗虫,伐木以杀蠹蝎。"王伯良曰:"钐,斩去之谓,作活字用。古注作大镰解,非。"

〔32〕　跥(zhuàng 撞)——踢。王伯良曰:"跥,蹴也。系俗字,字书无之,古本作'撞'。"

〔33〕　髑髅(dú lóu 独楼)——指头。《广雅》:"颏颅谓之髑髅。"凌濛初曰:"髑髅,今人晋人之头犹云。"　　勘——凌濛初曰:"勘,即砍,元人每用之。"

〔34〕　"瞅一瞅"二句——毛西河曰:"瞅,怒目也;滉,犹荡,即摇也。勿作'唾'。与《昊天塔》剧'瞅一瞅赤力力的天摧地塌,摇一摇斯琅琅振动了琉璃瓦'语又同。"古都都,水波翻动声;斯琅(láng 郎)琅,山岩振动声。

〔35〕　天关——天门,为日月星辰所行之道。李白《太白山》:"太白与我语,为我开天关。"

〔36〕　驳驳劣劣——莽撞、粗鲁。王伯良谓"莽憨好杀也"。

〔37〕　世不曾——从来不曾。无名氏《玎玎珰珰盆儿鬼》第一折:"世不曾闲暇暇,常则是结结的这巴巴。"

〔38〕　打熬——犹锻炼、磨炼。《水浒传》第二回:"(史进)每日只是打熬气力。"　　不厌——不满足,不安分。《集韵》:"厌,足也。"　　天生敢——天生勇敢。

〔39〕　斩钉截铁——喻做事果断,不犹豫。朱熹《答吕子约书》:"孟子、董子所以拔本塞源,斩钉截铁,便是正怕后人似此拖泥带水也。"斩钉截铁为拖泥带水之反。　　常居一——常数第一。

〔40〕　没掂三——《董西厢》梦凤楼批注:"没掂三,不着紧要意。"(暖红室本)本句与上句为对文,没掂三即斩钉截铁之反义。

〔41〕　惨——《方言》:"惨,憎也。"有愁怕的意思。欧阳修《新营小斋凿地炉辄成五言卅七韵》诗:"衰颜惨时晚,病骨知寒疾。"

〔42〕　勒马停骖(cān 参)——勒,拉缰止马;骖,周代人四马驾车,中间驾辕的马叫服,两边的马叫骖。马与骖互文,则骖即泛指马。此应"不

让你过去,如何"语,言我舍命提刀仗剑,还怕孙飞虎拦挡使我停马不得过耶?

〔43〕 吃苦不甘——吃苦的不吃甜的,与"欺硬怕软"同义。顾学颉、王学奇《元曲释词》云:"意谓甘愿吃苦。'不'字是以反语起加重语气的作用。"可备一说。

〔44〕 扑俺——亦作扑揜、扑揞。王季思云:"扑揞、扑揜,并即博揜,博为博塞,揜则意钱也。《后汉书·王符传》:'或以游博持揜为事。'注:'揜,谓意钱也。'《梁冀传》:'少为蹴踘意钱之戏。'注:'即掷钱也。'《纂文》:'扑揜,俗谓之射数,或云射意也。'盖扑揜者掷钱以射正反面之数而博胜负,故掷钱亦即射数、射意。本文以扑揜为猜测,盖其引伸之义。"

〔45〕 "若是"三句——意谓如果书至而杜将军不来杀退贼兵,那张生就白盼望与莺莺成婚了,我也等于用不诚实的话来骗人了。风月,风花雪月,指男女情爱之事。《醒世恒言·卖油郎独占花魁》:"俞太尉是七十岁的老人家,风月之事,已是没分。"赚(zuàn 钻),骗人。《正字通》:"赚,俗谓相欺诳曰赚。"

〔46〕 纰缪(pī miù 批谬)——差错,此作动词。《礼记·大传》:"五者一物纰缪,民莫得其死。"郑玄注:"纰缪,犹错也。"

〔47〕 倒大——绝大。王伯良曰:"倒大,北人语词,与后'倒大福荫'一例。"毛西河曰:"倒大,绝大也。《误入桃源》剧:'倒大来福分。'"

〔48〕 眼观旌(jīng 京)节旗,耳听好消息——为宋元以来戏曲小说习用语,指等待胜利捷报,也指等待某事之成功。戏曲如《张协状元》第二十齣、小说如《清平山堂话本·瑞仙亭》等均用之。旌节旗,亦作旌捷旗,泛指出使出征所持之符节旗帜。

〔49〕 咫(zhǐ 纸)尺——比喻距离很近。咫为古代长度单位,周尺八寸,合今市尺六寸馀。

〔50〕 濯(zhuó 拙)足——犹洗足。《楚辞·渔父》:"沧浪之水清兮,可以濯吾缨;沧浪之水浊兮,可以濯吾足。"

〔51〕 "花根"二句——意谓杜确出身高贵,如花之艳丽来自其根,虎

体斑纹天生自有。班,通斑,虎纹。　　"原班",原作"鸳班",与"本艳"失对,为同音而误,径改。

〔52〕　造次——轻率,仓猝,轻易。白居易《中隐》:"亦无车马客,造次到门前。"

〔53〕　孙子——春秋末期吴国军事家孙武,有《孙子兵法》十三篇。下面一段话出自其中的《九变篇》。注释所引某曰,出自《孙子十家注》。

〔54〕　将受命于君——将帅从国君那里接受命令。

〔55〕　合军聚众——集合军队。梅尧臣曰:"聚国之众,合以为军。"张预曰:"合国人以为军,聚兵众以为阵。"

〔56〕　圮(pǐ痞)地无舍——低下易为水淹之地不能安营扎寨。曹操曰:"水毁曰圮。"李筌曰:"地下曰圮,行必水淹也。"

〔57〕　衢(qú瞿)地交合——四道八达之地要结交邻国以为救援。李筌曰:"四通曰衢,结诸侯之交地也。"张预曰:"四通之地,旁有邻国,先往结之,以为交援。"

〔58〕　绝地无留——危绝之地不可久留。所谓危绝,可有多种因素造成,李筌曰:"地无泉井畜牧采樵之处为绝地,不可留也。"贾林曰:"溪谷坎险,前无通路曰绝,当速去无留。"

〔59〕　围地则谋——容易被包围之地则要设计谋。贾林曰:"居四险之中曰围地。敌可往来,我难出入。居此地者,可预设奇谋,使敌不为我患,乃可济也。"

〔60〕　死地则战——处于力战则生否则即亡之地,要进行殊死战斗。李筌曰:"置兵于必死之地,人自为私斗,韩信破赵,此是也。"何氏(按,名延锡)曰:"此地速为死战则生,若缓而不战,气衰粮绝,不死何待也?"

〔61〕　途有所不由——有的道路是不能走的,如险隘之路、道虽近而于军不利之路、可能有敌兵埋伏之路等。

〔62〕　军有所不击——有些敌军是不能进攻的。杜牧曰:"盖以锐卒勿攻、归师勿遏、穷寇勿迫、死地不可攻,或我强敌弱,敌前军先至,亦不可击,恐惊之退走也。言有如此之军,皆不可击。"

〔63〕 城有所不攻——有的城邑不必攻打，如："城小而固，粮饶，不可攻也。""臣忠义重秉命坚守者，亦不可攻也。""城非控要，虽可攻，然惧于钝兵挫锐，或非坚实而得士死力，又克虽有期，而救兵至，吾虽得之，利不胜其所害也。""拔之而不能守，委之而不为患，则不须攻也。"（均见《孙子十家注》）

〔64〕 地有所不争——"小利之地，方争得而失之，则不争也。""言得之难守，失之无害。""得之不便于战，失之无害于己，则不须争也。"（均见《孙子十家注》）

〔65〕 君命有所不受——指国君那些不符合战地情况的命令可以不接受。曹操曰："苟便于事，不拘于君命也，故曰不从中御。"

〔66〕 通——精通，懂得。　九变——指用兵的各种变化法则。

〔67〕 治兵——统帅军队、指挥军队。

〔68〕 五利——指"圮地无舍"等五条好处。

〔69〕 不能得人用——不能充分发挥军队的作用。

〔70〕 句末"僧"字，原无，据王伯良本补。

〔71〕 麾（huī 挥）下——麾为古代将帅指挥军队的旗帜。麾下，主帅的麾旗之下，即部下，是说不敢直接呈书给将帅而投书于其部下，于是麾下又成为对将帅的敬称。《三国志·吴书·张纮传》："愿麾下重天授之姿，副四海之望。"

〔72〕 倒悬——人被倒挂，喻处境危急。《孟子·梁惠王下》："民之悦之，犹解倒悬也。"

〔73〕 顿首——周礼九拜之一，以头叩地。《周礼·春官·大祝》："一曰稽首，二曰顿首。"郑玄注："稽首拜，头至地也；顿首拜，头叩地也。"贾公彦疏："顿首者，为空首之时引头至地，首顿地即举，故名顿首……稽，稽留之字，头至地多时则为稽首也。……稽首，拜中最重，臣拜君之拜；二曰顿首者，平敌自相拜之拜。"顿首用于书信的开头或结尾，表示敬礼的意思。　契兄——犹贤兄。　纛（dào 道）下——纛为古代军队的大旗，纛下相当于今之"阁下"。

〔74〕　伏——敬词,同伏维、伏以。用在下对上、卑对尊、幼对长的场合,表示以卑承尊的敬畏,有伏俯为敬之意。

〔75〕　犀表——《庄子·则阳》:"犀首闻而耻之。"《史记·张仪列传》:"犀首者,魏之阴晋人也,名衍,姓公孙氏。"裴骃集解引司马彪曰:"犀首,魏官名,若今虎牙将军。"故以"犀表"指武将的仪表,表示尊敬赞扬。

〔76〕　仰——表示敬慕之词。《诗经·小雅·车舝(xiá 辖)》:"高山仰止",孔颖达曰:"仰是心慕之辞。"　　德——恩泽好处。　　私——内心感情。

〔77〕　联床风雨——风雨之夜,联床倾心交谈,表现亲友或兄弟相聚的情谊。韦应物《示全真元常》:"宁知风雨夜,复此对床眠。"白居易《雨中招张司业宿》:"能来同宿否? 听雨对床眠。"

〔78〕　羁(jī 基)怀——作客他乡的心情。羁,寄居作客,《广雅·释诂三》:"羁,寄也。"

〔79〕　藜藿(lí huò 离货)——藜为野菜,藿为豆叶,藜藿代指粗淡的饭食。《韩非子·五蠹》:"尧之王天下也……粝粢之食,藜藿之羹。"

〔80〕　貔貅(pí xiū 皮休)——本为古代猛兽名,《史记·五帝本纪》:"(轩辕)教熊罴貔貅䝙虎,以与炎帝战于阪泉之野。"司马贞索隐曰:"此六者猛兽,可以教战。"张守节正义曰:"郭璞云:'貔,执夷,虎属也。'案:言教士卒习战,以猛兽之名名之,用威敌也。"后用来代指军队。

〔81〕　天表——《宋史·哲宗纪一》:"天表粹温,进止中度。"天表指皇帝容颜。

〔82〕　台颜——犹尊面。台,本为星名,即三台,古以三台比三公,故用为对他人的敬称,如兄台、台安等。

〔83〕　台翰——犹尊函。翰指书信,《正字通》:"翰,书词也。"

〔84〕　采薪之忧——生病的婉称。采薪,打柴。《孟子·公孙丑下》:"昔者有王命,有采薪之忧不能造朝。"朱熹注:"采薪之忧,言病不能采薪。"

〔85〕　九泉——地有九重故称地下曰九泉,墓于地下,亦称坟墓为

九泉。

〔86〕 鹄(hú 胡)观来旄(máo 毛)——意即盼望大军到来。鹄为天鹅,其颈长,引颈而望曰鹄观、鹄望,状急切盼望之状。旄,古时旗杆头上用旄牛尾装饰,故以旄代指旌旗。《说文通训定声》:"本用犛牛尾注于旗之竿首,故曰旄。"

〔87〕 干渎(dú 独)——冒犯。

〔88〕 台照——犹台鉴。 不宣——不尽,不一一细说,多用于书信结尾。王士禛《香祖笔记》:"宋人书简,尊与卑曰不具,以卑上尊曰不备,朋友交驰曰不宣。见《东轩笔录》。"

〔89〕 再拜——拜而又拜,本指一种礼节,《白虎通·姓名》:"人所以相拜者何? 所以表情见意,屈节卑体,尊事人者也。拜之言服也。所以必再拜,法阴阳也。《尚书》曰:'再拜稽首'是也。"古人的拜,仅拱手弯腰而已,有如今之揖。"再拜"用于信末,表示敬意。

〔90〕 骑竹马调阵——指演出时剧中人骑着竹马对阵开打。竹马,以竹竿作为代表马的道具。

〔91〕 动止——复词偏义,取行动义。

〔92〕 淑女——犹言好姑娘。《诗经·周南·关雎》:"窈窕淑女,君子好逑。"毛亨曰:"淑,善。"朱熹集传云:"女者,未嫁之称。"

〔93〕 足下——对人的敬称。晋公子重耳流亡在外,介之推曾割股肉给重耳吃。重耳返晋,是为晋文公。介之推隐居林中,晋文公烧林以求其出,介之推抱树被烧而死。"文公拊木哀绝,伐而制屐。每怀割股之功,俯视其屐曰:'悲乎,足下!''足下'之称将起于此。"(刘敬叔《异苑》卷十)本来上级、同辈皆可用(《史记·秦始皇本纪》:"足下骄恣")后来专用于对同辈的敬称。

〔94〕 拟(nǐ 你)定——一定,必定。王实甫《吕蒙正风雪破窑记》第一折:"凭着咱两个这般标致,拟定绣球儿是我每。"

第 二 折

(夫人上云)今日安排下小酌,单请张生酬劳。道与红娘,疾忙去书院中请张生，著他是必便来，休推故〔1〕。(下)(末上云)夜来老夫人说，著红娘来请我，却怎生不见来？我打扮著等他，皂角也使过两个也〔2〕，水也换了两桶也，乌纱帽擦得光挣挣的〔3〕，怎么不见红娘来也呵？(红娘上云)老夫人使我请张生，我想若非张生妙计呵，俺一家儿性命难保也呵！

【中吕】【粉蝶儿】半万贼兵，卷浮云片时扫净，俺一家儿死里逃生。舒心的列山灵，陈水陆〔4〕，张君瑞合当钦敬。当日所望无成，谁想一缄书到为了媒证〔5〕。

【醉春风】今日个东阁玳筵开〔6〕，煞强如西厢和月等。薄衾单枕有人温，早则不冷，冷。受用足宝鼎香浓，绣帘风细，绿窗人静〔7〕。

可早来到也。

【脱布衫】幽僻处可有人行〔8〕？点苍苔白露泠泠〔9〕。隔窗儿咳嗽了一声。

(红敲门科)(末云)是谁来也？(红云)是我。

他启朱唇急来答应。

(末云)拜揖小娘子。(红唱)

【小梁州】则见他叉手忙将礼数迎〔10〕，我这里"万福，先生"。乌纱小帽耀人明，白襕净〔11〕，角带傲黄鞓〔12〕。

【幺篇】衣冠济楚庞儿整〔13〕，可知道引动俺莺莺。据相貌，凭才性，我从来心硬，一见了也留情。

(末云)既来之，则安之〔14〕。请书房内说话。小娘子此行为何？(红云)贱妾奉夫人严命，特请先生小酌数杯，勿却。(末云)便去，便去。敢问席上有莺莺姐姐么〔15〕？(红

唱）

【上小楼】"请"字儿不曾出声,"去"字儿连忙答应;可早莺莺根前,"姐姐"呼之,喏喏连声。秀才每闻道"请",恰便似听将军严令,和他那五脏神愿随鞭镫[16]。

（末云）今日夫人端的为甚么筵席?（红唱）[17]

【幺篇】第一来为压惊,第二来因谢承。不请街坊,不会亲邻,不受人情。避众僧,请老兄,和莺莺匹聘。

（末云）如此小生欢喜。（红）

则见他欢天喜地,谨依来命。

（末云）小生客中无镜,敢烦小娘子,看小生一看何如?（红唱）

【满庭芳】来回顾影,文魔秀士[18],风欠酸丁[19]。下工夫将额颅十分挣[20],迟和疾擦倒苍蝇[21],光油油耀花人眼睛,酸溜溜螫得人牙疼。

（末云）夫人办甚么请我?（红）

茶饭已安排定,淘下陈仓米数升,煠下七八碗软蔓青[22]。

（末云）小生想来,自寺中一见了小姐之后,不想今日得成婚姻,岂不为前生分定?（红云）姻缘非人力所为,天意尔。

【快活三】咱人一事精,百事精;一无成,百无成。世间草木本无情,

自古云:地生连理木,水出并头莲。

他犹有相兼并[23]。

【朝天子】休道这生,年纪儿后生,恰学害相思病。天生聪俊,打扮素净,奈夜夜成孤另。才子多情,佳人薄幸,兀的不担阁了人性命。

（末云）你姐姐果有信行?（红）

谁无一个信行？谁无一个志诚？恁两个今夜亲折证〔24〕。

我嘱付你咱：

【四边静】今宵欢庆，软弱莺莺，可曾惯经？你索款款轻轻，灯下交鸳颈。端详可憎〔25〕，好煞人也无干净〔26〕。

（末云）小娘子先行，小生收拾书房便来。敢问那里有甚么景致？（红唱）

【耍孩儿】俺那里落红满地胭脂冷，休孤负了良辰媚景〔27〕。夫人遣妾莫消停，请先生勿得推称〔28〕。俺那里准备著鸳鸯夜月销金帐〔29〕，孔雀春风软玉屏〔30〕。乐奏合欢令〔31〕，有凤箫象板〔32〕，锦瑟鸾笙〔33〕。

（末云）小生书剑飘零，无以为财礼，却是怎生？（红唱）

【四煞】聘财断不争，婚姻事有成，新婚燕尔安排庆〔34〕。你明博得跨凤乘鸾客〔35〕，我到晚来卧看牵牛织女星〔36〕。休侥幸，不要你半丝儿红线〔37〕，成就了一世儿前程。

【三煞】凭著你灭寇功，举将能，两般儿功效如红定。为甚俺莺娘心下十分顺？都则为君瑞胸中百万兵〔38〕。越显得文风盛，受用足珠围翠绕，结果了黄卷青灯〔39〕。

【二煞】夫人只一家，老兄无伴等，为嫌繁冗寻幽静。

（末云）别有甚客人？（红唱）

单请你个有恩有义闲中客，且回避了无是无非窗下僧。夫人的命，道足下莫教推托，和贱妾即便随行。

（末云）小娘子先行，小生随后便来。（红唱）

【收尾】先生休作谦，夫人专意等。常言道"恭敬不如从命"〔40〕，休使得梅香再来请。（下）

(末云)红娘去了,小生拽上书房门者。我比及到得夫人那里,夫人道:"张生,你来了也? 饮几杯酒,去卧房内,和莺莺做亲去!"小生到得卧房内,和姐姐解带脱衣,颠鸾倒凤,同谐鱼水之欢[41],共效于飞之愿[42]。觑他云鬟低坠,星眼微朦[43],被翻翡翠,袜绣鸳鸯。不知性命何如,且看下回分解。(笑云)单羡法本好和尚也:只凭说法口,遂却读书心。(下)

注 释

〔1〕 推故——借故推辞。睢景臣〔般涉调·哨遍·高祖还乡〕:"社长排门告示,但有的差使无推故。"

〔2〕 皂角——植物名,一名皂荚,所结的荚果含有碱质,可做肥皂用。

〔3〕 乌纱帽——据《晋书·舆服志》,二宫直官戴乌纱帽。《宋书·五行志一》:"(南朝宋)明帝初,司徒建安王休仁统军赭圻,制乌纱帽,反抽帽裙,民间谓之'司徒状',京邑翕然相尚。"隋唐为大小官员视事及燕见宾客之服。其后流行于民间,贵贱皆服。

〔4〕 "舒心"二句——凌濛初云:"'山灵水陆',犹山珍海错。'列山灵水陆',言开筵席也。"

〔5〕 媒证——即媒人。《诗经·齐风·南山》:"娶妻如之何? 匪媒不得。"媒人有男女婚姻合法性之凭证的性质,故称媒证。《通制条格》:"其间媒证人等,徇情偏向,止凭在口之词,因以致争讼不绝,深为未便。"

〔6〕 东阁玳(dài 代)筵——款待贤士的筵宴。《汉书·公孙弘传》:"弘自见为举首,起徒步,数年至丞相,封侯。于是起客馆,开东阁以延贤人,与参谋议。"颜师古注:"阁者,小门也,东向开之,避当庭门而引宾客,以别于掾史官属也。""阁"通"阁"。故称礼贤待客之处为东阁。玳瑁为海龟类爬行动物,甲壳有花纹,可做装饰品。玳筵,即以玳瑁装饰坐具

的宴席。三国魏刘桢《瓜赋序》："布象牙之席,熏玳瑁之筵。"(《初学记》卷五)这里以玳筵代指丰盛的筵席。

〔7〕 "受用足"三句——意为尽情享受婚后的安适生活。鼎,三只足的香炉。绿窗,绿色纱窗。孟称舜《节义鸳鸯冢娇红记·生离》,申纯:"绿窗睡浓,是谁人轻窥绣榻?"是男子所居亦可称绿窗。袁行霈曰:"'绿窗',意思是绿色的纱窗。但是它在诗词中另有一种温暖的家庭气氛,闺阁气氛。如刘方平的《夜月》:'今夜偏知春气暖,虫声新透绿窗纱。'李绅的《莺莺歌》:'绿窗娇女字莺莺,金雀娅鬟年十七。'"(《中国诗歌艺术研究·中国古典诗歌的多义性》)

〔8〕 可有人行——王伯良曰:"'可有人行',言无有也,与'可憎惯经'一例。"

〔9〕 泠(líng 零)泠——形容露珠的晶莹透澈。《集韵》:"泠,水貌。"

〔10〕 叉手——是唐代以来的一种施礼方式,宋元间以叉手为常礼。《事林广记》载"叉手法"云:"以左手紧把右手,其左手小指则向右手腕,右手皆直其四指,以右手大指向上,如以右手掩其胸,不得着胸,稍令稍离,方为叉手法。"宋·毛晃《增韵》:"俗呼拱手曰叉手。"拱手即两手一内一外拱抱,俗谓"抱拳",则叉手可抱拳亦可左手握右手大拇指,但不得十指交叉。叉手又须拱立,两手拱抱于当胸处,可略屈身以至手,表示恭敬。若手上下摆动则成作揖。

〔11〕 白襕(lán 兰)——一种士人所穿的上下相连的服装。《新唐书·车服志》:"士服短褐,庶人以白。中书令马周上议,礼无服衫之文,三代之制有深衣,请加襕……为士人上服。"是一种较长的衫,其下加一横襕。《宋史·舆服志五》:"襕衫以白细布为之,圆领大袖,下施横襕为裳,腰间有襞积,进士及国子生、州县生服之。"

〔12〕 角带傲黄鞓(tīng 厅)——带的本体为鞓,以革制成,外裹各色绫绢,裹黄绢者即为黄鞓,黄鞓而饰以兽角,故称角带。《元史·舆服志一》:宣圣庙执事儒服:"软脚唐巾,白鞓插领,黄鞓角带,皂靴。"傲,带之尾

端翘出曰傲。毛西河曰："角带，以角饰带也；鞓则带质之用皮者；带尾翘出曰傲，即挞尾也；黄，鞓色。沈存中记屯罗系唐人黄鞓角带，而宋待制服红鞓犀带。"　　傲黄鞓，原作"闹黄鞓"，据弘治本、毛西河本改。

〔13〕　衣冠济楚——衣帽整齐光鲜。李清照〔永遇乐〕："铺翠冠儿，撚金雪柳，簇带争济楚。"

〔14〕　既来之，则安之——语出《论语·季氏》篇："故远人不服，则修文德以来之。既来之，则安之。"是说远方的人归服来了，就要给他们恩惠使他们安心留下来。这里是说，既然来了，就要安心待一会儿。

〔15〕　敢问——犹请问。杨树达《词诠》释"敢"："表敬助动词。惟存形式而实已无'敢'字之意义者属此。"《仪礼·士虞礼》："敢用絜牲刚鬣"，郑玄注："敢，冒昧之辞。"贾公彦疏："凡言'敢'者，皆是以卑触尊，不自明之意。"

〔16〕　五脏神——五脏指心、肝、肺、脾、肾。《黄庭内景经》云，每一脏都有一神主管：心神元丹字守灵，肺神皓华字虚成，肝神龙烟字含明，脾神常在字魂停，肾神玄冥字育婴。邯郸淳《笑林》："有人常食蔬茄，忽食羊肉，梦五脏神曰：'羊踏破菜园矣！'"　　愿随鞭镫——只是愿意的意思。参见第一本第三折"谨依来命"注。毛西河曰："'愿随鞭镫'，承'将军令'来，言逐将令行也。但元词嘲趋饮食者多用此句，如《鸳鸯被》剧：'教酒酒，愿随鞭镫。'《东堂老》剧：'你则道愿随鞭镫，便闯一千席，也填不满你穷坑。'"

〔17〕　"（末云）……（红唱）"，原无，据毛西河本补。

〔18〕　文魔——读书入迷的人，犹书痴。　　秀士——优秀之士，《礼记·王制》："命乡论秀士，升之司徒，曰选士。"郑玄注："秀士，乡大夫所考，有德行道艺者。"

〔19〕　风欠酸丁——意即咬文嚼字的书呆子。王伯良曰："风欠，呆也，痴也，北人方言，犹今俗语说人之呆者为欠气。欠气，即呆气之谓。风欠，言其如风狂而且呆痴也。《墨娥小录》载，秀才调侃为酸丁，言张生往来自顾其影，如文魔风欠的人也。《萧淑兰》剧：'改不了强（原注：去声）

文懒醋饥寒脸，断不了诗云子曰酸风欠。'正此意。以'风欠'押韵，其无他音可知。又杨景贤《刘行首》剧：'醉猱儿磨障欠先生。'亦自可证。"成年而能任赋役之男子为丁，酸丁则专指读书人。石子章《秦翛然竹坞听琴》第三折："那秀才每谎后生……嘱咐你女娘每休惹这样酸丁。"盖"酸"取二义：一取其寒素，故曰寒酸。韩愈《赴江陵途中》："酸寒何足道，随事生疮疣。"二取其迂腐作态、咬文嚼字，今谓之酸溜溜。焦循《剧说》："酸谓秀士。"（卷一）

〔20〕　挣——王伯良曰："挣，擦拭也。"

〔21〕　迟和疾擦倒苍蝇——谓苍蝇无论落得慢还是快，都会被滑倒。迟，缓慢。毛西河曰："不分迟早，管教擦倒苍蝇也。"亦通。

〔22〕　煠（zhá 札）——通"炸"，苏轼《十二时偈》："百滚油汤里，恣把心肝煠。"　　蔓青（mán jìng 蛮静）——即蔓菁，一名芜菁，根可做菜。

〔23〕　〔快活三〕曲——意思是说：有缘千里来相会，无缘对面不相逢，都是命中注定的。这人运气好，一事顺利，就百事成功；运气不好，就事事无成。比如草木本是无情之物，可是按天意，地上也生有连理木，水里长出并头莲，也相偎相合。连理木，两棵枝干交生在一起的树。班固《白虎通·封禅》："德至草木，朱草生，木连理。"后来多用以比喻夫妇相爱。南朝乐府民歌《子夜歌》："欢愁侬亦惨，郎笑我便喜。不见连理树，异根同条起？"又名相思树：战国时宋康王逼死韩凭夫妇，又把他们分葬二冢，"宿昔之间，便有大梓木生于二冢之端，旬日而大盈抱，屈体相就，根交于下，枝错于上。又有鸳鸯，雌雄各一，恒栖树上，晨夕不去，交颈悲鸣，音甚感人。宋人哀之，遂号其木曰'相思树'。"（干宝《搜神记·韩凭妻》）并头莲，又名并蒂莲，陈溟子《花镜》卷五"莲花辨名·并头莲"："并头莲，红白俱有，一干两花。"指一茎开两花的荷花，用以比喻夫妇。晋乐府民歌《青阳度》："下有并根藕，上生并头莲。"兼并，这里是比并、偎靠的意思。

〔24〕　亲折证——当面折辩对证，当面分辩之意。郑德辉《迷青琐倩女离魂》第四折："你且放我去，与夫人亲折证。"

〔25〕　端详——亦作端相，徐渭《南词叙录》："端相，细看也。唐人

曰:'端相良久。'"

〔26〕 好煞人——指男女欢会。关汉卿《山神庙裴度还带》第四折:"准备洞房花烛夜,则怕今朝好杀人。" 无干净——不肯罢休之意。无名氏《汉钟离度脱蓝采和》第二折:"咱告去来到官司呵,和你敢无干净。"

〔27〕 良辰媚景——即良辰美景,好时光、好景色。谢灵运《拟魏太子邺中集诗八首序》:"天下良辰美景赏心乐事,四者难并。"《小尔雅·广诂》:"媚,美也。"

〔28〕 推称——借口推托。

〔29〕 销金帐——绣着金线的帐子。苏轼《赵成伯家有姝丽吟春雪谨依元韵》诗自注:"世传陶毅学士买得党太尉家故妓,遇雪,陶取雪水烹团茶,谓妓曰:'党家应不识此。'妓曰:'彼粗人,安有此景?但能于销金暖帐中浅斟低唱,吃羊羔儿酒耳。'陶默然,愧其言。"(《渊鉴类函》卷三七六引《传灯录》、《续通鉴长编》均载此事)

〔30〕 孔雀屏——出唐·窦毅为女择婿故事。《旧唐书·高祖太穆皇后窦氏传》:"毅闻之,谓长公主曰:'此女才貌如此,不可妄以许人,当为求贤夫。'乃于门屏画二孔雀,诸公子有求婚者,辄与两箭射之,潜约中目者许之。前后数十辈莫能中。高祖后至,两发各中一目。毅大悦,遂归于我帝。"

〔31〕 合欢令——喜庆吉祥乐曲。

〔32〕 凤箫——即排箫,是用小竹管编排而成的一种管乐器,"其形参差,象凤之翼"(《风俗通·声音》)。故称凤箫。 象板——乐器名,似是指击节用的象牙拍板。

〔33〕 锦瑟——瑟为古代弦乐器名,旧云五十弦,李商隐《锦瑟》:"锦瑟无端五十弦,一弦一柱思华年。"湖北随县擂鼓墩出土曾侯乙大墓,得瑟十二件,均二十五弦。锦瑟,犹华美的瑟,《周礼乐器图》记云:"饰以宝玉者为宝瑟,绘文如锦者为锦瑟。" 鸾笙——一种管乐器。《风俗通·声音》:"《世本》:'隋(按,人名)作笙,长四寸,十二簧,象凤之身,正月之音也。'"

〔34〕　燕尔——也作"宴尔",形容新婚快乐的样子。《诗经·邶风·谷风》:"宴尔新婚,如兄如弟。"朱熹曰:"宴,乐也。"毛亨传:"宴,本又作'燕'。"

〔35〕　博得——犹换取、赢得,《诗词曲语辞汇释》:"博,犹换也。白居易《晓寝》诗:'鸡鸣一觉睡,不博早朝人。'言不肯以早朝之贵仕,换易鸡鸣之宴睡也。"　　跨凤乘鸾客——喻美满夫妻。刘向《列仙传》:"萧史者,秦穆公时人也。善吹箫,能致孔雀、白鹤于庭。穆公有女字弄玉,好之,公遂以女妻焉。日教弄玉作凤鸣。居数年,吹似凤声,凤凰来止其屋,公为作凤台,夫妇居其上不下。数年,一旦皆随凤凰飞去。"明·陈耀文《天中记》卷三六引《仙鉴》、五代前蜀杜光庭《神仙传拾遗·萧史》亦载其事,《拾遗》作萧史乘龙、弄玉乘凤飞升。

〔36〕　牵牛织女星——牵牛、织女本为二星名,后来演化为两个神人,产生出爱情神话传说。明·冯应京《月令广记·七月令》引《小说》:"天河之东有织女,天帝之子也。年年杼杼劳役,织成云锦天衣,容貌不暇整。帝怜其独处,许嫁河西牵牛郎,嫁后遂废织纴。天帝怒,责令归河东,许一年一度相会。"宋·罗愿《尔雅翼》卷十三:"涉秋七日,鹊首无故皆髡,相传是日河鼓(按,即牵牛)与织女会于汉东,役乌鹊为梁以渡,故毛皆脱去。"本句出杜牧《秋夕》诗:"天阶夜色凉如水,卧看牵牛织女星。"

〔37〕　红线——指红定,即财礼。男方付给女家之定亲财礼,多以红绡、红线缠裹。黄庭坚《子瞻诗句妙一世乃云效庭坚体次韵道之》:"诚堪婿阿巽,买红缠酒缸。"宋人任渊注:"今人定婚者,多以红彩缠酒壶云。"王伯良曰:"盖已不要你半丝之聘礼,而成就你一生前程之大事矣。"又云:"聘定之礼必以红,即上红线之谓。关汉卿《风月救风尘》剧:'你受我的红定来!'石君宝《秋胡戏妻》剧:'这个是红定。'《鸳鸯被》剧:'当初也无红定,可也无媒证。'盖北人乡语也。"但亦有以红丝为聘者,明·王錂《春芜记》第三十七出《赐婚》:"不必玄黄稠叠,把红丝为聘。"此盖家贫,权以红线代财礼。

〔38〕　胸中百万兵——指有用兵韬略。《魏书·崔浩传》:"世祖指

浩以示之，曰：'汝曹视此人，尪纤懦弱，手不能弯弓持矛，其胸中所怀，乃逾于甲兵。'"《五朝名臣言行录》卷七引《名臣传》载，夏人谓范仲淹"腹中自有数万兵甲"。

〔39〕 黄卷青灯——指读书人的清苦生活。《遁斋闲览》："古人写书，皆用黄纸以辟蠹，有误则以雌黄涂之。"故称书籍为黄卷。葛洪《抱朴子·疾谬》："盖是穷巷诸生，章句之士，吟咏而向枯简，匍匐以守黄卷者所宜识。"青灯，幽暗之灯光，陆游《秋夜读书每以二鼓尽为节》："白发无情侵老境，青灯有味似儿时。"

〔40〕 恭敬不如从命——《通俗编·仪节》引宋·赞宁《笋谱》："昔有新妇不得舅姑意，其妇善承不违。一日岁暮，姑索笋羹，妇答即煮上。妯娌问之曰：'今腊中，何处求笋？'妇曰：'且膺为贵，以顺攘逆责耳。其实，何处求之？'姑闻而悔，后倍怜新妇。故谚曰：'恭敬不如从命，受训莫如从顺。'"（卷九）

〔41〕 鱼水之欢——《管子·小问》："管仲曰：'然公使我求甯戚，甯戚应我曰：浩浩乎！吾不识。'婢子曰：'《诗》有之：浩浩者水，育育者鱼。未有家室，而安召我居？甯子其欲室乎？'"尹知章注："水浩浩然盛大，鱼育育然相与而游其中，喻时人皆得配偶以居其室家。甯戚有伉俪之思，故陈此诗以见意。"育育，欢乐的样子。后以鱼水和谐、鱼水之欢比喻夫妇和乐。

〔42〕 于飞之愿——指夫妇欢乐之愿。于飞，即飞，"于"为动词词头，无义。《诗经·大雅·卷阿》："凤凰于飞，翙翙其羽，亦集爰止。"《左传》庄公二十二年："初，懿氏卜妻敬仲，其妻占之，曰：'吉。是谓凤皇于飞，和鸣锵锵。'"杜预注："懿氏，陈大夫。雄曰凤，雌曰皇，雄雌俱飞，相和而鸣锵锵然，犹敬仲夫妻相随适齐，有声誉。"后以于飞之乐比喻夫妇。

〔43〕 星眼——明亮的眼睛。南朝宋·王韶之《太清记·华岳夫人》："华岳三夫人媚，李湜云：'笑开星眼，花媚玉颜。'" 微朦——这里是微闭意。

第 三 折

（夫人排桌子上云）红娘去请张生，如何不见来？（红见夫人云）张生著红娘先行，随后便来也。（末上见夫人施礼科）（夫人云）前日若非先生，焉得见今日。我一家之命，皆先生所活也。聊备小酌，非为报礼，勿嫌轻意。（末云）"一人有庆，兆民赖之〔1〕。"此贼之败，皆夫人之福。万一杜将军不至，我辈皆无免死之术。此皆往事，不必挂齿。（夫人云）将酒来，先生满饮此杯。（末云）"长者赐，少者不敢辞〔2〕。"（末做饮酒科）（末把夫人酒了）（夫人云）先生请坐。（末云）小子侍立座下，尚然越礼，焉敢与夫人对坐？（夫人云）道不得个"恭敬不如从命"〔3〕。（末谢了，坐）（夫人云）红娘，去唤小姐来，与先生行礼者。（红朝鬼门道唤云）老夫人后堂待客，请小姐出来哩！（旦应云）我身子有些不停当，来不得。（红云）你道请谁哩？（旦云）请谁？（红云）请张生哩。（旦云）若请张生，扶病也索走一遭。

（红发科了）（旦上）免除崔氏全家祸，尽在张生半纸书。

【双调】【五供养】若不是张解元识人多，别一个怎退干戈？排著酒果，列著笙歌。篆烟微，花香细，散满东风帘幕。救了咱全家祸，殷勤呵正礼，钦敬呵当合〔4〕。

【新水令】恰才向碧纱窗下画了双蛾〔5〕，拂拭了罗衣上粉香浮浣〔6〕，则将指尖儿轻轻的贴了钿窝〔7〕。若不是惊觉人呵，犹压著绣衾卧〔8〕。

（红云）觑俺姐姐这个脸儿，烄弹得破〔9〕，张生有福也呵！

（旦唱）

【幺篇】没查没利谎偻科[10]，你道我宜梳妆的脸儿吹弹得破。

（红云）俺姐姐天生的一个夫人的样儿。（旦唱）

你那里休聒，不当一个信口开合。知他命福是如何，我做一个夫人也做得过。

（红云）往常两个都害[11]，今日早则喜也。（旦唱）

【乔木查】我相思为他，他相思为我，从今后两下里相思都较可[12]。酬贺间礼当酬贺，俺母亲也好心多。

（红云）敢著小姐和张生结亲呵，怎生不做大筵席，会亲戚朋友，安排小酌为何？（旦云）红娘，你不知夫人意。

【搅筝琶】他怕我是陪钱货[13]，两当一便成合[14]。据著他举将除贼，也消得家缘过活[15]。费了甚一股那[16]，便待要结丝萝[17]！休波，省人情的奶奶忒虑过[18]，恐怕张罗[19]。

（末云）小子更衣咱。（做撞见旦科）（旦唱）

【庆宣和】门儿外，帘儿前，将小脚儿那[20]。我恰待目转秋波，谁想那识空便的灵心儿早瞧破[21]，諕得我倒趄，倒趄。

（末见旦科）（夫人云）小姐近前，拜了哥哥者[22]！（末背云）呀，声息不好了也！（旦云）呀，俺娘变了卦也！（红云）这相思又索害也！（旦唱）

【雁儿落】荆棘刺怎动那[23]，死没腾无回豁[24]，措支剌不对答[25]，软兀剌难存坐[26]！

【得胜令】谁承望这即即世世老婆婆[27]，著莺莺做妹妹拜哥哥。白茫茫溢起蓝桥水[28]，不邓邓点着袄庙火[29]。碧澄澄清波，扑剌剌将比目鱼分破[30]。急攘攘因何，抡搭地把双眉锁纳合[31]。

(夫人云)红娘看热酒，小姐与哥哥把盏者！(旦唱)

【甜水令】我这里粉颈低垂，蛾眉频蹙，芳心无那[32]。俺可甚"相见话偏多[33]"！星眼朦胧，檀口嗟咨，攧窨不过[34]。这席面儿畅好是乌合[35]！

(旦把酒科)(夫人央科)(末云)小生量窄。(旦云)红娘，接了台盏者[36]！

【折桂令】他其实咽不下玉液金波[37]。谁承望月底西厢，变做了梦里南柯[38]。泪眼偷淹，酩子里揾湿香罗。他那里眼倦开软瘫做一垛[39]；我这里手难抬称不起肩窝。病染沉疴[40]，断然难活。则被你送了人呵，当甚么喽啰[41]！

(夫人云)再把一盏者。(红递盏了[42])(红背与旦云)姐姐，这烦恼怎生是了？(旦唱)

【月上海棠】而今烦恼犹闲可[43]，久后思量怎奈何？有意诉衷肠，争奈母亲侧坐。成抛趖[44]，咫尺间如间阔。

【幺篇】一杯闷酒尊前过，低首无言自揣挫[45]。不甚醉颜酡，却早嫌玻璃盏大，从因我，酒上心来觉可[46]。

(夫人云)红娘，送小姐卧房里去者。(旦辞末出科)(旦云)俺娘好口不应心也呵！

【乔牌儿】老夫人转关儿没定夺[47]，哑谜儿怎猜破；黑阁落甜话儿将人和[48]，请将灭著人不快活。

【江儿水】佳人自来多命薄,秀才每从来懦。闷杀没头鹅[49],撇下陪钱货,下场头那答儿发付我!

【殿前欢】恰才个笑呵呵,都做了江州司马泪痕多[50]。若不是一封书将半万贼兵破,俺一家儿怎得存活。他不想结姻缘想甚么?到如今难著莫[51]。老夫人谎到天来大,当日成也是恁个母亲,今日败也是恁个萧何[52]。

【离亭宴带歇拍煞】从今后玉容寂寞梨花朵[53],胭脂浅淡樱桃颗,这相思何时是可?昏邓邓黑海来深,白茫茫陆地来厚,碧悠悠青天来阔;太行山般高仰望,东洋海般深思渴。毒害的恁么[54]!俺娘呵,将颤巍巍双头花蕊搓[55],香馥馥同心缕带割[56],长搀搀连理琼枝挫[57]。白头娘不负荷[58],青春女成担阁,将俺那锦片也似前程蹬脱[59]。俺娘把甜句儿落空了他,虚名儿误赚了我。(下)

(末云)小生醉也,告退。夫人根前,欲一言以尽意,未知可否。前者,贼寇相迫,夫人所言,能退贼者,以莺莺妻之。小生挺身而出,作书与杜将军,庶几得免夫人之祸,今日命小生赴宴,将谓有喜庆之期[60];不知夫人何见,以兄妹之礼相待?小生非图哺啜而来[61],此事果若不谐,小生即当告退。(夫人云)先生纵有活我之恩,奈小姐先相国在日,曾许下老身侄儿郑恒。即日有书赴京,唤去了,未见来。如若此子至,其事将如之何?莫若多以金帛相酬,先生拣豪门贵宅之女,别为之求,先生台意若何?(末云)既然夫人不与,小生何慕金帛之色!却不道"书中有女颜如玉"[62]?则今日便索告辞。(夫人云)你且住者,今日有酒也[63]。红娘,扶将哥哥去书房中歇息,到明日咱别有话说。(下)(红扶末科)(末念)有分只熬萧寺夜,无缘难遇洞房春。(红云)张生,少吃一盏却不好?(末云)我吃甚么来?(末跪红科)小生为小姐,昼夜忘餐废寝[64],魂劳梦断,常忽忽如有所失。自寺中一见,隔墙酬和,迎风带月,受无限之苦楚。甫能得成就婚姻,夫人变了卦,使小生智竭思穷,此事几时是了?小娘子,怎生可怜见小生,将此意申与小姐,知小生之心。就小娘子前解下腰间之带,寻个自尽。(末念)可怜刺股悬梁志[65],险作离乡背井魂。(红云)街上好贱柴,烧你个傻角[66]!你休慌,妾当与君谋之。(末云)计将安在?小生当筑坛拜将[67]。(红云)妾见先生有囊琴一张[68],必善于此。俺小姐深慕于琴。今夕妾与小姐同至花园内烧夜香,但听咳嗽为令[69],先生动操[70]。看小姐听得时,说甚么言语,却将先生之言达知。若有话说,明日妾来回报。这早晚怕夫人寻[71],我回去也。(下)

注　释

〔1〕　“一人”二句——《尚书·吕刑》篇:“一人有庆,兆民赖之,其宁惟永。”孔安国传:“天子有善,则兆民赖之,其乃安宁长久之道。”一人,原指天子,这里指老夫人。庆,善,福。意即众人能活下来,全靠老夫人的福分。

〔2〕　“长者”二句——《礼记·曲礼》:“长者赐,少者贱者不敢辞。”是说对长者的赐予,年少的及僮仆之类卑贱者不能推辞,宜即受之。长者,年高有德或有地位的人。

〔3〕　道不得个——引用成语、俗语多用之,相当于“岂不闻”、“常言道”。用法与第一本第二折异。奏简夫《东堂老劝破家子弟》楔子:“道不

的个'见义不为,无勇也。'"

〔4〕 当合——合当,应该。

〔5〕 双蛾——双眉。《诗经·卫风·硕人》:"蝼首蛾眉,巧笑倩兮,美目盼兮。"朱熹曰:"蛾,蚕蛾也,其眉细而长。"故以蛾状眉。

〔6〕 浮涴(wò卧)——即浮污,浮土。 涴,原作"污",王季思曰:"涴入歌罗部,污入苏模部,义同韵别。"

〔7〕 钿窝——衣服上的装饰品。《元史·舆服志一》,天子冕服:"绯白大带一,销金黄带头,钿窠二十有四。"一说为贴花钿的位置(参见第一本第一折"宜贴翠花钿"注)。

〔8〕 "犹压"句——出柳永〔定风波〕词意:"日上花梢,莺穿柳带,犹压香衾卧。"

〔9〕 吹弹得破——形容皮肤娇嫩,口吹指弹可使之破。《初刻拍案惊奇》卷三四:"桃花般的头颊,吹弹得破的皮肉。"

〔10〕 没查没利——无定准、无准绳,信口胡说之意。闵遇五曰:"没查利,方言,无准绳也。" 偻科——闵遇五曰:"古注:偻科,犹云小辈。宋时谓干办者曰偻科。"所谓干办,即聪明干练之意,参见下文"喽啰"注。《元曲释词》云:"以上都是认定'偻科'连读。实则不然,因北人骂娼妓为科子,'谎偻科'句法,正与'棘针科'同。明·张萱《疑耀》卷三:'今京师勾阑中诨语,谓绐人者为黄六,乃指黄巢兄弟六人,巢居第六而多诈,故目诈骗者为黄六也。'清·翟灏《通俗编》谓市语虚奉承为'王六'。南音王、黄不分,北语呼'六'作'溜';'偻','溜'声之异侈。今鲁人犹谓撒谎曰说溜,意亦'黄六'之遗意。故'谎偻科',盖即撒谎说溜、假意奉承的小科子也。"可备一说。

〔11〕 害——指患相思病。害,患也。

〔12〕 较可——犹全愈。较、可都指病愈。杨万里《久病小愈雨中端午试笔》:"病较欣逢五五辰,宫衣忽忆拜天恩。"宋·赵长卿〔诉衷情〕:"疮儿可后,痕儿见在,见后思量。"

〔13〕 陪钱货——旧以为女子出嫁要陪送嫁妆,又不能得济,俗称女

子为赔钱货。石君宝《李亚仙花酒曲江池》第四折,李亚仙自称"我便是鸣珂巷赔钱货。"

〔14〕　两当一便成合——王伯良曰:"言夫人算悭,以酬谢、成亲两件事,并作一次酒席也。"

〔15〕　消——受用,消受。消得,受用得。白居易《哭从弟》:"一片绿衫消不得,腰金拖紫是何人!"消不得,受用不得,消受不得。　　家缘——家产、家业。李直夫《便宜行事虎头牌》第二折:"我也曾有那往日的家缘,旧日的田庄。"

〔16〕　一股那——王季思曰:"那,问句助词;'费了甚一股那',犹云花费了什么;与上文'两当一便成合'句,皆怨夫人之草草成事也。赵章云曰:'一股那即一股脑,一共之意。"费了甚一股那",意即一共费了些什么。'亦可通。"一股那即一股脑儿,说是,至今冀中尚用。但其义更侧重"一齐"、"一起",而不在"一共"。如云:一肚子的话一股脑儿说了出来。若此,费了甚,犹费了什么,而一股那义当属下:一股那便结丝罗,谓诸般事一起办完便算结丝罗。与"两当一成合"义正同。

〔17〕　丝萝——兔丝和女萝。兔丝,亦作菟丝,蔓生植物,茎柔弱细长;女萝,地衣类植物,形状如线。二者都只能依附他物生长。《古诗十九首·冉冉孤生竹》:"与君为新婚,兔丝附女萝。"后以丝萝喻婚姻。萝,原作"罗",据王伯良本改。

〔18〕　省(xǐng 醒)人情——犹懂世故。一说为"省(shěng)人情",谓婚事不铺张,亦通。　　忒虑过——考虑得太过分。

〔19〕　张罗——操持备办、料理谋划之意。清·梁同书《直语补证》:"俗以与人干事曰张罗,取设法搜索之义。《战国策》:'譬之如张罗者,张于无鸟之所,则终日无所得矣;张于多鸟处,则又骇鸟矣;必张于有鸟无鸟之际,然后能多得鸟矣。'当本此。"但为己干事亦曰张罗,马致远〔南吕·四块玉·叹世〕:"两鬓幡,中年过,图甚区区苦张罗。"

〔20〕　那——音义并同"挪",移动。

〔21〕　识空(kòng 控)便——空便为机会、空闲之意,本剧第三本第

二折："红娘伏侍老夫人不得空便"可证。识空便，能见机行事，机灵的意思。周文质〔越调·斗鹌鹑·自悟〕套："想当日子房会觅全身计，一个识空便抽头的范蠡。"有时亦作识相、知趣解。

〔22〕 拜哥哥——意思是拜为兄妹便不可为婚。参见第五本第三折"亲上做亲"注。

〔23〕 荆棘剌怎动那——惊得我不能动弹。荆棘剌，即惊棘剌，惊恐意，棘剌为语助词，无义。高文秀《黑旋风双献功》第一折："唬得荆棘律的胆战心惊。"律、剌一声之转。

〔24〕 死没腾——蒙（mēng）住，痴呆无生气的样子。没腾，语助词，无义。无名氏《风雨像生货郎担》第一折："气的我死没腾软瘫做一垛，拘不定精神衣怎脱？四肢沉，寸步难那！" 回龁——即回和，反应，应和。王伯良曰："回和，亦酬答之意。马东篱《黄粱梦》：'禁声的休回和。'"无回龁，无表情、无反应之意。

〔25〕 措支剌——慌张失态，不知所措的样子。措，也作"错"；支剌，语助词，无义。关汉卿《诈妮子调风月》第四折："教我死临侵身无措，错支剌心受苦。"

〔26〕 软兀剌——即软的意思。兀剌，语助词，无义。关汉卿《温太真玉镜台》第四折："软兀剌走向前来，恶支煞倒退回去。"

〔27〕 即即世世——亦作积积世世，乃老于世故之谓，有奸诈、老奸巨滑之意。无名氏《风雨像生货郎担》第二折："断不得哄汉子的口，都是些即世求食鬼狐犹。"《董西厢》卷二："是俺失所算，谩摧挫，被这个积世的虔婆瞒过我。"

〔28〕 蓝桥水——使相爱者分离的大水。《史记·苏秦列传》："信如尾生，与女子期于梁下，女子不来，水至不去，抱柱而死。"事亦见《庄子·盗跖》篇、《战国策·燕策》以及《汉书·东方朔传》颜师古注，可见故事流传之广。元·李直夫有杂剧《尾生期女淹蓝桥》（佚）。曾瑞〔中吕·红绣鞋·风情〕："祆庙火既烧着皮肉，蓝桥水已淹过咽喉。"

〔29〕 祆（xiān 掀）庙火——使相爱者分离的大火。祆，一种宗教，为

琐罗亚斯德教,亦称拜火教,古代流行于伊朗和中亚细亚一带,以崇拜"圣火"为主要仪式。南北朝时传入中国,唐代建寺于长安,称祆庙、祆祠。不称天神而称"祆",明其为胡教。《渊鉴类函》卷五十八引《蜀志》:"昔蜀帝生公主,诏乳母陈氏乳养。陈氏携幼子与公主居禁中约十馀年,后以宫禁出外。六载,其子以思公主疾亟。陈氏入宫有忧色,公主询其故,阴以实对。公主遂托幸祆庙为名,期与子会。公主入庙,子睡沉,公主遂解幼时所弄玉环,附之子怀而去。子醒见之,怒气成火而庙焚也。"汤式〔黄钟·醉花阴·离思〕:"焰腾腾烈火烧祆庙,翻滚滚水淹桃源道,呀呀呀生拆散凤鸾交!"元·李直夫有《火烧祆庙》杂剧,佚。

〔30〕　比目鱼——又称偏口鱼,身体扁平,两目列在一侧,相传二鱼相合始可游行。《尔雅·释地》:"东方有比目鱼焉,不比不行,其名谓之鲽。"郭璞注:"状似牛脾,鳞细,紫黑色,一眼,两片相合乃得行。今水中所在有之,江东又呼为王余鱼。"用以比喻恋人或夫妻。

〔31〕　"扢搭"句——王伯良曰:"'双眉锁'对'比目鱼','纳合'对'分破'。《酷寒亭》剧:'润纸窗把两个都瞧破,拽后门将三簧锁纳合。'《鲁斋郎》剧:'把双眉不锁。'董词:'顿不开眉尖上的闷锁。'不可以'双眉锁'读断,把'锁'字作活字看。'扢搭',锁声;'纳合'者,纳而合之也。"

〔32〕　无那——无奈。六朝人多书"奈"为"那",唐人诗多以"无奈"为"无那",顾炎武《日知录》卷三二:"直言之曰'那',长言之曰'奈何'——一也。"

〔33〕　相见话偏多——当时戏语,这里是反说,无话可说之意。

〔34〕　撷窨(dié yìn 迭印)——王伯良曰:"撷,顿足也;窨,怨闷而忍气也。盖失意之甚,撷弄其足,而窨气自忍之谓。董词:'撷顿金莲,搓损葱枝手。'又:'吞声窨气埋怨。'可证。"

〔35〕　畅好——正好,恰好。　　乌合——乌鸦的聚合,用以比喻散乱没有约束或聚散无常、匆匆来去。《后汉书·耿弇传》:"归发突骑,以辚乌合之众,如摧枯折腐耳。"这里有仓猝、胡乱应付的意思。

〔36〕　台盏——有托盘的酒杯。《辽史·礼志二》:"翰林使执台盏

以进,皇帝再拜。"

〔37〕 玉液金波——均指美酒。白居易《效陶潜体》诗:"开瓶泻尊中,玉液黄金卮。"高文秀《好酒赵元遇上皇》第一折:"你教我断了金波绿酿,却不等闹的虚度时光?"

〔38〕 梦里南柯——南柯一梦,一场梦。唐·李公佐《南柯太守传》云:淳于棼在宅南大槐树下饮酒沉醉,梦为槐安国驸马,出任南柯太守二十年,生五男二女,享尽荣华富贵。公主病亡,国王怀疑他有异心,送他回乡,于是梦醒。梦醒后寻槐安国旧迹,乃是槐树洞中的一个大蚁穴。

〔39〕 一垛——犹一堆。《醒世恒言·十五贯戏言成巧祸》:"却把这十五贯钱,一垛儿堆在刘官人脚后边。"

〔40〕 沉疴(kē科)——重病。《说文》:"疴,病也。"

〔41〕 喽啰——聪明干练,逞强,含有狡猾义。唐人苏鹗《演义》卷上:"娄罗者干办集事之称。"宋人罗大经《鹤林玉露》卷五:"偻儸,俗言狡猾也。"原注:"方言,犹黠慧也。"明·郎瑛《七修类稿·辨证·喽罗》:"俗云喽罗,《演义》谓'干办集事之称';《篇海》训'罗'字曰'健而不德'。据是二说,皆狡猾能事意也。"《敦煌变文集·燕子赋》:"燕子实难及,能语复喽罗。"

〔42〕 "红递盏了",原作"红递了盏",据毛西河本改。

〔43〕 闲可——平常,引申为小事、不打紧。闲与可同意,都是不在意、寻常的意思。《水浒传》第六回:"我无妻时犹闲可,你无夫时好孤凄!"关汉卿《望江亭中秋切鲙旦》第一折:"那白日也还闲可,到晚来独自一个,好生孤凄!"

〔44〕 抛趓——抛开躲避,抛闪,分离。柳永〔定风波〕:"镇相随,莫抛躲。针线闲拈伴伊坐,和我,免使年少,光阴虚过。"趓,同躲。

〔45〕 摧挫——折磨,忧伤。柳永〔鹤冲天〕:"悔恨无计那。迢迢良夜,自家只恁摧挫。"

〔46〕 "不甚"四句——是说张生本未很醉,却早已嫌酒杯太大而酒力难支。是因为他量窄不胜酒力?不是,这都是因为我。如果真是酒力

涌上心来,那还不至于如此。醉颜酡(tuó 驼),醉态。酡,酒后面红耳赤的样子。《楚辞·招魂》:"美人既醉,朱颜酡些。"朱熹曰:"酡,饮而赭色著面。"

〔47〕　转关儿没定夺——变来变去没准主意。沈括《梦溪笔谈》卷十九:"余曾见一玉臂钗,两头施转关,可以屈伸,合之令圆,仅于无缝,为九龙绕之,功俟鬼神。"则转关类今之合页,屈伸自如,转动灵活,故用以比喻狡诈多变。关汉卿《望江亭中秋切鲙旦》第一折:"只愿他肯肯肯做一心人,不转关,我和他守守守,白头吟,非浪偶。"　　定夺——犹言可否,指做决定,拿主意。《皇朝政治学问答》:"定,准其如此也;夺,不准如此也。"

〔48〕　"黑阁落(lào 烙)"句——暗地里甜言蜜语许了人的心愿。阁落,旮旯、角落。洪迈《容斋三笔》卷十六"切脚语":"世人语音有以切脚而称者,亦见之于书史之中。如……'角'为'矻落'。矻落即阁落。王伯良曰:"黑阁落,北方乡语,谓屋角暗处,今犹谓屋角为阁落子。"剧中意为:暗地里。和,许也。《后汉书·方术·徐登传》:"尝临水求度,船人不和之。"李贤注:"和,犹许也。"

〔49〕　没头鹅——王伯良曰:"鹅,天鹅也。天鹅群飞,以首一只为引领,谓之头鹅。如得头鹅,则一群可致。《辍耕录》载:元鹰房每岁以所养海青获头鹅者,赏黄金一锭。以首得之,又重三十馀斤,且以进御膳,故曰'头'。元人亦常用此语。刘静修《咏海青》诗:'平芜未洒头鹅血。'近王元美诗亦云:'夺取头鹅任众嗔。''没'字当'无'字用,今乡语犹然。鹅群中打去头鹅,为无头之鹅也。"群鹅无主则不知所措。关汉卿《包待制智斩鲁斋郎》第一折:"諕的我似没头鹅,热地上蚰蜒。"此指张生。

〔50〕　江州司马泪痕多——白居易《琵琶行》诗曰:"感我此言良久立,却坐促弦弦转急。凄凄不似向前声,满座重闻皆掩泣。座中泣下谁最多?江州司马青衫湿。"江州,治所在今江西省九江市。马致远据此写成杂剧《江州司马青衫泪》,叙白居易与裴兴奴恋爱事。后多用于感伤身世、爱情、别离的典故。

〔51〕　著莫——即捉摸。

〔52〕 "当日"二句——《史记·淮阴侯列传》载,韩信当初投奔汉王刘邦,不被重用,出走,萧何把他追回,并向刘邦推荐,拜为大将;其后刘邦得天下,怀疑韩信谋反,萧何又为吕后设计,骗韩信入宫,擒而杀之。后世谚云:"成也萧何,败也萧何。"(见洪迈《容斋随笔》续笔八"萧何绐韩信"、陈善《扪虱新语》)后用为世事难料、反复无常的典故。马致远〔双调·蟾宫曲·叹世〕:"韩信兀的般证果,蒯通言那里是风魔?成也萧何,败也萧何,醉了由他。"

〔53〕 "玉容"句——化用白居易《长恨歌》诗句:"玉容寂寞泪阑干,梨花一枝春带雨。"

〔54〕 怎么——如此,这样。宋·释道原《景德传灯录·鸟窠道林禅师》:"三岁孩儿也解恁么道。"(卷四)

〔55〕 双头花——即并蒂花,同一枝干,并开两花。五代·王仁裕《开元天宝遗事·开元·花妖》:"初有木芍药,植于沉香亭前。其花一日忽开一枝两头,朝则深红,午则深碧,暮则深黄,夜则粉白,昼夜之内,香艳各异。"后以双头花喻夫妻或恋人。 搓——《广韵》:"搓,手搓碎也。"

〔56〕 同心缕带——即同心结。旧时男女以锦带制成菱形连环回文样式的结子,表恩爱同心之意。《玉台新咏》梁武帝萧衍《有所思》:"腰中双绮带,梦为同心结。"宋时衍为牵巾。孟元老《东京梦华录·娶妇》:"婿于床前请新妇出,二家各出彩段绾一同心,谓之牵巾,男挂于笏,女搭于手,男倒行出,面皆相向,至家庙前,参拜毕,女复倒行,扶入房讲拜。"

〔57〕 长挽挽——犹长长的。挽挽,长貌。 琼枝——本指传说中的玉树。《艺文类聚》卷九〇引《庄子》:"南方有鸟,其名为凤,所居积石千里,天为生食,其树名琼枝,高百仞,以璆琳琅玕为实。"连理琼枝,喻婚姻爱情的珍贵美好。

〔58〕 负荷——担承,负担,这里是管顾之意。

〔59〕 蹬脱——踢开,强行拆散的意思。石君宝《李亚仙花酒曲江池》第三折:"只为些蝇头微利,蹬脱了我锦片前程。"

〔60〕 将谓——表推测之词,犹以为。杨万里《明发栖隐寺》:"将谓

是夜着,月轮已落星都落。"

〔61〕 哺啜(bǔ chuò 补辍)——犹吃喝。《孟子·离娄上》:"子之从于子敖来,徒哺啜也。"哺,朱熹集注:"食也。"《正字通》:"哺,通作晡。"啜,朱熹集注:"饮也。"

〔62〕 书中有女颜如玉——意谓只要读书就会得到美丽的女子。宋真宗赵恒《劝学文》:"富家不用买良田,书中自有千钟粟。安居不用架高堂,书中自有黄金屋。娶妻莫恨无良媒,书中有女颜如玉。出门莫恨无人随,书中车马多如簇。男儿欲遂平生志,六经勤向窗前读。"(出自《古文珍宝》前集卷首)

〔63〕 有酒——喝多了酒。《诗经·小雅·鱼丽》:"君子有酒,旨且有。"朱熹集传:"有,犹多也。"

〔64〕 "餐",原作"飱",据弘治本改。

〔65〕 刺股悬梁志——发愤苦读获取功名之志。刺股,《战国策·秦策一》:苏秦说秦王,书十上而说不行,归至家,"乃夜发书,陈箧数十,得太公《阴符》之谋,伏而诵之,简练以为揣摩。读书欲睡,引锥自刺其股,血流至足,曰:'安有说人主不能出其金玉锦绣,取卿相之尊者乎?'期年,揣摩成,曰:'此真可以说当世之君矣'",竟佩六国相印。股,大腿。悬梁,《太平御览》卷三六三引《汉书》曰:"孙敬字文宝,好学,晨夕不休,至眠睡疲寝,以绳系头悬屋梁。后为当世大儒。"(亦见《太平御览》卷六一一引《楚国先贤传》,今存本《汉书》无)

〔66〕 "街上"二句——元代实行火葬,郑德辉《㑇梅香骗翰林风月》第二折:"怕哥哥死时,削一条柳椽儿……把你来火葬了。"红娘以此调侃张生,说明他这样死不值得。

〔67〕 筑坛拜将——《史记·淮阴侯列传》载,萧何追还韩信后,刘邦拜韩信为大将军:"萧何曰:'王素慢无礼,今拜大将,如呼小儿耳,此乃信所以去也。王必欲拜之,择良日,斋戒,设坛场,具礼,乃可耳。'王许之。诸将皆喜,人人各自以为得大将。至拜大将,乃韩信也,一军皆惊。"筑坛,修筑土台拜将用。

〔68〕 囊琴——放在囊中的琴。《画墁录》:"有一人荷书囊琴,驱驴亦就食于逆旅。"谓囊中盛琴,作动词,剧中作名词。

〔69〕 为令——为号。《说文》:"令,发号也。"

〔70〕 动操——弹琴。操,琴曲,《后汉书·曹褒传》:"太子乐歌诗四操,以俟君子。"李贤注:"操,犹曲也。刘向《别录》曰:'君子因雅琴之适,故从容以致思焉。其道闭塞悲愁,而作者名其曲曰操,言遇灾害不失其操也。'"

〔71〕 这早晚——这时候。无名氏《玎玎珰珰盆儿鬼》楔子:"到这蚤晚,怎么还不见回来?"蚤,通早。

第 四 折

(末上云)红娘之言,深有意趣。天色晚也,月儿,你早些出来么!(焚香了)呀,却早发擂也〔1〕。呀,却早撞钟也〔2〕。(做理琴科)琴呵,小生与足下湖海相随数年,今夜这一场大功,都在你这神品——金徽、玉轸、蛇腹、断纹、峄阳、焦尾、冰弦之上〔3〕。天那,却怎生借得一阵顺风,将小生这琴声,吹入俺那小姐玉琢成、粉捏就知音的耳躲里去者〔4〕!(旦引红上)(红云)小姐,烧香去来,好明月也呵!(旦云)事已无成,烧香何济?月儿,你团圆呵,咱却怎生!

【越调】【斗鹌鹑】云敛晴空,冰轮乍涌〔5〕;风扫残红,香阶乱拥;离恨千端,闲愁万种。夫人那,"靡不有初,鲜克有终"〔6〕。他做了个影儿里的情郎,我做了个画儿里的爱宠〔7〕。

【紫花儿序】则落得心儿里念想,口儿里闲题,则索向梦儿里相逢。俺娘昨日个大开东阁,我则道怎生般炮凤烹龙^[8]。朦胧^[9]！可教我"翠袖殷勤捧玉钟"^[10]，却不道"主人情重"^[11]？则为那兄妹排连，因此上鱼水难同。

（红云）姐姐，你看月阑^[12]，明日敢有风也。（旦云）风月天边有^[13]，人间好事无。

【小桃红】人间看波：玉容深锁绣帏中，怕有人搬弄。想嫦娥西没东生有谁共？怨天公^[14]，裴航不作游仙梦^[15]。这云似我罗帏数重，只恐怕嫦娥心动，因此上围住广寒宫。

（红做咳嗽科）（末云）来了。（做理琴科）（旦云）这甚么响？（红发科）（旦唱）

【天净沙】莫不是步摇得宝髻玲珑^[16]？莫不是裙拖得环珮玎珰^[17]？莫不是铁马儿檐前骤风^[18]？莫不是金钩双控，吉丁当敲响帘栊^[19]？

【调笑令】莫不是梵王宫，夜撞钟？莫不是疏竹潇潇曲槛中^[20]？莫不是牙尺剪刀声相送^[21]？莫不是漏声长滴响壶铜^[22]？潜身再听在墙角东，元来是近西厢理结丝桐^[23]。

【秃厮儿】其声壮，似铁骑刀枪冗冗^[24]；其声幽，似落花流水溶溶^[25]；其声高，似风清月朗鹤唳空^[26]；其声低，似听儿女语，小窗中，喁喁^[27]。

【圣药王】他那里思不穷，我这里意已通，娇鸾雏凤失雌雄^[28]。他曲未终，我意转浓，争奈伯劳飞燕各西东^[29]，尽在不言中。

我近书窗听咱。（红云）姐姐，你这里听，我瞧夫人，一会便来。（末云）窗外是有人，已定是小姐。我将弦改过，弹一

曲,就歌一篇,名曰《凤求凰》[30]。昔日司马相如,得此曲
成事,我虽不及相如,愿小姐有文君之意。(歌曰)有美人
兮,见之不忘。一日不见兮,思之如狂。凤飞翩翩兮,四海
求凰。无奈佳人兮,不在东墙。张弦代语兮,欲诉衷肠。
何时见许兮,慰我彷徨?愿言配德兮[31],携手相将[32]。
不得于飞兮,使我沦亡。(旦云)是弹得好也呵!其词哀,其
意切,凄凄然如鹤唳天。故使妾闻之,不觉泪下。

【麻郎儿】这的是令他人耳聪,诉自己情衷。知音者芳心
自懂,感怀者断肠悲痛[33]。

【幺篇】这一篇与本宫、始终、不同[34]。又不是《清夜闻
钟》,又不是《黄鹤》《醉翁》,又不是《泣麟》《悲凤》[35]。

【络丝娘】一字字更长漏永,一声声衣宽带松。别恨离
愁,变做一弄[36]。张生啊,越教人知重[37]。

    (末云)夫人且做忘恩,小姐,你也说谎也呵!(旦云)你差怨
    了我。

【东原乐】这的是俺娘的机变[38],非干是妾身脱空[39]。若
由得我呵,乞求得效鸾凤[40]。俺娘无夜无明并女工[41],
我若得些儿闲空,张生啊,怎教你无人处把妾身作诵[42]。

【绵搭絮】疏帘风细,幽室灯清,都则是一层儿红纸,几棂
儿疏棂[43],兀的不是隔著云山几万重!怎得个人来信息
通?便做道十二巫峰[44],他也曾赋高唐来梦中。

    (红云)夫人寻小姐哩,咱家去来。(旦唱)

【拙鲁速】则见他走将来气冲冲,怎不教人恨匆匆,諕得人
来怕恐。早是不曾转动,女孩儿家直恁响喉咙。紧摩

弄〔45〕,索将他拦纵〔46〕,则恐怕夫人行把我来厮葬送。

（红云）姐姐,则管里听琴怎么? 张生著我对姐姐说,他回去也。（旦云）好姐姐呵,是必再著住一程儿〔47〕。（红云）再说甚么?（旦云）你去呵,

【尾】则说道夫人时下有人唧哝,好共歹不著你落空〔48〕。不问俺口不应的狠毒娘,怎肯著别离了志诚种。（并下）

【络丝娘煞尾】不争惹恨牵情斗引〔49〕,少不得废寝忘餐病症。

　　　　题目　张君瑞破贼计　莽和尚生杀心
　　　　正名　小红娘昼请客　崔莺莺夜听琴

西厢记五剧第二本终

注　释

〔1〕　发擂——敲鼓。《正字通》:"今俗谓击鼓为擂。"此指报夜间时辰的鼓声。

〔2〕　撞钟——指寺院内的暮击钟。《敕修清规法器章》曰:"大钟,丛林号令资始也。晓击即破长夜,警睡眠;暮击则觉昏衢,疏冥昧。"

〔3〕　神品——犹精妙无比的琴,指琴质之高妙。　金徽——徽为琴面上标志音阶的识点,弹奏时所按之处。《国史补》卷下:"蜀中雷氏斫琴,常自品第,第一者以玉徽,次者以瑟瑟徽,又次者以金徽,又次者以螺蚌之徽。"　玉轸（zhēn 珍）——轸为系琴弦的柱,转动轸便可调节音调。　蛇腹——古代名琴,它的断纹很像蛇腹下的花纹。宋·何薳《春渚纪闻·古声遗制》:"近世百器惟新,惟琴器略无华饰,以最古蛇腹文为奇。"　断纹——古代名琴。琴以古旧为佳,琴身崩裂成纹则证明年代久远,故名断纹。宋·赵希鹄《洞天清录集·古琴辨》:"古琴以断纹为证,

盖琴不历五百岁不断,愈久则断愈多……凡漆器无断纹,而琴独有者,盖他器用布漆,琴则不用;他器安闲,而琴日夜为弦所激。" 峄(yì亿)阳——古代名琴,以峄山(在今山东邹城东南)南坡(山之南面为阳)所产桐木制成,故名。《格古要论》:"古琴有阴阳材。盖桐木面日者为阳,背日者为阴……阳材琴旦浊而暮清,晴浊而雨清;阴材琴旦清而暮浊,晴清而雨浊,此可验也。"《尚书·禹贡》:"峄阳孤桐",孔安国传:"孤,特也。峄山之阳,特生桐,中琴瑟。"后以"峄阳"为琴之别称。 焦尾——古代名琴。《后汉书·蔡邕传》:"吴人有烧桐以爨者,邕闻火烈之声,知其良木,因请而裁为琴,果有美音。而其尾犹焦,故时人名曰'焦尾琴'焉。"李贤注引傅玄《琴赋序》曰:"齐桓公有鸣琴曰'号钟',楚庄有鸣琴曰'绕梁',司马相如'绿绮',蔡邕有'焦尾',皆名器也。" 冰弦——古代名琴,以冰蚕丝为琴弦。王嘉《拾遗记》卷十"员峤山"云:"员峤山,一名环邱山……有木,名猗桑,煎椹以为蜜。有冰蚕,长七寸,黑色,有角有鳞,以霜雪覆之,然后作茧,长一尺,其色五彩,织为文锦,入水不濡,以之投火,经宿不燎。"宋·乐史《杨太真外传》卷上载,寺人白季贞使蜀还,献给杨妃琵琶,"弦乃末诃弥罗国永泰元年所贡者,渌冰蚕丝也,光莹如贯珠瑟瑟。"一说,冰弦为一种素质丝弦,明·项元汴《蕉窗九录·琴弦》:"今只用白色柘丝为上,秋蚕次之。弦取冰者,以素质有天然之妙,若朱弦则微色新滞稍浊,而失其本真也。"

〔4〕 知音——《列子·汤问》篇云:"伯牙善鼓琴,钟子期善听琴。伯牙鼓琴,志在登高山,钟子期曰:'善哉,峨峨兮若泰山。'志在流水,钟子期曰:'善哉,洋洋兮若江河。'伯牙所念,钟子期必得之。伯牙游于泰山之阴,卒逢暴雨,止于岩下,心悲,乃援琴而鼓之。初为霖雨之操,更造崩山之音。曲每奏,钟子期辄穷其趣。伯牙乃舍琴而叹曰:'善哉,善哉,子之听夫志,想象犹吾心也。'"又,《淮南子·修务训》:"钟子期死而伯牙绝弦破琴,知世莫赏也。"汉·高诱注:"钟,官氏;子,通称;期,名也。……伯牙,楚人,睹世无有知音若子期者,故绝弦破其琴也。"《琴言十则》:"至遇知音,升楼阁登山憩谷坐石游泉,值二气之清朗,皆际胜而宜于琴者。反

是,而对俗子娼优与夫酒秽尘嚣,皆恶景也,自当善藏其用。"知音本指懂音乐者,后世称知己为知音。

〔5〕　冰轮——指月亮。唐·朱庆馀《十六夜月》:"昨夜忽已过,冰轮始觉亏。"

〔6〕　"靡(mí 迷)不"二句——语出《诗经·大雅·荡》:"天生烝民,其命匪谌。靡不有初,鲜克有终。"郑玄笺:"鲜,寡;克,能也。"《广韵》:"靡,无也。"是说人生之初无不具有善性,但很少能把这种善性保持到底。用作不能善始善终的典故。

〔7〕　画中爱宠——《闻奇录·画工》:"唐进士赵颜,于画工处得一软障,图一妇人甚丽。……遂呼之百日,昼夜不止,乃应曰:'诺。'急以百家彩灰酒灌,遂活,下步言笑,饮食如常。曰:'谢君召妾,妾愿侍箕帚。'终岁,生一儿。儿年两岁,友人曰:'此妖也,必与君为患。余有神剑,可斩之。'其夕,乃遗颜剑。剑才及颜室,真真乃泣曰:'妾南岳地仙也。无何为人画妾之形,君又呼妾名,既不夺君愿。君今疑妾,妾不可住。'言讫,携其子,却上软障,呕出先所饮百家彩灰酒。睹其障,唯添一孩子,皆是画焉。"(《太平广记》卷二八六)

〔8〕　炮凤烹龙——比喻丰盛的筵席,极言肴馔之珍异。李贺《将进酒》诗:"烹龙炮凤玉脂泣,罗帏绣幕围春风。"炮、烹,都是烹调的手法。

〔9〕　朦胧——犹言糊涂。关汉卿《钱大尹智宠谢天香》第四折:"倒不如只做朦胧,为着东君,奉劝金瓯。"

〔10〕　翠袖殷勤捧玉钟——句出晏几道〔鹧鸪天〕词:"彩袖殷勤捧玉钟,当年拚却醉颜红。"

〔11〕　主人情重——苏轼〔满庭芳〕:"主人情重,开宴出红妆。……坐中有狂客,恼乱愁肠。"此言老夫人倩莺莺劝酒给二人造成愁怨。

〔12〕　月阑——月亮周围的光圈,亦称月晕,是有风的征兆。苏洵《辨奸论》:"月晕而风,础润而雨。"

〔13〕　风月——清风明月,代指美景。《南史·徐勉传》:"勉正色答云:'今夕止可谈风月,不宜及公事。'"与第二本楔子中义有不同。

〔14〕 "天公"，原作"天宫"，据闵遇五、毛西河本改。毛西河曰："元词每称天为天公，如'天公肯与人方便'类。俗作'天宫'，谓自怨于天宫，不通。"

〔15〕 裴航——事见唐·裴铏《传奇·裴航》，写唐代秀才裴航落第出游，路经蓝桥驿，渴而求浆，遇见云英，艳丽惊人。裴航求婚，老妪提出须得玉杵臼捣药乃可。约以百日为期。裴航至京，以重金购得玉杵臼，携至蓝桥，云英又命裴捣药百日，然后结为夫妇。后来夫妻俱入玉峰洞，双双成仙。 游仙梦——王仁裕《开元天宝遗事》卷上："龟兹（qiū cī 丘疵）国进奉枕一枚，其色如码碯，温温如玉，其制作甚朴素。若枕之，则十洲三岛、四海五湖，尽在梦中所见。帝因立名为游仙枕，后赐与杨国忠。"

〔16〕 "步摇得"句——谓走路摇得发髻上的珠宝首饰发出碰击的声音。古代妇女在簪钗之上附有金玉首饰，行路时摇动撞击，发出声响。《释名·释首饰》："步摇，上有垂珠，步则摇动也。"《后汉书·舆服志下》："步摇以黄金为山题，贯白珠为桂枝相缪。"《广雅·释诂四下》："玲珑，玉声也。"

〔17〕 环珮——"珮"亦作"佩"，见第一本第一折"佩环"注。 玎珡（dīng dōng 丁冬）——玉器撞击的声音。《说文》："玎，玉声也。"

〔18〕 铁马——即风铃，又称檐马，房檐下悬挂的小铁片或铃铛。清·梁绍壬《两般秋雨盦随笔》卷六："檐铁曰铁马，向不解马字之义。偶阅唐·冯贽《南部烟花记》：临池观竹既枯，后每思其响，帝为作薄玉龙数十片，以缕线悬于檐外，夜中因风相击，听之与竹无异。民间效之，不敢用龙，以什骏代，故曰马。"

〔19〕 "金钩"二句——谓挂卷竹帘的两个铜钩，与帘相碰，发出的声响。

〔20〕 曲槛（kǎn 坎）——此指围竹之栏杆。

〔21〕 牙尺——镶饰着象牙的尺子，这里是尺之美称。 声相送——犹言一声接一声。

〔22〕 "漏声"句——即铜壶滴漏的声响。《说文》："漏，以铜受水，

刻节,昼夜百刻。"古以铜斗盛水,底穿小孔,斗中有刻着度数的漏箭,随着水的下漏,箭上刻度渐次显露,为计时之器。

〔23〕　理结——抚弄之意。　　丝桐——桓谭《新论》:"神农氏始削桐为琴,练丝为弦。"故以丝桐代指琴。

〔24〕　"似铁骑(jì计)"句——形容琴声雄壮,如无数骑兵奔驰,刀枪交错有声。铁骑,身披铠甲的骑兵;冗(rǒng)冗,刀枪碰击声。白居易《琵琶行》:"银瓶乍破水浆迸,铁骑突出刀枪鸣。"

〔25〕　溶溶——此指流水声。

〔26〕　鹤唳(lì力)空——鹤在空中鸣叫。《说文新附》:"唳,鹤鸣也。"《史记·乐书》:"师旷不得已,援琴而鼓之。一奏之,有玄鹤二八集乎廊门;再奏之,延颈而鸣,舒翼而舞。"是说琴声能使鹤鸣,剧言琴声如鹤之鸣。

〔27〕　"似听"三句——言琴声低刃,如少男少女在小窗下窃窃私语。喁(yóng)喁,语言应和,状亲密小声说话的声音。意本韩愈《听颖师弹琴》:"昵昵儿女语,恩怨相尔汝。"

〔28〕　"娇鸾"句——葛洪《西京杂记》:"庆安世年十五,为成都侍郎。善鼓琴,能为《双凤》、《离鸾》之曲。"后以鸾离凤分、离鸾别凤喻夫妻离散、情人不能相聚。

〔29〕　伯劳飞燕各西东——犹劳燕分飞,不能比翼齐飞,喻夫妻分离。古乐府《东飞伯劳歌》:"东飞伯劳西飞燕,黄姑织女时相见。"王伯良曰:"伯劳,恶鸟,性好单栖。《埤雅》引《禽经》,谓燕常向宿背飞,故取以为离别之喻。"

〔30〕　凤求凰——司马相如向卓文君求爱时所弹之曲。其诗曰:"凤兮凤兮归故乡,游遨四海求其皇,有一艳女在此堂,室迩人遐毒我肠,何由交接为鸳鸯。"又曰:"凤兮凤兮从皇栖,得托子尾永为妃。交情通体必和谐,中夜相从别有谁。"(《史记·司马相如列传》司马贞索隐)

〔31〕　愿言配德——希望匹配成婚。愿言,《诗经·邶风·终风》:"寤言不寐,愿言则嚏。"郑玄笺:"愿,思也。"言,语助词,无义。配德,德相

匹配。

〔32〕　相将——相随。李贺《官街鼓》："几回天上葬神仙,漏声相将无断绝。"清·王琦注:"将,犹随也。"

〔33〕　断肠悲痛——《世说新语·黜免》:"桓公入蜀,至三峡中,部伍中有得猿子者。其母缘岸哀号,行百馀里不去,遂跳上船,至便即绝。破视其腹中,肠皆寸寸断。公闻之,怒,命黜其人。"故以"断肠"形容极度悲痛。

〔34〕　"这一篇"句——王伯良曰:"凡琴曲,各宫调自为始终,初弹之宫调,为本宫本调。张生先弄一曲,后改弦作《凤求凰》,故言此曲与初弹'本宫','始终'改换不同也。"

〔35〕　"又不是"三句——《清夜闻钟》、《黄鹤》、《醉翁》、《泣麟》、《悲凤》,都是古代的琴曲名。关于这些琴曲的内容,旧注有如下解释:《清夜闻钟》,弘治本曰:"出《诗苑丛林》。汉武时,未央宫殿前钟,无故自鸣三日三夜。诏问东方朔,朔曰:'铜者土(按,应为"山"之误。徐士范本作"山")之子,以类告之,子母感而相应,山恐有崩者,故钟先鸣三日。'蜀太守上言山崩,上大笑。"《黄鹤》,徐士范曰:"出古文。湖南江夏郡,今湖广,辛氏卖酒,有一先生身须蓝缕,人物魁伟,入坐谓辛曰:'有好酒与饮。'辛以巨杯连奉三杯。明日复来,辛不待索又与之饮。如此常饮半载,辛未尝怒。一日,谓辛曰:'多负酒钱,无物可酬。'遂取黄橘皮画一鹤于壁上,每有沽客拍手歌之,其鹤自下舞。自后四方之士来饮者,皆留金帛以观鹤舞。十年之间,辛氏巨富,鹤乃飞去焉。乃盖黄鹤楼存焉。先生者,洞宾也。"《醉翁》,即《醉翁操》,是根据欧阳修散文《醉翁亭记》谱成的琴曲。苏轼曰:"琅玡幽谷,山水奇丽,泉鸣空涧,若中音会,醉翁喜之,把酒临听,辄欣然忘归。既去十馀年,而好奇之士沈遵闻之往游,以琴写其声,曰《醉翁操》。"(苏轼〔醉翁操〕词序)《泣麟》,弘治本曰:"出《孔子家语》。叔孙氏之车士曰子鉏商,采薪于大野,获麟焉,折其前左足载以归。叔孙以为不祥,弃之于郊外。孔子往观之,曰:'麟也。胡为来哉?胡为来哉?'反袂拭面,涕泪沾襟。叔孙闻之,然后取之。子贡问曰:'夫子何泣尔?'孔子

曰：'麟之至，为明王也。出非其时而见害，吾以是伤之。'"《悲凤》，徐士范曰："出《论语》，又《博物志》。凤，瑞应物也，太平则见，乱世则隐。……凡所栖止，众禽必随之而集。故曰：羽虫三百六十，而凤凰为之长。……舜时来仪，文王时鸣于岐山。孔子曰：'凤鸟不至，河不出图，吾已矣夫！'"

〔36〕　一弄——即一曲。乐一曲曰一弄。

〔37〕　知重——相知敬重。

〔38〕　机变——奸巧欺诈。《孟子·尽心上》："为机变之巧者，无所用耻焉。"机，机械；变，变诈。《淮南子·原道训》："故机械之心藏于胸中。"高诱注："机械，巧诈也。"

〔39〕　脱空——说谎，无着落。《朱子全书·大学二》："如人说十句话，九句实，一句脱空，那九句实底，被这一句脱空的都坏了。"

〔40〕　乞求得——巴不得、盼望着之意。陶宗仪《辍耕录》卷十二："世之曰乞求，盖谓正欲若是也。然唐诗已有此言。王建《宫词》：'只恐它时身到此，乞求自在得还家。'又花蕊夫人《宫词》：'种得梅柑才结子，乞求自过与君王。'"

〔41〕　并——《正字通》："并，竞也。"并女工，犹言赶着做活计。

〔42〕　作诵——作念，说道。凌濛初曰："'作诵'，犹作念。无人处作诵，犹言背地里说我也。俗作'作俑'，谬。"

〔43〕　疏棂——窗棂。疏，窗也。《史记·礼书》："疏房床第几席"，司马贞索隐："疏，谓窗也。"

〔44〕　十二巫峰——传说巫山有十二峰。宋人祝穆《方舆胜览》："十二峰曰：望霞、翠屏、朝云、松峦、集仙、聚鹤、净坛、上升、起云、飞凤、登龙、圣泉。"（《茶香室丛钞》所载与此不同）

〔45〕　摩弄——王伯良、闵遇五释为"挼弄、制缚"之意，毛西河释为"摩娑抚弄"。摩弄即摸弄，抚摸。有调哄、曲意顺从之意。李好古《沙门岛张生煮海》第一折："甜话儿将人摩弄，笑脸儿把咱把咱陪奉。"

〔46〕　拦纵——复词偏义，犹阻拦、阻挡。无名氏《小尉迟将对将认

父归朝》第一折："单看的你这一条鞭,到处无拦纵。"

〔47〕 一程儿——一些日子,一段时间。无名氏《逞风流王焕百花亭》第一折:"你真肯与我做个落花的媒人,与那贺家姐姐做一程儿伴,我便与你换上盖也。"

〔48〕 "则说道"二句——时下,目下,眼前。王实甫《吕蒙正风雪破窑记》第一折:"虽然是时下贫,有朝发愤日,那其间报答恩德。"王伯良曰:"唧哝,多言之谓。言亲事不成,以有人在夫人处间阻之也。问,即'管'字意。"毛西河曰:"言夫人前目下有人为你说,定不落空也。"唧哝为多言意,今尚用之。但对"多言"的内容,王、毛却有相反的理解。王谓时下有人说坏话行间阻,再住一程则会有好转,不落空;毛谓时下有人说好话劝夫人,再住一程定有佳音。均通。

〔49〕 斗引——亦作"逗引",勾引,引诱,引逗。张寿卿《谢金莲诗酒红梨花》第三折:"这花儿会莺燕邀留,更有那蜂蝶斗引。"

西厢记五剧第三本

张君瑞害相思杂剧

楔 子

(旦上云)自那夜听琴后，闻说张生有病，我如今著红娘去书院里，看他说甚么。(叫红科)(红上云)姐姐唤我，不知有甚事，须索走一遭。(旦云)这般身子不快呵，你怎么不来看我？(红云)你想张……(旦云)张甚么？(红云)我张着姐姐哩[1]。(旦云)我有一件事，央及你咱。(红云)甚么事？(旦云)你与我望张生去走一遭，看他说甚么，你来回我话者。(红云)我不去，夫人知道不是耍。(旦云)好姐姐，我拜你两拜，你便与我走一遭。(红云)侍长请起[2]，我去则便了。说道："张生，你好生病重[3]，则俺姐姐也不弱。"只因午夜调琴手，引起春闺爱月心。

【仙吕】【赏花时】俺姐姐针钱无心不待拈[4]，脂粉香消懒去添，春恨压眉尖[5]。若得灵犀一点[6]，敢医可了病恹恹。(下)

(旦云)红娘去了，看他回来说甚话，我自有主意。(下)

注 释

〔1〕 张——看,望。章太炎《新方言》:"凡相窃视谓之膜,或谓之眙,或谓之占,今音转为张。"《水浒传》第四十五回:"不想石秀却在板壁后假睡,正张得着,都看在肚里了。"

〔2〕 侍长——也作"使长",奴仆对主人的称呼。徐渭《南词叙录》:"金元谓主曰使长。"

〔3〕 好生——好为程度副词,甚、太之意。《新方言·释词》:"今人谓甚曰好,如甚大曰好大、甚快曰好快。"生为语助词,见第一本第一折"怎生"注。

〔4〕 不待——不想,不愿,犹懒得。李文蔚《同乐院燕青博鱼》第三折:"我心中不待与他吃酒,我则想着衙内。"

〔5〕 春恨——指相思之愁。白居易《酬刘和州》:"不似刘郎无景行,长抛春恨在天台。"

〔6〕 灵犀一点——犀牛角贯通两端的白线,比喻心心相印、两情相通。葛洪《抱朴子·登涉》:"通天犀角有一白理如綖,自本彻末。"唐·欧阳询《艺文类聚》卷九五引《南州异物志》:"玄犀处自林麓,食惟棘刺,体兼五肉,或有神异,表灵以角,含精吐烈,望若华烛,置之荒野,禽兽莫触。"故曰灵犀。徐士范曰:"此极亵之词,却用得免俗。"李商隐《无题》:"身无彩凤双飞翼,心有灵犀一点通。"

第 一 折

(末上云)害杀小生也。自那夜听琴之后,再不能够见俺那小姐。我著长老说将去,道:"张生好生病重!"却怎生不见人来看我?却思量上来,我睡些儿咱。(红上云)奉小姐言语,著我看张生,须索走一遭。我想咱每一家,若非张生,怎存俺一家儿性命也!

【仙吕】【点绛唇】相国行祠,寄居萧寺。因丧事,幼女孤儿,将欲从军死。

【混江龙】谢张生伸志,一封书到便兴师。显得文章有用,足见天地无私[1]。若不是剪莩除根半万贼,险些儿灭门绝户了俺一家儿。莺莺君瑞,许配雄雌;夫人失信,推托别词;将婚姻打灭,以兄妹为之。如今都废却成亲事。一个价糊突了胸中锦绣[2],一个价泪搵湿了脸上胭脂。

【油葫芦】憔悴潘郎鬓有丝[3],杜韦娘不似旧时[4],带围宽清减了瘦腰肢。一个睡昏昏不待观经史,一个意悬悬懒去拈针指[5];一个丝桐上调弄出离恨谱,一个花笺上删抹成断肠诗;一个笔下写幽情,一个弦上传心事:两下里都一样害相思。

【天下乐】方信道才子佳人信有之,红娘看时,有些乖性儿[6],则怕有情人不遂心也似此。他害的有些抹媚[7],我遭著没三思[8],一纳头安排著憔悴死[9]。

　　却早来到书院里,我把唾津儿润破窗纸,看他在书房里做甚么。

【村里迓鼓】我将这纸窗儿湿破,悄声儿窥视。多管是和衣儿睡起,罗衫上前襟褶袏[10]。孤眠况味,凄凉情绪,无人伏侍。觑了他涩滞气色[11],听了他微弱声息,看了他黄瘦脸儿。张生呵,你若不闷死,多应是害死。

【元和令】金钗敲门扇儿[12]。

　　(末云)是谁?(红唱)

我是个散相思的五瘟使[13]。俺小姐想著风清月朗夜深时,使红娘来探尔。

(末云)既然小娘子来,小姐必有言语。(红唱)

俺小姐至今脂粉未曾施,念到有一千番张殿试[14]。

(末云)小姐既有见怜之心,小生有一简[15],敢烦小娘子达
知肺腑咱。(红云)只恐他番了面皮。

【上马娇】他若是见了这诗,看了这词,他敢颠倒费神思。

他拽扎起面皮来[16]:"查得谁的言语你将来,

这妮子怎敢胡行事!"他可敢嗤、嗤的扯做了纸条儿。

(末云)小生久后多以金帛拜酬小娘子。(红唱)

【胜葫芦】哎,你个馋穷酸俫没意儿[17],卖弄你有家
私[18],莫不图谋你东西来到此? 先生的钱物,与红娘做
赏赐,是我爱你的金赀?

【幺篇】你看人似桃李春风墙外枝[19],卖俏倚门儿[20]。
我虽是个婆娘有气志,则说道:"可怜见小子,只身独自!"
恁的呵,颠倒有个寻思[21]。

(末云)依著姐姐:"可怜见小子,只身独自!"(红云)兀的不是
也。你写来,咱与你将去。(末写科)(红云)写得好呵[22],读
与我听咱。(末读云)"珙百拜,奉书芳卿可人妆次[23]:自别
颜范[24],鸿稀鳞绝[25],悲怆不胜。孰料夫人以恩成怨,
变易前姻,岂得不为失信乎? 使小生目视东墙,恨不得胁
翅于妆台左右;患成思渴,垂命有日。因红娘至,聊奉数
字,以表寸心。万一有见怜之意,书以掷下,庶几尚可保
养。造次不谨[26],伏乞情恕。后成五言诗一首,就书录
呈:相思恨转添,谩把瑶琴弄。乐事又逢春,芳心尔亦动。

此情不可违，虚誉何须奉[27]。莫负月华明，且怜花影重[28]。"（红唱）

【后庭花】我则道拂花笺打稿儿，元来他染霜毫不勾思[29]。先写下几句寒温序，后题著五言八句诗。不移时，把花笺锦字，叠做个同心方胜儿[30]。忒聪明，忒敬思[31]，忒风流，忒浪子。虽然是假意儿[32]，小可的难到此[33]。

【青哥儿】颠倒写鸳鸯两字，方信道"在心为志"[34]。

（末云）姐姐将去，是必在意者！（红唱）[35]

看喜怒其间觑个意儿[36]。放心波学士！我愿为之，并不推辞，自有言词。则说道："昨夜弹琴的那人儿，教传示。"

这简帖儿我与你将去，先生当以功名为念，休堕了志气者！

【寄生草】你将那偷香手，准备著折桂枝[37]。休教那淫词儿污了龙蛇字[38]，藕丝儿缚定鹍鹏翅[39]，黄莺儿夺了鸿鹄志[40]；休为这翠帏锦帐一佳人，误了你玉堂金马三学士[41]。

（末云）姐姐在意者！（红云）放心，放心。

【煞尾】沈约病多般[42]，宋玉愁无二[43]，清减了相思样子。则你那眉眼传情未了时，我中心日夜藏之[44]。怎敢因而[45]，"有美玉于斯[46]"，我须教有发落归著这张纸[47]。凭著我舌尖儿上说词，更和这简帖儿里心事，管教那人儿来探你一遭儿。（下）

（末云）小娘子将简帖儿去了，不是小生说口，则是一道会亲

的符篆[48]。他明日回话,必有个次第[49]。且放下心,须索好音来也。且将宋玉风流策,寄与蒲东窈窕娘[50]。(下)

注 释

〔1〕 "谢张生"四句——王伯良曰:"词隐生(按,沈璟号)云:'伸志',言张生伸己之意志而拯救其危也;'文章有用',指兴师之书;'天地无私',言不容贼从之肆恶而亟殄灭之也,即下'剪草除根'之意。"

〔2〕 胸中锦绣——指胸中才学。织彩成文为锦,刺彩成文为绣,锦绣常用来比喻美好事物。此喻才学。李白《冬日于龙门送从弟令问之淮南序》:"兄心肝五脏皆锦绣耶?不然何开口成文、挥翰雾散?"

〔3〕 潘郎鬓有丝——《晋书·潘岳传》:"岳美姿仪,词藻绝丽。"后世称夫婿或情人为潘郎。又,潘岳《秋兴赋》:"余春秋三十有二,始见二毛。……斑鬓凋以承弁兮,素发飒以垂领。"因此有"愁潘"之称,未老先衰、鬓发斑白曰潘鬓。

〔4〕 杜韦娘——本指唐代名妓,后用为曲调名,唐·崔令钦《教坊记》有《杜韦娘》曲。孟启《本事诗·情感》:"刘尚书禹锡罢和州,为主客郎中。集贤学士李司空绅镇在京,慕刘名,尝邀至第中,厚设饮馔。酒酣,命妙妓歌以送之。刘于席上赋诗曰:'鬖髿梳头宫样妆,春风一曲杜韦娘。司空见惯浑闲事,断尽江南刺史肠。'李因以妓赠之。"(范摅《云溪友议》作刘禹锡与杜鸿渐事、胡仔《苕溪渔隐丛话》后集卷九引《唐宋遗史》作韦应物与杜鸿渐事。但三说均与史实相违,参见近人岑仲勉《唐史馀渖》卷三"司空见惯")此后杜韦娘便成了美女的代称。

〔5〕 悬悬——牵挂,思念。蔡琰《胡笳十八拍》:"身归国兮儿莫之随,心悬悬兮长如饥。"

〔6〕 乖——反常,背离。

〔7〕 抹媚——凌濛初注:抹,"一作魔"。迷惑、迷恋很深的意思。

〔8〕 没三思——元人称心为三思台,没三思为无心之谓,宋·王明

清《挥麈后录》卷六:"小鬼头没三思至此,何必穷治?"引伸为不明白、没主意、困惑诸义。关汉卿《钱大尹智宠谢天香》第一折:"想当也波时,不三思,越聪明不能够无外事。"不三思,即没三思。

〔9〕　一纳头——埋头,低头,有一心一意的意思。文康《儿女英雄传》第二回:"他就一纳头的杜门不出,每日攻书,按期作文起来。"

〔10〕　褶栀(zhě zhì 者至)——衣服上的褶皱。徐士范曰:"褶,音折,衣褶;栀,音至,直也,皱也。"

〔11〕　涩滞气色——面色无光,没精打彩。

〔12〕　钗——妇女首饰,由两股合成,《释名·释首饰》:"钗,叉也,象叉之形因名之也。"白居易《长恨歌》:"唯将旧物表深情,钿合金钗寄将去。钗留一股合一扇,钗擘黄金合分钿。"

〔13〕　五瘟使——本指传播瘟疫疾病的瘟神,又称五瘟神。《三教搜神大全》卷四:"昔隋文帝开皇十一年六月内,有五力士现于凌空三五丈,于身披五色袍,各执一物。一人执杓子并罐子,一人执皮袋并剑,一人执扇,一人执锤,一人执火壶。帝问太史居仁曰:'此何神?主何灾福也?'张居仁奏曰:'此是五方力士,在天为五鬼,在地为五瘟。名五瘟:春瘟张元伯、夏瘟刘元达、秋瘟赵公明、冬瘟钟士贵、总管中瘟史文业。如现之者,主国民有瘟疫之疾,此为天行时病也。'……是时帝乃立祠,于六月二十七日诏封五方力士为将军。……后匡阜真人游至此祠,即收五瘟神为部将也。"但红娘乃为张生排遣相思者,而非传播者。张之相思本已有之,故亦不靠红娘传播。此之"五瘟使",盖指"氤氲使"。宋人陶穀《清异录·仙宗》云:"世人阴阳之契,有缱绻司总统,其长官号氤氲大使。诸凤缘冥数当合者,须鸳鸯牒下乃成。"吴伟业《秣陵春》第八出"仙媒":"闻先生新掌了氤氲大使,主天下婚姻。"主婚姻成就,则相思自除。散者,遣散排除之谓,非散布之散。"五瘟使",依律"五"当用仄声,故不得更为"氤氲使"。

〔14〕　殿试——又称廷试,本是科举考试中由皇帝对会试合格者在廷殿上进行的考试。宋元间用为对读书人的敬称。关汉卿《包待制三勘蝴蝶梦》第一折:"他本是太学中殿试,怎想他拳头上便死。"

〔15〕 简——指书信，柳宗元《答贡士元公瑾论仕进书》："辱致来简，受赐无量。"亦即简帖，盖书于竹谓之简（参见第一本第一折注），书之于帛则曰帖。

〔16〕 搋扎——本指绷紧，收拾起，《水浒传》第二回："把绣龙袍衣服搋扎起，揣在绦儿边。"搋扎起面皮，犹板起脸来。

〔17〕 馋穷酸俫——犹穷酸，对贫寒读书人的调侃称呼。俫，语尾助词。 没意儿——没意思。

〔18〕 家私——家财，家产。《俗呼小录》："器用曰家生，又曰家私。"《通俗编·货财·家私》："杨瑀《山居新语》：'江西吕道山至元间分析家私作十四分。'"

〔19〕 桃李春风墙外枝——犹言出墙花。宋·叶绍翁《游园不值》："春色满园关不住，一枝红杏出墙来。"后以出墙花、墙外枝喻指妓女。关汉卿〔南吕·一枝花·不伏老〕："攀出墙朵朵花，折临路枝枝柳……半生来折柳攀花，一世里眠花宿柳。"

〔20〕 卖俏倚门——指妓女生涯。《史记·货殖列传》："刺绣文，不如倚市门。"关汉卿《杜蕊娘智赏金线池》第一折："只着俺淡抹浓妆倚市门，积趱下金银囤。"马致远《江州司马青衫泪》第二折："你家是卖俏门庭，我来做一程子弟。"

〔21〕 颠倒——反倒，反而。毛西河曰："颠倒，犹反也。"贾仲明《萧淑兰情寄菩萨蛮》第二折："本待成就您，颠倒连累咱。"

〔22〕 写得好——犹写完了。好，完成，完毕。

〔23〕 芳卿——对女子的亲敬称呼。《警世通言·杜十娘怒沉百宝箱》："一双空手，羞见芳卿，故此这几日不敢进院。" 可人——《礼记·杂记下》："其所与游辟也，可人也。"孔颖达疏："可人也者，谓其人性行是堪可之人也，可任用。"称可意人、称心如意人为可人。 妆次——妆台之间，书信中对女子的尊称，犹称男子为阁下。

〔24〕 颜范——容颜，模样。《广韵》："范，模也，型也。"《聊斋志异·章阿端》："一老大婢，挛耳蓬头，臃肿无度。生知其鬼，捉臂推之，笑

曰:'尊范不堪承教!'"

〔25〕　鸿稀鳞绝——没有音信。鸿即雁,雁传书事始自《汉书·苏武传》:"(常惠)教使者谓单于,言天子射上林中,得雁,足有系帛书,言武等在某泽中。"这是常惠教汉朝使者编造的话,所言非实。南戏《牧羊记·告雁》,把雁传书事写为实有。雁传书的实例,见于陶宗仪《南村辍耕录》及《元史·郝经传》:中统元年(1260)三月,元世祖欲定和议于宋,以郝经充国信史以行,被贾似道拘留十六年。郝曾用帛书诗,系于雁足。汴中民获雁于汴梁金明池。清·许鸿磐《六观楼北曲六种·雁帛书》即衍其事,以证雁传书事系于苏武之讹。鳞,指鱼,古乐府《饮马长城窟行》:"客从远方来,遗我双鲤鱼。呼儿烹鲤鱼,中有尺素书。"又,《史记·陈涉世家》:"(陈涉、吴广)乃丹书帛曰'陈胜王'置人所罾鱼腹中。卒买鱼烹食,得鱼腹中书,固以怪之矣。"故有鱼传书之说。

〔26〕　不谨——不戒慎,不小心,有冒失意,谦语。

〔27〕　虚誉——虚名。　　"虚',原作"芳",与"芳心"重,据弘治本改。

〔28〕　花影重——花荫浓密,《六一诗话》:"风暖鸟声碎,日高花影重。"

〔29〕　霜毫——本指秋天的兽毛。秋天兽毛末端最细,制笔最佳。毛笔以兔羊等毛为头,故以霜毫代指毛笔。　　勾思——即构思,指创作之前对作品内容及表现手段进行的思考。

〔30〕　方胜儿——本指方形彩结,是古代妇女用丝织品做成的装饰品。孟元老《东京梦华录》卷六"十四日车驾幸五岳观":"御龙直一脚指天,一脚圈曲襆头,着红方胜锦袄子。'一说方胜即同心结,见第二本第四折注。此指叠成方形或菱形的信笺。郑德辉《㑳梅香骗翰林风月》第二折:"这简帖儿方胜小,见甚景像便待把香烧。"

〔31〕　敬思——陆澹安《戏曲词语汇释》:"敬思,可敬。"王季思释为"风流放诞之意",《元曲释词》释为"风流放浪、潇洒可爱之意"。说是。钟嗣成〔正宫·醉太平〕:"打交槌会唱鹧鸪词,穷不了俺风流敬思。"

"敬思",原作"煞思",据弘治本改。

〔32〕 假意儿——犹言假惺惺,虚情假意。这里有卖弄聪明、夸张卖弄之意,与后面莺莺的"假意儿"有轻重之别。

〔33〕 小可——轻微、平常之谓;小可的,指人,犹等闲之辈、寻常之人。

〔34〕 在心为志——《毛诗序》:"诗者,志之所之也,在心为志,发言为诗。"这里隐去后句,意取"发言为诗"。毛西河曰:"在心为志,发之为诗,此正嘉其能发为诗,故引此一句作歇后语,犹下曲'有美玉于斯'一例。若《谢天香》剧:'圣人道,在心为志,发言为诗',则全引之者。"

〔35〕 "(末云)"句,原无,据毛西河本补。

〔36〕 喜怒其间觑个意儿——在莺莺高兴的时候找个机会。喜怒其间,犹欢喜之时。喜怒,偏义复词,取喜义。

〔37〕 折桂枝——《晋书·郤诜传》:"武帝于东堂会送,问诜曰:'卿自以为何如?'诜对曰:'臣举贤良对策,为天下第一,犹桂林之一枝、昆山之片玉。'"后以"折桂"比喻科举及第。

〔38〕 龙蛇字——形容字体流利,笔势如龙盘蛇曲。李白《草书歌行》:"时时只见龙蛇走,左盘右蹙如惊电。"

〔39〕 藕丝——喻感情之缠绵。孟郊《去妇》诗:"妾心藕中丝,虽断犹牵连。"

〔40〕 黄莺——用为美女的代称。孟启《本事诗·情感》载,戎昱与所爱将别,为诗命歌之:"好去春风湖上亭,柳条藤蔓系离情。黄莺久住浑相识,欲别频啼四五声。"黄莺,双关莺莺。   鸿鹄志——指远大抱负。《史记·陈涉世家》:"陈涉少时,尝与人佣耕。辍耕之垄上,怅恨久之,曰:'苟富贵,无相忘。'佣者笑而应曰:'若为佣耕,何富贵也?'陈涉太息曰:'嗟乎,燕雀安知鸿鹄之志哉!'"

〔41〕 玉堂金马三学士——喻才华出众的人。宋·王辟之《渑水燕谈录·高逸》:欧阳文忠公、赵少师、吕学士同燕集,文忠公亲作口号云:"金马玉堂三学士,清风明月两闲人。"金马,汉代宫门名。《史记·滑稽列

传》：“金马门者，宦署门也。门傍有铜马，故谓之曰金马门。”旧以身历玉
堂金马为仕宦得意，《汉书·扬雄传下》：“今子幸得遭明盛之世，处不讳之
朝，与群贤同行，历金门上玉堂有日矣。”颜师古注引应劭曰：“金门，金马
门也。”

〔42〕　沈约病多般——《南史·沈约传》：“初，约久处端揆，有志台
司，论者咸谓为宜。而帝终不用，乃求外出，又不见许。与徐勉素善，遂以
书陈情于勉，言己老病：‘百日数旬，革带常应移孔；以手握臂，率计月小半
分。’欲谢事，求归老之秩。”此句喻像沈约一样多病。

〔43〕　宋玉愁无二——与宋玉的愁一模一样。宋玉，战国文学家，他
所写的《九辩》多悲愁之语：“独悲愁其伤人兮，冯（按，凭，愤懑）郁郁其何
极！”后人言悲秋、愁多，多以宋玉为喻。庾天锡〔商角调·黄莺儿·别
况〕：“愁成阵，更压着宋玉，便是铁石人，也今宵耽不去。”

〔44〕　“则你那”二句——意谓早在你们没完没了的以眉目传情的时
候，我就已经看在眼里记在心里了。眉眼传情，即以目送情。《诗经·小
雅·隰桑》：“中心藏之，何日忘之。”　　“则你那”，原作“咱”，据《雍熙乐
府》本改；“我”字原无，据《雍熙乐府》本补。

〔45〕　因而——草率、凑合、怠慢、不重视之意。关汉卿《钱大尹智宠
谢天香》第一折：“初相见呼你为学士，谨厚不因而。”

〔46〕　有美玉于斯——《论语·子罕》：“有美玉于斯，韫椟而藏诸？
求善贾而沽诸？”这里用为歇后语，取“韫椟而藏诸”之意。

〔47〕　发落——处置。关汉卿《钱大尹智宠谢天香》第一折：“今日
升堂坐起早衙，张千，有该金押的文书，将来我发落。”　　归著——着落，
结果。

〔48〕　会亲——本是婚姻的一种礼仪，指婚后男女两家共邀亲属相
见之礼。吴自牧《梦粱录·嫁娶》：“至一月，女家送弥月礼合，婿家开筵，
延款亲家及亲眷，谓之贺满月会亲。”（卷二十）剧中指成亲、结合。　　符
箓（lù 录）——道教符箓派用来遣神役鬼、镇魔压邪、治病消灾的一种似字
非字的图形。符者，屈曲作篆籀及星雷之文；箓者，素书，记供役使的诸天

曹官属吏佐之名。道家受道必先受符箓。佛教则以绘佛菩萨为之。参见第五本第四折"护身符"注。《北史·魏本纪二》："帝幸道坛,亲受符箓,曲赦京师。"这里指有灵验的文书神符。

〔49〕 次第——此为分晓、结果意。

〔50〕 窈窕(yǎo tiǎo 咬朓)娘——美好的女子。《诗经·周南·关雎》："窈窕淑女,君子好逑。"毛亨传:"窈窕,幽闲也。"《楚辞·九歌·山鬼》:"子慕予兮善窈窕",王逸注:"窈窕,好貌。"洪兴祖《楚辞补注》:"《方言》云:美状为窈,美心为窕。注云:窈,幽静;窕,闲都也。"是心与貌俱美为窈窕。

第 二 折

(旦上云)红娘伏侍老夫人,不得空,偌早晚敢待来也。困思上来,再睡些儿咱。(睡科)(红上云)奉小姐言语,去看张生,因伏侍老夫人,未曾回小姐话去。不听得声音,敢又睡哩。我入去看一遭。

【中吕】【粉蝶儿】风静帘闲,透纱窗麝兰香散[1],启朱扉摇响双环。绛台高[2],金荷小[3],银钉犹灿[4]。比及将暖帐轻弹,先揭起这梅红罗软帘偷看[5]。

【醉春风】则见他钗軃玉横斜,鬓偏云乱挽。日高犹自不明眸,畅好是懒,懒。(旦做起身长叹科)(红唱)半晌抬身,几回搔耳,一声长叹。

我待便将简帖儿与他,恐俺小姐有许多假处哩。我则将这简帖儿放在妆盒儿上,看他见了说甚么。(旦做照镜科,见帖看科)(红唱)

【普天乐】晚妆残[6],乌云軃[7],轻匀了粉脸,乱挽起云鬟。将简帖儿拈,把妆盒儿按,开拆封皮孜孜看[8],颠来倒去不害心烦。

(旦怒叫)红娘!(红做意云[9])呀,决撒了也[10]!厌的早挖皱了黛眉[11]。

(旦云)小贱人,不来怎么!(红唱)

忽的波低垂了粉颈,氲的呵改变了朱颜。

(旦云)小贱人,这东西那里将来的?我是相国的小姐,谁敢将这简帖来戏弄我?我几曾惯看这等东西?告过夫人,打下你个小贱人下截来。(红云)小姐使将我去,他著我将来,我不识字,知他写著甚么?

【快活三】分明是你过犯[12],没来由把我摧残;使别人颠倒恶心烦。你不"惯",谁曾"惯"?

姐姐休闹,比及你对夫人说呵,我将这简帖儿,去夫人行出首去来[13]!(旦做揪住科)我逗你耍来。(红云)放手,看打下下截来!(旦云)张生两日如何?(红云)我则不说。(旦云)好姐姐,你说与我听咱!(红唱)

【朝天子】张生近间、面颜,瘦得来实难看。不思量茶饭,怕见动弹[14];晓夜将佳期盼,废寝忘餐。黄昏清旦,望东墙淹泪眼。

(旦云)请个好太医看他证候咱[15]。(红云)他证候吃药不济。

病患、要安,则除是出几点风流汗。

(旦云)红娘,不看你面时,我将与老夫人看,看他有何面目见夫人!虽然我家亏他,只是兄妹之情,焉有外事。红娘,早是你口稳哩,若别人知呵,甚么模样!(红云)你哄著谁哩！你把这个饿鬼，弄的他七死八活，却要怎么？

【四边静】怕人家调犯[16]，"早共晚夫人见<u>些</u>破绽，你我何安。"问甚么他遭危难？揝断、得上竿，掇了梯儿看[17]。

(旦云)将描笔儿过来，我写将去回他，著他下次休是这般！

(旦做写科)(起身科云)红娘，你将去说："小姐看望先生，相待兄妹之礼如此，非有他意。再一遭儿是这般呵，必告夫人知道。"和你个小贱人都有说话！(旦掷书下)(红唱)

【脱布衫】小孩儿家口没遮拦[18]，一迷的将言语摧残[19]。把似你使性子[20]，休思量秀才，做多少好人家风范[21]。(红做拾书科)

【小梁州】他为你梦里成双觉后单，废寝忘餐。罗衣不奈五更寒[22]，愁无限，寂寞泪阑干[23]。

【幺篇】似这等辰勾空把佳期盼[24]，我将这角门儿世不曾牢拴，则愿你做夫妻无危难。我向这筵席头上整扮，做一个缝了口的撮合山[25]。

(红云)我若不去来，道我违拗他，那生又等我回报，我须索走一遭。(下)(末上云)那书倩红娘将去，未见回话。我这封书去，必定成事。这早晚敢待来也。(红上)须索回张生话去。小姐，你性儿忒惯得娇了！有前日的心，那得今日的心来？

【石榴花】当日个晚妆楼上杏花残，犹自怯衣单；那一片听琴心清露月明间[26]。昨日个向晚，不怕春寒，几乎险被先生馔[27]。那其间岂不胡颜[28]？为一个不酸不醋风魔汉[29]，隔墙儿险化做了望夫山[30]。

【斗鹌鹑】你用心儿拨雨撩云，我好意儿传书寄简。不肯搜自己狂为，则待要觅别人破绽。受艾焙权时忍这番[31]，畅好是奸[32]！

　　"张生是兄妹之礼，焉敢如此！"

对人前巧语花言；

　　没人处便想张生，

背地里愁眉泪眼。

　　（红见末科）（末云）小娘子来了，擎天柱[33]，大事如何了也？（红云）不济事了，先生休傻。（末云）小生简帖儿，是一道会亲的符箓，则是小娘子不用心，故意如此。（红云）我不用心？有天哩[34]！你那简帖儿好听！

【上小楼】这的是先生命悭，须不是红娘违慢。那简帖儿到做了你的招状[35]，他的勾头[36]，我的公案[37]。若不是觑面颜，厮顾盼，担饶轻慢[38]。

　　先生受罪，礼之当然。贱妾何辜？

争些儿把你娘拖犯[39]！

【幺篇】从今后相会少，见面难。月暗西厢，凤去秦楼，云敛巫山。你也趱[40]，我也趱，请先生休讪[41]，早寻个酒阑人散。

　　（红云）只此再不必申诉足下肺腑，怕夫人寻，我回去也。（末云）小娘子此一遭去，再著谁与小生分剖？必索做一个道理，方可救得小生一命。（末跪下揪住红科）（红云）张先生是读书人，岂不知此意，其事可知矣。

【满庭芳】你休要呆里撒奸[42]。你待要恩情美满，却教我骨肉摧残。老夫人手执著棍儿摩娑看[43]，粗麻线怎透得针关〔44〕？直待我挂著拐帮闲钻懒，缝合唇送暖偷寒〔45〕。

待去呵，小姐性儿撮盐入火〔46〕，

消息儿踏著泛〔47〕；

待不去呵，（末跪哭云）小生这一个性命，都在小娘子身上。

（红唱）

禁不得你甜话儿热趱〔48〕。好著我两下里做人难。

我没来由分说，小姐回与你的书，你自看者。（末接科，开读科）呀，有这场喜事！撮土焚香〔49〕，三拜礼毕〔50〕。早知小姐简至，理合远接；接待不及，勿令见罪。小娘子，和你也欢喜。（红云）怎么？（末云）小姐骂我都是假，书中之意，著我今夜花园里来，和他"哩也波，哩也啰"哩〔51〕！（红云）你读书我听。（末云）"待月西厢下，迎风户半开。隔墙花影动，疑是玉人来。"（红云）怎见得他著你来？你解与我听咱。（末云）"待月西厢下"，著我月上来；"迎风户半开"，他开门待我；"隔墙花影动，疑是玉人来"，著我跳过墙来。（红笑云）他著你跳过墙来，你做下来〔52〕。端的有此说么？（末云）俺是个猜诗谜的社家〔53〕，风流隋何，浪子陆贾〔54〕。我那里有差的勾当？（红云）你看我姐姐，在我行也使这般道儿〔55〕。

【耍孩儿】几曾见寄书的颠倒瞒著鱼雁，小则小心肠儿转关。写著道西厢待月等得更阑，著你跳东墙"女"字边"干"〔56〕。元来那诗句儿里包笼著三更枣〔57〕，简帖儿里埋伏著九里山〔58〕。他著紧处将人慢〔59〕。恁会云雨闹中取静，我寄音书忙里偷闲〔60〕。

【四煞】纸光明玉板[61]，字香喷麝兰，行儿边滗透非春汗？一缄情泪红犹湿，满纸春愁墨未干[62]。从今后休疑难，放心波玉堂学士，稳情取金雀鸦鬟[63]。

【三煞】他人行别样的亲，俺根前取次看[64]，更做道孟光接了梁鸿案[65]。别人行甜言美语三冬暖[66]，我根前恶语伤人六月寒[67]。我为头儿看[68]：看你个离魂倩女[69]，怎发付揶果潘安[70]。

　　(末云)小生读书人，怎跳得那花园过也。(红唱)

【二煞】隔墙花又低，迎风户半拴，偷香手段今番按[71]。怕墙高怎把龙门跳[72]？嫌花密难将仙桂攀。放心去，休辞惮。你若不去呵，望穿他盈盈秋水，蹙损了淡淡春山[73]。

　　(末云)小生曾到那花园里，已经两遭，不见那好处。这一遭，知他又怎么？(红云)如今不比往常。

【煞尾】你虽是去了两遭，我敢道不如这番。你那隔墙酬和都胡侃[74]，证果的是今番这一简[75]。(红下)

　　(末云)万事自有分定，谁想小姐有此一场好处。小生是猜诗谜的社家，风流隋何，浪子陆贾，到那里挖扎帮便倒地[76]。今日颓天百般的难得晚[77]。天，你有万物于人，何故争此一日？疾下去波！读书继晷怕黄昏[78]，不觉西沉强掩门。欲赴海棠花下约，太阳何苦又生根？(看天云)呀，才晌午也，再等一等。(又看科[79])今日万般的难得下去也呵！碧天万里无云，空劳倦客身心[80]。恨杀鲁阳贪战[81]，不教红日西沉。呀，却早倒西也，再等一等咱。无端三足乌[82]，团团光烁烁。安得后羿弓[83]，射此一轮

143

落！谢天地，却早日下去也。呀，却早发擂也！呀，却早撞钟也！拽上书房门，到得那里，手挽著垂杨，滴流扑跳过墙去。（下）

注　释

〔1〕　"风静"二句——香散，香飘。金圣叹《第六才子书》云："帘内是窗，窗外是帘。有风则下帘，无香则开窗。今因无风，故不下帘；却因有香，故不开窗。只十一字，写女儿深闺便如图画。"

〔2〕　绛台——红色的烛台。

〔3〕　金荷——亦称铜荷，烛台上部承接烛泪的铜盘，盘为荷花形，盘上插烛。庾信《对烛赋》："铜荷承泪烛，铁铗染浮烟。"

〔4〕　银釭（gāng 刚）——灯。晏几道〔鹧鸪天〕："今宵剩把银釭照，犹恐相逢是梦中。"　　灿——《集韵》："灿，明貌。"此指灯亮。

〔5〕　梅红罗软帘——淡红色绫罗所制帐帘，闺房床帐多用之。孟称舜《节义鸳鸯冢娇红记·絮鞋》："我轻轻的揭起梅红罗帐。"软帘，旧时挂于堂屋门上或床帐上的帘子，以其轻软，故称软帘。王伯良引《翰墨全书》云："元时上表笺者，以梅红罗单绫封裹，盖当时所尚。"

〔6〕　晚妆残——王伯良曰："晨而曰'晚妆'，宿妆未经梳洗也。""晚妆"，原作"晓妆"，据弘治本、王伯良本改。

〔7〕　乌云𩭾——"𩭾"为歌戈韵，此处叶寒山韵，读如"dǎn 䤼"，关汉卿《钱大尹智勘绯衣梦》第一折："则今番临绣床有些儿不耐烦，则我这睡起来云髻儿觉偏𩭾，插不定秋色玉连环。"可知有读如"䤼"者。柳永〔定风波〕："暖酥消，腻云𩭾，终日厌厌倦梳裹。"《大宋宣和遗事》亨集："鬓𩭾乌云，钗簪金凤。"

〔8〕　孜孜看——仔细看，认真看。宋·晁端礼〔殢人娇〕："旋剔银灯，高褰斗帐，孜孜地、看伊模样。"

〔9〕　做意——做出某种表情，此指做出警觉、注意的样子。

〔10〕　决撒——败露，坏了事。石君宝《鲁大夫秋胡戏妻》第四折：

"（梅英云）你曾逗人家女人来么？（秋胡背云）我决撒了也……"

〔11〕 挖（gē割）皱——皱起，紧皱。高文秀《黑旋风双献功》楔子："我便道：'眉儿镇常挖皱。'你便唱：'夫妻每醉了还依旧。'"

〔12〕 过犯——过错，罪过。元·陶宗仪《辍耕录·奴婢》："然奴或致富，主利其财，则俟少有过犯，杖而锢之，席卷而去，名曰抄估。"（卷十七）

〔13〕 出首——自首，《六部成语·刑部·出首》注解："一同犯事之人，出头告官也。"此指告发。《水浒传》第二回："银子并书都拿去了，望华阴县里来出首。"

〔14〕 怕见——懒得。李清照〔永遇乐〕："如今憔悴，风鬟雾鬓，怕见夜间出去。"

〔15〕 太医——本指御医。元设太医院，管领所有医生，供随时召用，一般医生也可称太医。 证候——即症候，病情、症状。梁·陶弘景《肘后方序》："具论诸病证候，因药变通，而病是大治。"旧说病随各经转变，都有一定日期，满若干日为一候，故称证候。

〔16〕 调（tiáo条）犯——嘲笑讥讽，说是道非。凌濛初曰："调犯，即调舌。"

〔17〕 "撺（cuān余）断"二句——意谓鼓动别人登梯子爬上竿去，自己却撤走梯子，看人家下不来的样子。宋·释晓莹《罗湖野录》卷一："黄鲁直与兴化海老手帖云：'莫送人上树，拔却梯也。'"关汉卿《望江亭中秋切鲙旦》第一折："我我我，撺断的上了竿，你你你，掇梯儿着眼看。"这里是说莺莺惹得张生害了相思病，却又撒手不管。撺断，今口语谓之撺掇，从旁鼓动、怂恿之意。

〔18〕 口没摭拦——口不严，犹今言说话没把门儿的。 "拦"，原作"栏"，据张深之、毛西河本改。

〔19〕 一迷的——一味的，一个劲的。《清平山堂话本·快嘴李翠莲记》："不问青红与皂白，一迷将奴胡厮闹。"

〔20〕 把似——假如，与其。邵雍《先几吟》："把似众中呈丑拙，争

如静里且谈谐。"

〔21〕　好人家——犹言官宦人家。《警世通言·范鳅儿双镜重圆》：提辖官吕忠翊之女顺哥嫁范鳅儿，提辖道："好人家女儿，嫁了反贼，一时无奈。"

〔22〕　"罗衣"句——是说张生彻夜不眠，凄凉不堪。不奈，即不耐，不能抵挡。五更，夜将明的时候，参见第一本第三折"更"注。李煜〔浪淘沙〕："帘外雨潺潺，春意阑珊；罗衾不耐五更寒。"

〔23〕　泪阑干——犹泪纵横。用白居易《长恨歌》句："玉容寂寞泪阑干，梨花一枝春带雨。"

〔24〕　"似这"句——盼望佳期到来，好像等待辰勾星出来一样困难。王伯良曰："辰勾，水星。其出虽有常度，然见之甚难。……张衡云：'辰星，一名勾星。'《博雅》云：'辰星，谓之钩星，'故亦谓之辰勾。……晋灼谓：'常以四仲之月，分见奎、娄、东井、角、亢、牵牛之度；然亦有终岁不一见者。'盼佳期如等辰勾之出，见无夜不候望也。《青衫泪》剧：'恰便似盼辰勾，逢大赦。'"

〔25〕　"我向这"二句——整扮，妆扮整齐，可指男，亦可指女。关汉卿《刘夫人庆赏五侯宴》第四折："李嗣源同四将整扮上。"撮合山，媒人。《通俗编·交际·撮合山》："《元曲选》马致远《陈抟高卧》、乔孟符《扬州梦》、郑德辉《㑳梅香》，俱用此语，俚俗以为媒之别称。"陈继儒云："撮合山，一山名敖山，自南而北，一山名返山，自北而南，誓不相合。后有一仙人和合，劝之相连，以比今之媒人通合。"不知何据，录以备考。《京本通俗小说·西山一窟鬼》："元来那婆子是个撮合山，专靠做媒为生。"整扮，指红娘言，文意自明。凌濛初曰："婚姻筵席媒人与焉，故戏言筵席间整备，做不漏泄的媒人。"王伯良谓指莺莺张生："我只愿你安稳做了夫妻，向筵席头上打扮去做新人，我做个缝了口的媒人，决不漏泄此事也。"非是。

〔26〕　"当日个"三句——凌濛初曰："言晚妆怕冷，听琴就不怕冷。"

〔27〕　先生馔(zhuàn 撰)——《论语·为政》："有事，弟子服其劳；有酒食，先生馔。曾是以为孝乎？"馔，本指吃喝，凌濛初谓："调成语也，言听

琴时几乎被他到了手也。"闵遇五也持此说,可见当时用法如此。毛西河曰:"'先生馔',正用四书语借作调侃,元词多如此。如《岳阳楼》剧:'总是个有酒食,先生馔。'"

〔28〕　胡颜——没脸、丢丑的意思。三国魏·丁廙《蔡伯喈女赋》:"忍胡颜之重耻,恐终风之我瘁。"

〔29〕　不酸不醋——即酸醋,酸溜溜。

〔30〕　"隔墙"句——是说莺莺听琴时伫立良久,险些化成望夫石。所谓望夫山、望夫石,所在多有,郦道元《水经注》之"江水"及"浊漳水"注,均有载,传说亦甚多。刘义庆《幽明录》:"武昌阳新县北山上有望夫石,状若人立。相传昔有贞妇,其夫从役,远赴国难,其妇携弱子饯送此山,立望夫而化为石,因以为名焉。"宋·乐史《太平寰宇记》:"当涂县望夫石,昔其人往楚,累岁不还,其妻登此山望之,久之,乃化为石。"

〔31〕　艾焙(bèi 倍)——艾,药用植物名,《诗经·王风·采葛》:"彼采艾兮,一日不见,如三岁兮。"毛亨传:"艾,所以疗疾。"艾焙,点燃之艾绒卷。《本草·艾火》:"主治:灸百病,若灸诸风冷疾,入硫磺末少许尤良。"作动词用,则指用艾绒卷烤灸患者经穴。剧中为责备、训斥之意。

〔32〕　畅好是奸——宁希元《元曲的假借和音读》:"细按曲文语气,终以'乾'字为红娘说为切。'乾',就是'淡';'畅好乾',淡之极也。盖红娘好心好意的为莺莺奔走,反招猜忌,故云往日徒自张罗,真是无聊扯淡也。次就音读来说……《史记·齐太公世家》:'吕尚盖尝穷困,年老矣,以渔钓奸周西伯',《正义》曰:'奸,音干。'……《西厢记》中的'畅好奸',揆诸文义、语气、音读,其为'乾'之假借益明矣。"应以奸诈之奸为是,下文有"呆里撒奸"可证。王伯良引沈璟云:"'乾',似不如'奸'字明白,言莺之奸诈为甚也。"闵遇五云:"'畅好是奸',满情满意的奸诈也。徐(按,指徐士范)本'奸'作'乾',亦趣言乾乾受这番艾焙,但下文说不去。"

〔33〕　擎(qíng 晴)天柱——古人认为天的四周都有柱子支撑,这些柱子便是擎天柱。《淮南子·览冥训》有"女娲炼五色石以补苍天,断鳌足以立四极"的记载,《淮南子·天文训》:"昔者共工与颛顼争为帝,怒而触

不周之山,天柱折,地维绝。天倾西北,故日月星辰移焉;地不满东南,水潦尘埃归焉。"旧题东方朔所撰的《神异经·中荒经》又说:"昆仑之山有铜柱焉,其高入天,所谓天柱也,围三千里,周圆如削。"

〔34〕 "哩",原作"理",据弘治本改。

〔35〕 招状——犯人招认罪行的供词。郑德辉《㑇梅香骗翰林风月》第三折:"你索取一个治家不严的招状。"

〔36〕 勾头——逮捕人的拘票。马致远《吕洞宾三醉岳阳楼》第三折:"我凭勾头文书勾你!"

〔37〕 公案——指重要事件,也指依法令而判断的案件,此指后者。《醒世恒言·十五贯戏言成巧祸》:"府尹也巴不得了结这段公案。"

〔38〕 "若不是"三句——如果不是看着彼此的面子,手下留情,容忍了你有失分寸的行为。顾盼,本作"看"、"视"解,这里是照顾、留情的意思。担饶,也作耽饶,担待宽恕之意。李致远《都孔目风雨还牢末》第二折:"展污了你衣服,便休嗔闹,告兄弟可怜见,且耽饶。"

〔39〕 争些——许政扬曰:"'争'就是'差';'争些儿'就是'差点儿',与'险些儿'同。亦作'争些个'、'争些子'。……《古今小说·陈从善》:'如春争些个做了失乡之鬼。'《朱子全书》:'殆者,是争些子底意思。'" 拖犯——连累犯案。

〔40〕 趓(shàn 善)——王伯良曰:"北人方语,谓走为趓,见《墨娥小录》。刘时中小令:'冯魁破产,双生紧赶,小姐先趓。'"这里是走开、散伙之意。

〔41〕 讪(shàn 善)——埋怨,毁谤。《礼记·少仪》:"为人臣下者,有谏而无讪。"孔颖达疏:"讪,为道说君之过恶及谤毁也。"

〔42〕 呆里撒奸——内藏奸诈而故作诚实。《金瓶梅》第八十六回:"你休呆里撒奸,两头白面,说长并道短。"

〔43〕 摩娑——抚摸,《释名·释姿容》:"摩娑,犹末杀也,手上下之言也。"此言老夫人手摸弄着棍子早有准备。

〔44〕 针关——穿线的针孔。粗麻线穿不过小小的针孔,喻无能为

力,其事难成。

〔45〕　“直待我”二句——帮闲钻懒,管别人的闲事,替别人做无聊的事。此指为男女传情。无名氏《逞风流王焕百花亭》第一折:“(正末云)小二哥,你也知道我妆孤爱女,你肯与我做个落花的媒人,与那贺家姐姐做一程儿伴,我便与你换上盖也。(小二云)官人,小人别的不会,这调风贴怪、帮闲钻懒,须是本等行业,我就与你说去。”送暖偷寒,指男女间暗中传情递意。关汉卿《赵盼儿风月救风尘》第三折:“钉靴雨伞为活计,偷寒送暖作营生。不是闲人闲不得,及至得了闲时又闲不成。……平生做不的买卖,止是与歌者姐姐每叫些人,两头来往,传消寄信都是我。”王伯良曰:“‘帮闲钻懒’,须手脚利便;‘送暖偷寒’,须口舌无禁忌。又言你如今直待要我打得伤了,拄着拐去帮衬? 禁得不说话,缝了唇,去传递耶?”

〔46〕　撮盐入火——盐入火即爆,用以比喻脾气急躁。《水浒传》第十三回:“为是他性急,撮盐入火。”

〔47〕　消息儿踏着泛——踩着了机关的泛子,中人圈套、落入机关的意思。消息儿,即机关,靠机械使物体转动,常用以捕兽、陷人。泛,亦称泛子,即机纽,触动它机关才能转动。石君宝《诸宫调风月紫云庭》第二折:“他见一日三万场魉焦到不得里,咱正查着他泛子消息。”

〔48〕　甜话儿热趱(zàn 赞)——用好话催说。《集韵》:“趱,音赞,逼使走也。”

〔49〕　撮土焚香——事本吕洞宾事。曾敏行《独醒杂志》:有客谒林灵素,“客曰:‘有小术,愿试之。’即捻土炷炉中,且求杯水噀案上,覆之以杯。……上(宋徽宗)至院中,闻香郁然,异之。……乃得片纸,纸间有诗云:‘捻土为香事有因,如今宜假不宜真。三朝宰相张天觉,四海闲人吕洞宾。’”(卷五)《大宋宣和遗事》亦载此事,唯诗小异:“捻土为香事有因,世间宜假不宜真。洞宾识得林灵素,灵素如何识洞宾?”(元集)后指以土代香,郑廷玉《看钱奴买冤家债主》第一折:“我也无那香,只是捻土为香。”

〔50〕　三拜——《仪礼·乡射礼》:“主人西南面三拜众宾,众宾皆答一拜。”郑玄注:“三拜,示遍也。”又,《释氏要览》曰:“俗中两拜者,盖法阴

阳也。今释氏以三拜者,盖表三业归敬也。《智论》云:'内式礼拜,大约身口业也。佛法以心为本,以身口为末,故三拜为礼数也。'"是僧俗均有三拜。张生曰三拜,以示特殊敬重之意。

〔51〕 哩也波,哩也罗——北方方言,无具体含义,用以代指不便明言的事,用法与"如此这般"相同。

〔52〕 做下来——做出不正当的事情来,指男女私通。白朴《裴少俊墙头马上》第二折,李千金裴少俊幽会后云:"是做下来也,怎见父母?"

〔53〕 猜诗迷的社家——犹言解诗的行家。猜诗迷是宋元时伎艺的一种,不同伎艺的人组成不同团体,叫商社或社会。参加某社会的人,即称某某社家。(猜诗谜社,见《都城纪胜》、《法苑珠林》卷九二)

〔54〕 风流隋何,浪子陆贾——隋何、陆贾都是汉初人,二人都长于说辞。隋何曾为刘邦说降楚将黥布,事见《史记·黥布列传》。陆贾曾出使南越,说南越王赵佗内附。隋、陆二人均未见风流浪子事迹。《史记》陆传载:"陆生常安车驷马,从歌舞鼓琴瑟侍者十人。"又著书十二篇,号为《新书》。王伯良引杨用修诗,有"曾把风流恼陆郎"句;戏曲中以风流浪子目隋陆者不乏其例:李玉《意中人》第十二出"面定",刘梦花赞史弘:"才同昔日相如,情比当年何贾。"情,指男女之情;何贾,即隋何陆贾。吴伟业《秣陵春》第十四出"镜影":"单衣试酒,客心潇洒,浪子隋何陆贾。天台何处赚胡麻,一笑风流调法。"凌濛初曰:"元剧用事,正不必正史有也。"(《西厢记五本解证》第二本第一折)

〔55〕 道儿——圈套。凌濛初云:"道儿,方语,元白中多有'休著了道儿'等语,《水浒传》李逵云:'著了两遭道儿。'可证。"

〔56〕 跳东墙——《孟子·告子》:"逾东家墙而搂其处子,则得妻;不搂,则弗得也。"此暗用其事。　　女字边干(gān 竿)——拆字格,"奸"字。

〔57〕 三更枣——为约会的暗语。《高僧传》载,禅宗五祖弘忍传法于六祖惠能时,给了他三粒粳米一枚枣,惠能领悟到是让他"三更早来"的隐语。《坛经·行由品第一》作五祖以杖击惠能舂米之石碓三下而去,示

意惠能三更往见。

〔58〕　埋伏九里山——计谋圈套之意。徐士范曰："汉高祖、韩信与项羽战,在徐州九里山前,与樊哙王陵亚夫等兵,排作八八六十四卦阵势,十面埋伏,以降羽,逼至乌江。"事不见史书,小说戏曲多称其事。无名氏《随何赚风魔蒯通》第一折："他(按,指韩信)在九里山前,只一阵,逼得项羽自刎乌江。"第四折："九不合九里山十面埋伏。"

〔59〕　慢——欺骗。《广韵》:"谩,欺也,慢也。"

〔60〕　忙里偷闲——于忙中抽空。梅尧臣《和公仪龙图戏勉》:"岂意来嘲饭颗句,忙中唯此是偷闲。"

〔61〕　玉板——纸名,即玉板宣,白宣纸的一种,柔韧光洁,宜于书画。《大戴礼·保傅》:"素成胎教之道,书之玉板,藏之金匮。""板"亦作"版",据《蜀笺谱》,蜀中造有玉板、贡馀等笺。

〔62〕　"一缄"二句——意谓信是用相思的泪水书写而成,泪渍犹湿;满纸洋溢着少女的真情,墨迹未干。红犹湿,红泪未干之意。王嘉《拾遗记·魏》:"(魏)文帝所爱美人,姓薛名灵芸,常山人也。……灵芸闻别父母,歔欷累日,泪下沾衣。至升车就路之时,以玉唾壶承泪,壶中即如红色。既发常山,及至京师,壶中泪凝如血。"(《太平广记》卷二七二)后因称美女之泪为红泪。元好问〔鹧鸪天〕词:"半衾幽梦香初散,满纸春心墨未干。"

〔63〕　稳情取——准能得到、包管弄到。郑廷玉《看钱奴买冤家债主》第三折:"天开眼无轻放,天还报有灾殃,稳情取家破人亡!"　　金雀鸦鬟——代指美女。唐·李公垂《莺莺歌》:"绿窗娇女字莺莺,金雀鸦鬟年十七。"金雀,妇女头上的钗簪;鸦鬟,乌黑的鬟发。

〔64〕　取次看——轻率,草率,随随便便,犹等闲视之,不重视之意。葛洪《抱朴子·祛惑》:"四海将受其赐,不但卿家,不可取次也。"

〔65〕　更做道——表层进关系的副词,犹再加上、甚至于。关汉卿《包待制三勘蝴蝶梦》第二折:"三个孩儿都教死去,你都官官相为倚亲属,更做道国戚皇族!"　　孟光接了梁鸿案——《后汉书·梁鸿传》:"同县孟

氏有女,状肥丑而黑,力举石臼,择对不嫁,至年三十。父母问其故,女曰:'欲得贤如梁伯鸾者。'鸿闻而聘之。……字之曰德曜,名孟光。……遂至吴,依大家皋伯通,居庑下,为人赁春。每归,妻为具食,不敢于鸿前仰视,举案齐眉。"(事亦见皇甫谧《高士传》)案,放食品的有脚托盘,无脚为盘,有脚为案。故事本为妻敬夫,梁鸿接孟光案,这里反说为妻接夫案,意在讥讽莺莺主动约张生幽会。

〔66〕 甜言美语三冬暖——意谓说好听的话使人在严冬也感到温暖。明·徐复祚《宵光剑》:"甜言蜜语三冬暖,血污游魂万里沙。"

〔67〕 恶语伤人——用恶毒的语言中伤他人。宋释普济《五灯会元》卷十六"北禅贤禅师法嗣·法昌倚遇禅师":"利刀割肉疮犹合,恶语伤人恨不销。"

〔68〕 为头儿看——从头看,从此看着你。王伯良曰:"为头看,犹言从头看也。"乔吉《李太白匹配金钱记》第四折:"飞卿既然不肯成亲,放他为头过去罢。"为头,即从此。

〔69〕 离魂倩女——唐·陈玄祐《离魂记》云,张倩娘与王宙相爱至深。王宙赴京,倩娘魂离躯体,追随王宙而去。王宙匿倩娘于船,二人连夜遁去,在蜀同居五年,生有二子。倩娘思念父母,与宙俱归。到家后则见倩娘病卧于床,身体从未离家。倩娘魂与身相遇,遂合为一体。元·郑德辉据此衍为杂剧《迷青琐倩女离魂》。倩娘即倩女,代指多情女子,此指莺莺。

〔70〕 掷果潘安——潘安,潘岳,字安仁。《世说新语·容止》:"潘岳妙有姿容,好神情。少时挟弹出洛阳道,妇人遇者,莫不连手共萦之。"刘孝标注引裴启《语林》:"安仁至美,每行,老妪以果掷之,满车。"后用为美男子典故,此指张生。

〔71〕 按——考验,验证。《字汇》:"按,验也。"

〔72〕 龙门——山名,在今山西省河津市与陕西省韩城市之间。两峰峭壁对峙如门,黄河流经此地。《文选》谢朓《观朝雨》李善注引《三秦记》:"河津,一名龙门,两旁有山,水陆不通,龟鱼莫能上。江海大鱼薄集

龙门下,上则为龙,不得上曝鳃水次也。"唐人封演《封氏闻见记·贡举》云:"故当代以进士登科为登龙门,解褐多苹清紧,数十年间,拟迹庙堂。"

〔73〕　春山——比喻妇女美丽的眉毛。"望穿"二句本宋·阮阅〔眼儿媚〕词:"也应似旧,盈盈秋水,淡淡春山。"

〔74〕　胡侃(kǎn 坎)——王伯良谓:'胡侃,无准实之意。"尚觉未切。今信口而谈谓之侃,胡侃,有信口胡说、空口无凭之意,意近胡闹。关汉卿《望江亭中秋切鲙旦》第一折:"只愿他肯肯肯做一心人,不转关,我和他守守守《白头吟》,非浪侃。"浪侃,意同胡侃。

〔75〕　"证果"句——意谓让你成就好事的是这次的简帖。证,登、得到之意,《敦煌变文集·大目乾连冥间救母变文》有"汝虽位登圣果"、"证得阿罗汉果"、"先得阿罗汉果"语,是证与登、得义同。果,指所达到的层次品位。《五灯会元》卷一"东土祖师·六祖慧能大鉴禅师":"依吾行者,定证妙果。"本指苦心修行,即可得成佛菩萨等正果之位,这里取其成功、达到目的之意。

〔76〕　扢(gē 割)扎帮——亦作"扢搭帮",一下子、迅速之意;又,系象声词,亦可。张寿卿《谢金莲诗酒红梨花》第一折:"果然若来时,和他吃几杯儿酒,添些春兴,扢搭帮放翻他。"

〔77〕　颏——詈词,犹"屄"。马致远〔般涉调·耍孩儿·借马〕套:"有汗时休去檐下拴,渲时休教侵着颏。"颏天,犹云屄天。

〔78〕　继晷(guǐ 鬼)——犹夜以继日。晷,日影。韩愈《进学解》:"焚膏油以继晷,恒兀兀以穷年。"

〔79〕　"又看科",原作"又看咱",径改。

〔80〕　倦客——倦于在外作客之人。周邦彦〔兰陵王·柳〕:"登临望故国,谁识、京华倦客?"此指张生。

〔81〕　鲁阳贪战——《淮南子·览冥训》:"鲁阳公与韩构难,战酣,日暮,援戈而㧑之,日为之反三舍。"高诱注:"鲁阳,楚之县公,楚平王之孙、司马子期之子,《国语》所称鲁阳文子也。楚僭号称王,其守、县大夫皆称公,故曰鲁阳公。"　"鲁阳",原作"太阳",据弘治本改。

〔82〕 三足乌——传说日中有三足乌鸦,故用以代指太阳。《春秋元命苞》:"日中有三足乌者,阳精也。"《淮南子·精神训》:"日中有踆乌,而月中有蟾蜍。"高诱注:"踆,犹蹲也,谓三足乌。"

〔83〕 后羿(yì亿)——尧时射落九个太阳的人。《山海经·海内经》:"帝俊赐羿彤弓素矰,以扶下国,羿是始去恤下地之百艰。"《淮南子·本经训》:"尧之时十日并出,焦禾稼,杀草木,而民无所食。猰貐、凿齿、九婴、大风、封豨、修蛇,皆为民害。尧乃使羿诛凿齿于畴华之野,杀九婴于凶水之上,缴大风于青丘之泽,上射十日而下杀猰貐,断修蛇于洞庭,禽封豨于桑林。万民皆喜,置尧以为天子。"

第 三 折

(红上云)今日小姐著我寄书与张生,当面偌多般意儿,元来诗内暗约著他来。小姐也不对我说,我也不瞧破他,则请他烧香。今夜晚妆处比每日较别〔1〕,我看他到其间怎的瞒我?(红唤科)姐姐,咱烧香去来。(旦上云)花阴重叠香风细,庭院深沉淡月明。(红云)今夜月明风清,好一派景致也呵!

【双调】【新水令】晚风寒峭透窗纱,控金钩绣帘不挂。门阑凝暮霭〔2〕,楼角敛残霞。恰对菱花〔3〕,楼上晚妆罢。

【驻马听】不近喧哗,嫩绿池塘藏睡鸭;自然幽雅,淡黄杨柳带栖鸦〔4〕。金莲蹴损牡丹芽,玉簪抓住荼蘼架〔5〕。夜凉苔径滑,露珠儿湿透了凌波袜〔6〕。

我看那生和俺小姐巴不得到晚。

【乔牌儿】自从那日初时想月华,捱一刻似一夏〔7〕。见柳梢斜日迟迟下,早道"好教贤圣打"〔8〕。

【搅筝琶】打扮的身子儿诈〔9〕,准备著云雨会巫峡。只为这燕侣莺俦〔10〕,锁不住心猿意马。

　　不则俺那小姐害,那生呵——

二三日来水米不粘牙。因姐姐闭月羞花,真假,这其间性儿难按纳,一地里胡拿〔11〕。

　　姐姐这湖山下立地〔12〕,我开了寺里角门儿。怕有人听俺说话,我且看一看。(做意了)偌早晚,傻角却不来"赫赫赤赤"来〔13〕?(末云)这其间正好去也,赫赫赤赤。(红云)那鸟来了〔14〕。

【沉醉东风】我则道槐影风摇暮鸦,元来是玉人帽侧乌纱。一个潜身在曲槛边,一个背立在湖山下。那里叙寒温?并不曾打话。

　　(红云)赫赫赤赤,那鸟来了。(末云)小姐,你来也。(搂住红科)(红云)禽兽!(末云)是我。(红云)你看得好仔细著!若是夫人怎了?(末云)小生害得眼花,搂得慌了些儿,不知是谁。望乞恕罪。(红唱)

便做道搂得慌呵,你也索觑咱,多管是饿得你个穷神眼花。

　　(末云)小姐在那里?(红云)在湖山下。我问你咱:真个著你来哩?(末云)小生猜诗谜社家,风流隋何,浪子陆贾,准定抉扎帮便倒地。(红云)你休从门里去,则道我使你来。你跳过这墙去,今夜这一弄儿助你两个成亲〔15〕。我说与你,依著我者。

【乔牌儿】你看那淡云笼月华,似红纸护银蜡;柳丝花朵垂帘下,绿莎茵铺著绣榻[16]。

【甜水令】良夜迢迢,闲庭寂静,花枝低亚[17]。他是个女孩儿家,你索将性儿温存,话儿摩弄,意儿谦洽。休猜做败柳残花[18]。

【折桂令】他是个娇滴滴美玉无瑕,粉脸生春,云鬓堆鸦。怎的般受怕担惊,又不图甚浪酒闲茶[19]。则你那夹被儿时当奋发,指头儿告了消乏[20]。打叠起嗟呀[21],毕罢了牵挂,收拾了忧愁,准备著撑达[22]。

> (末作跳墙搂旦科)(旦云)是谁?(末云)是小生。(旦怒云)张生,你是何等之人!我在这里烧香,你无故至此。若夫人闻知,有何理说?(末云)呀,变了卦也!(红唱)

【锦上花】为甚媒人,心无惊怕?赤紧的夫妻每、意不争差[23]。我这里蹑足潜踪,悄地听咱:一个羞惭,一个怒发。

【幺篇】[24]张生无一言,呀,莺莺变了卦。一个悄悄冥冥,一个絮絮答答。却早禁住隋何,迸住陆贾,又手躬身,妆聋做哑。

> 张生背地里嘴那里去了?向前搂住丢番,告到官司,怕羞了你?

【清江引】没人处则会闲嗑牙[25],就里空奸诈[26]。怎想湖山边,不记"西厢下"。香美娘处分破花木瓜[27]。

> (旦云)红娘,有贼!(红云)是谁?(末云)是小生。(红云)张生,你来这里有甚么勾当?(旦云)扯到夫人那里去。(红云)到夫人那里,恐坏了他行止[28]。我与姐姐处分他一场。张生,你过来,跪著!(生跪科)(红云)[29]你既读孔圣之书,必

达周公之礼[30]。黉夜来此何干[31]？

【雁儿落】不是俺一家儿乔作衙[32]，说几句衷肠话：我则道你文学海样深，谁知你色胆有天来大。

(红云)你知罪么？(末云)小生不知罪。(红唱)

【得胜令】谁著你黉夜入人家？非奸做贼拿。你本是个折桂客，做了偷花汉；不想去跳龙门，学骗马[33]。

姐姐，且看红娘面，饶过这生者。(旦云)若不看红娘面，扯你到夫人那里去，看你有何面目见江东父老[34]！起来。

(红唱)

谢小姐贤达，看我面遂情罢[35]。若到官司详察，

"你既是秀才，只合苦志于寒窗之下，谁教你黉夜辄入人家花园？做得个非奸即盗。"先生呵，

整备著精皮肤吃顿打[36]。

(旦云)先生虽有活人之恩，恩则当报。既为兄妹，何生此心？万一夫人知之，先生何以自安？今后再勿如此。若更为之，与足下决无干休！(下)(末朝鬼门道云)你著我来，却怎么有偌多说话？(红扳过末云)羞也，羞也！却不"风流隋何，浪子陆贾"？(末云)得罪波"社家"，今日便早则死心塌地。

(红唱)

【离亭宴带歇拍煞】再休题春宵一刻千金价[37]，准备著寒窗更守十年寡[38]。猜诗谜的社家，你拍了"迎风户半开"，山障了"隔墙花影动"，绿惨了"待月西厢下"[39]。你将何郎粉面搽，他自把张敞眉儿画。强风情措大[40]。晴干了尤云殢雨心[41]，悔过了窃玉偷香胆，删抹了倚翠偎红话[42]。

（末云）小生再写一简，烦小娘子将去，以尽衷情如何？（红唱）淫词儿早则休，简帖儿从今罢。犹古自参不透风流调法[43]。从今后悔罪也卓文君，你与我学去波汉司马[44]。（下）

（末云）你这小姐送了人也！此一念小生再不敢举。奈有病体日笃[45]，将如之奈何？夜来得简方喜，今日强扶至此，又值这一场怨气，眼见休也。则索回书房中纳闷去。桂子闲中落，槐花病里看[46]。（下）

注　释

〔1〕　处——表示时间之词，犹时候、之际。岳飞〔满江红〕："怒发冲冠，凭栏处、萧萧雨歇。"晚妆处，即晚妆之时。　　较别——特别，不一样。关汉卿《钱大尹智宠谢天香》第一折："不妨事，哥哥待我较别哩！"

〔2〕　门阑——门框。《故事成语考·宫室》："贺人有喜曰'门阑蔼瑞'。"此化用其意。

〔3〕　菱花——古代铜镜映日，其光影如菱花，故以菱花代指铜镜。宋·陆佃《埤雅·释草》："镜谓之菱华，以其面平光，影所成如此。"

〔4〕　"淡黄"句——出贺铸〔减字浣溪沙〕词："楼角初销一缕霞，淡黄杨柳岸栖鸦，玉人和月摘梅花。"

〔5〕　荼蘼（tú mí 图迷）——蔷薇科植物，开白色重瓣花。

〔6〕　凌波袜——典出曹植《洛神赋》："体迅飞凫，飘忽若神；凌波微步，罗袜生尘。"写洛水女神迈着轻盈的步子在水波上行走，淡荡的水气好像是被罗袜踏起的飞尘。凌，踏。后用以指美女之袜。

〔7〕　"捱一刻"句——犹度日如年。捱，《正字通》："捱，俗谓延缓曰捱。"即度过之意。一刻，古以铜漏计时，把一昼夜分为一百刻，《礼记·月令》："日夜分"，孔颖达疏："'日夜分'，谓昼夜漏刻。马融云：'昼有五十刻，夜有五十刻，据日出日入为限。'蔡邕以为星见为夜，日入后三刻、日出前三刻皆属昼。昼有五十六刻，夜有四十四刻。郑康成注《尚书》云：

'日中星以为日,见之漏五十五刻,不见之漏四十五刻。'与蔡校一刻也,大略亦同。"则"一刻"相当于现在的不足十五分钟,这里只是指很短时间。一夏,一季或一年,这里也只是指时间很长。

〔8〕　好教贤圣打——意谓应该让羲和把太阳赶下山去。贤圣,指羲和。传说羲和为日之母,是为日驾车之神。《山海经·大荒南经》:"东海之外,甘水之间,有羲和之国。有女子名曰羲和,方浴日于甘渊。羲和者,帝俊之妻,是生十日。"《楚辞·离骚》洪兴祖补注:"日乘车驾以六龙,羲和御之。"羲和驾车太阳运行天空,行经九州七舍,共十六所,每至一处,便表示从早到晚的不同时刻。羲和打六龙之车,日运行快,则光阴易过。

〔9〕　诈——漂亮,体面。郑廷玉《看钱奴买冤家债主》第一折:"每日在长街上把青骢跨,只待要弄柳拈花,马儿上扭捏着身子儿诈。"

〔10〕　燕侣莺俦——犹言美好伴侣。莺燕双栖,常用来比喻夫妇。关汉卿《钱大尹智勘绯衣梦》第二折:"你则为鸾交凤友,燕侣莺俦。"《玉篇》:"俦,侣也。"

〔11〕　"因姐姐"四句——可作两种理解。王伯良谓写莺莺难按纳:"言我想小姐平日闭月羞花,深自珍重,由今日观之,果真耶?假耶?不意今日其风流之性,一旦难自按纳,而遂一地里胡为乱做至此也。'闭月羞花',借言其深藏密护,不易令人见之意,不得泥平常称人之美说。"闵遇五谓写张生难按纳:"言生因小姐闭月羞花,如此其美,而其留情处真假猝难猜料,只恐未必全假,所以性难按纳而胡做也。"闵说为佳。按纳,即按捺,控制、压制之意,《董西厢》:"烦恼身心怎按纳,诵笃笃地酩子里骂。"(卷三)一地里,处处、一概、一味。胡拿,胡闹,乱来,白朴《唐明皇秋夜梧桐雨》第三折:"总便有万千不是,看寡人也合饶过他,一地里胡拿!"

〔12〕　"姐姐",二字原无,据弘治本补。

〔13〕　赫赫赤赤——用嘴发出的一种声响,有音无义,元剧中多用作约会的暗号。

〔14〕　鸟(diǎo 屌)——邢公畹《语言论集·说"鸟"字的前上古音》谓:"'鸟'字可能自古就有两个意思:第一义是'鸟雀',第二义是'男性生

殖器’。”宋元时音义并同“屌”。《水浒传》第四回：“你这个鸟大汉，不替俺敲门，却拿着拳头吓洒家，俺须不怕你。”

〔15〕 一弄儿——犹一切，全部。《小孙屠》第九出：“一弄儿凄凉，总促在愁眉。”（《永乐大典戏文三种》）

〔16〕 “绿莎（suō 梭）茵”句——意谓绿草地如同铺在绣床上的褥子。

〔17〕 低亚——低压，低垂的样子。郝敬《读书通》：“压，通作亚。”杜甫《上巳日徐司录林园宴集》：“鬓毛垂领白，花蕊亚枝红。”则亚亦垂也。

〔18〕 败柳残花——花柳，代指女子，多指妓女。蜀后主王衍〔醉妆词〕：“者边走，那边走，只是寻花柳。”段成式《西阳杂俎·语资》：“某年少常结豪族为花柳之游，竟畜亡命，访城中名姬，如蝇袭羶，无不获者。”败柳残花喻已破身女子。

〔19〕 浪酒闲茶——男女调情时吃的酒菜。高文秀《黑旋风双献功》第四折：“谁着你一世为人将妇女偷，见不得皓齿星眸。你道有闲茶浪酒结绸缪，天缘辏，不枉了好风流。”

〔20〕 “夹被”二句——王伯良曰：“即后折‘手势指头儿恁’之意，亵词也。”《广韵》：“发，起也。”

〔21〕 打叠——收拾。宋·刘昌诗《芦浦笔记》：“收拾为打叠。”

〔22〕 撑达——如愿、快意的意思。无名氏《龙济山野猿听经》第三折：“不图富贵显撑达，只恐怕违条犯法。”

〔23〕 意不争差——谓莺莺张生相会心思想法一致，没有差错。争差，差错。张国宾《相国寺公孙合汗衫》第二折：“倘或间有些儿争差，儿也，将您这一双老爹娘可便看个甚么？”

〔24〕 〔锦上花〕及〔幺篇〕原为一曲，据张深之、毛西河本分出〔幺篇〕；“〔幺篇〕”，二字原无，据张深之、毛西河本补。

〔25〕 闲嗑（kè 课）牙——扯淡，说闲话。贾仲明《荆楚臣重对玉梳记》第二折：“呆厮你收拾买花钱，休习闲牙磕，常言道井口上瓦罐终须破。”闲牙磕即闲嗑牙。

〔26〕　就里——内里。李寿卿《说鱄诸伍员吹箫》第三折："哥哥,你岂知岂知我就里,再休来说起那临潼会。"

〔27〕　香美娘——指莺莺。　　处分——责备,数落。关汉卿《感天动地窦娥冤》楔子:"婆婆,窦娥孩儿该打呵,看小生面只骂几句;当骂呵,则处分几句。"　　破——语助词,犹着,了。《诗词曲语辞汇释》:"破,犹着也;在也;了也;得也。……处分破,犹云处分着或处分了也。"　　花木瓜——本为安徽所产的一种瓜果,宋·祝穆《方舆胜览》卷十五云:"宣州人种木瓜始成颗,则镞纸花以贴其上,夜露日曝而变红,花纹如生可爱。"故曰花木瓜。又见《尔雅翼》。后用来比喻好看而无实用、徒有其表的人和事。周必大《泛舟游山录》卷一:"汪彦章与王甫太学同舍,貌美中空,彦章戏之为花木瓜。及彦章罢符宝郎,甫正当国,以宣倅处之——宣州产花木瓜故也。"凌濛初曰:"花木瓜,谓中看不中用也,亦有游花奸猾之意。旧词云:'那回期,今番约,花木瓜儿看好。'又有'外头花木瓜,里头铁豌豆。'《误入桃源》剧云:'不似你猱儿每狡猾,似宣州花木瓜。'《李逵负荆》剧:'元来是花木瓜儿外看好。'《水浒传》亦有'花木瓜空好看',其意可想而见。"此指张生。

〔28〕　行止——名誉品德。《外史·梼杌》:"莫学沈谢嘲风弄月,污人行止。"《红楼梦》第九回:"原来贾瑞最是个贪便宜没行止的人,每在学中以公报私,勒索子弟们请他。"

〔29〕　"(生跪科)(红云)",原无,据弘治本补。

〔30〕　达——通晓,熟知。《论语·乡党》:"丘未达,不敢尝。"《论语义疏》梁人皇侃曰:"达,犹晓解也。"

〔31〕　夤(yín 寅)夜——深夜。清《六部成语·刑部·夤夜》注解:"夜半也。"

〔32〕　乔——摹仿,假装,《东京梦华录》有"乔筋骨"、"乔相扑"。乔作衙,凌濛初注:"作,一作坐"。不是官员却装作官员来审案,有妄自尊大之意,为元代流行市语。《雍熙乐府·一枝花》:"一日有百十遍高抬价,九十番乔坐衙。"杨显之有《黑旋风乔断案》剧,衍《水浒传》第七十四回

故事。

〔33〕　骗马——许政扬曰："《广韵》三十三'线'：'骗，跃上马，匹战切。'不作欺盗解。程大昌《演繁露续集》：'尝见药肆鬻脚药者，榜曰："骗马丹"。归检字书，其音为匹转，且曰："跃而上马。"已又见唐人武懿宗将兵，遇敌而遁，人为之语曰："长弓度短箭，蜀马临阶骗。"言蜀马既已低小，而又临阶为高，乃能跃上。始悟骗之为义。《通典》曰："武举制土木马于里间间，教人习骗。"孟元老《东京梦华录》叙'百戏'亦曰：'或以身下马，以手攀鞍而复上，谓之骗马。'……然马致远《任风子》第二折云：'我骗上土墙腾的跳过来。'则骗者，跃也，不必尽谓马。……予考《水浒传》第四十六回云：'这人姓时名迁……流落在此，只一地里做些飞檐走壁、跳篱骗马的勾当。'……由知跳篱骗马，乃谓鸡鸣狗盗之术，亦元人成语。红娘之言，似讥张珙学屑（按，应为宵字）小所为，甘趋下流，着意处本不在'跳跃'也。"

〔34〕　有何面目见江东父老——典出《史记·项羽本纪》。项羽兵败，来到乌江岸边："乌江亭长檥船待，谓项王曰：'江东虽小，地方千里，众数十万人，亦足王也。愿大王急渡。今独臣有船，汉军至，无以渡。'项王笑曰：'天之亡我，我何渡为！且籍与江东子弟八千人渡江而西，今无一人还，纵江东父兄怜而王我，我何面目见！纵彼不言，籍独不愧于心乎？'"卒未渡。后用为功业无成愧见亲友的典故。此言张生有违圣训，无颜见故人。

〔35〕　遂情——遂顺人情，给面子。

〔36〕　整备——整顿备办，犹言准备。李文蔚《同乐院燕青博鱼》第三折："我如今整备下好酒好食，与你到后花园亭子上吃几杯儿酒。"
精皮肤——犹言细皮嫩肉。精，细密，《公羊传》庄公十一年："粗者曰侵，精者曰伐。"精为粗之反，同义复合则称"精细"。

〔37〕　春宵一刻千金价——是说相会机会之宝贵。苏轼《春夜》："春宵一刻值千金，花有清香月有阴。歌管楼台风细细，秋千院宇夜沉沉。"

〔38〕　寒窗更守十年寡——独个儿再过十年清苦的读书生涯。石子章《秦脩然竹坞听琴》第三折:"十载寒窗积雪馀,读得人间万卷书。"

〔39〕　"厹(qí 岐)拍"三句——是说莺莺诗中的约会,遇到了种种困难。厹拍,明·何良俊《曲论》曰:"弦索若多一弹,或少一弹,则厹板矣。其可率意为之哉!"厹板即厹拍。曲以板为节拍,板先于曲为促板、板后于曲叫滞板,总称为"厹拍",即今走板,不合拍。王伯良曰:"'厹拍',是拍参差不中节之谓;'山障',隔绝之谓;'绿惨',阴暗之谓。张生前说是'猜诗谜的杜(按,王本"社"作"杜")家',红娘笑他一件件都猜不着。"

〔40〕　强(qiǎng 抢)风情措大——本无爱情而勉强装作有爱情的酸秀才。强,勉强,《集韵》:"强,勉也。"风情,风月情怀,指男女恋情。李煜《赐宫人庆奴》诗:"风情渐老见春羞,到处消魂感旧游。"关汉卿《诈妮子调风月》第三折:"若是那女孩儿言语没实诚,俺这厮强风情。"

〔41〕　尤云殢(tì 替)雨——缠绵不尽的情爱。尤、殢都是恋慕缠绵的意思。柳永〔锦堂春〕:"待伊要尤云殢雨,缠绣衾,不与同欢。"

〔42〕　倚翠偎红——指男女倚偎亲昵。翠、红,均代指女子。《清异录·释族》云:"李煜微行娼家,遇一僧张席,酒令讴吟吹弹莫不高了。煜乘醉大书右壁曰:'浅斟低唱,偎红倚翠,大师鸳鸯寺主,传持风流教法。'"

〔43〕　"犹古自"句——意谓还没有弄懂恋爱的手段。风流调法,指恋爱的手段。明·孟称舜《节义鸳鸯冢娇红记》第二十出"断袖":"如今弱小刚二八,晓甚么风流调法。"

〔44〕　汉司马——汉代的司马相如,此指张生。凌濛初曰:"'学去波汉司马',讥其不能及相如,言这样汉司马还须再学学去也。即前白调其隋何、陆贾一例。俗本作'游学去波',不通;王(按,指王伯良)解为勉其再去读书,酸甚。"

〔45〕　日笃(dǔ 赌)——犹言病情日重。《正字通》:"笃,疾甚曰笃。"

〔46〕　"桂子"二句——二句互文见义,是说只好在闲中、病里看桂子、槐花纷谢。以花落春残之伤春,寓失恋的痛苦。王维《鸟鸣涧》:"人闲

桂花落,夜静春山空。"桂,多为秋花,此作春花,一说桂有春季开者,亦有四季开者;一说桂即秋桂,诗人造境不问四时。沈括《梦溪笔谈》云:"书画之妙,当以神会,难可形求也。……彦远评画,言王维画物多不问四时,如画花,往往以桃、李、芙蓉、莲花同画一景(按,今本《历代名画记》无王维画物一节)。余家所藏摩诘画《袁安卧雪图》,有雪中芭蕉。此乃得心应手,意到便成,故造理如神,迥得天意,此难可与俗人论也。"(卷一七)曲中桂子、槐花同时,亦造境不问四时、得心应手、意到便成之作耶?

第 四 折

(夫人上云)早间长老使人来,说张生病重。我著长老使人请个太医去看了,一壁道与红娘,看哥哥行问汤药去者。问太医下甚么药,证候如何,便来回话。(下)(红上云)老夫人才说张生病沉重,昨夜吃我那一场气,越重了。莺莺呵,你送了他人。(下)(旦上云)我写一简,则说道药方,著红娘将去与他,证候便可。(旦唤红科)(红云)姐姐,唤红娘怎么?(旦云)张生病重,我有一个好药方儿,与我将去咱。(红云)又来也。娘呵,休送了他人!(旦云)好姐姐,救人一命,将去咱。(红云)不是你,一世也救他不得[1]!如今老夫人使我去哩,我就与你将去走一遭。(下)(旦云)红娘去了,我绣房里等他回话。(下)(末上云)自从昨夜花园中吃了这一场气,投著旧证候[2],眼见得休了也。老夫人说,著长老唤太医来看我;我这颓证候,非是太医所治的。则除是那小姐美甘甘、香喷喷、凉渗渗、娇滴滴一点唾津儿咽下去,这屌病便可。(洁引太医上,"双斗医"科范了[3])(下)(洁云)下了药了,我回夫人话去,少刻再来相望。(下)(红上云)俺小姐送得人如此,又著我去动问,送药方儿去,越著他病沉了也[4]。

我索走一遭。异乡易得离愁病,妙药难医断肠人[5]!

【越调】【斗鹌鹑】则为你彩笔题诗[6],回文织锦;送得人卧枕著床,忘餐废寝;折倒得鬓似愁潘[7],腰如病沉。恨已深,病已沉,昨夜个热脸儿对面抢白,今日个冷句儿将人厮侵[8]。

昨夜这般抢白他呵!

【紫花儿序】把似你休倚著枕门儿待月,依著韵脚儿联诗,侧著耳朵儿听琴[9]。

见了他撒假偌多话:"张生,我与你兄妹之礼,甚么勾当!"怒时节把一个书生来迭噷[10]。

欢时节:"红娘,好姐姐,去望他一遭!"将一个侍妾来逼临[11]。难禁,好著我似线脚儿般殷勤不离了针[12]。从今后教他一任。

这的是俺老夫人的不是——

将人的义海恩山,都做了远水遥岑。

(红见末问云)哥哥病体若何?(末云)害杀小生也!我若是死呵,小娘子,阎王殿前少不得你做个干连人[13]。(红叹云)普天下害相思的,不似你这个傻角。

【天净沙】心不存学海文林[14],梦不离柳影花阴,则去那窃玉偷香上用心。又不曾得甚,自从海棠开想到如今[15]。

因甚的便病得这般了?(末云)都因你行——怕说的谎[16]——因小侍长上来!当夜书房一气一个死。小生

　　救了人,反被害了。自古人云:"痴心女子负心汉",今日反其事了。(红唱)

【调笑令】我这里自审[17],这病为邪淫,尸骨岩岩鬼病侵[18]。更做道秀才每从来恁。似这般干相思的好撒唔[19]。功名上早则不遂心,婚姻上更返吟复吟[20]。

　　(红云)老夫人著我来,看哥哥要甚么汤药。小姐再三伸敬,有一药方,送来与先生。(末做慌科)在那里?(红云)用著几般儿生药,各有制度[21],我说与你:

【小桃红】"桂花"摇影夜深沉,酸醋"当归"浸[22]。

　　(末云)桂花性温[23],当归活血,怎生制度?(红唱)

面靠著湖山背阴里窨[24]。这方儿最难寻,一服两服令人恁。

　　(末云)忌甚么物?(红唱)

忌的是"知母"未寝[25],怕的是"红娘"撒沁[26]。吃了呵,稳情取"使君子"一星儿"参"[27]。

　　这药方儿,小姐亲笔写的。(末看药方大笑科)(末云)早知姐姐书来,只合远接,小娘子……(红云)又怎么?却早两遭儿也。(末云)不知这首诗意,小姐待和小生"里也波"哩。(红云)不少了一些儿?

【鬼三台】足下其实咻[28],休妆唔。笑你个风魔的翰林,无处问佳音,向简帖儿上计稟[29]。得了个纸条儿恁般绵里针[30],若见玉天仙怎生软厮禁[31]?俺那小姐忘恩,赤紧的偻人负心[32]。

　　书上如何说?你读与我听咱。(末念云)"休将闲事苦萦怀,取次摧残天赋才。不意当时完妾命[33]，岂防今日作君灾？仰图厚德难从礼[34]，谨奉新诗可当媒。寄语高唐休咏赋[35]，今宵端的雨云来。"此韵非前日之比[36]，小姐必来。（红云）他来呵，怎生？

【秃厮儿】身卧著一条布衾，头枕著三尺瑶琴，他来时怎生和你一处寝？冻得来战兢兢，说甚知音？

【圣药王】果若你有心，他有心，昨日秋千院宇夜深沉；花有阴，月有阴，"春宵一刻抵千金"，何须"诗对会家吟"[37]？

　　（末云）小生有花银十两，有铺盖赁与小生一付。（红唱）

【东原乐】俺那鸳鸯枕，翡翠衾，便遂杀了人心，如何肯赁？至如你不脱解和衣儿更怕甚？不强如手执定指尖儿怹[38]？倘或成亲，到大来福荫。

　　（末云）小生为小姐如此容色，莫不小姐为小生也减动丰韵么[39]？（红唱）

【绵搭絮】他眉弯远山不翠，眼横秋水无光[40]，体若凝酥[41]，腰如弱柳，俊的是庞儿俏的是心，体态温柔性格儿沉[42]。虽不会法灸神针[43]，更胜似救苦难观世音。

　　（末云）今夜成了事，小生不敢有忘。（红唱）

【幺篇】你口儿里谩沉吟[44]，梦儿里苦追寻。往事已沉，只言目今，今夜相逢管教怹。不图你甚白璧黄金，则要你满头花[45]，拖地锦[46]。

　　（末云）怕夫人拘系，不能勾出来。（红云）则怕小姐不肯。果有意呵，

【煞尾】虽然是老夫人晓夜将门禁,好共歹须教你称心。

(末云)休似昨夜不肯〔47〕。(红云)你挣揣咱〔48〕。

来时节肯不肯尽由他,见时节亲不亲在于恁。(并下)

【络丝娘煞尾】因今宵传言送语,看明日携云握雨。

  题目 老夫人命医士 崔莺莺寄情诗

  正名 小红娘问汤药 张君瑞害相思

西厢记五剧第三本终

注　释

〔1〕　一世——一辈子。王充《论衡·齐世》:"人生一世,寿至一百岁。"

〔2〕　投著——正中、应合,《广韵》:"投,合也。"这里有勾起的意思。

〔3〕　"双斗医"科范——科范,亦作"科泛"、"科汎",指剧中人表演的一定程式、规范。双斗医科范,指要在这里进行"双斗医"里的一段表演,而把表演的具体内容略去不写。"双斗医",院本、杂剧均有其目,而插演于剧中者必为院本,元人陶宗仪《辍耕录》卷二十五"院本名目"之"诸杂大小院本"条载目。凡插演于剧中者,必与剧情相关。张生染病,请医诊治,故插演"双斗医"短剧。叶德均《戏曲小说丛考·黄丸儿院本旁证》及王季思都认为刘唐卿《降桑椹蔡顺救母》第二折,太医宋了人与糊突虫二人为蔡母治病的描写即"双斗医",可参看。

〔4〕　病沉——病重。毛西河曰:"北人谓重为沉。"

〔5〕　"异乡"二句,原无,据弘治本、王伯良本补。

〔6〕　彩笔——典出南朝梁人钟嵘《诗品》卷中:"初,(江)淹罢宣城郡,遂宿冶亭,梦一美丈夫,自称郭璞,谓淹曰:'我有笔在卿处多年矣,可

以见还。'淹探怀中,得五色笔以授之。尒后为诗,不复成语,故世传江淹才尽。"(事亦见《南史·江淹传》,《太平广记》卷二七七所引《南史》稍有异文)。后称有文采、文才为彩笔。

〔7〕　折倒——折磨。郑德辉《迷青琐倩女离魂》第三折:"眼见的千死千休,折倒的半人半鬼。"

〔8〕　厮侵——相近。侵,近也。杜甫《陪诸贵公子》:"缆侵堤系柳,幔卷浪浮花。"仇兆鳌注:"侵,迫近也。"《水浒传》第三十二回:"相貌堂堂强壮士,未侵女色少年郎。"此为亲近、关心之意。

〔9〕　"把似"三句——承"这般抢白他"来,是说你这般抢白他,不如你休倚门待月、依韵联诗、月夜听琴。把似,这里作"不如"解。关汉卿《望江亭中秋切鲙旦》第二折:"把似你守着一家一计,谁着你收拾下两妇三妻?""休"字统贯三句。

〔10〕　迭噷(yìn 印)——即"撅窨",见第二本第三折注。把书生迭噷,谓让张生干着急、干生气说不出话来。

〔11〕　逼临——逼迫,欺凌。关汉卿《杜蕊娘智赏金线池》第二折:"怪他红粉变初心,不独虔婆太逼临。"

〔12〕　"好著我"句——是说整天传书递简,像离不开针的线一样穿来穿去。

〔13〕　阎王殿——阎王为梵文音译,阎罗王、阎魔王,简称阎王。原为古印度神话中之阴间主宰,佛教借为地狱之王。其来历,一说为兄妹二人,唐·慧琳《一切经音义》卷二四:"琰摩,或作琰摩罗,或言阎罗,亦作阎摩罗社,又言夜摩卢迦,皆是梵音。"又云:"阎摩,此云双;罗社,言王。兄及妹皆作地狱王,兄治男事,妹治女事,故曰双王也。"一说为古印度毗沙国王,《法苑珠林》卷一二:"阎罗王者,昔为毗沙国王,经与维陀如生王共战,兵力不敌,因立誓愿为地狱主。臣佐十八人,领百万之众,头有角耳,皆悉忿怼,同立誓曰:'后当奉助,治此狱人。毗沙王者,今阎罗王是;十八大臣者,今诸小王是;百万之众,诸阿傍是。"《一切经音义》卷五云:"梵音阎魔,义翻为平等王,此司典生死罪福之业,主守地狱八热八寒以及眷属

诸小狱等,役使鬼卒至于五趣之中,追摄罪人,捶拷治罚,决断善恶,更无休息。"道教以阴府十殿冥王之第五殿为阎罗王。《群书拾唾》:"所谓十王者,五曰阎罗。"阎王审理鬼魂的公堂称为阎王殿。　　干连人——牵连在内之人。

〔14〕　学海文林——形容文章学问深奥渊博。王嘉《拾遗记·后汉》:"何休木讷多智,作《左氏膏肓》、《公羊废疾》、《谷梁墨守》,谓之三阙。郑康成蜂起而攻之。求学者不远千里,赢粮而至,京师谓康成为'经神'、何休为'学海'。"《后汉书·崔骃传论》:"崔氏世有美才,兼以沉沦典籍,遂为儒家文林。"

〔15〕　海棠开想到如今——言相思之久。宋·郑文妻孙夫人〔忆秦娥〕:"愁登临,海棠开后,望到如今。"

〔16〕　怕说的谎——难道这是说谎?

〔17〕　自审——暗自思考,自思自想。审,省察,量度。

〔18〕　尸骨岩(yán 岩)岩——犹言瘦骨嶙峋。岩岩,本指山石高峻,这里形容消瘦。　　鬼病——元剧中多指相思病,白朴《董秀英花月东墙记》第一折:"见如今人远天涯近,难勾引,怎相亲?越加上鬼病三分。"然明·李开先《宝剑记》第二十二出下场诗有"鬼病恹恹不奈愁"之句,可知一般病症亦可称鬼病,盖古人认为"病"由"鬼"起之故。

〔19〕　干相思——相思而不能如愿之谓。　　撒唞(tǔn)——装傻,痴呆。《字汇》:"唞,上声,痴貌。"《雍熙乐府·一枝花·省悟》:"俺如今腆着脸百事妆憨,低着头凡事撒唞。"　　"好撒唞",原作"怎好撒唞",据弘治本去"怎"字。

〔20〕　返吟复吟——相命算卦时的术语。张果《星宗·反吟伏吟》:"太岁宫为反吟,岁破宫为伏吟。经云:反吟伏吟,悲哭淋淋。又云:反吟相见是绝灭,伏吟相见泪淋淋。"返吟复吟,即反吟伏吟,婚姻无成、不顺利之意。王伯良曰:"反吟伏吟,见沈括《笔谈·六壬论》。又《命书》:'年头为伏吟,对宫为反吟。'云:'伏吟反吟,涕泪涟涟。'术家占婚姻遇此,虽成,亦有迟留之恨。"

〔21〕　制度——此指药之配制法度,药之用法。

〔22〕　"桂花"二句——桂花、当归,均中药名。夜深沉,夜已深。酸醋当归浸,把当归浸泡在醋里。这里借谐音字,谓:在桂影摇曳的月夜,穷酸秀才要就寝的时候。

〔23〕　性温——中药按不同的性能,可分为寒、热、温、凉、平五类。治疗寒性病症的药物,属于温性药或热性药。桂花属温性药。

〔24〕　"面靠"句——在太湖石背阴处深藏起来。窨(yìn 印),藏于地窨为窨。《说文》:"窨,地室也。"段玉裁注:"今俗语以酒水等埋藏地下曰窨。"这里明言把处置好的药藏于地下,暗指人躲藏在背阴暗处。

〔25〕　知母——中药名,谐音指老夫人。

〔26〕　红娘——中药名,谐音指剧中人红娘。　　撒沁——沁音qìn,今作唚、吣。猫狗吐食也。晋人之词,谓胡说。王锳《诗词曲语辞例释》云:"撒沁,嘴尖口快,随意胡诌。《王西厢》三之四……《西游记》剧十三:'行乐处停时暂,怕的是梅香撒沁,亏杀俺嬷嬷包含。'均意谓怕丫环嘴尖口快而泄露消息。……《方言考》(按,指徐嘉瑞《金元戏曲方言考》)于此条附注云:'昆明语谓口快为撒沁。'庶几近之。……《广韵》去声五十二沁韵:'吣,犬吐也。'《玉篇》卷五口部'吣'字条说解略同。故'撒沁'之'沁',本应作'吣',由'犬吐'而引申为嘴尖口快、恶语伤人及随口胡诌之义。《两世姻缘》剧一:'狗吣歌嚎了几声,鸡爪风扭了半边。'可证'沁'实即'吣'字。"

〔27〕　使君子——中药名。君子,谐音指张生。　　参——人参,中药名,此作"病愈"解,王伯良曰:"参,借言病可,渗渗(原注:平声)然也。总言此方能使君子之病,有一星之痊可也。《本草》:'使君子'之'使',本作去声。有郭使君者,其子病,服此药而愈,故遂名曰'使君子'。此却借上声,作'役使'之'使'用。"凌濛初曰:"参,痊可也。"

〔28〕　啉(lín 林)——呆,傻。王伯良曰:"盖'啉',愚也,见王文璧本韵注。又王元鼎词:'笑吟吟妆呆妆啉'、元人小令:'妆啉妆呆瞒过咱',可证。"

〔29〕 计禀（bīn 宾）——诉说。

〔30〕 绵里针——针以丝绵包裹，极言珍重、爱护之意。与外柔内刚、面善心毒之绵里针，寓意不同。

〔31〕 软厮禁——不硬来，体贴顺从之意。王伯良曰："软厮禁，言不硬挣也。"张相曰："软厮禁，言用软工夫相摆布，相牵缠。"（《诗词曲语辞汇释》）

〔32〕 偻人——《广雅·释诂》："偻，曲也。"偻人即邪曲之人，指花言巧语、能说会道而不诚实之人，此指老夫人。又，背曲为偻，偻人指老年人，亦通。

〔33〕 完妾命——犹言保全了我的性命。《说文》："完，全也。"作动词用。

〔34〕 图——《汉书·高帝纪下》："豪杰有功者封侯，新立未能尽图其功。"颜师古曰："图，谋而赏之。"即设法报答之义。

〔35〕 咏赋——犹言诵读。

〔36〕 韵——诗赋词曲文均可称韵，陆机《文赋》："托言于短韵。"短韵，犹小文。此代指诗。

〔37〕 〔圣药王〕曲——是说如果真的是你有情她有意的话，昨天夜深人静，月色花影，正是"春宵一刻值千金"的好机会，为什么不当时成合，还要像现在这样吟诗递简呢？ 诗对会家吟——诗句要向懂得自己诗意的人吟诵。会家，行家，这里有知音、知己的意思。《五灯会元》卷十七"宝峰文禅师法嗣·渤潭文准禅师"："酒逢知己饮，诗向会人吟。"会人，即会家。

〔38〕 手执定指尖儿恁——隐语，指手淫。王伯良曰："你便不解脱，和衣得与莺寝，亦幸矣，更待甚衾枕？不强如你平常无妻之时，长用手势指头作那样事耶？"

〔39〕 丰韵——犹丰彩，气韵风度。《晋书·桓石秀传》："石秀幼有令名，风韵秀彻。"风韵即丰韵。

〔40〕 "他眉弯"二句——言莺莺眉之姣好使得远山显得不翠，其目

之明亮比得秋水无光。宋·王观〔卜算子〕："水是眼波横,山是眉峰聚。"横,目光转动,斜视。远山眉指卓文君,见《西京杂记·鹔鷞裘》。

〔41〕　凝酥——酥,牛羊乳所制之奶脂,常用以状肌肤之白腻。《敦煌曲子词·云谣集》:"十指如玉如葱,凝酥体雪透罗裳里。"(〔倾杯乐〕)

〔42〕　沉——稳重。

〔43〕　法灸——即艾焙,见第三本第二折注。　　　神针——针灸。李文蔚《同乐院燕青博鱼》第一折:"我善会神针法灸,我医好你这眼,你意下如何?"

〔44〕　谩沉吟——犹不停地念叨。谩,亦作"漫",随便、任意。

〔45〕　则要你——只愿你,只让你。　　　满头花——妇女盛装打扮,《大宋宣和遗事》亨集有诗写元宵夜景象:"最好游人归去后,满头花弄晓来风。"白朴《裴少俊墙头马上》第三折:"也强如带满头花,向午门左右把状元接。"指命妇簪花。此指结婚时盛装打扮。

〔46〕　拖地锦——结婚时的服饰,或指长裙。

〔47〕　"休似",原作"休是",据弘治本改。

〔48〕　挣揣——亦作争揣、争挫、挣闼,挣扎、振作、努力之意。《水浒传》第十三回:"那汉却待要挣挫,被二十个土兵一齐向前,把那汉子一条索绑了。"

西厢记五剧第四本

草桥店梦莺莺杂剧

楔 子

(旦上云)昨夜红娘传简去与张生,约今夕和他相见,等红娘来做个商量。(红上云)姐姐著我传简儿与张生,约他今宵赴约。俺那小姐,我怕又有说谎。送了他性命,不是耍处〔1〕。我见小姐,看他说甚么。(旦云)红娘,收拾卧房,我睡去。(红云)不争你要睡呵,那里发付那生?(旦云)甚么那生?(红云)姐姐,你又来也,送了人性命,不是耍处! 你若又番悔,我出首与夫人:你著我将简帖儿约下他来。(旦云)这小贱人倒会放刁。羞人答答的,怎生去!(红云)有甚的羞? 到那里则合著眼者!(红催莺云)去来,去来! 老夫人睡了也。(旦走科)(红云)俺姐姐语言虽是强,脚步儿早先行也。

【仙吕】【端正好】因姐姐玉精神,花模样,无倒断晓夜思量〔2〕。著一片志诚心,盖抹了漫天谎〔3〕。出画阁〔4〕,向书房,离楚岫〔5〕,赴高唐,学窃玉,试偷香,巫娥女,楚襄王。楚襄王敢先在阳台上。(下)

174

注　释

〔1〕　处——语气词，啊，呢。白居易《杨家南亭》："此院好弹秋思处，终须一夜抱琴来。"贺铸〔青玉案〕："锦瑟华年谁与度？月台花榭，琐窗朱户，只有春知处。"

〔2〕　无倒断——无止无休、没完没了的意思。王伯良曰："无倒断，即无休歇之谓。"

〔3〕　"著一片"二句——意谓莺莺此次赴约之真诚心意，改变弥补了老夫人赖婚的弥天大谎。盖抹，遮盖、改正。

〔4〕　画阁——本指画栋雕梁之楼阁，卢照邻《长安古意》："梁家画阁天中起，汉帝金茎云外直。"这里是对莺莺所居的美称。

〔5〕　楚岫（xiù 袖）——指巫山。《说文》："岫，山有穴也。"岫即山峦。

第 一 折

（末上云）昨夜红娘所遗之简〔1〕，约小生今夜成就。这早晚初更尽也，不见来呵，小姐休说谎咱！人间良夜静复静〔2〕，天上美人来不来？

【仙吕】【点绛唇】伫立闲阶，夜深香霭、横金界〔3〕。潇洒书斋〔4〕，闷杀读书客。

【混江龙】彩云何在〔5〕？月明如水浸楼台。僧居禅室，鸦噪庭槐。风弄竹声、则道似金佩响，月移花影、疑是玉人来〔6〕。意悬悬业眼，急攘攘情怀〔7〕，身心一片，无处安排，则索呆答孩倚定门儿待〔8〕。越越的青鸾信杳〔9〕，黄犬音乖〔10〕。

小生一日十二时，无一刻放下小姐。你那里知道呵！

【油葫芦】情思昏昏眼倦开，单枕侧，梦魂飞入楚阳台。早知道无明无夜因他害，想当初不如不遇倾城色〔11〕。人有过，必自责，勿惮改〔12〕。我却待"贤贤易色"将心戒，怎禁他兜的上心来〔13〕。

【天下乐】我则索倚定门儿手托腮〔14〕，好著我难猜：来也那不来？夫人行料应难离侧。望得人眼欲穿，想得人心越窄，多管是冤家不自在〔15〕。

　　偌早晚不来，莫不又是谎么？

【那吒令】他若是肯来，早身离贵宅；他若是到来，便春生敝斋；他若是不来，似石沉大海〔16〕。数著他脚步儿行，倚定窗棂儿待〔17〕。寄语多才〔18〕：

【鹊踏枝】恁的般恶抢白，并不曾记心怀；拨得个意转心回〔19〕，夜去明来。空调眼色经今半载〔20〕，这其间委实难捱。

　　小姐这一遭若不来呵——

【寄生草】安排著害，准备著抬〔21〕。想著这异乡身强把茶汤捱，则为这可憎才熬得心肠耐，办一片志诚心留得形骸在〔22〕。试著那司天台打算半年愁，端的是太平车约有十馀载〔23〕。

　　（红上云）姐姐，我过去，你在这里。（红敲科）（末问云）是谁？（红云）是你前世的娘。（末云）小姐来么？（红云）你接了衾枕者，小姐入来也。张生，你怎么谢我？（末拜云）小生一言难尽。寸心相报〔24〕，惟天可表！（红云）你放轻者，休諕了他。（红推旦入云）姐姐，你入去，我在门儿外等你。（末见旦跪云）张生

　　有何德能，敢劳神仙下降，知他是睡里梦里？

【村里迓鼓】猛见他可憎模样，

　　小生那里得病来？

早医可九分不快。先前见责，谁承望今宵欢爱！著小姐这般用心，不才张珙，合当跪拜。小生无宋玉般容[25]，潘安般貌，子建般才[26]。姐姐，你则是可怜见为人在客。

【元和令】绣鞋儿刚半拆[27]，柳腰儿勾一搦[28]。羞答答不肯把头抬，只将鸳枕捱。云鬟仿佛坠金钗，偏宜鬏髻儿歪[29]。

【上马娇】我将这纽扣儿松，把搂带儿解[30]，兰麝散幽斋。不良会把人禁害[31]，哈[32]，怎不肯回过脸儿来？

【胜葫芦】我这里软玉温香抱满怀。呀，阮肇到天台。春至人间花弄色，将柳腰款摆，花心轻拆[33]，露滴牡丹开。

【幺篇】但蘸著些儿麻上来，鱼水得和谐，嫩蕊娇香蝶恣采。半推半就，又惊又爱，檀口揾香腮[34]。

　　(末跪云)谢小姐不弃，张珙今夕得就枕席，异日犬马之报。

　　(旦云)妾千金之躯，一旦弃之。此身皆托于足下，勿以他日见弃，使妾有白头之叹[35]。(末云)小生焉敢如此！(末看手帕科[36])

【后庭花】春罗元莹白[37]，早见红香点嫩色。

　　(旦云)羞人答答的，看甚么。(末唱)

灯下偷睛觑，胸前著肉揣[38]。畅奇哉！浑身通泰，不知春从何处来。无能的张秀才，孤身西洛客，自从逢艳色，思量的不下怀。忧愁因间隔，相思无摆划[39]。谢芳卿不见责。

【柳叶儿】我将你做心肝儿般看待,点污了小姐清白。忘餐废寝舒心害,若不是真心耐,志诚捱,怎能勾这相思苦尽甘来?

【青哥儿】成就了今宵欢爱,魂飞在九霄云外。投至得见你多情小奶奶,憔悴形骸,瘦似麻秸。今夜和谐,犹自疑猜[40]。露滴香埃[41],风静闲阶,月射书斋,云锁阳台。审问明白,只疑是昨夜梦中来,愁无奈。

　　(旦云)我回去也,怕夫人觉来寻我。(末云)我送小姐出来。

【寄生草】多丰韵,忒稔色。乍时相见教人害,霎时不见教人怪,些时得见教人爱。今宵同会碧纱厨[42],何时重解香罗带?

　　(红云)来拜你娘! 张生,你喜也! 姐姐,咱家去来[43]。(末唱)

【赚煞】春意透酥胸,春色横眉黛,贱却人间玉帛。杏脸桃腮,乘著月色,娇滴滴越显得红白。下香阶,懒步苍苔,动人处弓鞋凤头窄[44]。叹鲰生不才[45],谢多娇错爱[46]。

　　若小姐不弃小生,此情一心者,
你是必破工夫明夜早些来。(下)

注　释

　　〔1〕　遗(wèi 卫)——赠送,给予。《广雅·释诂》:"遗,予也。"《集韵》:"遗,赠也。"

　　〔2〕　"静复静",原作"静不静",据王伯良、毛西河本改。

〔3〕　金界——即佛寺。相传释迦牟尼成道后,拘萨罗国给孤独长者乞佛到舍卫城度国人,选园林建精舍(讲经说法之所)献佛。选中舍卫城南波斯匿王太子祇陀的花园。太子不许,戏言曰:"布金满地、厚敷五寸,时即卖之。"长者许之。给孤独长者以金买地、祇陀太子献园中林木,共造僧园。后遂称佛寺为金界、金田、金地。(参见《贤愚经·须达起精舍品》、《释氏要览》,《敦煌变文集·降魔变文》亦写及此事)

〔4〕　潇洒——《诗词曲语辞汇释》卷五:"潇洒,凄清或凄凉之义,与洒脱或洒落之义别。周邦彦〔塞垣春〕词:'烟深极南浦,树藏孤馆,秋景如画。渐别离气味难禁也,更物象,供潇洒。'言正当别思无聊之际,而秋天景物,更助其凄清也。"

〔5〕　彩云——语意双关,既指天空之云彩,也指所爱的女子。宋·晏几道〔临江仙〕:"记得小蘋初见,两重心字罗衣。琵琶弦上说相思。当时明月在,曾照彩云归。"词中即以彩云喻指美人。

〔6〕　月移花影——句本王安石《夜直》诗:"春色恼人眠不得,月移花影上阑干。"

〔7〕　急攘攘情怀——心情烦躁不安。急攘攘,焦急烦乱,急忙忙。无名氏《神奴儿大闹开封府》第二折:"好着我旦战心惊,急攘攘空俣幸。"

〔8〕　呆答孩——痴呆发愣的样子。无名氏《朱砂担滴水浮沤记》第二折:"諕的我呆打颏空张着口,惊急力怕抬头。"答孩,助词,无义。呆答孩,义只取"呆"字。毛西河曰:"'打捱',劝辞,即打颏、打孩,随声立字,原无定旨,故亦随地可衬蓺。如'呆打孩'、'闷打孩',《酷寒亭》剧:'冻的他颤笃速打颏歌',是也。"

〔9〕　越越的——静悄悄的。马致远《半夜雷轰荐福碑》第一折:"则我这饭甑有尘生计拙,越越的门庭无径旧游疏。"　青鸾信杳——犹全无音信。青鸾,即青鸟,相传为替西王母传信的使者。托名班固的《汉武故事》云:"七月七日,上于承华殿斋,日正中,忽见有青鸟从西方来,集殿前。上问东方朔,朔对曰:'西王母暮必降尊像,上宜洒扫以待之。'上乃施帷帐,烧兜末香。……是夜漏七刻,空中无云,隐如雷声,竟天紫色。有

顷,王母至,乘紫车,玉女夹驭,戴七胜,履玄琼凤文之舄,青气如云,有二青鸟如乌(按,一作'鸾'),夹侍母旁。"《山海经·大荒西经》:"沃之野有三青鸟,赤首黑目,一名曰大鵹,一名曰少鵹,一名曰青鸟。"郭璞注:"皆西王母所使也。"(《史记·司马相如列传》所录之《大人赋》及张守节正义亦载)杳,《说文》:"杳,冥也。"本为昏暗之义,引申为不见踪影,如谓去无踪影为"杳如黄鹤"。

〔10〕 黄犬音乖——没有音信之谓。祖冲之《述异记》:"陆机少时,颇好游猎。在吴,有家客献快犬,名曰黄耳。……机羁官京师,久无家问,因戏语犬曰:'我家绝无书信,汝能赍书驰取消息不?'犬喜,摇尾作声应之。机试为书,盛以竹筒,系犬颈。犬出驿路,走向吴。饥则入草噬肉。每经大水,辄依渡者,弭耳掉尾向之。其人怜爱,因呼上船。裁近岸,犬即腾上,速去如飞,径至机家,口衔竹筒,作声示人。机家开筒取书,看毕,犬又向人作声,如有所求。其家作答书,内筒中,复系犬颈。犬既得答,仍驰还洛。计人行五旬,而犬往还裁半月。"后以黄犬喻信使。

〔11〕 不如不遇倾城色——此是爱极之反话。白居易《李夫人》诗:"生亦惑,死亦惑,尤物害人忘不得。人非草木皆有情,不如不遇倾城色。"

〔12〕 "人有过"三句——人如果有过错,一定要自我责备,不要怕改正。《论语·学而》:"过,则勿惮改。"惮,畏难也。邢昺疏:"惮,犹难也。言人谁无过,过而不改是谓过矣;过而能改,善莫大焉。故苟有过,无得难于改也。"

〔13〕 "我却待"二句——言爱恋莺莺之心欲罢而不能。《论语·学而》:"子夏曰:'贤贤易色……'"邢昺疏:"'贤贤易色'者,上'贤'谓好尚之也;下'贤'谓有德之人;'色',女人也。女有姿色,男子悦之,故经传之文通谓女人为色人。多好色不好贤者。能改易好色之心以好贤,则善矣。故曰'贤贤易色'也。"

〔14〕 倚定门儿手托腮——白朴《裴少俊墙头马上》第二折:"我怎肯掩残粉泪横眉黛,倚定门儿手托腮,山长水远几时来。"写企盼情状之熟语。

〔15〕　不自在——王伯良曰："不自在，又疑其病不能出也。"凌濛初曰："北人称病为'不自在'。"

〔16〕　石沉大海——比喻没有消息、无处寻觅。张国宾《罗李郎大闹相国寺》第二折："出门去没一个人知道，恰便似石沉大海，铁坠江涛，无根蓬草，断线风筝。"

〔17〕　倚定窗棂儿待——毛西河云："前云'倚门'，此又云'倚窗'，渐反入内，不惟照应，兼为下科白'敲门'作地步也。"忽而靠门，忽而倚窗，正见张生盼望莺莺心神不定、坐卧不安情状。

〔18〕　寄语——犹传话，转告。鲍照《代少年时至衰老行》："寄语后生子，作乐当及春。"

〔19〕　拨得——王季思谓："即博得。"参见第二本第二折注。

〔20〕　"空调（diào掉）"句——谓半年以来只能以眉目传情。调眼色，眉来眼去，送秋波。明·朱有燉《孟浩然踏雪寻梅》杂剧："常言俗语唤作调眼色，又俗说唤做溜眼子。"凌濛初《拍案惊奇》卷十八："可惜有这个烧火的家僮在房，只好调调眼色，连风话也不便说得一句。"

〔21〕　抬——谓害相思病死而被抬走。

〔22〕　"办一片"句——是说如果莺莺有一片爱我的志诚之心，就可以保全我的性命了。形骸（hái孩），身体。《庄子·德充符》："今子与我游于形骸之内，而子索我于形骸之外。"骸，指六骸，成玄英云："六骸，身首四肢也。"此指性命。

〔23〕　"试著那"二句——是说忧愁之大，让司天台计算，也得计算半年；让太平车来拉，也得要十多辆车。著（zhāo招），令，让。司天台，朝廷负责观察天文、推算历法的机关。《旧唐书·职官志二》："司天台，太史令掌观察天文、稽定历数。凡日月星辰之变、风云气色之异，率其属而占候之。"宋元改为司天监。打算，犹计算。太平车，许政扬曰："太平车，载货车也，略似今之大车。《梦华录》卷三：'东京般载车，大者曰"太平"。上有箱无盖，箱如构栏而平。板壁前出两木，长二三尺许。驾车人在中间，两手扶捉鞭鞍驾之。前列骡或驴二十馀，前后作两行，或牛五七头拽之。

车两轮与箱齐,后有两斜木脚拖。夜,牛间悬一铁铃,行即有声,使远近来者车相避。仍于车后系驴骡二头,遇下峻险桥路,以鞭號之,使倒缒车,令缓行也。可载数十石。官中车惟用驴,差小耳。'又邵公济《闻见后录》云:'今之民间辎车,重大椎朴,以牛挽之,日不能行三十里;少蒙雨雪,则跬步不进,故俗谓之"太平车"。或可施之无事之日,恐兵间不可用耳。'是此车滞笨,但能用诸太平之时,故民间遂目之为太平车耳。"(《许政扬文存》)

〔24〕 寸心——心乃方寸之地,故称心为寸心。《三国志·蜀书·诸葛亮传》:"亮与徐庶并从,为曹公所追破,获庶母。庶辞先主而指其心曰:'本欲与将军共图王霸之业者,以此方寸之地也。今已失老母,方寸乱矣,无益于事,请从此别。"陆机《文赋》:"函绵邈于尺素,吐滂沛乎寸心。"

〔25〕 宋玉容——宋玉美容貌。宋玉《登徒子好色赋》:"玉为人体貌闲丽,口多辩辞。"

〔26〕 子建才——曹植字子建,宋·无名氏《释常谈·八斗之才》:"文章多谓之'八斗之才'。谢灵运尝曰:'天下才有一石,曹子建独占八斗,我得一斗,天下共分一斗。'"又,《世说新语·文学》:"文帝(按,指魏文帝曹丕)尝令东阿王(按,曹植曾徙封东阿)七步中作诗,不成者行大法。应声便为诗曰:'煮豆持作羹,漉菽以为汁。萁在釜下燃,豆在釜中泣。本自同根生,相煎何太急?'帝深有惭色。"后称才思敏捷为七步才。

〔27〕 拆——拇指与中指伸开量物的长度,义同"扠(zhǎ 眨)"。半拆,言莺足之小。

〔28〕 一搦(nài 奈)——犹一把、一握。李百药《少年行》:"千金笑里面,一搦掌中腰。"

〔29〕 髢(dí 狄)髻——犹发髻。徐士范曰:"髢,音的,小髻也。"关汉卿《感天动地窦娥冤》第一折:"梳着个霜雪般白髢髻,怎戴那销金锦盖头?"

〔30〕 搂带——毛西河曰:"搂带,拴带也。《墙头马上》剧:'解下这搂带裙刀。'俗作'缕带',非。"

〔31〕 不良会——本为良善之反,恶劣、凶顽之意,用为爱极的反话,

与可憎、冤家同一用法。关汉卿《包待制智斩鲁斋郎》楔子：“你便不良会可跳塔轮铡，那一个官司敢把勾头押？”　　禁害——折磨，作弄。白朴《董秀英花月东墙记》第三折：“你两个恩情似海，没来由把咱禁害。”

〔32〕　咍（hāi 嗨）——招呼声，犹如“喂”。

〔33〕　“花心轻拆”，“拆”原作“折”，据王伯良、张深之、毛西河本改。

〔34〕　檀口揾香腮——揾，这里作“吻”解。王季思曰：“檀口揾香腮，关汉卿〔七弟兄〕曲：‘怀儿里搂抱着俏冤家，揾香腮悄语低低话。’揾，吻也。檀口指生言。唐男子有膏唇者，唐人小说《任氏传》可证。王伯良谓檀口香腮俱指莺，失之。”

〔35〕　白头之叹——女子失宠、被弃的感叹。《西京杂记》卷三：“司马相如将聘茂陵人女为妾，卓文君作《白头吟》以自绝，相如乃止。”《白头吟》：“皑如山上雪，皎若云间月。闻君有两意，故来相决绝。……凄凄复凄凄，嫁娶不须啼。愿得一人心，白头不相离。”

〔36〕　看帕——帕，巾帕。新婚之夜验帕，检验女子是否贞洁的一种习俗。《仪礼·士昏礼》：“主人说服于房，媵受；妇说服于室，御受。姆授巾。”郑玄曰：“巾，所以自洁清。”陶宗仪《南村辍耕录·如梦令》：“一人娶妻无元，袁可潜赠之〔如梦令〕云：‘今夜盛排筵宴，准拟寻芳一遍，春去几多时，问甚红深红浅。不见，不见，还你一方白绢。’”（卷二八）可见此风之流行。

〔37〕　春罗——即绢帕。　　莹白——即白。

〔38〕　揣（chuāi）——怀中藏。曾瑞卿《王月英元夜留鞋记》第三折：“怀儿里揣着一只绣鞋。”胸前著肉揣，谓把绢帕贴肉藏在胸前。

〔39〕　摆划（huāi）——安排，处理。《水浒传》第二十回：“兄长不必忧心，小生自有摆划。”

〔40〕　“犹自”，原作“犹似”，据王伯良、张深之本改。

〔41〕　香埃——犹香尘。《广韵》：“埃，尘埃。”香埃即指地，春天花开，故云香埃。

〔42〕　碧纱厨——绿纱蒙成的床帐。唐·王建《赠王处士》：“松树

当轩雪满地,青山掩障碧纱厨。"亦称纱厨,李清照〔醉花阴〕:"佳节又重阳,玉枕纱厨,半夜凉初透。"小说《红楼梦》、《儿女英雄传》中的"碧纱厨",系指房屋内装修中的"隔断",与此不同。

〔43〕 "咱家去来"句——凌濛初曰:"旧本此白下有末念'上堂已了各西东'之诗。此王播诗也,与此无涉。想因引以解'碧纱'二字,而误混白中耳。不从。"据弘治本,张生所念诗为:"堂上已了各西东,惭愧阇黎斋后钟。三十年前尘土暗,如今始得碧纱笼。"

〔44〕 弓鞋凤头窄——窄小的凤头弓鞋。弓鞋,亦称半弓,谓妇女缠足,其鞋底中弓起,合于脚骨之裹折者,一般长三寸,布或缎制。黄庭坚〔满庭芳〕词:"直待朱幡去后,从伊便窄袜弓鞋。"凤头则为鞋名。晋有凤头履,苏轼《谢方舄诗》:"妙手不劳盘作凤,身轻只欲化为凫。"自注云:"晋永嘉中有凤头鞋。"唐代女鞋,其头作凤头形,温庭筠《锦鞋赋》:"碧蹙细钩,鸾尾凤头。"宋代也作凤头状。古人以有筒者为靴,鞋与履差不多,鞋比履小而浅。

〔45〕 鲰(zōu 邹)生——小子,小人,有愚陋的意思。《史记·项羽本纪》:"鲰生教我曰:'距关,毋内诸侯,秦地可尽王也。'"裴骃集解引服虔曰:"鲰,小人貌也。"可用为自谦之词。　　不才——自称,谦词。《左传》成公三年:"二国治戎,臣不才,不胜其任……"

〔46〕 错爱——自谦之词,犹言爱得不值得,表示对身受对方爱怜的感激与喜悦。《醒世恒言·卖油郎独占花魁》:"小可承小娘子错爱,将天就地,求之不得,岂敢推脱?"

第 二 折

(夫人引俫上云)这几日窃见莺莺语言恍惚,神思加倍,腰肢体态,比向日不同。莫不做下来了么?(俫云)前日晚夕,奶奶睡了,我见姐姐和红娘烧香,半晌不回来,我家去睡了。(夫人云)这桩事都在红娘身上。唤红娘来!(俫唤红科)(红云)哥哥唤我怎么？（俫云）奶奶知道你和姐姐去花园里去，如今要打你哩！（红云）呀，小姐，你带累我也！小哥哥你先去，我便来也。（红唤旦科）（红云）姐姐，事发了也。老夫人唤我哩，却怎了？（旦云）好姐姐，遮盖咱！（红云）娘呵，你做的稳秀者[1]——我道你做下来也！（旦念）月圆便有阴云蔽，花发须教急雨催[2]。（红唱）

【越调】【斗鹌鹑】则著你夜去明来，到有个天长地久；不争你握雨携云[3]，常使我提心在口[4]。则合带月披星，谁著你停眠整宿？老夫人心数多[5]，情性毒[6]，使不著我巧语花言，将没做有。

【紫花儿序】老夫人猜那穷酸做了新婿，小姐做了娇妻，"这小贱人做了牵头"[7]。俺小姐这些时春山低翠，秋水凝眸。别样的都休[8]，试把你裙带儿拴，纽门儿扣，比著你旧时肥瘦，出落得精神，别样的风流[9]。

（旦云）红娘，你到那里，小心回话者。（红云）我到夫人处，必问："这小贱人！

【金蕉叶】我著你但去处行监坐守[10]，谁著你迤逗的胡行乱走？"若问著此一节呵如何诉休[11]？你便索与他个知情的犯由[12]。

姐姐，你受责理当，我图甚么来？

【调笑令】你绣帏里效绸缪[13]，倒凤颠鸾百事有[14]。我在窗儿外几曾轻咳嗽，立苍苔将绣鞋儿冰透[15]。今日个嫩皮肤倒将粗棍抽，姐姐呵，俺这通殷勤的著甚来由？

姐姐在这里等著，我过去。说过呵，休欢喜；说不过，休烦恼。（红见夫人科）（夫人云）小贱人，为甚么不跪下！你知罪么？（红跪云）红娘不知罪。（夫人云）你故自口强哩。若实说呵，饶你；若不实说呵，我直打死你这个贱人[16]！谁著你和小姐花园里去来？（红云）不曾去，谁见来？（夫人云）欢郎见你去来，尚故自推哩！（打科）（红云）夫人，休闪了手[17]。且息怒停嗔，听红娘说。

【鬼三台】夜坐时停了针绣，共姐姐闲穷究[18]，说张生哥哥病久，咱两个背著夫人向书房问候。

（夫人云）问候呵，他说甚么？（红云）他说来，
道"老夫人事已休，将恩变为仇，著小生半途喜变做忧。"他道："红娘你且先行，教小姐权时落后[19]。"

（夫人云）他是个女孩儿家，著他落后怎么[20]？（红唱）

【秃厮儿】我则道神针法灸，谁承望燕侣莺俦。他两个经今月馀则是一处宿，何须你一一问缘由？

【圣药王】他每不识忧，不识愁，一双心意两相投。夫人得好休，便好休，这其间何必苦追求？常言道"女大不中留"[21]。

（夫人云）这端事，都是你个贱人！（红云）非是张生、小姐、红娘之罪，乃夫人之过也。（夫人云）这贱人到指下我来，怎么是我之过？（红云）信者，人之根本。"人而无信，不知其可也。大车无輗，小车无軏，其何以行之哉[22]？"当日军围普救，夫人所许退军者，以女妻之。张生非慕小姐颜色，岂肯建区区退军之策？兵退身安，夫人悔却前言，岂得不为失信乎？既然不肯成其事，只合酬之以金帛，令张生舍此而去。却不当留请张生于书院，使怨女旷夫[23]，各相早晚窥视，所以夫人有此一端。目下老夫人若不息其事，一来辱没相国家谱，二来张生日后名重天下，施恩于人，忍令

反受其辱哉！使至官司[24]，夫人亦得治家不严之罪。官司若推其详[25]，亦知老夫人背义而忘恩[26]，岂得为贤哉？红娘不敢自专[27]，乞望夫人台鉴：莫若恕其小过，成就大事，捆之以去其污[28]，岂不为长便乎？

【麻郎儿】秀才是文章魁首[29]，姐姐是仕女班头[30]；一个通彻三教九流，一个晓尽描鸾刺绣[31]。

【幺篇】世有、便休、罢手[32]，大恩人怎做敌头？起白马将军故友[33]，斩飞虎叛贼草寇[34]。

【络丝娘】不争和张解元参辰卯酉[35]，便是与崔相国出乖弄丑[36]。到底干连著自己骨肉，夫人索穷究[37]。

（夫人云）这小贱人也道得是。我不合养了这个不肖之女[38]。待经官呵，玷辱家门。罢，罢，俺家无犯法之男，再婚之女，与了这厮罢！红娘，唤那贱人来！（红见旦云）且喜姐姐，那棍子则是滴溜溜在我身上，吃我直说过了[39]，我也怕不得许多。夫人如今唤你来，待成合亲事。（旦云）羞人答答的，怎么见夫人？（红云）娘根前有甚么羞！

【小桃红】当日个月明才上柳梢头，却早人约黄昏后[40]。羞的我脑背后将牙儿衬著衫儿袖。猛凝眸，看时节则见鞋底尖儿瘦。一个恣情的不休，一个哑声儿厮耨[41]。呸！那其间可怎生不害半星儿羞？

（旦见夫人科）（夫人云）莺莺，我怎生抬举你来？今日做这等的勾当！则是我的孽障[42]，待怨谁的是！我待经官来，辱没了你父亲，这等事，不是俺相国人家的勾当。罢罢罢，谁似俺养女的不长俊[43]！红娘，书房里唤将那禽兽来！（红唤末科)(末云)小娘子,唤小生做甚么?(红云)你的事发了也。如今夫人唤你来,将小姐配与你哩。小姐先招了也,你过去。(末云)小生惶恐,如何见老夫人?当初谁在老夫人行说来?(红云)休俫小心,过去便了。

【小桃红】既然泄漏怎干休,是我相投首[44]。俺家里陪酒陪茶到捆就[45],你休愁,何须约定通媒媾[46]?我弃了部署不收[47],你元来"苗而不秀"[48]。呸!你是个银样镴枪头[49]。

(末见夫人科)(夫人云)好秀才呵!岂不闻"非先王之德行不敢行"[50]?我待送你去官司里去来,恐辱没了俺家谱。我如今将莺莺与你为妻,则是俺三辈儿不招白衣女婿[51],你明日便上朝取应去,我与你养著媳妇。得官呵,来见我;驳落呵[52],休来见我。(红云)张生早则喜也。

【东原乐】相思事,一笔勾,早则展放从前眉儿皱,美爱幽欢恰动头[53]。既能勾,张生,你觑兀的般可喜娘庞儿也要人消受。

(夫人云)明日收拾行装,安排果酒,请长老一同送张生,到十里长亭去[54]。(旦念)寄语西河堤畔柳,安排青眼送行人[55]。(同夫人下)(红唱)

【收尾】来时节画堂箫鼓鸣春昼,列著一对儿鸾交凤友。那其间才受你说媒红[56],方吃你谢亲酒[57]。(并下)

注　释

〔1〕　稳秀——即隐秀,藏而不露之意。稳,通隐。李玉《占花魁》第十九出:"如今丈夫出去,我虽无人拘管,但你出家人,往来须要隐秀些才

好。"红娘说反话,意谓:你们干得可真隐蔽呀!

〔2〕　"月圆"二句——此为喻美好事物遭受摧残之常用语,《太平乐府》无名氏〔阿纳忽〕:"花正开,风筛;月正圆,云埋。"与此同意。

〔3〕　不争——此作"因为"解。康进之《梁山泊李逵负荆》第二折:"不争你抢了他花朵般春艳质,这其间抛闪杀那草桥店白头老的。"

〔4〕　提心在口——提心吊胆,状紧张之心情,犹云心都到了嗓子眼儿。毛西河曰:"提心在口,惊恐之意,犹言魂离了壳也。《朱砂胆(按,应作担)》剧:'諕得我战兢兢提心在口。'旧解挂念,非也。"

〔5〕　心数——犹心计。　　"心数",原作"心教",据王伯良本改。

〔6〕　伫(zhòu 皱)——或作"㤘",固执,刚愎。今犹云某人很伫,即此义。

〔7〕　牵头——男女私通的拉线人。《水浒传》第二十五回:"便骂你这马泊六、做牵头的老狗,值甚么屁!"

〔8〕　别样的都休——谓其他变化且不用说。

〔9〕　"试把"五句——意谓试着旧时衣装,与从前之体态相比,如今变得特别精神、特别风流。出落,长成,指身体相貌变得更加光艳动人。凌濛初解为"出脱"、"更新洗发之意",甚是。《红楼梦》第十六回:"宝玉细看那黛玉时,越发出落的超逸了。"

〔10〕　但去处——只是去呀。处,语气词。　　行监坐守——一举一动都要监视看守。

〔11〕　如何诉休——如何诉说呵。《诗词曲语辞汇释》:"休,语助辞。……有可解为呵字或啊字者:杨万里《题子仁侄山庄小集》诗:'莫笑山林小集休! 篇篇字字爽于秋。'此犹云莫笑呵。"

〔12〕　犯由——犯罪之原由,即罪状。周密《武林旧事·元夕》:"其前列荷校囚数人,大书犯由云:某人为不合抢扑钗环、挨搪妇女……"(卷二)

〔13〕　绸缪(móu 谋)——《诗经·唐风·绸缪》:"绸缪束薪,三星在天。今夕何夕,见此良人。"绸缪,本为紧紧捆缚之意,引伸作缠绵解,汉·

毛亨传："绸缪,犹缠绵也。"后用以指男女欢会。

〔14〕 百事有——样样有。关汉卿《感天动地窦娥冤》第一折："俺公公撞府冲州,阐阅的铜斗儿家缘百事有。"

〔15〕 "立苍苔"句——句本白朴〔仙吕·点绛唇〕套："深沉院宇朱扉虚,立苍苔冷透凌波袜。"

〔16〕 直——竟,杜甫《忆昔》："犬戎直来坐御床,百官跣足随天王。"元有拷死婢女不受法的例子,见陶宗仪《辍耕录》卷一一"金镶刺肉"条。

〔17〕 闪了手——扭伤了手。犹今称扭腰为闪了腰。

〔18〕 穷究——本指追根问底,此指聊天,说话。

〔19〕 权时落后——犹暂时晚走一会儿。据《说文》,反常为权,《孟子·离娄上》："嫂溺,援之以手者,权也。"《春秋公羊传》桓公十一年："权者何? 权者,反于经然后有善者也。"是"权"为临时变通之意。

〔20〕 "怎么",原无"怎"字,据弘治本、王伯良本补。

〔21〕 女大不中留——宋元谚语有"三不留"之说。康进之《梁山泊李逵负荆》第一折："你晓的世上有'三不留'么? ……蚕老不中留,人老不中留……常言道'女大不中留'。"

〔22〕 "人而无信"五句——语出《论语·为政》篇。作为一个人却没有信用,不晓得那怎么可以,就像大车上没有輗(ní 泥)、小车上没有軏(yuè 月)一样,那还靠什么行走呢? 旧题宋·孙奭疏："此为无信之人作譬也。大车,牛车;輗,辕端横木,以缚轭驾牛领者也。小车,驷马车;軏者,辕端上曲钩衡以驾两服马领者也。大车无輗则不能驾牛,小车无軏则不能驾马,其车何以得行之哉? 言必不能行也。以喻人而无信,亦不可行也。"輗和軏都是车辕前面安放套牲口横木的销子,大车上的叫輗,小车上的叫軏,没有輗軏就不能套牲口,车就不能行走。

〔23〕 怨女旷夫——成年未嫁之女为怨女,成年未娶之男为旷夫。《孟子·梁惠王下》："内无怨女,外无旷夫。"旧题宋·孙奭疏："皆男女嫁娶过时者,谓之怨女旷夫。"

〔24〕　官司——本指百官，后用以指称官府。《水浒传》第十五回："偌大去处，终不成官司禁打鱼鲜？"

〔25〕　推其详——追究详细情况。推，追究审问。

〔26〕　背义忘恩——宋·崔鶠《杨嗣复论》："君子不记旧恶，以德报怨；而小人忘恩背义，至以怨报德。"

〔27〕　自专——自以为是，自作主张。乐府诗《孔雀东南飞》："奉事循公姥，进止敢自专？"

〔28〕　捐(ruán)——姚华《菉猗室曲话》卷一："山谷《归田乐》二首，徐士俊云：'二曲为董解元导师。'中有'冤我忒捐就'……捐，如专切，捱也。赵长卿《簇水词》亦有'试捐就'句，又有'百捐百就'句，见罗江李氏《雨村词话》。又少游词：'当初不合苦捐就。'卓注云：'捐，而缘切。撋捐，手捼抄物也。'"捐，捐就，本指摩弄、揉搓义，此用为迁就、撮合成就义。

〔29〕　文章魁首——犹言文坛领袖。魁首，首领，汉·荀悦《汉纪·孝哀纪》："闾里之侠，独涉为魁首。"

〔30〕　仕女班头——女中领袖。仕女，贵族妇女，大家闺秀；班头，领袖，首领。关汉卿《望江亭中秋切鲙旦》第二折："端的是佳人领袖，美女班头。"领袖、班头对举，义同。《录鬼簿》贾仲明〔凌波仙〕吊关汉卿："驱梨园领袖，总编修师首，捻杂剧班头。"

〔31〕　描鸾——描绘鸾鸟图案，这里泛指描绘刺绣的图案。

〔32〕　世有、便休、罢手——既然张生与莺莺做出了这种事，就只能了结，放开手不必追究。《诗词曲语辞汇释》云："言张生莺莺恋爱，业已有此事矣，只得罢休，不必阻挠也。……世有，犹云已恁地也。"王伯良谓："首六字作三句，总之言世间自有宜便于休而罢手之事也。"毛西河谓："言世固有便当休息而罢手之事，下文是也。"以王毛之解为确。

〔33〕　起——举荐。《战国策·秦策二》："起樗里子于国。"

〔34〕　草寇——聚于丛林草泽中的贼寇，比喻不善战斗、容易对付的乌合之众。《六部成语·刑部·草寇生发》注解："草野之中，盗贼发起也。"

〔35〕 参(shēn 申)辰——参星和辰星,亦称参商。参与辰此出彼落,不同时出现,故以参商喻不睦或不能相见。明·周祈《名义考》:"参商者,错举以见也,亦有言参辰者。"清·梁绍壬《两般秋雨盦随笔》卷七:"不睦曰参商。按,《左传》'迁阏伯于商邱,迁实沉于大夏',一主辰星,一主参星。参辰乃星名,夏商乃地名也,故《法言》曰:'吾不睹参辰之相比也。'苏武诗云:'昔为鸳与鸯,今为参与辰。'后人有用参商者,盖错举之以成文耳。" 卯酉(yǒu 有)——十二时辰,卯时为五至七时,酉时为十七时至十九时。喻互不相见、对立不和。无名氏《包待制陈州粜米》第二折:"我偏和那有势力的官人每卯酉。"

〔36〕 出乖弄丑——意谓做出错事丑事而丢人现眼。关汉卿《杜蕊娘智赏金线池》第二折:"不是我出乖弄丑,从良弃贱,我命里终须有。"

〔37〕 穷究——犹言慎重考虑,与作"聊天"解者不同。马致远〔大石调·青杏子·姻缘〕套:"许持箕帚,愿结绸缪。娇羞,试穷究,博个天长和地久。"

〔38〕 不肖——肖,似也。《说文》:"肖,骨肉相似也。……不似其先,故曰不肖也。"故称子弟不贤,不似父母为不肖。《孟子·万章上》:"丹朱之不肖,舜之子亦不肖。"

〔39〕 吃——此作"被"解。石君宝《鲁大夫秋胡戏妻》第二折:"娶也不曾娶的,我倒吃他抢白了这一场,又吃这一跌,我更待干罢!"

〔40〕 "当日个"二句——语本欧阳修〔生查子〕:"去年元夜时,花市灯如昼,月上柳梢头,人约黄昏后。"

〔41〕 厮耨(nòu)——纠缠戏弄之意。徐渭《南词叙录》:"北人谓相昵为耨。"关汉卿〔仙吕·翠裙腰·闺怨〕:"他何处,共谁人携手?小阁银屏殢歌酒,早忘了咒,不记得低低耨。"

〔42〕 孽(niè 聂)障——即业障。佛教称所做恶业(坏事)障碍正道,故称业障。《俱舍论》卷十七曰:"一者害母,二者害父,三者害阿罗汉,四者破和合僧,五者出佛身血。如是五种,名为业障。"孽,罪恶,灾殃。孽障乃业障之讹。

〔43〕　长俊——即长进,向上、进步、有出息。《清平山堂话本·错认尸》:"你这破落户,千刀万剐的贼,不长俊的乞丐!"

〔44〕　投首——自首。《六部成语补遗·刑部·投首》注解:"言犯罪者不待告发或官拘拿,即自行赴官衙,投到自首也。"

〔45〕　"俺家里"句——婚姻一般是由男家备茶酒向女家求婚,现在反其事而行,由崔家倒陪茶酒撮合成婚。茶,聘礼之代称。明·许次纾《茶疏·考本》:"茶不移本,植必子生。古人结昏,必以茶为礼,取其不移置子之意也。今人犹名其礼曰下茶。"郎瑛《七修类稿》:"女子受聘,其礼曰下茶,亦曰吃茶。"(卷四十六)捆就,义同捆。

〔46〕　媒媾(gòu 构)——因媒而结姻,犹媒人。媾,结婚。

〔47〕　部署——宋元时的枪棒师傅。无名氏《阅阅舞射柳捶丸记》第四折:"自家是本处的部署……大人在西御园安排筵宴……唤俺去那里跌打耍拳。"《张协状元》第八出:"我是徽州婺源县祠山广德军枪棒部署,四山五岳刺枪使棒有名人。"又,拳棒比赛主持人亦称部署,此指前者。弃了部署不收,不做师傅,不收你为徒,意谓不再为你出主意帮忙。

〔48〕　苗而不秀——庄稼苗长得好,却不开花吐穗,比喻无用之人。《论语·子罕》:"苗而不秀者有矣夫!秀而不实者有矣夫!" "而",原作"儿",据张深之、王伯良本改。

〔49〕　银样镴(là 蜡)枪头——枪头的样子看上去像是银的,实际是镴做的。比喻好看而不实用的样子货。镴,即今之焊锡,为锡与铅之合金。毛西河曰:"银样镴枪头,谓样是银而实则镴,无用物也。'镴',他本作'蜡',误。刘廷信词:'镴打枪头软厮禁。'《气英布》剧:'英布也,你是个银样的镴枪头。'俱是'镴'字。"

〔50〕　非先王之德行不敢行——语出《孝经·卿大夫章》:"非先王之法服不敢服,非先王之法言不敢道,非先王之德行不敢行。"意谓不敢做不符合先王道德标准的事。前一"行(xìng 杏)"为名词,品德,品质;后一"行(xíng 形)"为动词,贯彻,实行。

〔51〕　白衣——古代没有做官的人穿白衣,故以"白衣"代指没有功

名官职的人,即平民。《新唐书·车服志》:"士服短褐,庶人以白。"顾炎武《日知录·杂论·白衣》:"白衣者,庶人之服,然有以处士称之者。"

〔52〕 驳落——落第。亦作"剥落"。郑德辉《迷青琐倩女离魂》第三折:"他得了官别就新婚,剥落呵羞归故里。"郑廷玉《宋上皇御断金凤钗》第一折:"投至二十载苦功名,却不想半霎剥落了。"

〔53〕 恰动头——犹才开始。

〔54〕 十里长亭——古代设在路旁供行人停宿、休息用的公用房舍,《园冶·亭》云:"亭者,停也,所以停憩游行也。"《白孔六帖》卷九:"十里一长亭,五里一短亭。"常用作送别饯行的地方,北周·王褒《送别裴仪同》:"河桥望行旅,长亭送故人。"

〔55〕 "寄语"二句——王季思云:"《中州集》称高汝励临终留诗,有'寄谢东门千树柳,安排青眼送行人'句。"青眼,指柳叶。又,指黑眼珠,《晋书·阮籍传》:"籍又能为青白眼,见礼俗之士,以白眼对之。及嵇喜来吊,籍作白眼,喜不怿而退。喜弟康闻之,乃赍酒挟琴造焉,籍大悦,乃见青眼。"后以青眼表示对人的重视、喜爱。这里语意双关。 "寄语",原作"寄与",据张深之、王伯良本改。

〔56〕 说媒红——赏给媒人的谢礼,参见第二本第二折"红线"注。媒人合婚而索取报酬,汉时已然,《焦氏易林》卷一:"东齐郭庐,嫁子洛阳,俊良美好,媒利过倍。"《元史·刑法志二》:"诸男女婚姻,媒氏违例,多索聘财,及多取媒利者,谕众决遣。"《通制条格》也有"严切约束(媒人),无得似以前多取媒钱"的记载,可见元时行媒也是求取酬值的。

〔57〕 谢亲酒——婚后男往女家谢亲宴饮,称为谢亲酒。孟元老《东京梦华录》卷五"娶妇":"婿往参妇家,谓之拜门,有力能趣办,次日即往……不然三日七日皆可。赏贺亦如女家之礼。酒散,女家具鼓吹从物迎婿还家。"吴自牧《梦粱录·嫁娶》:"其两新人于三日或七朝、九日往女家行拜门礼,女亲家广设华筵款待新婚。"(卷二十)今谓之"回门"。

第 三 折

(夫人长老上云)今日送张生赴京,十里长亭安排下筵席。我和长老先行，不见张生、小姐来到。（旦末红同上）（旦云）今日送张生上朝取应，早是离人伤感，况值那暮秋天气，好烦恼人也呵！悲欢聚散一杯酒，南北东西万里程。

【正宫】【端正好】碧云天，黄花地[1]，西风紧，北雁南飞。晓来谁染霜林醉？总是离人泪[2]。

【滚绣球】恨相见得迟，怨归去得疾。柳丝长玉骢难系[3]。恨不倩疏林挂住斜晖[4]。马儿迍迍的行[5]，车儿快快的随。却告了相思回避，破题儿又早别离[6]。听得一声"去也"，松了金钏[7]；遥望见十里长亭，减了玉肌[8]。此恨谁知[9]！

（红云）姐姐，今日怎么不打扮？（旦云）你那知我的心里呵！

【叨叨令】见安排著车儿、马儿，不由人熬熬煎煎的气；有甚么心情花儿、靥儿，打扮的娇娇滴滴的媚[10]；准备著被儿、枕儿，则索昏昏沉沉的睡；从今后衫儿、袖儿，都揾做重重叠叠的泪。兀的不闷杀人也么哥，兀的不闷杀人也么哥！久已后书儿、信儿，索与我恓恓惶惶的寄。

（做到见夫人科）（夫人云）张生和长老坐，小姐这壁坐，红娘将酒来。张生，你向前来，是自家亲眷，不要回避。俺今日将莺莺与你，到京师休辱末了俺孩儿，挣揣一个状元回来者[11]。（末云）小生托夫人馀荫，凭著胸中之才，视官如拾芥耳[12]。（洁云）夫人主见不差，张生不是落后的人。（把酒了，坐）（旦长吁科）

【脱布衫】下西风黄叶纷飞，染寒烟衰草萋迷。酒席上斜签著坐的[13]，蹙愁眉死临侵地[14]。

【小梁州】我见他阁泪汪汪不敢垂[15]，恐怕人知；猛然见了把头低，长吁气，推整素罗衣[16]。

【幺篇】虽然久后成佳配，奈时间怎不悲啼[17]。意似痴，心如醉[18]，昨宵今日，清减了小腰围。

（夫人云）小姐把盏者。（红递酒，旦把盏长吁科云）请吃酒。

【上小楼】合欢未已，离愁相继。想著俺前暮私情，昨夜成亲，今日别离。我谂知这几日相思滋味，却元来此别离情更增十倍[19]。

【幺篇】年少呵轻远别，情薄呵易弃掷[20]。全不想腿儿相挨，脸儿相偎[21]，手儿相携。你与俺崔相国做女婿，妻荣夫贵[22]，但得一个并头莲，煞强如状元及第。

（夫人云）红娘把盏者。（红把酒科）（旦唱）[23]

【满庭芳】供食太急，须臾对面，顷刻别离。若不是酒席间子母每当回避，有心待与他举案齐眉。虽然是厮守得一时半刻，也合著俺夫妻每共桌而食。眼底空留意[24]，寻思起就里，险化做望夫石。

（红云）姐姐不曾吃早饭，饮一口儿汤水。（旦云）红娘，甚么汤水咽得下[25]。

【快活三】将来的酒共食，尝著似土和泥；假若便是土和泥，也有些土气息，泥滋味。

【朝天子】暖溶溶玉醅[26]，白泠泠似水。多半是相思泪。眼面前茶饭怕不待要吃[27]，恨塞满愁肠胃。蜗角虚名[28]，蝇头微利[29]，拆鸳鸯在两下里。一个这壁，一个那壁，一递一声长吁气。

(夫人云)辆起车儿[30],俺先回去,小姐随后和红娘来。(下)
(末辞洁科)(洁云)此一行别无话儿,贫僧准备买登科录
看[31],做亲的茶饭,少不得贫僧的。先生在意,鞍马上保
重者。从今经忏无心礼,专听春霍第一声[32]。(下)(旦唱)

【四边静】霎时间杯盘狼藉,车儿投东,马儿向西。两意徘
徊,落日山横翠。知他今宵宿在那里?有梦也难寻觅。

张生,此一行得官不得官,疾便回来。(末云)小生这一去,
白夺一个状元。正是:青霄有路终须到,金榜无名誓不
归[33]。(旦云)君行别无所赠,口占一绝[34],为君送行:弃
掷今何在,当时且自亲。还将旧来意,怜取眼前人[35]。
(末云)小姐之意差矣,张珙更敢怜谁?谨赓一绝[36],以剖
寸心[37]:人生长远别,孰与最关亲?不遇知音者,谁怜长
叹人[38]?(旦唱)

【耍孩儿】淋漓襟袖啼红泪,比司马青衫更湿。伯劳东去
燕西飞,未登程先问归期。虽然眼底人千里,且尽生前
酒一杯。未饮心先醉[39],眼中流血,心里成灰[40]。

【五煞】到京师服水土[41],趁程途节饮食[42],顺时自保
揣身体[43]。荒村雨露宜眠早,野店风霜要起迟[44]。鞍
马秋风里,最难调护,最要扶持。

【四煞】这忧愁诉与谁?相思只自知,老天不管人憔悴。
泪添九曲黄河溢,恨压三峰华岳低[45]。到晚来闷把西楼
倚,见了些夕阳古道,衰柳长堤。

【三煞】笑吟吟一处来,哭啼啼独自归。归家若到罗帏
里,昨宵个绣衾香暖留春住,今夜个翠被生寒有梦知。留

恋你别无意,见据鞍上马〔46〕,阁不住泪眼愁眉。

　　(末云)有甚言语,嘱付小生咱?(旦唱)

【二煞】你休忧文齐福不齐〔47〕,我则怕你停妻再娶妻〔48〕。休要一春鱼雁无消息〔49〕,我这里青鸾有信频须寄,你却休金榜无名誓不归。此一节君须记:若见了那异乡花草,再休似此处栖迟〔50〕。

　　(末云)再谁似小姐,小生又生此念?(旦唱)

【一煞】青山隔送行,疏林不做美,淡烟暮霭相遮蔽。夕阳古道无人语〔51〕,禾黍秋风听马嘶〔52〕。我为甚么懒上车儿内?来时甚急,去后何迟〔53〕!

　　(红云)夫人去好一会,姐姐,咱家去。(旦唱)

【收尾】四围山色中,一鞭残照里。遍人间烦恼填胸臆,量这些大小车儿如何载得起〔54〕?

　　(旦红下)(末云)仆童,赶早行一程儿,早寻个宿处。泪随流水急,愁逐野云飞〔55〕。(下)〔56〕

注　释

　　〔1〕　碧云天,黄花地——句本范仲淹〔苏幕遮〕词:"碧云天,黄叶地,秋色连波,波上寒烟翠。"黄花,指菊花,菊花秋天开放,《礼记·月令》:"季秋之月……鞠有黄华。"鞠,一本作菊。《警世通言·王安石三难苏学士》:"'西风昨夜过园林,吹落黄花满地金。'……黄花即菊花。此花开于深秋,其性属火,敢与秋霜鏖战,最能耐久。"

　　〔2〕　"晓来"二句——意谓是离人带血的眼泪,把深秋早晨的枫林染红了。霜林醉,深秋的枫树林经霜变红,就像人喝醉酒脸色红晕一样。意本唐诗"君看陌上梅花红,尽是离人眼中血。"(见曾季狸《艇斋诗话》)

《董西厢》卷六："君不见满川红叶,尽是离人眼中血。"

〔３〕　"柳丝长"句——玉骢(cōng匆),马名,即玉花骢,一种青白色的骏马。杜甫《丹青引赠曹将军霸》:"先帝天马玉花骢,画工如山貌不同。"此指张生赴试所乘之马。古人有折柳送别之习惯,《三辅黄图》卷六:"霸桥在长安东,跨水作桥。汉人送客至此桥,折柳赠别。"故写别情多借助于柳,晏殊〔踏莎行〕:"垂杨只解惹春风,何曾系得行人住?"此言柳丝虽长却系不住玉骢,犹言情虽长却留不住张生。

〔４〕　倩(qìng庆)——请人代己做事之谓。辛弃疾〔水龙吟·登建康赏心亭〕:"倩何人唤取,红巾翠袖,揾英雄泪!"　　上曲"晓来",此曲"斜晖",诗人造境不问四时。参见第三本第三折"桂子"句注。

〔５〕　迤(zhūn谆)迍——行动缓慢,留连不进的样子。凌濛初曰:"迤迍,即马迟人意懒也。"闵遇五曰:"'迤迍行'、'快快随',马是张骑,故欲其迟;车是崔坐,故欲其快。"

〔６〕　"却告"二句——却,犹恰,见第一本第三折注。毛西河曰:"回避,谓告退;破题,谓起头。言相思才了,别离又起也。"唐宋诗赋多于开头几句便点破题意,谓之破题。顾炎武《日知录·试文格式》:"发端二句或三四句谓之破题,今八股起二句曰破题,然破题不始于八股也。"元曲中用以比喻开端、起始或第一次。石君宝《鲁大夫秋胡戏妻》第一折:"却正是一夜夫妻百夜恩,破题儿劳他梦魂。"

〔７〕　钏(chuàn串)——古代称臂环为钏,今谓之手镯。松金钏,言人瘦损使手镯松脱。

〔８〕　玉肌——肌肤光泽如玉。李贺《河南府试十二月乐词·正月》:"锦床晓卧玉肌冷,露脸未开对朝暝。"

〔９〕　恨——遗憾,不满意,与今天"仇恨"、"怨恨"之恨有别。《史记·魏其武安侯列传》:"侯自我得之,自我捐之,无所恨。"本句出秦观〔画堂春〕词:"放花无语对斜晖,此恨谁知!"

〔１０〕　花儿、靥(yè夜)儿——即花钿,见第一本第一折注。五代·花蕊夫人《宫词》有"翠钿贴靥轻如笑"句,乐府诗《木兰诗》有"当窗理云

鬓,对镜帖花黄"句。又,花儿指头上戴花,亦通。

〔11〕 争揣——这里是争取、夺得之意,与第三本第四折用法不同。郑德辉《㑇梅香骗翰林风月》第四折:"是俺那老夫人使的计策,把好事冲开,教你争阆一个金鱼袋。"争阆即争揣。

〔12〕 视官如拾芥(jiè 介)——把取得官职看得像从地上拾取一根草棍那样容易。《汉书·夏侯胜传》:"胜每讲授,常谓诸生曰:'士病不明经术,经术苟明,其取青紫,如俯拾地芥耳。'"颜师古注:"地芥,谓草芥之横在地上者;俯而拾之,言其易而必得也;青紫,卿大夫之服也。"

〔13〕 斜签着坐——侧身半坐,封建时代晚辈在长辈面前不能实坐。

〔14〕 死临侵地——呆呆地,没精打采的样子。临侵,语助词,无义。关汉卿《望江亭中秋切鲙旦》第二折:"转过这影壁偷窥,可怎生独个死临侵地?"

〔15〕 阁泪汪汪不敢垂——强忍泪水而不敢任其流出。阁泪,含泪,噙泪。宋·无名氏〔鹧鸪天〕词:"尊前只恐伤郎意,阁泪汪汪不敢垂。"

〔16〕 推整素罗衣——意谓装作整理衣裳。推,借口,这里有"假装"的意思。王伯良曰:"阁泪汪汪,莺指己言,恐人之知,故阁泪而不敢垂;偶然被人看见,故把头低,而推整素罗衣也。"

〔17〕 时间——目下,眼前。秦简夫《晋陶母剪发待宾》第一折:"我恰才觑了陶秀才相貌,虽然时间受窘,久后必然发迹。"

〔18〕 意似痴,心如醉——《乐府新声》无名氏〔骂玉郎带感皇恩采茶歌〕:"心似烧,意似痴,情如醉。"

〔19〕 "我谂(shěn 审)知"二句——意谓这几天我已经深深知道了相思滋味的苦痛难堪,原来这离别比相思更苦十倍。谂,知悉,知道。

〔20〕 弃掷——本指抛弃,此指撇下莺莺而远离。

〔21〕 脸儿相偎——毛西河引沈璟云:"脸儿相偎,以脸著脸。"

〔22〕 妻荣夫贵——《仪礼·丧服》:"夫尊于朝,妻贵于室。"郑玄注:"妻贵于室,从夫爵也。"本指妻子可以依靠丈夫的爵位而尊贵,从夫之义。这里反其义而用之,意思是说你与俺崔相国家做女婿,本已因妻而

贵,大可不必再去求取功名了。

〔23〕　"(夫人云)红娘把盏者……"一段科白,原在〔满庭芳〕曲之后,据毛西河本改。

〔24〕　眼底空留意——意谓母亲在座,有所避忌,不得与张生同桌共食以诉衷曲,只能以眉眼传情表达心意。

〔25〕　"(红云)姐姐不曾吃早饭……"一段科白,原在〔满庭芳〕曲之前,据毛西河本改。

〔26〕　玉醅(pēi胚)——美酒。萧统《锦带书十二月启·南吕八月》:"倾玉醅于风前,弄琼驹于月下。"

〔27〕　怕不待要——难道不想、何尝不想之意,关汉卿《刘夫人庆赏五侯宴》第二折:"妾身怕不待要与人,谁肯要?"

〔28〕　蜗角虚名——《庄子·则阳》:"有国于蜗之左角者,曰触氏;有国于蜗之右角者,曰蛮氏。时相与争地而战,伏尸数万,逐北旬有五日而后反(按,即返)。"郭象注:"诚知所争者若此之细也,则天下无争矣。"蜗角极细极微,蜗角虚名,喻微小之浮名。苏轼〔满庭芳·警悟〕:"蜗角虚名,蝇头微利,算来着甚干忙?"

〔29〕　蝇头微利——班固《难庄论》:"众人之逐世利,如青蝇之赴肉汁也。青蝇嗜肉汁而忘溺死,众人贪世利而陷罪祸。"(《艺文类聚》卷九十七"蝇")比喻因小利而忘危难。《故事成语考·鸟兽》:"利小曰蝇头。"

〔30〕　辆——用为动词,犹驾好、套起。

〔31〕　登科录——登载录取进士姓名的名册。唐人称为进士登科记,宋人称为登科小录。《事物纪原·学校贡举部·登科记》:"《唐会要》曰:大中十年四月,礼部侍郎郑颢,进进士诸家科目记十三卷。敕:自今后放榜讫,仰写及第人姓名,仍付所司,逐年编次。《摭言》曰:永徽已前,俊士秀才二科,犹与进士并列,咸丰后,由文学举于有司者,竞集于进士。由是,赵儋删去俊秀,故目之曰'进士登科记'。"

〔32〕　春雷第一声——进士试于春正、二月举行,故称中第消息为春雷第一声。韦庄〔喜迁莺〕:"街鼓动,禁城开,天上探人回。凤街金榜出门

来,平地一声雷。"

　　〔33〕　"青霄"二句——此为当时成语,关汉卿《状元堂陈母教子》第一折亦有此语。青霄,即青云,青霄路即致身青云之路,参见第一本第一折"云路"注。金榜题名,即进士及第。经殿试录取的进士,分三个等第(称为三甲)用黄纸书写名字予以公布,谓之"黄甲",亦称金榜。王定保《唐摭言·今年及第明年登科》卷三:"何扶,太和九年及第。明年,捷三篇,因以一绝寄旧同年曰:'金榜题名墨尚新,今年依旧去年春。花间每被红妆问,何事重来只一人?'"宋人汪洙《神童诗》:"久旱逢甘雨,他乡遇故知。洞房花烛夜,金榜挂名时。"

　　〔34〕　口占(zhàn 站)一绝——随口吟出一首绝句诗。不打草稿,随口成文叫口占。《汉书·朱博传》:"博口占檄文曰……"颜师古注:"隐度其言口授之。"后多指随口成诗。

　　〔35〕　"弃掷"四句——意思是,抛弃我的人儿现在何方?想当初对我是何等相亲。还应当用当时对我的一番情意,去爱怜眼前的新人。诗本《莺莺传》,原是莺莺被张生抛弃之后所作。剧中只是让莺莺用为设托之词。

　　〔36〕　赓(gēng 庚)——续作。《尔雅·释诂》:"赓,续也。"

　　〔37〕　剖——此为表白义。剖心,表白真诚之心。《汉书·邹阳传》:"两主二臣,剖心析肝相信,岂移于浮词哉!"

　　〔38〕　"人生"四句——表明除莺莺之外再无知己之意。长,通"常";孰与,犹与谁。　　"关亲",原作"关情",有违原韵。按,此为次韵诗,须依莺诗原韵,明·徐师曾《文体明辨序说·和韵诗》:"次韵,谓和其原韵而先后次第皆因之也。"据弘治本、王伯良本改。

　　〔39〕　未饮心先醉——刘禹锡《酬令狐相公杏园下饮有怀见寄》:"未饮心先醉,临风思倍多。"柳永〔诉衷情近〕:"黯然情绪,未饮先如醉。"

　　〔40〕　"眼中"二句——形容极度悲痛。徐士范曰:"出《烟花录》:昔有一商,美姿容,泊舟于西河下。岸上高楼中一美女,相视月馀,两情已契,弗遂所愿。商货尽而去,女思成疾而亡。父遂而焚之,独心中一物不

化如铁,磨出,照见中有舟楼相对,隐隐如有人形。其父以为奇,藏之。后商复来,访其女,得所由,献金求观,不觉泪下或血,滴心上,心即成灰。"

〔41〕 服——适应,习惯。《礼记·孔子闲居》:"君子之服也",郑玄注:"服,犹习也。"

〔42〕 趁程途节饮食——意谓路途中要节制饮食。趁,赶;趁程途即赶路。杜甫《催宗文树鸡栅》:"驱趁制不禁,喧呼山腰宅。"

〔43〕 "顺时"句——对本句历来有不同理解。王伯良曰:"顺时自保揣身己,言须揣其身之劳苦,而因时保护之也。然语殊拙。"揣(chuǎi),揣度,义犹思忖,估量。张相云:"揣,读平声……揣身体,犹云弱身体也。"今依王说,意谓要估量自己的身体情况,适应季节之变化,自己保重。

〔44〕 "荒村"二句——此二句互文见义,谓荒村野店,雨露风霜,应当早歇息晚上路。

〔45〕 "泪添"二句——上句以水喻愁之多,下句以山喻愁之重。华岳三峰,即西岳华山,在今陕西省华阴市南。华山的中峰莲花峰、东峰仙人掌、南峰落雁峰,世称华岳三峰。一说莲花峰、毛女峰、松桧峰为华岳三峰。

〔46〕 据鞍——跨鞍。《三国志·魏书·满宠传》:"昔廉颇强食,马援据鞍,今君未老而自谓已老,何与廉马之相背邪?"

〔47〕 文齐福不齐——意谓有文才而缺少福分,不能考中。齐,备,全而不缺。《荀子·王霸》:"无它故焉,四者齐也。"石君宝《鲁大夫秋胡戏妻》第一折:"莫怨文齐福不齐,娶妻三日却分离。军中若把文章用,管取峥嵘衣锦归。"

〔48〕 停妻再娶妻——指不认前妻而另行娶妻。《荆钗记》第十九出"参相",万俟丞相要王十朋"富贵易妻",另娶丞相女,王十朋云:"停妻再娶谁承望……"(《六十种曲》本);杨显之《临江驿潇湘秋夜雨》中崔甸士另娶妻,不认前妻,被问以"停妻再娶"之罪(第四折);杨景贤《马丹阳度脱刘行首》第三折:"员外,你不回家来,原来在这里,做个停妻再娶。"古代婚制,男子可以多妾,但不得双妻并嫡,《唐律·户婚律》"有妻更娶"条规

定"诸有妻更娶妻者,徒一年",元《通制条格》也有"有妻更娶妻者,虽会赦,犹离之"的记载,故更娶妻之男子有不认前妻者。

〔49〕 一春鱼雁无消息——句本宋·无名氏〔鹧鸪天·春闺〕词:"一春鱼鸟无消息,千里关山劳梦魂。"

〔50〕 栖迟——《诗经·陈风·衡门》:"衡门之下,可以栖迟。"毛亨曰:"栖迟,游息也。"即留连、逗留之意。

〔51〕 古道——蒲地曾为舜都,汉初置县,通长安之路久已开辟,故称古道。

〔52〕 禾黍——禾指谷类作物,黍指粘小米,以禾黍代指庄稼。
嘶——马鸣。

〔53〕 来时甚急,去后何迟——《诗词曲语辞汇释》谓:"'时',为语气间歇之用,犹'呵'或'啊'也。……吴潜〔望江南〕词:'欲把捉时无把捉,道虚空后不虚空。'时与后为互文,'后'犹'呵'也。"

〔54〕 "量(liàng亮)这些"句——意谓烦恼之多,量这些小小车儿怎能装得下?车本不小,愁多便嫌其小。量,审度,估量,《资治通鉴》汉献帝建安十二年:"孤不度德量力。"今犹云量力而行、量才录用。大小,偏义复词,义取小。无名氏《十探子大闹延安府》第三折:"颇奈此人无礼,量你是个芥子大小官职,到的那里!"

〔55〕 "泪随"二句——互文见义,谓睹秋云、见流水都引起对莺莺的思念而愁生泪落。

〔56〕 本折张生与莺莺的分别,当在"再谁似小姐,小生又生此念?"之后,后面之〔一煞〕、〔收尾〕二曲,全是张生去后莺莺怅望情景:山遮林障,暮霭笼罩,已经看不见张生了。但张生并未下场。崔张同台,张乘马而去,莺莺徘徊目送,不忍遽归,表演出两地相望两情依依,却又未能相见的情状,正体现了中国戏曲舞台没有空间限制的特点。闵遇五曰:"'青山隔送行',言生已转过山坡也;'疏林不做美',言生出疏林之外也;'淡烟暮霭相遮蔽',在烟霭中也;'夕阳古道无人语',悲己独立也;'禾黍秋风听马嘶',不见所欢,但闻马嘶也;'为甚么懒上车儿内',言己宜归不宜归也;

'四围山色中,一鞭残照里',生已过前山,适因残照而见其扬鞭也。""夕阳"、"禾黍"、"山色"、"残照"四句,乃想象张生寂寞程途之词,非莺自谓。

第 四 折

(末引仆骑马上开)离了蒲东早三十里也,兀的前面是草桥,店里宿一宵,明日赶早行。这马百般儿不肯走。行色一鞭催去马,羁愁万斛引新诗[1]。

【双调】【新水令】望蒲东萧寺暮云遮,惨离情半林黄叶。马迟人意懒[2],风急雁行斜。离恨重叠,破题儿第一夜。

想著昨日受用,谁知今日凄凉!

【步步娇】昨夜个翠被香浓薰兰麝,欹珊枕把身躯儿趄[3]。脸儿厮揾者[4],仔细端详,可憎的别[5]。铺云鬓玉梳斜,恰便似半吐初生月[6]。

早至也。店小二哥那里?(小二哥上云)官人,俺这头房里下。(末云)琴童,接了马者。点上灯,我诸般不要吃,则要睡些儿。(仆云)小人也辛苦,待歇息也。(在床前打铺做睡科)(末云)今夜甚睡得到我眼里来也!

【落梅风】旅馆欹单枕,秋蛩鸣四野,助人愁的是纸窗儿风裂。乍孤眠被儿薄又怯,冷清清几时温热!

(末睡科)(旦上云)长亭畔别了张生,好生放不下。老夫人和梅香都睡了,我私奔出城,赶上和他同去。

【乔木查】走荒郊旷野,把不住心娇怯,喘吁吁难将两气接。疾忙赶上者,打草惊蛇[7]。

【搅筝琶】他把我心肠扯[8]，因此不避路途赊[9]。瞒过俺能拘管的夫人，稳住俺斯齐攒的侍妾[10]。想著他临上马痛伤嗟，哭得我也似痴呆。不是我心邪，自别离已后，到西日初斜，愁得来陡峻，瘦得来唓嗻[11]。则离得半个日头，却早又宽掩过翠裙三四褶[12]。谁曾经这般磨灭[13]。

【锦上花】有限姻缘[14]，方才宁贴；无奈功名，使人离缺。害不了的愁怀[15]，却才觉些[16]；掉不下的思量，如今又也。清霜净碧波，白露下黄叶。下下高高，道路曲折[17]；四野风来，左右乱迭[18]。我这里奔驰，他何处困歇？

【清江引】呆答孩店房儿里没话说，闷对如年夜。暮雨催寒蛩，晓风吹残月，今宵酒醒何处也[19]？

（旦云）在这个店儿里，不免敲门。（末云）谁敲门哩？是一个女人的声音，我且开门看咱。这早晚是谁？

【庆宣和】是人呵疾忙快分说，是鬼呵合速灭。

（旦云）是我。老夫人睡了，想你去了呵，几时再得见，特来和你同去。（末唱）

听说罢将香罗袖儿拽[20]，却元来是姐姐、姐姐。

难得小姐的心勤！

【乔牌儿】你是为人须为彻[21]，将衣袂不藉[22]。绣鞋儿被露水泥沾惹，脚心儿管踏破也[23]。

（旦云）我为足下呵，顾不得迢递[24]。（旦唧唧了[25]）

【甜水令】想著你废寝忘餐，香消玉减，花开花谢，犹自觉争些[26]。便枕冷衾寒，凤只鸾孤[27]，月圆云遮，寻思来有甚伤嗟？

【折桂令】想人生最苦离别！可怜见千里关山[28]，犹自跋涉。似这般割肚牵肠，到不如义断恩绝。虽然是一时间花残月缺[29]，休猜做瓶坠簪折[30]。不恋豪杰，不羡骄奢，生则同衾，死则同穴[31]。

　　(外净一行扮卒子上叫云)恰才见一女子渡河，不知那里去了，打起火把者！分明见他走在这店中去也。将出来！将出来！

　　(末云)却怎了？(旦云)你近后，我自开门对他说。

【水仙子】硬围著普救寺下锹撅，强当住咽喉仗剑钺[32]。贼心肠馋眼脑天生得劣。

　　(卒子云)你是谁家女子，黉夜渡河？(旦唱)

休言语，靠后些！杜将军你知道他是英杰，觑一觑著你为了醯酱[33]，指一指教你化做骨血[34]——骑著匹白马来也。

　　(卒子抢旦下)(末惊觉云)呀，元来却是梦里。且将门儿推开看，只见一天露气，满地霜华，晓星初上，残月犹明。无端喜鹊高枝上，一枕鸳鸯梦不成。

【雁儿落】绿依依墙高柳半遮[35]，静悄悄门掩清秋夜，疏刺刺林梢落叶风，昏惨惨云际穿窗月。

【得胜令】惊觉我的是颤巍巍竹影走龙蛇，虚飘飘庄周梦蝴蝶[36]，絮叨叨促织儿无休歇[37]，韵悠悠砧声儿不断绝[38]。痛煞煞伤别，急煎煎好梦儿应难舍；冷清清的咨嗟，娇滴滴玉人儿何处也？

　　(仆云)天明也，咱早行一程儿，前面打火去[39]。(末云)店小二哥,还你房钱,鞴了马者。

【鸳鸯煞】柳丝长咫尺情牵惹,水声幽仿佛人呜咽。斜月残灯,半明不灭。唱道是旧恨连绵,新愁郁结;恨塞离愁,满肺腑难淘泻[40]。除纸笔代喉舌,千种相思对谁说[41]!（并下）

【络丝娘煞尾】都则为一官半职,阻隔得千山万水。

题目　小红娘成好事　老夫人问由情

正名　短长亭斟别酒　草桥店梦莺莺

西厢记五剧第四本终

注　释

〔1〕　斛（hú 胡）——古代的量器,十斗为一斛,南宋末改为五斗一斛。万斛,极言愁之多。

〔2〕　马迟人意懒——意谓马之所以走得慢,是因为人的心意懒散无聊。

〔3〕　趄（qiè 窃）——歪斜。毛西河曰:"趄,仄也,《黑旋风》剧:'那妇人叠坐著鞍儿把身体趄。'"无名氏《包待制陈州粜米》第一折:"休要量满了,把斛放趄着,打些鸡窝儿与他!"

〔4〕　脸儿厮揾——毛西河引沈璟曰:"'脸儿厮揾',以手著脸仔细端详,正揾脸之谓。"

〔5〕　可憎的别——犹言特别可爱,异常可爱。别,格外、特别之意。李直夫《便宜行事虎头牌》第二折:"往常我便打扮的别,梳妆的善。"

〔6〕　"铺云鬓"二句——是张生回想莺莺梳妆情景。元·商挺〔双调·潘妃曲〕:"包髻金钗翠荷叶,玉梳斜,似云吐出生月。"

〔7〕　打草惊蛇——宋·郑文宝《南唐近事》:"王鲁为当涂宰,颇以

资产为务。会部民连状诉主簿贪贿于县尹,鲁乃判曰:'汝虽打草,吾已蛇惊'。"(《类说》卷二一)《水浒传》第二十九回:"若是那厮不在家时,却再理会,空自去打草惊蛇,倒吃他做了手脚,却是不好。"

〔8〕　把我心肠扯——意犹牵挂着我的心。

〔9〕　赊(shē 奢)——远。王勃《滕王阁序》:"北海虽赊,扶摇可接。"

〔10〕　稳住——安顿住,不惊动。凌濛初曰:"稳住,安顿也。"　　齐攒——搅闹。无名氏《冻苏秦衣锦还乡》第二折:"那苏秦不得官羞归故里,怎当的一家儿齐攒聒噪。"

〔11〕　咇嘬(chē zhē 车遮)——甚词,犹言厉害。王伯良曰:"咇嘬,形容其瘦甚之意。"《董西厢》卷六:"料得我儿今夜里,那一和烦恼咇嘬。"孟称舜《节义鸳鸯冢娇红记·泣舟》:"香消玉减,病体咇嘬。"

〔12〕　"则离得"二句——意谓刚刚分离半日,已是人瘦衣肥。半个日头,半天;褶(zhé 折),《正字通》:"衣有襞折曰褶。"

〔13〕　磨灭——折磨之意。无名氏《包待制陈州粜米》第一折:"也是俺这百姓的命该受这般磨灭。"

〔14〕　有限姻缘——莺莺张生此时刚刚有条件(得官)地许亲,姻缘尚无定准,尚有一定限度,故云"有限姻缘"。王伯良谓:"'有限姻缘',有分限之姻缘也。"分限,即限制、界限。

〔15〕　害不了的愁怀——犹言没完没了的愁思。了,完结之义。

〔16〕　觉——同"较",见第二本第三折注。

〔17〕　"曲折",原作"凹折"。凹,义同洼,与上句意重。据《雍熙乐府》改。

〔18〕　趌(xué 学)——盘旋。闵遇五曰:"趌,寺绝切,叶徐靴切。风吹盘桓之貌。今人云走来走去,亦曰趌来趌去。"

〔19〕　"晓风"二句——本柳永〔雨霖铃〕词:"今宵酒醒何处?杨柳岸、晓风残月。"　　"〔清江引〕"全曲——王伯良曰:"此皆言张生旅馆凄凉之状。董词:'床上无眠,愁对如年夜。'末句亦代张生说:客程未免沾

酒,醒看已非昨夜欢娱之处,惊疑不知身在何处也。"

〔20〕 拽(yè夜)——拉,拖。李商隐《韩碑》:"长绳百尺拽碑倒,粗砂大石相磨治。"

〔21〕 为人须为彻——宋元熟语,帮人要帮到底,有始有终的意思。《五灯会元·净慈彦充禅师》:"为人须为彻,杀人须见血。"(卷二十)关汉卿《望江亭中秋切鲙旦》第二折:"你救黎民,为人须为彻;拿滥官,杀人须见血。"

〔22〕 将衣袂(mèi妹)不藉(jiè借)——意谓不顾惜衣衫。袂,衣袖;衣袂,这里代指衣衫。藉,顾惜之意,元稹《放言》:"霆轰电烻数声频,不奈狂夫不藉身。"

〔23〕 管——包管、一定,准是。苏轼〔殢人娇〕:"向青琐隙中偷觑,元来便是,共彩鸾仙侣。方见了,管须低声说与。"

〔24〕 迢递——遥远的样子。左思《吴都赋》:"旷瞻迢递",李善注:"逶曰:迢递,远貌。"

〔25〕 唧唧——叹息声。《木兰辞》:"唧唧复唧唧,木兰当户织。"

〔26〕 觉争些——王伯良本作"较争些",觉同较。较、争都是差的意思。张相《诗词曲语辞汇释》:"较,犹差也……曹松《拜访陆处士》诗:'性灵比鹤争多少,气力登山较几分?'较与争为互文,争亦差也。"

〔27〕 枕冷衾寒,凤只鸾孤——状夫妻分离,孤单滋味。《警世通言·小夫人金钱赠年少》:"医世上凤只鸾孤,管宇宙单眠独宿。"

〔28〕 关山——关口和山峦,代指路途。《木兰辞》:"万里赴戎机,关山度若飞。"

〔29〕 花残月缺——花残可以再开,月缺可以复圆,比喻暂时分离。关汉卿〔双调·沉醉东风·送别〕:"咫尺的天南地北,霎时间月缺花飞。手执着饯行杯,眼搁着别离泪。"

〔30〕 瓶坠簪折——比喻拆散夫妻,半路分离。白居易《井底引银瓶》诗:"井底引银瓶,银瓶欲上丝绳绝;石上磨玉簪,玉簪欲成中央折。瓶坠簪折知奈何?似妾今朝与君绝!"《大宋宣和遗事》亨集:"咱两个瓶坠簪

折,义断恩绝!"

〔31〕　生则同衾,死则同穴——夫妻生死与共之意。穴,墓圹。《诗经·王风·大车》:"谷(按,生也)则异室,死则同穴。"《元典章·官民婚》:"男有重婚之道,女无再醮之义,生则同室,死则同穴。"

〔32〕　仗——持,执。　　钺(yuè 月)——兵器的一种。《尚书·顾命》:"一人冕,执钺。"郑玄曰:"钺,大斧。"

〔33〕　醯(xī 希)酱——《仪礼·士昏礼》:"馔于房中,醯酱二豆。"郑玄注:"醯酱者,以醯和酱。醯,醋。此之醯酱,意犹肉酱。

〔34〕　膋(liáo 辽)血——《诗经·小雅·信南山》:"执其鸾刀,以启其毛,取其血膋。"郑玄笺云:"膋,脂膏也。"脂膏即脂肪。此之膋血,意犹血水。

对〔水仙子〕一曲,诸家理解不同。王伯良曰:"'硬围普救'三句,指孙飞虎;'休言语,靠后些',指卒子,下又举杜将军以惧之也。"凌濛初曰:"'休言语,靠后些',莺叱卒子之辞。'靠后些'之语,元人宾白亦时有,叱之令其退后,犹今叱人云'还不走'也。"毛西河曰:"'硬围着普救',言往事也;'强当住咽喉',言今日也;'贼心肠'句,言凡为贼者尽如是耳。俗解三句俱指飞虎,则误认卒子为飞虎矣。'休言语'二句,指生靠后些,与宾白'你靠后'同。此于对卒子时,急揱二句,殊妙。他本删去科白,遂致解者以'休言语'二句指卒子,则'言语'二字既不合'靠后',与宾白亦不应,大谬。"按,毛西河本"天生得劣"后,作"(正末云)待我对他说。(旦儿唱)休言语,靠后些。(卒云)你是谁家女子,夤夜渡河?(旦儿云)你不知呵,(唱)杜将军……"(弘治本略同)若此,毛说固是。揆诸凌本,则以王、凌说为确。

〔35〕　依依——柳条柔软的样子。《诗经·小雅·采薇》:"昔我往矣,杨柳依依;今我来思,雨雪霏霏。"

〔36〕　庄周梦蝴蝶——《庄子·齐物论》:"昔者庄周梦为胡蝶,栩栩然胡蝶也。自喻适志与,不知周也。俄然觉,则蘧蘧然周也。不知周之梦为胡蝶与? 胡蝶之梦为周与? 周与胡蝶则必有分矣,此之谓物化。"胡蝶,

即蝴蝶。后用为梦的典故。

〔37〕 促织儿——即蟋蟀。《诗义疏》曰："蟋蟀似蝗而小，正黑，目有光泽，如漆，有角翅，幽州人谓之趣织，督促之言也。里语：'趣织鸣，懒妇惊。'"（《艺文类聚》卷九十七引）趣织即促织。

〔38〕 韵——和谐的声响，吴均《与宋元思书》："好鸟相鸣，嘤嘤成韵。" 砧（zhēn 真）声——捣衣声。砧，捣衣石。

〔39〕 打火——旅途中吃饭叫打火，亦作打尖。许政扬曰："宋元间以旅次饔飧为'打火'。《京本通俗小说·拗相公》：'相公，该打中火了。'……盖宋元间制度，逆旅或不为具饮食，投宿者必须自己办膳。……《水浒传》第五十三回：'到五更时分，戴宗起来，叫李逵打火，做些素饭吃了，各分行李在背上，算还了房客钱，离了店。'可以为证。炊饭必先打火，故后遂以打火为旅中饮食之称。"（《许政扬文存》）

〔40〕 淘泻——排遣、抒发之意。泻亦作写。宋·戴复古〔大江西上曲·寄李实父提刑〕词："一片忧国丹心，弹丝吹笛，未必能淘写。"

〔41〕 "除纸笔"二句——末句暗用柳永〔雨霖铃〕"便纵有、千种风情，更与何人说"词意。王伯良曰："言今夜相思，非纸笔以纪，则此恨无从说与他人，盖为下折寄书地也。"

西厢记五剧第五本

张君瑞庆团圆杂剧

楔　子

(末引仆人上开云)自暮秋与小姐相别,倐经半载之际[1],托赖祖宗之荫,一举及第,得了头名状元。如今在客馆,听候圣旨御笔除授[2]。惟恐小姐挂念,且修一封书,令琴童家去,达知夫人,便知小生得中,以安其心。琴童过来,你将文房四宝来[3],我写就家书一封,与我星夜到河中府去。见小姐时,说:"官人怕娘子忧,特地先著小人将书来。"即忙接了回书来者。过日月好疾也呵!

【仙吕】【赏花时】相见时红雨纷纷点绿苔[4],别离后黄叶萧萧凝暮霭。今日见梅开,别离半载。

琴童,我嘱付你的言语记著:

则说道特地寄书来。(下)

(仆云)得了这书,星夜望河中府走一遭。(下)

注　释

〔1〕　倐(shū 书)——倐忽,忽也,很快。《汉书·叙传上》引《幽通

赋》:"辰倏忽其不再。"颜师古注:"辰,时也;倏忽,疾也。言时疾过不再来也。"

〔2〕 除授——拜官授职。除,任命,授职。

〔3〕 文房四宝——指笔、墨、纸、砚四种文具。宋·叶梦得《避暑录话》:"世言歙州具文房四宝,谓笔墨纸砚也。"(卷上)

〔4〕 红雨——落花。李贺《将进酒》:"况是青春日将暮,桃花乱落如红雨。"

第 一 折

(旦引红娘上开云)自张生去京师,不觉半年,杳无音信。这些时神思不快[1],妆镜懒抬,腰肢瘦损,茜裙宽褪,好烦恼人也呵!

【商调】【集贤宾】虽离了我眼前[2],却在心上有;不甫能离了心上,又早眉头。忘了时依然还又,恶思量无了无休[3]。大都来一寸眉峰[4],怎当他许多颦皱?新愁近来接著旧愁,厮混了难分新旧。旧愁似太行山隐隐[5],新愁似天堑水悠悠[6]。

(红云)姐姐往常针尖不倒[7],其实不曾闲了一个绣床,如今百般的闷倦。往常也曾不快,将息便可[8],不似这一场,清减得十分利害。(旦唱)

【逍遥乐】曾经消瘦,每遍犹闲[9],这番最陡。

(红云)姐姐心儿闷呵,那里散心耍咱。(旦唱)

何处忘忧?看时节独上妆楼,手卷珠帘上玉钩[10],空目断山明水秀。见苍烟迷树[11],衰草连天,野渡横舟[12]。

(旦云)红娘，我这衣裳，这些时都不似我穿的。(红云)姐姐，正是"腰细不胜衣"[13]。(旦唱)

【挂金索】裙染榴花，睡损胭脂皱[14]；纽结丁香，掩过芙蓉扣[15]；线脱珍珠[16]，泪湿香罗袖；杨柳眉颦[17]，人比黄花瘦[18]。

(仆人上云)奉相公言语，特将书来与小姐。恰才前厅上见了夫人，夫人好生欢喜，著入来见小姐，早至后堂。(咳嗽科)(红问云)谁在外面？(见科)(红见仆人，红笑云)你几时来？可知道昨夜灯花报，今朝喜鹊噪[19]。姐姐正烦恼哩。你自来？和哥哥来？(仆云)哥哥得了官也，著我寄书来。(红云)你则在这里等著，我对俺姐姐说了呵，你进来。(红见旦笑科)(旦云)这小妮子怎么？(红云)姐姐大喜，大喜！咱姐夫得了官也！(旦云)这妮子见我闷呵，特故哄我[20]。(红云)琴童在门首，见了夫人了，使他进来见姐姐，姐夫有书。(旦云)惭愧[21]，我也有盼著他的日头！唤他入来。(仆人见旦科)(旦云)琴童，你几时离京师？(仆云)离京一月多也。我来时，哥哥去吃游街棍子去了[22]。(旦云)这禽兽不省得，状元唤做夸官，游街三日。(仆云)夫人说的便是。有书在此。(旦做接书科)

【金菊香】早是我只因他去减了风流，不争你寄得书来又与我添些儿证候。说来的话儿不应口，无语低头，书在手，泪凝眸。(旦开书看科)

【醋葫芦】我这里开时和泪开，他那里修时和泪修，多管阁著笔尖儿未写早泪先流[23]，寄来的书泪点儿兀自有。我将这新痕把旧痕湮透[24]，正是一重愁翻做两重愁。

(旦念书科)"张珙百拜,奉启芳卿可人妆次:自暮秋拜违,倐
尔半载。上赖祖宗之荫,下托贤妻之德,举中甲第[25]。
即目于招贤馆寄迹[26],以伺圣旨御笔除授[27]。惟恐夫
人与贤妻忧念,特令琴童奉书驰报,庶几免虑。小生身虽
遥而心常迩矣,恨不得鹣鹣比翼[28],邛邛并躯[29]。重功
名而薄恩爱者,诚有浅见贪饕之罪[30]。他日面会,自当
请谢不备[31]。后成一绝,以奉清照[32]:玉京仙府探花
郎[33],寄语蒲东窈窕娘。指日拜恩衣昼锦[34],定须休作
倚门妆[35]。"

【幺篇】当日向西厢月底潜,今日向琼林宴上捱[36]。谁承
望跳东墙脚步儿占了鳌头[37]?怎想道惜花心养成折桂
手?脂粉丛里包藏著锦绣?从今后晚妆楼改做了至
公楼[38]!

(旦云)你吃饭不曾?(仆云)上告夫人知道:早晨至今,空立
厅前,那有饭吃?(旦云)红娘,你快取饭与他吃。(仆云)感蒙
赏赐,我每就此吃饭。夫人写书,哥哥著小人索了夫人回
书,至紧,至紧。(旦云)红娘,将笔砚来。(红将来科)(旦云)书
却写了,无可表意。只有汗衫一领[39],裹肚一条[40],袜
儿一双,瑶琴一张,玉簪一枚,斑管一枝。琴童,你收拾得
好者。红娘,取银十两来,就与他盘缠。(红娘云)姐夫得了
官,岂无这几件东西,寄与他有甚缘故?(旦云)你不知道,
这汗衫儿呵,

【梧叶儿】他若是和衣卧,便是和我一处宿;但粘著他皮肉,
不信不想我温柔。

(红云)这裹肚要怎么?(旦唱)

常则不要离了前后,守著他左右,紧紧的系在心头。

（红云）这袜儿如何?（旦唱）

拘管他胡行乱走。

（红云）这琴他那里自有,又将去怎么?（旦唱）

【后庭花】当日五言诗紧趁逐[41],后来因七弦琴成配偶[42]。他怎肯冷落了诗中意,我则怕生疏了弦上手[43]。

（红云）玉簪呵,有甚主意?（旦唱）

我须有个缘由,他如今功名成就,则怕他撇人在脑背后[44]。

（红云）斑管,要怎的?（旦唱）

湘江两岸秋,当日娥皇因虞舜愁[45],今日莺莺为君瑞忧。这九嶷山下竹,共香罗衫袖口——

【青哥儿】都一般啼痕浥透。似这等泪斑宛然依旧,万古情缘一样愁[46]。涕泪交流,怨慕难收[47]。对学士叮咛说缘由,是必休忘旧。

（旦云）琴童,这东西收拾好者。（仆云）理会得。（旦唱）

【醋葫芦】你逐宵野店上宿,休将包袱做枕头,怕油脂腻展污了恐难酬[48]。倘或水浸雨湿休便扭,我则怕干时节熨不开褶皱。一桩桩一件件细收留。

【金菊花】书封雁足此时修,情系人心早晚休[49]?长安望来天际头,倚遍西楼,人不见,水空流[50]。

（仆云）小人拜辞,即便去也。（旦云）琴童,你见官人对他说。

（仆云）说甚么?（旦唱）

【浪里来煞】他那里为我愁,我这里因他瘦。临行时啜赚人的巧舌头[51]：指归期约定九月九，不觉的过了小春时候[52]。到如今悔教夫婿觅封侯[53]。

（仆云）得了回书，星夜回俺哥哥话去。（下）

注 释

〔1〕 "这些时"，"时"字原无，据弘治本补。

〔2〕 "眼前"，原作"眼前闷"，据毛西河本删"闷"字。毛西河曰："此怀远词也。'虽离了眼前'，指人，言其'上眉头'，亦怀人之见于颦眉者也。俗以人上眉头难解，遂于'眼前'下增一'闷'字，与下文'愁'字、'思量'字杂见。无理。不知此曲起调只宜七字一句，'离了眼前心上有'，此实七字也。岂有'闷'是实字，而填作衬字之理？况'眼前'、'心上'俱著人言，亦元词袭语，如关汉卿《金线池》剧：'这厮闲散了，虽离了眼底，忔憎着又上心头。'可验。"

〔3〕 恶思量——犹言相思得厉害。

〔4〕 大都来——只不过。赵长卿〔贺新郎〕："大都来一寸心儿，万般萦系。" 眉峰——指眼眉。王观〔卜算子〕："水是眼波横，山是眉峰聚。"

〔5〕 隐隐——状山之高，言其耸入天际，隐约不明。杜牧《寄扬州韩绰判官》："青山隐隐水迢迢，秋尽江南草木凋。"第二本第四折"太行山般高仰望"用法正同。

〔6〕 天堑（qiàn 欠）——天然的大沟，指长江。《南史·孔范传》："长江天堑，古来限隔，虏军岂能飞度。"

〔7〕 针尖不倒——手不停针，指常做女红。《元曲释词》释"倒"字云："意犹断，犹了。陆游《老学庵笔记》卷六'吏勋封号，笔头不倒'，是说吏部官员们公文甚忙，故手不停笔。""不倒"即"不断"。

〔8〕 将息便可——歇息一下就好了。将息，将养休息。李清照〔声声慢〕："乍暖还寒时候，最难将息。"

〔9〕 每遍犹闲——犹每次都还平常。闲,见第二本第三折"闲可"注。

〔10〕 "看时节"二句——本李璟〔摊破浣溪沙〕词:"手卷真珠上玉钩,依前春恨锁重楼。"

〔11〕 苍烟迷树——意谓远处的天色与树影混成一片。苍烟,深青色的天空。《庄子·逍遥游》:"天之苍苍,其正色邪?其远而无所至极邪?"

〔12〕 野渡横舟——句本韦应物《滁州西涧》:"春潮带雨晚来急,野渡无人舟自横。"

〔13〕 腰细不胜衣——谓腰肢瘦得连衣服都支撑不起来了。苏轼〔浣溪沙〕:"风压轻云贴水飞,沈郎多病不胜衣。"

〔14〕 "裙染"二句——意谓和衣而睡,把红裙子压出许多皱褶。榴花,石榴花,色红如火。

〔15〕 "纽结"二句——意谓人瘦衣肥,穿时要掩起许多。丁香纽、芙蓉扣,纽扣的美称。

〔16〕 线脱珍珠——犹言泪滴如断线的珍珠。《敦煌曲子词·云谣集》〔天仙子〕:"泪珠若得似真珠……串向红丝应百万。"《警世通言·计押番金鳗产祸》:"庆奴见说,泪下数行。但见:几声娇语如莺啭,一串真珠落线头。"

〔17〕 杨柳眉——形容妇女眉美如柳叶。白居易《长恨歌》:"芙蓉如面柳如眉,对此如何不泪垂。"

〔18〕 人比黄花瘦——李清照〔醉花阴〕:"莫道不消魂,帘卷西风,人比黄花瘦。"

〔19〕 灯花报、喜鹊噪——旧以为是喜事的预兆。灯花,烛蕊燃烧后形成的结,形似花,故名灯花。灯花报亦称灯花报喜。喜鹊叫被认为是吉祥的预兆,将有喜事或亲人到来。汉·陆贾尝对樊哙云:"夫目瞤得酒食,灯火华得钱财,乾鹊噪而行人至,蜘蛛集而百事喜。"(《西京杂记》卷三)王仁裕《开元天宝遗事·天宝下·灵鹊报喜》:"时人之家闻鹊声,皆为喜

兆,故谓'灵鹊报喜'。"

〔20〕 特故——故意,特意。关汉卿《赵盼儿风月救风尘》第三折:"怎知我嫉妒呵,特故里破亲。"

〔21〕 惭愧——《诗词曲语辞汇释》云:"惭愧,感幸之辞,犹云多谢也;侥倖也;难得也。字亦作惭媿。王绩《过酒家》诗:'来时长道贯,惭愧酒家胡。'此多谢义。长道,犹云常是。"此之惭愧,义犹侥倖、谢天谢地。

〔22〕 吃游街棍子——本是元代对犯人"游街处置"(《元典章·刑部二》)的刑罚,即将犯人绑在马背上,一路游街示众,两边兵士则乱棒齐下。(见《元典章·刑部十六》)

〔23〕 阁——通"搁",搁置。阁着笔尖,犹停笔未写。《新唐书·刘子玄传》:"每记一事、载一言,阁笔相视,含毫不断……"

〔24〕 新痕把旧痕湮透——意谓莺莺读信时之泪水,滴在张生写信时的泪痕之上。意本宋·无名氏〔鹧鸪天〕词:"枝上流莺和泪闻,新啼痕间旧啼痕。"

〔25〕 举中甲第——参加进士试考了第一等。《新唐书·选举志上》:"凡进士,试时务策五道、帖一大经,经策全通为甲第;策通四、帖过四以上为乙第。"

〔26〕 即目——眼下,目前。《水浒传》第十二回:"即目盗贼猖狂,国家用人之际。" 寄迹——寄托踪迹,寄身。陶潜《命子》:"寄迹风云,冥兹愠喜。" "即目",原作"即日",据弘治本改。

〔27〕 伺(sì 四)——等候。《说文新附》:"伺,候望也。"

〔28〕 鹣(jiān 兼)鹣——即比翼鸟。《尔雅·释地》:"南方有比翼鸟焉,不比不飞,其名谓之鹣鹣。"郭璞注:"似凫,青赤色,一目一翼,相得乃飞。"常用来比喻夫妻或恋人的形影不离。

〔29〕 邛(qióng 穷)邛——传说中的兽名,据说它腿长善跑,但不善觅食。蹶(jué 决),兽名,腿短,善于觅食而不善跑。因此二兽并行,蹶觅食供给邛邛,遇有危险则邛邛背负蹶逃跑。《尔雅·释地》:"西方有比肩兽焉,与邛邛岠虚比,为邛邛岠虚啮甘草,即有难,邛邛岠虚负而走,其名

谓之蹙。"《经典释文》:"李(按,指李巡)云:'邛邛岠虚能走,蹙知美草,即若惊难者,邛邛岠虚便负蹙而走,故曰比肩兽。'孙(按,指孙炎)云:'邛邛岠虚状如马,前足鹿,后足兔,前高不得食而善走;蹙前足鼠,后足兔,善求食,走则倒,故啮甘草则仰食邛邛岠虚,邛邛岠虚负以走。"常用以喻恋人、夫妇。

〔30〕 贪饕(tāo 滔)——贪得无厌。饕,饕餮,传说中贪食的恶兽。《吕氏春秋·先识》:"周鼎著饕餮,有首无身,食人未咽,害及其身。"《左传》文公十八年:"缙云氏有不才子,贪于饮食,冒于货贿,侵欲崇侈,不可盈厌,聚敛积实,不知纪极,不分孤寡,不恤穷匮。天下之民以比三凶,谓之饕餮。"此指贪图功名。

〔31〕 请谢——请罪,陪罪。 不备——不尽。参见第二本楔子"不宣"注。

〔32〕 清照——旧时书信中常用的敬辞,义近于明鉴、雅鉴。

〔33〕 玉京——指京城。卢储《催妆》诗:"昔年将去玉京游,第一仙人许状头。" 探花郎——又称探花使。本指进士中最年少者。唐人李淖《秦中岁时记》:"进士杏园初宴,谓之探花宴,差少俊二人为探花使,遍游名园。若他人先折花,二使皆受罚。"宋·魏泰《东轩笔录》:"进士及第后,例期集二月……又选最年少者二人为探花,使赋诗,世谓之探花郎。自唐以来,榜榜有之。"(卷六)至南宋,进士第三名始称探花。此指前者。

〔34〕 衣昼锦——白天穿着锦绣衣裳还乡,又称衣锦还乡,指富贵还乡。《史记·项羽本纪》:"项羽引兵西屠咸阳,杀秦降王子婴;烧秦宫室,火三月不灭;收其货宝妇女而东。人或说项王曰:'关中阻山河四塞,地肥饶,可都以霸。'项王见秦宫室皆以烧残破,又心怀思欲东归,曰:'富贵不归故乡,如衣绣夜行,谁知之者?'说者曰:'人言楚人沐猴而冠耳,果然。'"

〔35〕 "定须"句——意谓自己归来有日,不要过于思念。倚门妆,倚门期待的样子。《战国策·齐策六》:"王孙贾年十五,事闵王。王出走,失王之处。其母曰:'女(按,即汝)朝出而晚来,则吾倚门而望;女暮出而不还,则吾倚闾望。'"本指母望子,此指妻盼夫。

〔36〕 琼林宴——皇帝为新进士举行的宴会,筵席曾设于汴京城西的琼林苑,故称琼林宴。《宋史·选举制》:"(太平兴国)八年,进士、诸科始试律义十道,进士免帖经。明年,惟诸科试律,进士复帖经。进士始分三甲。自是锡宴就琼林苑。"《宋会要》第一〇七卷:"(太平兴国)八年四月,赐新及第进士宴于琼林苑,自是遂为定制。"南宋宴于贡院,亦称琼林宴。 挡(chōu 抽)——王伯良谓:"手挡也,以手扶挽人也。言宴之醉而人扶挽之也。"凌濛初曰:"挡弄也。"毛西河谓"与'㑇'同"。毛说近是。乔吉《杜牧之诗酒扬州梦》第一折:"拽扎起太学内体样儿㑇。"㑇,有体面,漂亮义。此为出风头、露脸面之意。

〔37〕 占鳌头——中状元谓之占鳌头。洪亮吉《北江诗话》卷三:"俗语谓状元'独占鳌头',语非尽无稽。胪传毕,赞礼官引东班状元、西班榜眼二人,前趋至殿陛下,迎殿试榜。抵陛,则状元稍前,进立中陛石上,石正中镌升龙及巨鳌,盖警跸出入所由,即古所谓螭头矣。俗语所本以此。"

〔38〕 至公楼——科举考试试院大堂。宋·洪皓《松漠纪闻》卷下:"试闱用四柱,揭彩其上,目曰'至公楼',主文登之以观试。"这里代指公衙。凌濛初曰:"'晚妆楼改做至公楼',犹言私宅今为官衙也。唐人凡官宦所居,皆曰至公,如云公馆、公廨。故既为官,则晚妆楼可为至公楼矣。"

〔39〕 汗衫——指穿在祭服、朝服里面的中衣,亦称中单。弘治本注引王叡《炙毂子》云:"燕朝衮冕有白纱中单。汉王与项羽战,汗透中单,改名汗衫。"李时珍曰:"古者短襦为衫,今谓长衣亦曰衫矣。"(《本草·汗衫》)

〔40〕 裹肚——一种男女均可穿用的类似围裙的紧身衣。《警世通言·崔待诏生死冤家》:"适来郡王在轿里,看见令爱身上系着一条绣裹肚。"

〔41〕 趁逐——追逐,追随。无名氏《萨真人夜断碧桃花》楔子:"他陪着个小意儿和咱相趁逐。"关汉卿《杜蕊娘智赏金线池》第二折:"行行厮趁,步步相逐。"二句互文,趁与逐同义。

〔42〕　七弦琴——徐士范曰:"伏羲作琴以修身理性。舜弹五弦琴,歌《南风》之诗而天下治,五弦象五行也。文武王加二弦象七星,以合君臣之义,大弦为君,小弦为臣,因名七弦琴。"据《礼记·乐记》:"昔者舜作五弦之琴,以歌《南风》。"孔颖达疏:"五弦,谓无文武二弦,唯宫商等之五弦也。"是五弦为宫、商、角、徵、羽;七弦则再加文弦、武弦(或称少宫、少商)。

〔43〕　"他怎肯"二句——关汉卿《杜蕊娘智赏金线池》第二折:"你不肯冷落了杯中物,我怎肯生疏了弦上手?"

〔44〕　撇人在脑背后——毛西河曰:"'撇人脑背后',犹言撩在一边也。北凡言僻处,皆称脑背后,如《李逵负荆》剧:'把烦恼都丢在脑背后。'此以'脑'字关说耳。"

〔45〕　"湘江"二句——斑管,即斑竹制笔管,《董西厢》释斑管云:"紫毫管,未尝有。"可证。斑竹,又名泪竹、湘妃竹,生在湖南省宁远县苍梧山(即九嶷山)中。梁·任昉《述异记》:"昔舜南巡而葬于苍梧之野,尧之二女娥皇、女英追之不及,相与恸哭,泪下沾竹,竹上文为之斑斑然,亦名湘妃竹。"(卷上)《水经注·湘水》:"湘水出零陵始安县阳海山……西流径九疑山下,蟠基苍梧之野,峰秀数郡之间。罗岩九举,各导一溪,岫壑负阻,异岭同势,游者疑焉,故曰九疑山,山南有舜庙。"(卷三十八)疑,亦作嶷。虞(yú 于)舜,即舜,远古部落有虞氏的领袖,故称虞舜。

〔46〕　"万古"句——意谓今莺莺思张生与古娥皇思舜一样地忧愁。

〔47〕　怨慕——既怨恨又思慕。慕,思慕,怀恋。《孟子·万章上》:"万章问曰:'舜往于田,号泣于旻天。何为其号泣也?'孟子曰:'怨慕也。'"赵岐注:"言舜自怨遭父母见恶之厄而悬慕也。"

〔48〕　"怕油脂"句——王伯良曰:"'油脂展污恐难酬',言展污则难以酬赠人也。"

〔49〕　"情系"句——意谓这种牵肠挂肚的相思何时是了?早晚,犹言何时。李白《长干行》:"早晚下三巴,预将家书报?"义与第一本第一折、第二本第三折均有不同。

〔50〕　"人不见"二句——句本秦观〔江城子〕:"犹记多情曾为系归

舟。碧野朱桥当日事,人不见,水空流。"

〔51〕 啜赚(chuò zuàn 辍撰)——诳骗哄弄。无名氏《杨氏女杀狗劝夫》第四折:"他两个是汴梁城里谎乔厮……只待要兴心啜赚俺泼家私,每日价哄的去花街酒肆,品竹调丝。"

〔52〕 小春——指旧历十月。陈元靓《岁时广记》卷三十七引《初学记》:"冬月之阳,万物归之。以其温暖如春,故谓之小春,亦云小阳春。"阳,十月,《尔雅·释天》:"十月为阳。"明·谢肇淛《五杂俎》"天部二":"即天地之气,四月多寒,而十月多暖,有桃李生华者,俗谓之小阳春。"

〔53〕 悔教夫婿觅封侯——觅封侯,典出《后汉书·班超传》,言班超有壮士之志,不安于笔砚。"其后行诣相者,曰:'祭酒,布衣诸生耳,而当封侯万里之外。'超问其状,相者指曰:'生燕颔虎颈,飞而食肉,此万里侯相也。'"汉明帝永平十六年(73)班超出使西域三十一年,以功封定远侯。王昌龄《闺怨》诗:"闺中少妇不知愁,春日凝妆上翠楼。忽见陌头杨柳色,悔教夫婿觅封侯。"

第 二 折

(末上云)画虎未成君莫笑,安排牙爪始惊人〔1〕。本是举过便除,奉圣旨,著翰林院编修国史。他每那知我的心,甚么文章做得成!使琴童递佳音,不见回来。这几日睡卧不宁,饮食少进,给假在驿亭中将息。早间太医院著人来看视,下药去了。我这病,卢扁也医不得〔2〕。自离了小姐,无一日心闲也呵!

【中吕】【粉蝶儿】从到京师,思量心旦夕如是,向心头横躺著俺那莺儿。请医师,看诊罢,一星星说是〔3〕。本意待推辞,则被他察虚实不须看视〔4〕。

【醉春风】他道是医杂证有方术[5]，治相思无药饵。莺莺，你若是知我害相思，我甘心儿死、死。四海无家，一身客寄，半年将至。

（仆上云）我则道哥哥除了，元来在驿亭中抱病。须索回书去咱。（见了科）（末云）你回来了也。

【迎仙客】疑怪这噪花枝灵鹊儿，垂帘幕喜蛛儿，正应著短檠上夜来灯爆时。若不是断肠词，决定是断肠诗。

（仆云）小夫人有书至此。（末接科）

写时管情泪如丝。既不呵，怎生泪点儿封皮上渍[6]？

（末读书科）"薄命妾崔氏拜覆，敬奉才郎君瑞文几：自音容去后，不觉许时[7]，仰敬之心，未尝少怠[8]。纵云日近长安远，何故鳞鸿之杳矣？莫因花柳之心，弃妾恩情之意。正念间，琴童至，得见翰墨，始知中科，使妾喜之如狂。郎之才望，亦不辱相国之家谱也。今因琴童回，无以奉贡[9]，聊有瑶琴一张，玉簪一枚，斑管一枝，裹肚一条，汗衫一领，袜儿一双，权表妾之真诚。匆匆草字欠恭，伏乞情恕不备。谨依来韵，遂继一绝云：阑干倚遍盼才郎，莫恋宸京黄四娘[10]。病里得书知中甲，窗前览镜试新妆。"那风风流流的姐姐！似这等女子，张珙死也死得著了。

【上小楼】这的堪为字史[11]，当为款识[12]，有柳骨颜筋，张旭张芝，羲之献之[13]。此一时，彼一时，佳人才思，俺莺莺世间无二。

【幺篇】俺做经咒般持[14]，符箓般使。高似金章[15]，重似金帛，贵似金赀。这上面若金个押字[16]，使个令史[17]，差个勾使[18]，则是一张忙不及印赴期的咨示[19]。

（末拿汗衫儿科）休说文章，则看他这针黹，人间少有。

【满庭芳】怎不教张生爱尔，堪针工出色，女教为师[20]。几千般用意针针是，可索寻思[21]。长共短又没个样子，窄和宽想象著腰肢，好共歹无人试。想当初做时，用煞那小心儿。

小姐寄来这几件东西，都有缘故，一件件我都猜著。

【白鹤子】这琴，他教我闭门学禁指[22]，留意谱声诗[23]。调养圣贤心，洗荡巢由耳[24]。

【二】这玉簪，纤长如竹笋，细白似葱枝，温润有清香，莹洁无瑕玼[25]。

【三】这斑管，霜枝曾栖凤凰[26]，泪点渍胭脂。当时舜帝恸娥皇，今日淑女思君子[27]。

【四】这裹肚，手中一叶绵[28]，灯下几回丝[29]，表出腹中愁，果称心间事[30]。

【五】这鞋袜儿，针脚儿细似虮子，绢帛儿腻似鹅脂，既知礼不胡行，愿足下当如此。

琴童，你临行，小夫人对你说什么？（仆云）著哥哥休别继良姻。（末云）小姐，你尚然不知我的心哩！

【快活三】冷清清客店儿，风淅淅雨丝丝，雨儿零风儿细梦回时[31]，多少伤心事！

【朝天子】四肢不能动止，急切里盼不到蒲东寺[32]。小夫人须是你见时，别有甚闲传示[33]？我是个浪子官人，风流学士[34]，怎肯带残花折旧枝[35]。自从、到此[36]，甚的是闲街市[37]。

【贺圣朝】少甚宰相人家,招婿的娇姿?其间或有个人儿似尔,那里取那温柔,这般才思?想莺莺意儿,怎不教人梦想眠思。

　　琴童来,将这衣裳东西收拾好者。

【耍孩儿】则在书房中倾倒个藤箱子,向箱子里面铺几张纸。放时节须索用心思[38],休教藤刺儿抓住绵丝。高抬在衣架上怕吹了颜色[39],乱穰在包袱中恐剉了褶儿[40]。当如此,切须爱护,勿得因而。

【二煞】恰新婚才燕尔,为功名来到此。长安忆念蒲东寺。昨宵爱春风桃李花开夜,今日愁秋雨梧桐叶落时[41]。愁如是,身遥心迩,坐想行思。

【三煞】这天高地厚情,直到海枯石烂时[42]。此时作念何时止,直到烛灰眼下才无泪,蚕老心中罢却丝[43]。我不比游荡轻薄子,轻夫妇的琴瑟[44],拆鸾凤的雄雌。

【四煞】不闻黄犬音,难传红叶诗[45],驿长不遇梅花使[46]。孤身去国三千里[47],一日归心十二时。凭栏视,听江声浩荡,看山色参差[48]。

【尾】忧则忧我在病中,喜则喜你来到此。投至得引人魂卓氏音书至,险将这害鬼病的相如盼望死[49]。(下)

注　释

　　〔1〕“画虎”二句——比喻人未发达时不可取笑他,一旦功成名就便会惊人。为当时成语,白朴《唐明皇秋夜梧桐雨》楔子亦有此语。

〔2〕 卢扁——春秋时良医。《史记·扁鹊仓公列传》载:"扁鹊者,勃海郡郑人也,姓秦氏,名越人。少时为人舍长。舍客长桑君……呼扁鹊私坐,闲与语曰:'我有禁方,年老,欲传与公,公毋泄。'扁鹊曰:'敬诺。'乃出其怀中药予扁鹊:'饮是以上池之水,三十日当知物矣。'乃悉取其禁方书尽与扁鹊。忽然不见,殆非人也。扁鹊以其言饮药三十日,视见垣一方人。以此视病,尽见五脏症结,特以诊脉为名耳。为医或在齐,或在赵。在赵者名扁鹊。"张守节正义引《黄帝八十一难序》云:"秦越人与轩辕时扁鹊相类,仍号之为扁鹊。又家于卢国,因命之曰卢医也。"

〔3〕 一星星说是——一件件都说得对头。王伯良曰:"犹言说得着也。"一星星,犹一件件。戴善甫《陶学士醉写风光好》第四折:"对着这千乘当今帝子,待教我一星星数说你乔行止。"

〔4〕 虚实——本为中医辨别人体正气强弱和病邪盛衰的两个概念。虚证是指正气虚弱不足的证候,实证是指邪气亢盛有馀的证候。《素问·通评虚实论》:"何谓虚实?曰:'邪气盛则实,精气夺则虚。'"察虚实,犹言病症看得清清楚楚。王伯良曰:"言我待推辞不是此证候,他却察得虚实的确,不须再看视也。"

〔5〕 杂证——犹言各种病症。 方术——刘勰《文心雕龙·书记》:"方者,隅也。医药攻病,各有所主,专精一隅,故药术称方。""术者,路也。算历极数,见路乃明,九章积微,故以为术。"方者,一角,药方专治一种病;术,本指路,引申为求通的方法。方术,即治病的方法路数。

〔6〕 渍(zì 字)——浸湿,沾染。《说文》段玉裁注谓"浸渍也"。

〔7〕 许时——许,估量之词;许时,这多时。

〔8〕 怠——懈怠。《吕氏春秋·达郁》:"壮而怠则失时。"高诱注:"怠,懈。"

〔9〕 奉贡——犹奉献。《广雅·释言》:"贡,献也。"

〔10〕 宸京——宸,北极星所居,用以指帝王宫殿。宸京,即帝京,京城。 黄四娘——此处代指美女。本于杜甫《江畔独步寻花七绝句》之六:"黄四娘家花满蹊,千朵万朵压枝低。"

〔11〕　堪为字史——是说莺莺的字写得好，她可以做掌管字的官员。王伯良曰："'字史'，掌字之史也。"

〔12〕　款识(zhì 志)——本指古代钟鼎彝器上铭刻的文字，《汉书·郊祀志下》："今此鼎细小，又有款识。"颜师古注："款，刻也；识，记也。"又有以字之凹凸分者，陶宗仪《辍耕录·古铜器》："所谓款识，乃分二义：款，谓阴字，是凹入者，刻画成之；识，谓阳字，是挺出者。"(卷十七)也有以在器外内分者、以花纹篆刻分者，见方以智《通雅·器用八》。此言莺字之好，可以刻于器物。

〔13〕　"有柳骨"三句——意谓莺字之好，可以与著名书法家相比。柳，指唐代柳公权；骨，指字的结构。颜，指唐代颜真卿；筋，运笔的方法。苏轼《跋范文正公祭曼卿文》："曼卿之笔，颜筋柳骨，散落人间，实为神助。"张旭，唐代书法家，善草书，有"草圣"之称。《新唐书·李白传》附"张旭传"载："旭，苏州吴人。嗜酒，每大醉，呼叫狂走，乃下笔，或以头濡墨而书。既醒，自视，以为神，不可复得也。世呼'张颠'。"张芝，东汉书法家，善草书。羲之献之，指晋代大书法家王羲之、王献之父子。父子二人草隶正行，诸体备精，世称"二王"。　　"张芝"，原作"张颠"，据王伯良本、张深之本改。

〔14〕　做经咒般持——把莺莺的信当作经文、咒文一样对待。咒，梵语陀罗尼之译文，义为能持、能遮。《智度论》卷五曰："陀罗尼者，秦言能持，或言能遮。能持集种种善法，能持令不散不失，譬如完器盛水，水满不散；能遮者，恶不善心生，能遮不令生，若欲作恶罪，持令不作，是名陀罗尼。"就是总持佛法真言保善灭恶之意。

〔15〕　金章——官员的金印。据《汉书·百官公卿表上》，相国、丞相、太师、太尉等皆佩金印紫绶；《晋书·职官志》：太宰、太傅、太保等开府位从公之文官公及太宰、太傅、太保等开府位从公之武官公，"文武官公，皆假金章紫绶"。

〔16〕　金个押字——签字画押。押，花押，在文字的末尾签署名字。周密《癸辛杂识》后集："古人押字，谓之花押印，是用名字稍花之。"清·梁

章钜《浪迹续谈》卷一："花押：《东观馀论》云：'唐时令群臣上奏，任用真草，惟名不得草。'是除署名上奏之外，皆得用草，即花押也。"

〔17〕　令史——汉晋南北朝时，令史为官职，比郎次一等，掌文书；隋唐时为吏职，不在职官之内。此指吏职，即衙门中的文书。

〔18〕　勾使——衙门里拘捕、提取犯人的差役，这里泛指差役。

〔19〕　"则是一张"句——就是一张匆忙来不及盖官印、让人赴约会的告示。印，盖印章；咨，公文。

〔20〕　女教为师——犹言教育女子的师表。

〔21〕　可索寻思——毛西河曰："'可索寻思'，可推寻其用意处，'长共短'三句是也。"

〔22〕　闭门学禁指——闭门弹琴，学习禁淫邪、正心术的意旨。《白虎通·礼乐》："琴者，禁也，所以禁止淫邪，正人心也。"禁指，禁止淫邪之意旨。指，意旨，指归。《尚书·盘庚上》："王播告之修，不匿厥指。"

〔23〕　留意谱声诗——在乐歌所表现的纯正思想上用心。《礼记·乐记》："乐师辨乎声诗，故北面而弦。"所谓声诗，就是周代经乐工配乐可歌的民歌，《诗经》三百多篇就是入乐民歌的一部总集。《董西厢》卷四张生云："三百篇新声诗意尽通，一篇篇弹得，风赋雅颂。"对这些乐歌，子夏说："今夫古乐，进旅退旅，和正以广；弦匏笙簧，会守拊鼓；始奏以文，复乱以武；治乱以相，讯疾以雅。君子于是语，于是道古，修身及家，平均天下。此古乐之发也。"（《礼记·乐记》）孔颖达疏："言君子既闻古乐，近修其身，次及其家，然后平均天下也。"孔子则说："《诗》三百，一言以蔽之，曰：思无邪。"（《论语·为政》）留意于声诗，也就是"学禁指"、"养圣贤心"，做到"思无邪"。

〔24〕　洗荡巢由耳——巢，指巢父；由，指许由。二人均尧时隐居不仕的高士。晋·皇甫谧《高士传》："巢父者，尧时隐人也。山居不营世利，年老，以树为巢，而寝其上，故时人号曰'巢父'。尧之让许由也，由以告巢父，巢父曰：'汝何不隐汝形，藏汝光？若非吾友也。'击其膺而下之。由怅然不自得，乃过清泠之水，洗其耳，拭其目，曰：'向闻贪言，负吾之友矣！'

遂去,终身不相见。""许由字武仲。尧闻,致天下而让焉,乃退而遁于中岳颍水之阳,箕山之下隐。尧又召许由为九州长,由不欲闻之,洗耳于颍水滨。时其友巢父牵犊欲饮之,见由洗耳,问其故,对曰:'尧欲招我为九州长,恶闻其声,是故洗耳。'巢父曰:'子若处高岸深谷,人道不通,谁能见子? 子故浮游,欲闻求其名誉。污吾犊口。'牵犊上流饮之。许由殁,葬此山,亦名许由山。"《艺文类聚》卷三十六"人部·隐逸上"则称:"巢父闻由为尧所让,以为污,乃临池水而洗其耳。池主怒曰:'何以污我水?'由乃退而遁耕于中岳,颍水之阳,箕山之下。"洗荡巢由耳,意即培养高洁情操。

〔25〕　瑕玼(xiá cī 侠疵)——玉中的红斑。《说文》:"瑕,玉小赤。"玼,义同瑕。玉尚洁白,故称有斑点为病。

〔26〕　霜枝曾栖凤凰——《诗经·大雅·卷阿》:"凤凰鸣矣,于彼高冈。梧桐生矣,于彼朝阳。"郑玄笺:"凤凰之性,非梧桐不栖,非竹实不食。"此云栖竹,盖自食竹实而来。梁·江洪《和新浦侯斋前竹》诗:"愿抽一茎实,试看翔凤来。"

〔27〕　淑女思君子——意本《诗经·周南·关雎》:"窈窕淑女,君子好逑。……求之不得,寤寐思服。"诗言君子思淑女,剧反用其事。

〔28〕　一叶绵——谐音"一夜眠",意渭缝纫时一夜无眠。

〔29〕　丝——谐音"思",指思念张生。

〔30〕　果称心间事——果,谐音"裹",是说裹在张生身上,能使他称心如意。

〔31〕　梦回——梦醒。李璟〔浣溪沙〕:"细雨梦回鸡塞远,小楼吹彻玉笙寒。"

〔32〕　蒲东寺——即普救寺。元稹《莺莺传》:"蒲之东十馀里,有僧舍曰普救寺,张生寓焉。"寺在蒲之东,故称。

〔33〕　"小夫人"二句——意谓一定是你见小夫人时,传了什么闲话。此应"休别继良姻"而来。

〔34〕　风流学士——陈继儒曰:"宋陶毅为翰林学士,时宋太祖即位,命颁诏天下士至江南。韩熙载因毅骄傲,阴谋诡计,暗使妓女秦弱兰假作

驿卒之女,洒扫邮亭。縠见而喜之,遂同枕席,赠一曲,名曰〔风光好〕。次日,熙载设宴,当筵使妓女歌之,縠惭,遂北归。故时人称陶縠为'风流学士'。"按,陶縠,《宋史》有传,不载此事,笔记小说中多有记载,如《侍儿小名录》、《玉壶清话》、《南唐近事》等,而以皇都风月主人所编之《绿窗新话·陶奉使犯驿卒女》所载为详。元·戴善甫《陶学士醉写风光好》杂剧衍其事,今存。但这里仅取其"风流"之意,与陶縠事无涉。

〔35〕 怎肯带残花折旧枝——犹言不肯去歌楼妓馆。残花、旧枝,比喻妓女。毛西河曰:"'浪子官人'以下,是答'别继良姻'前一层意,言花柳尚不顾,况继姻耶?"

〔36〕 自从、到此——王伯良曰:"'自从、到此',当各二字成文,上下二字省一韵。今本作'自兹、到此',即叶调,然句殊不妥,不从。"

〔37〕 甚的是闲街市——王伯良曰:"言从不曾胡行乱走也。"甚的是,见第一本第二折注。

〔38〕 "须索用心思",原作"用意取包袱",凌濛初曰:"'袱'字失韵,复与下重,当有误。"据王伯良本改。

〔39〕 高抬——高挂。毛西河曰:"北人称挂曰抬。"

〔40〕 穰——《说文》段玉裁注:"谓之穰者,茎在皮中,如瓜瓤在瓜皮中也。"穰作动词,即放在内之意。乱穰,即乱放在内。 剉(cuò 错)——《说文》:"剉,折伤也。"这里是揉搓的意思。

〔41〕 "昨宵"二句——毛西河曰:"'昨宵个春风桃李花开夜',言昨新婚时秋夕也,而翻似春夜;'今日个秋雨梧桐叶落时',言今客寄时正春候也,而翻似秋日。其愁如是。"句本白居易《长恨歌》:"春风桃李花开日,秋雨梧桐叶落时。"

〔42〕 海枯石烂——海不可枯,石不能烂,犹言天长地久,永无尽期,常用于誓词。元好问〔西楼曲〕:"海枯石烂两鸳鸯,只合双飞便双死。"瞿佑《剪灯新话·绿衣人传》:"海枯石烂,此恨难消;地老天荒,此情不泯。"

〔43〕 "直到烛灰"二句——灰,动词,燃烧成灰。泪,双关烛泪与眼泪。蚕老,蚕死。老,死,终老,今犹称送终为送老,康进之《梁山泊李逵负

荆》第一折:"蚕老不中留,人老不中留。"丝,谐音"思",思念。句本李商隐《无题》诗:"春蚕到死丝方尽,蜡炬成灰泪始干。"

〔44〕 琴瑟——本为两种乐器名,琴瑟合奏声音和谐,比喻夫妻感情和美。《诗经·周南·关雎》:"窈窕淑女,琴瑟友之。"《诗经·小雅·常棣》:"妻子好合,如鼓瑟琴。"朱熹曰:"言妻子好合,如琴瑟之和。"

〔45〕 难传红叶诗——难通音讯之意。范摅《云溪友议·题红怨》:"卢渥舍人应举之岁,偶临御沟,见一红叶,命仆拿来。叶上乃有一绝句,置于巾箱,或呈于同志。及宣宗既省宫人,初下诏,许从百官司吏,独不许贡举人。渥后亦一任范阳,获其退宫,睹红叶而吁怨久之,曰:'当时偶题随流,不谓郎君收藏巾箧。'验其书,无不讶焉。诗曰:'水流何太急,深宫尽日闲。殷勤谢红叶,好去到人间。'"这类传说很多,刘斧《青琐高议》载于佑娶韩夫人事;王铚《补侍儿小名录》载唐宫女凤儿与贾全虚故事;《本事诗》有顾况见宫女梧叶题诗故事;孙光宪《北梦琐言》又谓为李茵事等等。

〔46〕 驿长不遇梅花使——犹言无人捎信。梅花使,驿使,代指传书送信之人。南朝宋·盛弘之《荆州记》:"陆凯与范晔相善,自江南寄梅花一枝,诣长安与晔,并赠花诗曰:'折梅逢驿使,寄与陇头人。江南无所有,聊赠一枝春。'"(《太平御览》卷九七〇引)按,此系传说,并非事实,故后人多有疑者。明·唐汝谔《古诗解》:"晔为江南人,陆凯代北人,当是范寄陆耳。"陆凯年辈小范晔四十来岁,而范享年四十七岁,二人无"相善"之可能。

〔47〕 去国——国,故国,故乡,唐·张祜《宫词》:"故国三千里,深宫二十年。"去国,犹言离乡。谢朓《冬绪羁怀示萧咨议虞田曹刘江二常侍》:"去国怀丘园,入远滞城阙。"此指离开河中府。句本柳宗元《别舍弟宗一》:"一身去国六千里,万死投荒十二年。" "去国",原作"去客",据弘治本、王伯良本改。

〔48〕 山色参差——山高低远近不同而呈现出的明暗不同的颜色。

〔49〕 害鬼病的相如——《史记·司马相如列传》:"相如口吃而善

书，常有消渴疾。"消渴疾，即糖尿病。

第 三 折

(净扮郑恒上开云)自家姓郑，名恒，字伯常。先人拜礼部尚书，不幸早丧。后数年，又丧母。先人在时，曾定下俺姑娘的女孩儿莺莺为妻，不想姑夫亡化，莺莺孝服未满，不曾成亲。俺姑娘将著这灵柩，引著莺莺，回博陵下葬。为因路阻，不能得去。数月前写书来，唤我同扶枢去。因家中无人，来得迟了。我离京师，来到河中府，打听得孙飞虎欲掳莺莺为妻，得一个张君瑞退了贼兵。俺姑娘许了他。我如今到这里，没这个消息便好去见他；既有这个消息，我便撞将去呵，没意思。这一件事，都在红娘身上。我著人去唤他，则说："哥哥从京师来，不敢来见姑娘，著红娘来下处来[1]，有话去对姑娘行说去。"去的人好一会了，不见来。见姑娘和他有话说。(红上云)郑恒哥哥在下处，不来见夫人，却唤我说话。夫人著我来，看他说甚么。(见净科)哥哥万福。夫人道："哥哥来到呵，怎么不来家里来？"(净云)我有甚颜色见姑娘[2]？我唤你来的缘故是怎生？当日姑夫在时，曾许下这门亲事。我今番到这里，姑夫孝已满了，特地央及你去夫人行说知，拣一个吉日，了这件事，好和小姐一答里下葬去[3]。不争不成合，一答里路上难厮见。若说得肯呵，我重重的相谢你。(红云)这一节话再也休题。莺莺已与了别人了也。(净云)道不得"一马不跨双鞍"[4]！可怎生父在时曾许了我，父丧之后母到悔亲？这个道理那里有！(红云)却非如此说[5]。当日孙飞虎将半万贼兵来时,哥哥你在那里? 若不是那生呵,那里得俺一家儿来? 今日太平无事,却来争亲;倘被贼人掳去呵,哥哥如何去争?(净云)与了一个富家,也不枉了,却与了这个穷酸饿醋。偏我不如他? 我仁者能仁、身里出身的根脚[6],又是亲上做亲[7],况兼他父命。(红云)他到不如你? 嗪声[8]!

【越调】【斗鹌鹑】卖弄你仁者能仁,倚仗你身里出身;至如你官上加官,也不合亲上做亲。又不曾执羔雁邀媒[9],献币帛问肯[10]。恰洗了尘[11],便待要过门。枉腌了他金屋银屏[12],枉污了他锦衾绣裀。

【紫花儿序】枉蠹了他梳云掠月,枉羞了他惜玉怜香[13],枉村了他殢雨尤云。当日三才始判[14],两仪初分[15];乾坤,清者为乾,浊者为坤,人在中间相混[16]。君瑞是君子清贤,郑恒是小人浊民。

(净云)贼来,怎地他一个人退得? 都是胡说!(红云)我对你说。

【天净沙】把河桥飞虎将军,叛蒲东掳掠人民,半万贼屯合寺门[17],手横著霜刃,高叫道要莺莺做压寨夫人。

(净云)半万贼,他一个人济甚么事?(红云)贼围之甚迫,夫人慌了,和长老商议,拍手高叫:"两廊不问僧俗,如退得贼兵的,便将莺莺与他为妻。"忽有游客张生,应声而前曰:"我有退兵之策,何不问我?"夫人大喜,就问其计何在。生云:"我有一故人白马将军,见统十万之众,镇守蒲关。我修书一封,著人寄去,必来救我。"不想书至兵来,其困即解。

【小桃红】洛阳才子善属文[18]，火急修书信。白马将军到时分，灭了烟尘[19]。夫人小姐都心顺，则为他威而不猛[20]，言而有信[21]，因此上不敢慢于人[22]。

(净云)我自来未尝闻其名，知他会也不会！你这个小妮子，卖弄他偌多[23]！(红云)便又骂我！

【金蕉叶】他凭著讲性理《齐论》《鲁论》[24]，作词赋韩文柳文[25]，他识道理为人敬人，俺家里有信行知恩报恩。

【调笑令】你值一分，他值百十分，萤火焉能比月轮？高低远近都休论，我拆白道字辩与你个清浑[26]。

(净云)这小妮子省得甚么拆白道字？你拆与我听。(红唱)君瑞是个"肖"字这壁著个"立人"，你是个"木寸""马户""尸巾"。

(净云)木寸、马户、尸巾，你道我是个"村驴吊"？我祖代是相国之门，到不如你个白衣饿夫穷士？做官的则是做官！(红唱)

【秃厮儿】他凭师友君子务本[27]，你倚父兄仗势欺人。蒲盐日月不嫌贫[28]，治百姓新民、传闻[29]。

【圣药王】这厮乔议论[30]，有向顺。你道是官人则合做官人，信口喷，不本分。你道穷民到老是穷民，却不道"将相出寒门"[31]！

(净云)这桩事，都是那长老秃驴弟子孩儿[32]，我明日慢慢的和他说话。(红唱)

【麻郎儿】他出家儿慈悲为本[33]，方便为门[34]。横死眼不识好人[35]，招祸口不知分寸。

(净云)这是姑夫的遗留[36]，我拣日，牵羊担酒[37]，上门
去，看姑娘怎么发落我！(红唱)

【幺篇】讪筋[38]，发村[39]，使狠，甚的是软款温存[40]。
硬打捱强为眷姻[41]，不睹事强谐秦晋。

(净云)姑娘若不肯，著二三十个伴僧[42]，抬上轿子，到下
处脱了衣裳，赶将来，还你一个婆娘！(红唱)

【络丝娘】你须是郑相国嫡亲的舍人[43]，须不是孙飞虎家
生的莽军[44]。乔嘴脸、腌躯老、死身分[45]，少不得有家
难奔。

(净云)兀的那小妮子，眼见得受了招安了也[46]。我也不
对你说，明日我要娶，我要娶！(红云)不嫁你，不嫁你！

【收尾】佳人有意郎君俊，我待不喝采其实怎忍[47]。

(净云)你喝一声我听。(红笑云)你这般颏嘴脸，
则好偷韩寿下风头香，傅何郎左壁厢粉[48]。(下)

(净脱衣科云)这妮子拟定都和那酸丁演撒！我明日自上门去
见俺姑娘，则做不知。我则道："张生赘在卫尚书家[49]，
做了女婿。"俺姑娘最听是非，他自小又爱我，必有话说。
休说别个，则这一套衣服也冲动他。自小京师同住，惯会
寻章摘句[50]。姑夫许我成亲，谁敢将言相拒？我若放起
刁来，且看莺莺那去！且将压善欺良意，权作尤云殢雨心。
(下)(夫人上云)夜来郑恒至，不来见我，唤红娘去问亲事。据
我的心，则是与孩儿是；况兼相国在时已许下了。我便是
违了先夫的言语[51]。做我一个主家的不著[52]，这厮
每做下来。拟定则与郑恒，他有言语，怪他不得也。料持
下酒者，今日他敢来见我也。(净上云)来到也，不索报

237

覆[53]，自入去见夫人。(拜夫人哭科)(夫人云)孩儿，既来到这里，怎么不来见我？(净云)小孩儿有甚嘴脸来见姑娘！(夫人云)莺莺为孙飞虎一节，等你不来，无可解危，许张生也。(净云)那个张生？敢便是状元？我在京师看榜来，年纪有二十四五岁，洛阳张珙，夸官游街三日。第二日，头答正来到卫尚书家门首[54]，尚书的小姐十八岁也，结著彩楼，在那御街上，则一球正打著他[55]。我也骑著马看，险些打著我。他家粗使梅香十馀人，把那张生横拖倒拽入去。他口叫道："我自有妻，我是崔相国家女婿！"那尚书有权势气象，那里听？则管拖将入去了[56]。这个却才便是他本分，出于无奈。尚书说道："我女奉圣旨，结彩楼，你著崔小姐做次妻[57]。他是先奸后娶的，不应取他[58]。"闹动京师，因此认得他。(夫人怒云)我道这秀才不中抬举，今日果然负了俺家[59]。俺相国之家，世无与人做次妻之理。既然张生奉圣旨娶了妻，孩儿，你拣个吉日良辰，依著姑夫的言语，依旧入来做女婿者。(净云)倘或张生有言语，怎生？(夫人云)放著我哩。明日拣个吉日良辰，你便过门来。(下)[60](净云)中了我的计策了。准备筵席茶礼花红，克日过门者。(下)[61](洁上云)老僧昨日买登科记看来，张生头名状元，授著河中府尹。谁想夫人没主张，又许了郑恒亲事。老夫人不肯去接，我将著肴馔，直至十里长亭，接官走一遭。(下)(杜将军上云)奉圣旨，著小官主兵蒲关，提调河中府事[62]，上马管军，下马管民。谁想君瑞兄弟一举及第，正授河中府尹，不曾接得。眼见得在老夫人宅里下，拟定乘此机会成亲。小官牵羊担酒，直至老夫人宅上，一来庆

贺状元,二来做主亲〔63〕,与兄弟成此大事。左右那里〔64〕? 将马来,到河中府走一遭。(下)

注　释

〔1〕　下处——旅店,住处。范康《陈季卿误上竹叶舟》楔子:"你看这秀才功名心急,想是要回下处温习经史去哩!"

〔2〕　颜色——《说文》以颜谓眉目之间,色谓凡见于面者。是颜色即容颜脸色,引申为脸面、面子。

〔3〕　一答里——犹一起,一块儿。关汉卿《关大王独赴单刀会》第二折:"你是紫荆,你和那松木在一答里。"

〔4〕　一马不跨双鞍——一匹马身上不能搭两副马鞍,比喻一女不配二夫。《敦煌变文集·秋胡变文》:"一马不被两鞍,单牛岂有双车并驾?"

〔5〕　"却非","却"原作"即",据刘龙田、张深之、王伯良本改。

〔6〕　仁者能仁——《论语·里仁》:"仁者安仁,知者利仁。"邢昺曰:"'仁者安仁'者,谓天性仁者自然安而行之也。"意谓仁德之人才能够行仁。仁,指仁爱忠厚等儒家提倡的道德示准。　身里出身——指能继承父业。秦简夫《东堂老劝破家子弟》第四折:"我着你做商贾身里出身。"是说扬州奴继承父业仍为商贾,郑恒则指出身于世代相传的高贵门第,即后文所说"祖代是相国之门。"　根脚——根底,出身。马致远《江州司马青衫泪》第一折:"轮到我跟脚里,都世袭了烟月牌。"

〔7〕　亲上做亲——中表为婚之禁,金元二史、《元典章》、《通制条格》均无记载。唐宋皆有中表为婚习俗,《朱子语类》卷八九《礼六·冠昏丧》:"尧卿问姑舅之子为昏。曰:据律中不许,然自仁宗之女嫁李玮家乃是姑舅之子,故欧阳公曰,公私皆已通行。……从古已然,只怕无不是。"洪迈《容斋续笔》卷八"姑舅为婚":"姑舅兄弟为婚,在礼法不禁,而世俗不晓……断离之者,皆失于不能细读律令也。"《董西厢》卷八:"明存着法律莫粗疏,姑舅做亲,便不败坏风俗?"无名氏小说《娇红传》:"朝廷立法,

内兄弟不许成婚，似不可违。"可见人们对律文的理解不同，生活中各行其是，婚与不婚皆有之。故郑恒以亲上做亲为娶莺之有利条件，而下文红娘则反驳之。

〔8〕 嗛声——犹住口。《说文》："嗛，口闭也。"

〔9〕 "又不曾"句——意谓又没有请媒人行行聘之礼。《仪礼·士昏礼》："下达纳采（按，即行聘），用雁。"郑玄注："达，通也。将欲与彼合昏姻，必先使媒氏下通其言，女氏许之，乃后使人纳其采择之礼。用雁为贽者，取其顺阴阳往来，《诗》云：'取妻如之何？匪媒不得。'昏必由媒交接，设绍介，皆所以养廉耻。"贾公彦疏："顺阴阳往来者，雁木落南翔，冰泮北徂，夫为阳，妇为阴，今用雁者，亦取妇人从夫之义，是以昏礼用焉。"《白虎通·嫁娶》篇则云："用雁者，取其随时南北，不失其节，明不夺女子之时也。又取飞成行，止成列也，明嫁娶之礼，长幼有序，不相逾越也。"羔，小羊，也是纳采礼物之一。据《通典》："羊则牵之，雁以笼盛。"《隋书·礼仪志四》："后齐聘礼……皆用羔羊一口，雁一只……"《诗经·召南·羔羊》，毛亨传："小曰羔，大曰羊。"聘礼所以用羔者，徐士范曰："羔取不失群而自洁。"

〔10〕 献币帛——纳财礼。《礼记·曲礼上》："男女非有行媒，不相知名，非受币，不交不亲。"孔颖达疏："非受币不交不亲者，币谓聘之玄纁束帛也，先须礼币，然后可交亲也。"唐律元律均有送财礼之规定：《唐律疏义·户婚门》："婚礼先以聘财为信……虽无许婚之书，但受聘财亦是。"《元典章·婚礼·嫁娶写立婚书》："婚姻议定，写立婚书，文约明白，该写原议聘财钱物。" 问肯——即遣媒氏问女家许否。

〔11〕 洗尘——即接风。《通俗编·仪节·洗尘》："凡公私值远人初至，或设饮，或馈物，谓之洗尘。"

〔12〕 腌——这里是脏、污的意思。 金屋——《汉武故事》："帝年四岁，立为胶东王。数岁，长公主嫖抱置膝上，问曰：'儿欲得妇不？'胶东王曰：'欲得妇。'长主指左右长御百馀人，皆云不用。末指其女问曰：'阿娇好不？'于是乃笑对曰：'好。若得阿娇作妇，当作金屋贮之也。'长主

大悦,乃苦要上,遂成婚焉。"　　　银屏——银制屏风。白居易《长恨歌》:
"揽衣推枕起徘徊,珠箔银屏迤逦开。"

〔13〕　惜玉怜香——对女子爱怜体贴。夏庭芝《青楼集·顺时秀》:
"参政,宰臣也;元鼎,文士也。经纶朝政,致君泽民,则元鼎不及参政;嘲
风弄月,惜玉怜香,则参政不敢望元鼎。"

〔14〕　三才——亦作"三材",古以天、地、人为三才。《易·系辞
下》:"有天道焉,有人道焉,有地道焉,兼三才而两之。"《易·说卦》:"立
天之道曰阴与阳,立地之道曰柔与刚,立人之道曰仁与义,兼三才而两之,
故易六画而成卦。"　　　始判——才分。判,分。

〔15〕　两仪——天与地为两仪。《易·系辞上》:"易有太极,是生两
仪。"孔颖达曰:"太极,谓天地未分之前,元气混而为一,即是太初太一也。
故老子云道生一,即此太极是也。又谓混元既分,即有天地,故曰太极生
两仪,即老子云一生二也。不言天地而言两仪者,指其物体,下与四象相
对,故曰两仪,谓两体容仪也。"

〔16〕　"清者为乾"三句——《艺文类聚》卷一引《三五历纪》:"天地
浑沌如鸡子,盘古生其中。万八千岁,天地开辟,阳清为天,阴浊为地,盘
古在其中,一日九变。"《易·说卦》:"立天之道曰阴与阳,立地之道曰柔与
刚,立人之道曰仁与义。"孔颖达曰:"天地既立,人生其间。"

〔17〕　屯合——聚合,犹包围。《广雅·释诂三》:"屯,聚也。"

〔18〕　洛阳才子——本指汉代贾谊。《汉书·贾谊传》:"贾谊,洛阳
人也,年十八,以能诵诗书属文称于郡中。"被称为"洛阳才子"。潘岳《西
征赋》:"终童山东之英妙,贾生洛阳之才子。"此指张生。　　　属文——作
文章,前引《汉书·贾谊传》颜师古注:"属,谓缀辑之也,言其能为文也。"

〔19〕　灭了烟尘——犹言平定了叛乱。烟尘,烽烟与尘土。古代边
防报警,夜则举火,叫烽,日则焚狼粪以为烟,叫烟。故以烟尘代指战争、
动乱。《大宋宣和遗事》元集:"其国有唐秦王世民,行仁布德,灭了六十四
处烟尘,遂建都于长安,以制太平。"

〔20〕　威而不猛——《论语·述而》:"子温而厉,威而不猛,恭而

安。"邢昺疏云:"言孔子体貌温和而能严正,俨然人望而畏之而无刚暴。"威即威严;猛,刘宝楠正义云:"《说文》:猛,健犬也。引申为刚烈之义。"

〔21〕 言而有信——说话诚实守信用。《论语·学而》:"与朋友交,言而有信。"

〔22〕 不敢慢于人——犹言对张生不敢轻慢。语出《孝经·天子章》:"敬亲者,不敢慢于人。"

〔23〕 卖弄——显白、夸耀。明·戴冠《濯缨亭笔记》:"吴俗语……谓自夸为卖弄。"清·赵翼《陔馀丛考·卖弄》:"近代俗语,'卖弄'二字,专指夸耀之意。六朝以来,则谓招权揽势也。"关汉卿《赵盼儿风月救风尘》第二折:"那厮爱女娘的心,见的便似驴共狗,卖弄他玲珑剔透。"

〔24〕 性理——人性天理、事物之规律,这里指人情事理、知识学问。

齐论鲁论——是《论语》流传中的不同版本。《齐论》,即《齐语》,是齐国学者所传的《论语》;《鲁论》,即《鲁论语》,为鲁国学者所传的《论语》。《汉书·艺文志》载,《齐论》二十二篇,《鲁论》二十篇传十几篇,且曰:"《论语》者,孔子应答弟子时人,及弟子相与言而接闻于夫子之语也。当时弟子各有所记。夫子既卒,门人相与辑而论纂,故谓之'论语'。汉兴,有齐鲁之说……"汉·安昌侯张禹擅《齐论》,后又讲《鲁论》,于是以《鲁论》篇目为根据,把齐鲁二论融合为一,号为《张侯论》,即今传本之《论语》。

〔25〕 韩文柳文——韩,韩愈;柳,柳宗元。韩柳都是唐代大文学家,是古文运动的领导人和创作中坚。这句是夸耀张生词赋文章之好,如韩文柳文。

〔26〕 拆白道字——拆字格,一种字谜游戏,即把一个字拆开说出,合而成文。如下文"肖字这壁著个立人",隐"俏"字;"木寸"隐"村"字等等。据《北部烟花记》说,隋炀帝尝为拆字令,如"杳"为"十八日"等。

清浑——清浊,这里是贤愚的意思。《后汉书·郦炎传》:"贤愚岂尝类,禀性在清浊。"关汉卿《邓夫人苦痛哭存孝》第二折:"俺割股的倒做了生分,杀爹娘的无徒说他孝顺,不辨清浑!"

〔27〕　君子务本——《论语·学而》:"君子务本,本立而道生。"邢昺疏:"君子务修孝弟以为道之基本,基本既立,而后道德生焉。"务,致力,从事;本,基也,基本、基础,《论语》中的本,指治国做人之"道"的基本品德,即孝悌。

〔28〕　齑(jī机)盐日月——犹言清贫的读书生活。齑,腌菜。韩愈《送穷文》:"太学四年,朝齑暮盐。"

〔29〕　"治百姓"句——意谓张生为官管理百姓有政绩,被传诵。《尚书·康诰》:"亦惟助王宅天命,作新民。"孔安国传云:"为民日新之教。"孔颖达疏:"为民日新之教,谓渐致太平,政教日日益新也。"

〔30〕　乔议论——意犹胡说乱道。乔,恶劣义,与第三本第三折"乔作衙"之"乔"义有不同。无名氏《孟德耀举案齐眉》第一折:"教人道这乔男女,则是些牛马襟裾。"

〔31〕　将相出寒门——意谓贫寒之家的子弟常有出将入相者。为当时成语,石君宝《鲁大夫秋胡戏妻》第一折:"想着那古来的将相出寒门,则俺这夫妻现受着齑盐困,就似他那蛟龙未得风雷信。"

〔32〕　弟子孩儿——许政扬曰:"程大昌《演繁露》卷六:'开元二年……又选乐工数百人,自教法曲于梨园,谓之"皇帝梨园弟子"。至今谓优女为弟子,命伶魁为乐营将军者,此其始也。'按:《新唐书·礼乐志》:'玄宗既知音律,又酷爱法曲,选坐部伎子弟三百,教于梨园。声有误者,帝必觉而正之。号"皇帝梨园弟子"。宫女数百,亦为"梨园弟子",居宜春北院。'则无论男女,皆称'弟子'矣。……周密《癸辛杂识》:'学舍燕集必点妓,乃是各斋集正,自出帖子,用斋印,明书:"仰弟子某人……"'此所云'弟子',乃是妓女。又《宋史·乐志》有'女弟子队舞'。则宋世男优女伎,并得谓之'弟子',犹有开元遗意。至元曲所谓'弟子',大抵专指娼妇。元人杂剧中又有'弟子孩儿'一语,如无名氏《鸳鸯被》第二折:'被那巡夜的歹弟子孩儿把我拿到巡铺里。'……'弟子孩儿'亦作'弟子的孩儿',见《杀狗劝夫》第二折,犹今俚语'婊子养的',盖恶詈也。"(《许政扬文存》)

〔33〕　出家——僧尼道士离开家到寺院、道观修行,都叫出家。《释

氏要览·出家·出家由》:"《瑜伽论》云:'在家烦挠,若居尘宇;出家闲旷,犹处虚空。是故应舍一切,于善说毗奈耶中,正信舍家,趣于非家。'《毗婆沙论》云:'家者,是烦恼因缘,夫出家者,为灭垢累故,宜远离也。'"

〔34〕 方便为门——《维摩诘经·法供养品》:"以方便力,为诸生分别解说,显示分明。"即根据每个人的不同情况而采取不同措施,使之信奉佛教,就是方便。把方便作为普济众生的门户、想方设法使众生信佛以脱离苦难,便是方便为门。

〔35〕 横死——非理为横;横死,不顺理之死,犹言不得好死。《礼记·檀弓上》:"死而不吊者三",孔颖达疏:"此一节论非理横死不合吊哭之事。"

〔36〕 遗留——遗愿,遗嘱。杨梓《承明殿霍光鬼谏》第二折:"孩儿,我上天远,入地近,有几句遗留,听我说与你听。"

〔37〕 牵羊担酒——犹言带着定婚礼物。宋·吴自牧《梦粱录·嫁娶》卷二十:"伐柯人通好,议定礼,往女家报定。若丰富之家,以珠翠、首饰、金器、销金裙褶,及缎匹茶饼,加以双羊牵送,以金瓶酒四樽或八樽,装以大花银方胜,红绿销酒衣簇盖酒上……酒担以红彩缴之。"

〔38〕 讪筋——陆澹安《戏曲辞语汇释》谓:"因暴怒而头面上筋脉偾张。"贾仲明《荆楚臣重对玉梳记》第一折:"俺娘自做师婆自跳神,一会家难禁,努目讪筋。"

〔39〕 发村——犹言撒野。村,见第一本第四折注。

〔40〕 软款——温柔爱怜。《广雅·释诂一》:"款,爱也。"《醒世恒言·卖油郎独占花魁》:"那匡你会温存,能软款,知心知意。"

〔41〕 硬打捱——硬,强行之义。参见第四本第一折"呆答孩"注。

〔42〕 伴偌——随从的仆人。《三国演义》第一回:"人报有两个客人,引一伙伴偌,赶一群马,投庄上来。"

〔43〕 舍人——本是官名,宋元以来称官宦人家的子弟为舍人,即公子,可他称,亦可自称。《元典章·诈伪》:"近来有不畏公法之人,诈为贵势子弟,称曰'舍人'。"(卷五十二)

〔44〕　家生——卖给主家的奴隶所生之子女仍须为奴，叫"家生"。《汉书·陈胜传》："秦令少府章邯免骊山徒人奴产子。"颜师古注："奴产子，犹今人云家生奴也。"陶宗仪《辍耕录·奴婢》："奴婢所生子，亦曰家生孩儿。"（卷十七）孙飞虎家生莽军，犹言孙飞虎军所生之粗野贼兵。

〔45〕　腌躯老——丑恶身躯。腌，此为恶劣义。

〔46〕　招安——招降，使归顺。宋·庄绰《鸡肋编》："宋建炎后，民间语云：'欲得官，杀人放火受招安。'"《水浒传》第八十二回："梁山泊分金大买市，宋公明全伙受招安"。

〔47〕　"佳人"二句——凌濛初曰："此皆红娘反语嘲恒也。'佳人有意郎君俊，红粉无情浪子村'，元人谚语。红反言觉恒之俊，忍不住要喝采，下二句正其喝采语。元剧中如此类甚多，如《范张鸡黍》剧中云：'首阳山殷夷齐撑的肥胖，汨罗江楚三间味的醉也。'《匹配金钱》剧中云：'五湖内撑翻了范蠡船，东陵门锄荒了邵平瓜。'《舞翠盘》云：'过来波齐管仲郑子产，假忠孝龙逢比干。'今曲有'碎砖儿砌不起阳台，破船儿撑不到蓝桥。'总是反语，一样机括。今人见'俊'字与'喝采'字，以为赞张生佳语，不知其嘲恒。"毛西河曰："元词以称羡为'喝采'。"

〔48〕　"则好偷"二句——王伯良引徐渭云："盖嘲恒纵得莺莺，亦不过拾人之残。言其先已婚张，非处子也。香由风送，故着一'风'字；'左壁厢'，犹言左边，古人尚右而卑左，故曰'左壁厢'。"凌濛初则反对此说，认为：此说"更为谬陋！红娘方极口骂郑恒'小人'、'浊民'、'村驴吊'、'乔嘴脸'、'腌躯老'、'死身分'、'有家难奔'，而暇念及于拾残香耶？且红以为'枉蠢了他梳云掠月'等语，皆是惜莺，以为非恒配，而暇讥恒拾残香耶？红为莺心腹婢，其护张者皆护莺也，而自为此败兴之语，以作嘲耶？措大管窥之见，贻笑大方。"凌说是。这里是把韩寿所偷之香，联想为香味之香，香由风送，故云下风头香。下风头、左壁厢，犹言拜下风、不是对手之意。

〔49〕　赘——即作赘，今谓倒插门女婿。《史记·滑稽列传》："淳于髡者，齐之赘婿也。"司马贞索隐曰："女之夫也，比于子，如人疣赘，是徐剩

之物也。"

〔50〕 寻章摘句——本指搜寻、摘取文章的语句和片断,来研究文章的义理。《三国志·吴书·孙权传》:"屈身于陛下,是其略也。"裴松之注引《吴书》:"吴王……虽有馀闲,博览书传历史,籍采奇异,不效书生寻章摘句而已。"此指抓住只言片语不放,即下言"姑夫许亲"之说。

〔51〕 违先夫言语——《元典章》卷十八《户部四·嫁娶》:"许嫁女已招婚书,及有私约或受财而辄悔者,答三十七下;若更许他人者,答四十七下;已成者,答五十七下。后娶者知情,减一等,女归前夫。男家悔者不坐,只追聘财。"这是老夫人一直顾忌郑恒婚约的原因。

〔52〕 做我一个主家的不著——犹言拿我不会主家来怪罪。此盖当时口语。《京本通俗小说·菩萨蛮》:"他若欺心不招架时,左右做我不著。"言无论如何不能怪罪我。王季思云:"拚由我担当意,今浙东尚有此语。"王实甫为大都人,所遵为《中原音韵》,王季思说可商。

〔53〕 报覆——报,通报,言某人至也;覆,答覆,是对通报之答覆。《魏书·萧宝夤传》:"门庭宾客若市,书记相寻,宝夤接对报复,不失其理。"简言之,报覆犹通报、禀报。

〔54〕 头答——亦作头达,即头踏,官员出行时,走在前面的仪仗。清·朱象贤《闻见偶录》:"今见风宪大僚出署,先放炮开门,迨行前列仪仗,元人谓之头达也。"关汉卿《山神庙裴度还带》第四折:"媒婆,兀的不头答伞盖,状元来了也。"

〔55〕 "结著彩楼"三句——古代择婿的一种方式。富贵官宦人家,临街搭起彩楼,小姐站在楼上抛彩球,中者为婿。《敦煌变文集·太子成道经一卷》:"大王闻太子奏对,遂遣国门高缚彩楼。召其合国人民,有在室女者,尽令于彩楼下齐集,当合(令)太子,自拣婚对。太子于彩楼上,便私发愿:若是前生眷属者,知我手上有金指环。"其来源或随佛教而入中国者。南戏《张协状元》第二十五出:"不知相公曾有钧旨,分付你排办彩楼,招纳驸马也?"明·高启《高青丘集》卷八《观顾蕃所藏宋赐进士丝鞭歌》:"影袅夕阳何处去,曲江园里宴初归。天街直拂花枝过,择婿楼高彩球堕。

令人把玩忆当时，零落春风几缕丝。"可见此习宋已有之。元剧中描写甚详，如乔吉《李太白匹配金钱记》第四折、无名氏《李云英风送梧桐叶》第三第四折、王实甫《吕蒙正风雪破窑记》第一折等。惟变文为男招女，剧中为女招男；变文为金环，剧中为绣球。彩楼招婿，多为男子入赘女家。参见第五本第四折"丝鞭"注。

〔56〕　则管拖将入去了——指权贵之家的赘婿行径。北宋人彭乘《墨客挥犀》："今人于榜下择婿，曰赘婿，其语盖本诸袁山松（按，山松或作崧），尤无义理。其间或有不愿就，而为贵势豪族拥逼，而不得辞者。尝有一新先辈少年，有风姿，乃为贵族之有势力者所慕，命十数仆拥致其第"（《说郛》卷二四）沈德符《野获编·蚩鄙·赘婿》谓："榜下赘婿，古已有之，至元时贵戚家遂以成俗。"

〔57〕　次妻——封建社会实行的是一妻多妾制，无双妻或多妻之理，次妻，即小妻，俗称"侧室"，地位仅次于正妻，即妾。赵与峕《宾退录》卷九："周益公《行归正人萧中一次妻耶律氏制》，谓'次妻'二字别无经据，乞改称'小妻'。"《后汉书·赵孝王良传》："赵相奏乾居父丧，私聘小妻。"唐·章怀太子李贤注："小妻，妾也。"妾有不同等级，正式的妾是家庭成员，具有名分，须订立婚书，娶良民为之，次妻属此；而倡优妾、奴婢妾则泛称妾、贱妾，娶之则只立"婚契"，有子方可称为妾。（参见窦仪等撰、薛梅卿校点《宋刑统》卷二，法律出版社1999年；柳立言《宋代的宗教、身份与司法》，中华书局2012年）

〔58〕　先奸后娶不应取他——古有禁先奸后娶之律令。《尚书大传》："男女不以义交者，其刑宫。"宫，即淫刑，男子割势，女子幽闭。宋《庆元条法事类》引《户令》："诸先奸后娶为妻者，离之。"元承旧制，《元史·刑法志二》："诸先通奸，被断，复娶以为妻妾者，虽有所生男女，犹离之。"律文如此，但执法时，仍往往判合为夫妇。郑恒此言，意在指出崔张婚姻之不合法。

〔59〕　负——《广韵》："负，背恩忘德曰负。"

〔60〕　"（下）"，原无，凌本作老夫人与郑恒"同下"。而弘治本、刘龙

田本、张深之本、王伯良本俱作老夫人、郑恒先后分下，此处有"（下）"字，可从。

〔61〕 "（下）"，原作"（同下）"，据弘治等诸本改。

〔62〕 提调——管理，指挥。提调河中府事，即掌管河中府事。《水浒传》第五十六回："且叫汤隆打起一把钩镰枪做样，却叫雷横提调监督。"

〔63〕 主亲——主婚。《红楼梦》第五十七回："薛姨妈笑道：'……老太太既是作媒，还得一位主亲才好。'"主婚人应由祖父母、父母充任，张生父母双亡，故得由杜确主婚。

〔64〕 左右——有二义：一为对人的尊称，不直呼其名而称其左右，以表敬意。《战国策·燕策二》："臣不佞，不能奉承先王之教，以顺左右之心。"司马迁《报任少卿书》："是仆终亦不得舒愤懑，以晓左右。"二是指身边随从。《史记·廉颇蔺相如列传》："左右欲刃相如，相如张目叱之，左右皆靡。"此指后者。

第 四 折

（夫人上云）谁想张生负了俺家，去卫尚书家做女婿去〔1〕。今日不负老相公遗言〔2〕，还招郑恒为婿。今日好个日子，过门者。准备下筵席，郑恒敢待来也。（末上云）小官奉圣旨，正授河中府尹。今日衣锦还乡，小姐的金冠霞帔都将著〔3〕，若见呵，双手索送过去。谁想有今日也呵！文章旧冠乾坤内，姓字新闻日月边〔4〕。

【双调】【新水令】玉鞭骄马出皇都，畅风流玉堂人物。今朝三品职，昨日一寒儒。御笔亲除，将名姓翰林注。

【驻马听】张珙如愚〔5〕，酬志了三尺龙泉万卷书〔6〕；莺莺有福，稳请了五花官诰七香车〔7〕。身荣难忘借僧居，愁来犹记题诗处。从应举,梦魂儿不离了蒲东路。

(末云)接了马者。(见夫人科)新状元河中府尹婿张珙参见。

(夫人云)休拜,休拜! 你是奉圣旨的女婿,我怎消受得你拜!

(末唱)

【乔牌儿】我谨躬身问起居[8],夫人这慈色为谁怒[9]?
我则见丫鬟使数都斯觑[10],莫不我身边有甚事故?

(末云)小生去时,夫人亲自钱行,喜不自胜。今日中选得
官,夫人反行不悦,何也? (夫人云)你如今那里想著俺家?
道不得个“靡不有初,鲜克有终”。我一个女孩儿,虽然妆
残貌陋,他父为前朝相国,若非贼来,足下甚气力到得俺
家? 今日一旦置之度外,却于卫尚书家作婿,岂有是理!
(末云)夫人听谁说? 若有此事,天不盖,地不载,害老大小
疔疮[11]!

【雁儿落】若说著丝鞭士女图[12],端的是塞满章台路[13]。
小生呵此间怀旧恩,怎肯别处寻亲去。

【得胜令】岂不闻“君子断其初”[14],我怎肯忘得有恩处?
那一个贼畜生行嫉妒,走将来老夫人行斯间阻? 不能勾娇
姝[15],早共晚施心数;说来的无徒[16],迟和疾上
木驴[17]。

(夫人云)是郑恒说来,绣球儿打著马了,做女婿也。你不信
呵,唤红娘来问。(红上云)我巴不得见他。元来得官回来,
惭愧,这是非对著也。(末背问云)红娘,小姐好么? (红云)为
你别做了女婿,俺小姐依旧嫁了郑恒也。(末云)有这般蹊
蹊的事!

【庆东原】那里有粪堆上长出连枝树,淤泥中生出比目鱼,

不明白展污了姻缘簿[18]？莺莺呵，你嫁个油炸猢狲的丈夫[19]；红娘呵，你伏侍个烟薰猫儿的姐夫[20]；张生呵，你撞著个水浸老鼠的姨夫[21]。这厮坏了风俗，伤了时务[22]。

（红唱）

【乔木查】妾前来拜覆，省可里心头怒[23]。间别来安乐否？你那新夫人何处居？比俺姐姐是何如？

> （末云）和你也葫芦题了也。小生为小姐受过的苦，诸人不知，瞒不得你。不甫能成亲，焉有是理？

【搅筝琶】小生若求了媳妇，则目下便身殂。怎肯忘得待月回廊，难撇下吹箫伴侣。受了些活地狱，下了些死工夫。不甫能得做妻夫，见将著夫人诰敕[24]，县君名称[25]，怎生待欢天喜地，两只手儿分付与[26]，你划地到把人赃诬[27]。

> （红对夫人云）我道张生不是这般人，则唤小姐出来自问他。
> （叫旦科）姐姐，快来问张生。我不信他直恁般薄情。叫见他呵，怒气冲天，实有缘故。（旦见末科）（末云）小姐间别无恙？（旦云）先生万福。（红云）姐姐有的言语，和他说破。（旦长吁云）待说甚么的是！

【沉醉东风】不见时准备著千言万语，得相逢都变做短叹长吁。他急攘攘却才来，我羞答答怎生觑。将腹中愁恰待伸诉，及至相逢一句也无。则道个"先生万福"。

> （旦云）张生，俺家何负足下？足下见弃妾身，去卫尚书家为婿，此理安在？（末云）谁说来？（旦云）郑恒在夫人行说来。（末云）小姐如何听这厮？张珙之心，惟天可表！

【落梅风】从离了蒲东路，来到京兆府，见个佳人世不曾回顾。硬揣个卫尚书家女孩儿为了眷属[28]，曾见他影儿的也教灭门绝户！

(末云)这一桩事都在红娘身上，我则将言语傍著他，看他说甚么。红娘，我问人来，说道你与小姐将简帖儿去唤郑恒来。(红云)痴人！我不合与你作成，你便看得我一般了。

【甜水令】君瑞先生，不索踌躇，何须忧虑。那厮本意糊突；俺家世清白，祖宗贤良，相国名誉。我怎肯他根前寄简传书？

【折桂令】那吃敲才怕不口里嚼蛆[29]，那厮待数黑论黄[30]，恶紫夺朱[31]。俺姐姐更做道软弱囊揣[32]，怎嫁那不值钱人样猢狲[33]。你个东君索与莺莺做主[34]，怎肯将嫩枝柯折与樵夫。那厮本意嚣虚[35]，将足下亏图[36]，有口难言，气夯破胸脯。

(红云)张生，你若端的不曾做女婿呵，我去夫人根前一力保你。等那厮来，你和他两个对证。(红见夫人云)张生并不曾人家做女婿，都是郑恒谎，等他两个对证。(夫人云)既然他不曾呵，等郑恒那厮来对证了呵，再做说话[37]。(洁上云)谁想张生一举成名，得了河中府尹。老僧一径到夫人那里庆贺。这门亲事，几时成就？当初也有老僧来，老夫人没主张，便待要与郑恒。若与了他，今日张生来，却怎生？(洁见末叙寒温科)(对夫人云)夫人今日却知老僧的是，张生决不是那一等没行止的秀才。他如何敢忘了夫人？况兼杜将军是证见，如何悔得他这亲事？(旦云)张生此一事，必得杜将军来方可。

【雁儿落】他曾笑孙庞真下愚，若是论贾马非英物[38]，正授著征西元帅府,兼领著陕右河中路^[39]。

【得胜令】是咱前者护身符^[40],今日有权术^[41]。来时节定把先生助,决将贼子诛^[42]。他不识亲疏^[43],啜赚良人妇^[44]。你不辨贤愚,无毒不丈夫^[45]。

(夫人云)著小姐去卧房里去者。(旦下)(杜将军上云)下官离了蒲关,到普救寺,第一来庆贺兄弟咱;第二来就与兄弟成就了这亲事。(末对将军云)小弟托兄长虎威,得中一举。今者回来,本待做亲。有夫人的侄儿郑恒,来夫人行说道,你兄弟在卫尚书家作赘了,夫人怒欲悔亲,依旧要将莺莺与郑恒,焉有此理? 道不得个"烈女不更二夫"^[46]。(将军云)此事夫人差矣。君瑞也是礼部尚书之子,况兼又得一举。夫人世不招白衣秀士^[47],今日反欲罢亲,莫非理上不顺? (夫人云)当初夫主在时,曾许下这厮,不想遇此一难。亏张生请将军来,杀退贼众。老身不负前言,欲招他为婿。不想郑恒说道,他在卫尚书家做了女婿也,因此上我怒他,依旧许了郑恒。(将军云)他是贼心,可知道诽谤他。老夫人如何便信得他? (净上云)打扮得整整齐齐的,则等做女婿。今日好日头,牵羊担酒,过门走一遭。(末云)郑恒,你来怎么? (净云)苦也! 闻知状元回,特来贺喜。(将军云)你这厮,怎么要诳骗良人的妻子,行不仁之事,我根前有甚么话说? 我闻奏朝廷,诛此贼子。(末唱)

【落梅风】你硬撞入桃源路,不言个谁是主,被东君把你个蜜蜂儿拦住。不信呵去那绿杨影里听杜宇,一声声道"不如归去"^[48]。

(将军云)那厮若不去呵,祗候拿下^[49]。(净云)不必拿,小人自退亲事与张生罢。（夫人云）相公息怒，赶出去便罢。（净云）罢，罢！要这性命怎么，不如触树身死。妻子空争不到头，风流自古恋风流。三寸气在千般用，一日无常万事休[50]。（净倒科）（夫人云）俺不曾逼死他，我是他亲姑娘，他又无父母，我做主葬了者。著唤莺莺出来，今日做个庆喜的茶饭，著他两口儿成合者。（旦红上，末旦拜科）（末唱）

【沽美酒】门迎著驷马车[51]，户列著八椒图[52]，四德三从宰相女，平生愿足，托赖著众亲故。

【太平令】若不是大恩人拔刀相助[53]，怎能勾好夫妻似水如鱼。得意也当时题柱，正酬了今生夫妇。自古、相女、配夫[54]，新状元花生满路[55]。（使臣上科）[56]（末唱）

【锦上花】四海无虞，皆称臣庶[57]；诸国来朝，万岁山呼[58]；行迈羲轩[59]，德过舜禹；圣策神机，仁文义武[60]。朝中宰相贤，天下庶民富；万里河清[61]，五谷成熟；户户安居，处处乐土[62]；凤凰来仪[63]，麒麟屡出[64]。

【清江引】谢当今盛明唐圣主[65]，敕赐为夫妇。永老无别离，万古常完聚，愿普天下有情的都成了眷属[66]。

【随尾】则因月底联诗句，成就了怨女旷夫。显得有志的状元能，无情的郑恒苦。（下）

　　题目　　小琴童传捷报　　崔莺莺寄汗衫

　　正名　　郑伯常干舍命　　张君瑞庆团圞

总目[67]

　　　张君瑞要做东床婿

法本师住持南赡地[68]

老夫人开宴北堂春[69]

崔莺莺待月西厢记

西厢记五剧第五本终

注　释

〔１〕　"卫尚书家",原无"家"字,据弘治本补。

〔２〕　不负老相公遗言——负乃违背之义,《史记·高祖本纪》:"项羽……负约,更立沛公为汉王。"义与前折不同。

〔３〕　金冠霞帔(pèi 配)——古代皇帝对达官贵人家的妇女给予封号,称为命妇。命妇随品级高低而有不同的命服,金冠霞帔即是其中一种。《宋史·刘文裕传》:"封其母清河郡太夫人,赐翠冠霞帔。"冠上以翠为饰名翠冠,以凤为饰名凤冠,以金钗为饰名金冠。帔,即披肩,《释名》云:"披之肩背,不及下也。"霞帔为帔的一种,始于晋,宋代霞帔即为命服。《事物纪原·衣裘带服部·帔》:"又《实录》曰:三代无帔说,秦有披帛,以缣帛为之,汉即以罗。晋永嘉中,制绛晕帔子。开元中,令三妃以下通服之。是披帛始于秦,帔始于晋矣。今代帔有二等,霞帔非恩赐不得服,为妇人之命服,而直帔通用于民间也。"霞帔之形制,《格镜致原》卷三十六引《名义考》:"今命妇衣外以织文一幅,前后如其衣长,中分而前两开之,在肩背之间,谓之霞帔。"其状如两条彩练,绕过头颈,披挂于胸前,下垂颗颗坠子。明代之霞帔蹙金绣云霞翟纹。宋元无考。

〔４〕　日月——喻帝后。《礼记·昏义》:"故天子之与后,犹日之与月、阴之与阳,相须而后成者也。"

〔５〕　如愚——《论语·为政》:"子曰:'吾与回言终日,不违,如愚。退而省其私,亦足以发,回也不愚。'"邢昺疏:"回,弟子颜渊也;违犹怪问也;愚,无智之称。孔子言:我与回言终竟一日,亦无所怪问,于我之言默

而识之,如无知之愚人也。……回既退还,而省察其在私室与二三子说释道义,亦足以发明大体,乃知其回也不愚。"又,苏轼《贺欧阳少师致仕启》:"大勇若怯,大智如愚。"此言张生内秀,外不露锋芒而内藏睿智。

〔6〕 "酬志"句——犹言实现了博取功名的志向。龙泉,剑名,《晋书·张华传》:"(雷)焕到县,掘狱屋基,入地四丈馀,得一石函,光气非常,中有双剑,并刻题,一曰'龙泉',一曰'太阿'。"剑长三尺,故以三尺龙泉代指剑。从军、读书是博取功名的两种途径,故以喻壮志。孟浩然《自洛之越》:"遑遑三十载,书剑两无成。"李频《春日思归》:"壮志未酬三尺剑,故乡空隔万重山。"都是以书剑喻志的例子。

〔7〕 请——得到,接受。《说文韵谱》:"请,受也。"　五花官诰(gào 告)——官诰,为朝廷授官及册封命妇的文书。明·徐师曾《文体明辨序说·诰》:"按字书云:'诰者,告也,告上曰告,发下曰诰。'……唐氏王言,亦不称诰。至宋,始以命庶官,而追赠大臣,贬谪有罪,赠封其祖父妻室,凡不宜于庭者,皆用之。"唐称制,宋称诰。五花官诰,则因用五色绫而称。《金史·百官志四》:"官诰……郡主、县主、夫人红遍地瑞莲鸂鶒锦褾金莲鸂鶒五色罗十五幅;郡王夫人、国夫人红遍地芙蓉花锦褾金花五色绫十二幅,玳瑁轴;县君、孺人、乡君红遍地杂花锦褾素五色小绫十幅,银裹间镀轴。轴之制,如径二寸馀大钱贯枢之两端,复以犀象为钿以辖之,可圆转如轮。"　七香车——用多种香木削成或用多种香料装饰的车。《太平御览》卷七七五《魏武(按,曹操)与杨彪书》:"今赠足下四望通幰七香车二乘。"苏鹗《杜阳杂编·同昌公主》:"公主乘七宝步辇,四角缀五色锦香囊,囊中贮辟邪香、瑞麟香、金凤香,此皆异国献者;仍杂以龙脑金屑、镂水晶玛瑙辟尘犀,为龙凤花木状。其上悉络真珠玳瑁,更以金丝为流苏,雕轻玉为浮动。每一出游,则芳香街巷,晶光耀日,观者眩其目。"此即指女子所乘华美之车。

〔8〕 躬身——毛西河曰:"元词'曲身'为'躬身',如董词'饮罢躬身向前施礼'类。"弯下身去以表恭敬。吴自牧《梦梁录》卷一"车驾诣景灵宫孟飨":"躬身不要拜,唱喏,直身立,奏圣躬万福,嵩呼而行。"　起

居——本指饮食寝卧之状况,请安问好谓问起居。《世说新语·言语》:"明公蒙尘路次,群下不宁,不审尊体起居何如?"

〔9〕 慈色——犹慈颜,对尊长的敬称,多指母亲。

〔10〕 使数——仆人。王伯良曰:"使数,犹言使用人也,亦系方语,元词屡用。"白朴《裴少俊墙头马上》第四折:"父母双亡,遗下几个使数和那宅舍庄田,依还的享用不尽。"

〔11〕 大小——偏义复词,义只取大。老大,犹很大。老,副词,极甚之义,如老早、老远。

〔12〕 丝鞭——递接丝鞭是彩楼招亲形式中的一个程序。婚姻女当事人于彩楼抛绣球打中男方后,即由女方向男方递送丝鞭,男子如接了丝鞭,便表示同意了婚事。元剧中之常规,乃女递男接,故石君宝《李亚仙花酒曲江池》第一折,郑元和把马鞭递给李亚仙,李云:"更做道如今颠倒颠,落的女娘每倒接了丝鞭。"但也有男递女接者,明·邱濬《伍伦全备忠孝记》第十出:皇帝赐丝鞭给状元、榜眼,女家允婚,男则将丝鞭递与女家收接。据明·高启《高青丘集·观顾蕃所藏宋赐进士丝鞭歌》云:"胪传殿下呼名字,进士新充探花使。内人绾结彩鞭成,恩与宫袍一时赐。"崔令钦《教坊记》云:"妓女入宜春院,谓之内人,亦曰前头人,常在上前头也。"清·金檀注高启诗引《宋状元录》:"高宗绍兴二十一年辛未……赐状元等三人酒食五盏。三人各进谢恩诗一首,皆重戴绿袍、丝鞭骏马,快行各持敕黄于前,黄旗杂沓,呵殿如云,自东华门至期集所。豪家贵邸,竞列彩幕纵观,其有少年未有室家者,亦往往于此择婿。"《武林旧事》卷二所载略同。可知丝鞭在宋代为男方所执者。参见第五本第三折"结彩楼"注。

士女——即仕女,为官宦人家女子。仕女图,言其美如图画。曲中多以"图"字状妇女之美。吴梅《顾曲麈谈·谈曲》:"(关)汉卿轶事,有至可笑者,尝见一从嫁媵婢,甚美,百计欲得之,为夫人所阻。……夫人见之,答以诗云:'闻君偷看美人图,不似关王大丈夫。金屋若将阿娇贮,为君唱彻醋葫芦。'"唯不知吴氏何所据。

〔13〕 章台路——本为汉代长安街道名,因在战国时秦所建章台宫

内章台之下,故名。据《汉书·张敞传》,敞"走马过章台街"。唐·许尧佐传奇《柳氏传》、孟启《本事诗·情感》,记韩翃与柳氏相恋,有"章台柳,章台柳,昔日青青今在否"之句,后遂以章台路为风流之地、繁华游乐之处的代称。欧阳修〔蝶恋花〕:"玉勒雕鞍游冶处,楼高不见章台路。"

〔14〕 君子断其初——当时成语,是说君子在当初一经做了决定,以后便不再改变。无名氏《庞居士误放来生债》第二折:"你道我烧毁了文契意何如?岂不闻君子可便断其初!"断,决断。《礼记·乐记》:"临事而屡断",郑玄注:"断,犹决也。"

〔15〕 娇姝——美女。《陌上桑》:"使君遣吏往,问是谁家姝?"洪昇《长生殿·神诉》:"这的是艳晶晶霓裳曲里娇姝,袅亭亭翠盘掌上轻躯。"此作动词,得到娇姝之意。

〔16〕 说来的无徒——意谓说起这个无赖来。无徒,无赖之徒。明·余继登《典故纪闻》卷十四"无徒":"原其所由,皆无籍之徒,窃假投献,而渔猎其中。"秦简夫《东堂老劝破家子弟》第二折:"我几曾见禁持妻子这等无徒辈,更和那不养爹娘的贼丑生。"

〔17〕 迟和疾上木驴——犹早晚要挨千刀万剐。木驴,一种刑具,为带铁刺之木桩,下有四腿,形略同驴。处剐刑时,先把犯人绑上木驴游街示众,然后行刑。陆游《南唐书·胡则传》:"即昇置木驴上,将磔之,俄死,腰斩其尸以狗。"关汉卿《感天动地窦娥冤》第四折:"张驴儿毒杀亲爷,奸占寡妇,合拟凌迟。押赴市曹中,钉上木驴,剐一百二十刀处死。"

〔18〕 "不明白"句——这不是明明白白地沾污了姻缘簿吗?姻缘簿,注定天下人姻缘的簿籍。李复言《续玄怪录·定昏店》:"杜陵韦固,少孤,思早娶妇……斜月尚明,有老人倚布囊,坐于阶上,向月检书。固步觇之,不识其字……固曰:'然则君又何掌?'曰:'天下之姻牍耳。'"关汉卿《包待制智斩鲁斋郎》第三折:"我一脚的出宅门,你待展污俺婚姻簿!"

〔19〕 油炸猢狲——比喻轻狂。杨梓《承明殿霍光鬼谏》第一折:"似这等油炸猢狲般性轻猖狂,他怎图画作麒麟阁像?"

〔20〕 烟薰猫儿——比喻面貌污秽不堪。

〔21〕 水浸老鼠——比喻鄙俗猥琐之状。高文秀《好酒赵元遇上皇》第二折："抬起头似出窟顽蛇，缩着肩似水淹老鼠，躬着腰人样虾蛆。"

姨夫——周密《癸辛杂识》续集上"姨夫眼睚"条："北人以两男共狎一妓则称为姨夫。"戏曲中把两男共恋一女也戏称姨夫。关汉卿《包待制智斩鲁斋郎》第三折："我是你姐夫，倒做了姨夫。"指张珪在鲁斋郎捉弄下娶李四妻为妻，故张与李称"姨夫"。

〔22〕 时务——当世之务，本指重大世事。《三国志·蜀书·诸葛亮传》："诸葛孔明者，卧龙也。将军岂愿见之乎？"裴松之注引《襄阳记》："刘备访世事于司马德操，德操曰：'儒生俗士，岂识时务？识时务者在乎俊杰。'"此指习俗风尚，伤时务犹败坏了当时风尚。贾仲明《荆楚臣重对玉梳记》第三折："据此贼情理难容伤时务，坏人伦罪不容诛。"

〔23〕 省可里——省得，休要。可里，语助词，无义。郑德辉《迷青琐倩女离魂》第一折："姐姐，你省可里烦恼。"

〔24〕 诰敕（chì斥）——即指官诰。敕，亦指皇帝诏书。顾炎武《金石文字记》："汉时人，官长行之掾属，祖父行之子孙，皆曰敕。……至南北朝以下，则此字惟朝廷专之。"

〔25〕 县君——古代妇人的封号。据《通典·职官十六》，唐代四品官的母亲与妻子封郡君，五品官的母亲与妻子封县君。据《宋史·职官志十》，翰林学士之妻封郡君，京府少尹、赤县令等，妻封县君。本折既云"三品职"，则当封郡君。此之"县君"，是对妇女封号的泛称。

〔26〕 分付——交给，苏轼〔洞仙歌〕："江南腊尽，早梅花开后，分付新春与垂柳。"两只手儿分付与，犹言亲手交给。

〔27〕 划（chǎn产）地——王伯良曰："'划地'，犹言平白地也。"《水浒传》第十四回："我若不看你阿舅面上，直结果了你这厮性命，划地问我取银子！"

〔28〕 揣——加给，硬揣，犹强加。李行道《包待制智赚灰阑记》第一折："他道我共奸夫背地常往来，他道我会支吾对面舌头强，不争将滥名儿揣在我跟前。" "硬揣"，"硬"原作"便"，据弘治本、王伯良等本改。

〔29〕 吃敲才——詈词，犹该死的东西。敲，死刑的一种，即杖杀。《元典章·刑部·延祐新定例》："凡处死罪仗（按，即杖）杀皆曰敲。"一说，敲，打，闵遇五谓"吃敲才，犹谚云打杀杯也。或云即乔才、悖才。"

〔30〕 数黑论黄——意谓说长道短，搬弄是非。数，说也。《礼记·儒行》："遽数之不能终其物。"孔颖达疏："数，说也。"王伯良曰："'数黑论黄'，谓其言之不实，正'嚼蛆'之意。"

〔31〕 恶紫夺朱——《论语·阳货》："恶紫之夺朱也，恶郑声之乱雅乐也，恶利口之覆邦家者。"恶（wù 务），动词，是说紫色夺去了大红色的地位，这是以邪夺正，让人憎恶。剧中"恶（è 饿）"为形容词，意谓郑恒与莺成亲，夺去张生地位，是邪恶的紫色侵夺了大红色的地位，是以邪夺正。

〔32〕 囊揣——软弱，不中用。王伯良曰："'囊揣'，不硬挣之意。马东篱《黄粱梦》剧：'俺如今鬓发苍白，身体囊揣。'"

〔33〕 人样猳（jiā 加）驹——凌濛初曰："'人样猳驹'，即马牛襟裾之意，詈之为畜类也。猳，音加，即猪，《左传》'舆猳从己（按，应作"之"）'是也。徐（按，指徐渭）注：'猳驹，是猳样人也。此不能仰之疾，是为戚施。'盖见煮熟之虾跎背而妄意之，并猳字亦不识矣。王伯良直改为'虾'，而亦从其说，盖俗本亦有刻'虾'字者耳。"

〔34〕 "你个东君"句——不过言张生当为莺做主之意，只为"莺莺"双关鸟名（即黄鹂），故为此说。东君，春神。《尚书纬·刑德放》："春为东帝，又为青帝。"《宋史·五行志四》："东君去后花无主。"宋·严蕊〔卜算子·不是爱风尘〕："花落花开自有时，总赖东君主。"又，"东君"为日神，屈原《九歌·东君》即祭日神之歌，亦见《汉书·郊祀志》。毛西河谓："莺花藉春，日为主人，此以莺字借及之耳。"

〔35〕 嚣虚——虚伪不实。《广雅·释训》："嚣嚣，虚也。"关汉卿《感天动地窦娥冤》第一折："说一会不明白打凤的机关，使了些调虚嚣捞龙的见识。"

〔36〕 亏图——谓设圈套使人吃亏，图谋陷害之意。关汉卿《包待制三勘蝴蝶梦》第二折："他则会依经典、习礼义，那里会定计策厮亏图？"

〔37〕 说话——此为处置之意。

〔38〕 "他曾笑"二句——意谓杜确本领高强,武压孙庞,讥笑孙庞真是下愚之人;文欺贾马,若论贾马,也不是出类拔萃的人物。孙,孙膑;庞,庞涓。孙庞都是战国时有名的军事家。贾,贾谊;马,司马相如。贾马都是汉代大辞赋家。下愚,《论语·阳货》:"唯上知与下愚不移。"孙星衍《问字堂集》曰:"上知谓生而知之;下愚谓困而不学。"

〔39〕 "兼领"句——即前所谓提调河中府事。陕右,陕西,古以右指西。弘治本批云:"陕西即陕右;河中路,即山西蒲州是也。"

〔40〕 护身符——佛、道、巫师均用之,指以朱笔或墨笔所画佛菩萨鬼神像,或书有咒语符箓的纸牒,带在身边可获保佑,辟邪除灾,谓之护身符。《景德传灯录》卷五"西京光宅寺慧忠国师":"幸自可怜生须要个护身符子作么……"《云笈七签》:"道家受道,以符箓为要。受道之后,必佩符命,其为镇妖驱邪之符者,曰护身符。凡初入道者必佩之。"(卷三六)

〔41〕 权术——权谋智巧。《孙子·计篇》:"故可与之死,可与之生,而民不畏危。"唐人孟氏注:"用兵之妙,以权术为道……故其权术之道,使民上下同进趋,同爱憎,一利害。"

〔42〕 决——必定。《战国策·秦策四》:"寡人决讲矣。"高诱注:"决,必也。"

〔43〕 不识亲疏——是说郑恒不顾中表不得为婚的禁忌。

〔44〕 良人妇——旧以士农工商为良,以倡优隶卒为贱。良人妇,指有正当职业的清白人家的妇女。指莺莺已为张生妇。

〔45〕 无毒不丈夫——为当时成语。关汉卿《望江亭》、马致远《汉宫秋》、李致远《还牢末》均有"恨小非君子,无毒不丈夫"语,言对仇敌不痛恨、不狠毒,便算不得大丈夫。

〔46〕 烈女不更二夫——即一女不嫁二夫。《仪礼·丧服》:"夫者,妻之天也。妇人不贰斩者,犹曰不贰天也,妇人不能贰尊也。"《史记·田单列传》:"王蠋曰:'忠臣不事二君,贞女不更二夫。"

〔47〕 "世不招白衣秀士","世"原作"一",据毛西河本改。

〔48〕　不如归去——《本草·杜鹃》:"释名:其鸣,若曰:'不如归去。'"柳永〔安公子〕:"听杜宇声声,劝人不如归去。"这里是借杜鹃鸣声,促郑恒归去。

〔49〕　祗(zhī支)候——在宋代,祗候为任传宣引赞之事的武官(见《宋史·职官志》);金代设有祗候郎君管勾官,"掌祗候郎君,谨其出入及差遣之事"(《金史·百官志一》);在元代,祗候为供奔走服劳的差役,大户人家的仆役领班亦称祗候。剧中指差役。

〔50〕　"三寸气"二句——宋元成语,意谓只要活着就什么事都可以办;一旦死了,就什么事都完了。《大宋宣和遗事》亨集:"不知贾奕性命若何? 三寸气在千般用,一日无常万事休。"三寸气,气息,呼吸。吕岩《七言诗》:"解接往年三寸气,还将运动一周天。"无常,梵语意译。世间一切事物都在发生着生灭迁流的变化,没有刹那的停顿,谓之无常。《涅槃经》卷一:"是身无常,念念不住,犹如电光暴水幻炎。"《六祖坛经》:"生死事大,无常迅速。"道家亦有此语。剧中"无常",谓死。

〔51〕　"门迎"句——有两种含义。一为称颂其家对人有恩德,使子孙发达。《汉书·于定国传》:"始定国父于公,其闾门坏,父老方共治之。于公谓曰:'少高大门闾,令容驷马高盖车。我治狱多阴德,未尝有所冤,子孙必有兴者。'至定国为丞相,永(按,定国之子)为御史大夫,封侯传世云。"二是赞扬张生才高志大,一举成名,终为显贵。《太平御览》卷七三引常璩《华阳国志》:"升迁(按,当作'仙')桥在成都县北十里,即司马相如题桥柱曰:'不乘驷马高车,不过此桥。'"今本《华阳国志·蜀志》作:"司马相如初入长安,题市门曰:'不乘赤车驷马,不过汝下也。'"驷(sì四)马车,四匹马拉的车,达官贵人所乘。

〔52〕　户列著八椒图——犹言门上刻绘着各种花饰。椒图,本为龙的九子之一,好闭口,用为门上的装饰。见明·焦竑《玉堂丛语·文学》卷一。明·陆容《菽园杂记》卷二:"椒图,其形似螺蛳,性好闭口,故立于门上。……如词曲有'门迎四马车,户列八椒图'之句,'八椒图'人皆不能晓,今观椒图之名,义亦有出也。"只有官署的门上才绘有椒图。八椒图,

指门饰上的各种螺形花饰。

〔53〕 拔刀相助——遇有不平而挺身相助之谓。无名氏《锦云堂暗定连环计》第四折:"连李肃也不忿其事,因此拔刀相助。"杨显之《郑孔目风雪酷寒亭》楔子有"路见不平,拔刀相助"语。

〔54〕 自古相女配夫——犹言从古以来就是根据女儿的条件来择配相称的丈夫。《尔雅·释诂》:"相,视也。"王伯良曰:"'自古、相女、配夫',各二字成句。词隐生(按,沈璟号)云:'相女配夫,盖成语。相,犹视也,视其女而配夫,言佳人必配才子也。'"

〔55〕 花生满路——王季思曰:"'花生满路',《诈妮子》第四折〔阿古令〕:'只得和丈夫、一处、对舞,便是燕燕花生满路。'花生满路,荣耀美满之意。"有心满意足意。

〔56〕 使臣上科——凌濛初曰:"旧本有'使臣上科'四字,此必有敕赐常套科分,故后〔清江引〕云然。以常套,故止言科而不详耳。犹前云'发科了'、'双斗医科范了'之类。俗本以'四海无虞'为'使臣上唱',谬非。"后之〔清江引〕曲有"敕赐为夫妇"句,可知使臣必有说白,盖为剧中常套,多不抄刻,致使佚失。

〔57〕 "四海"二句——意谓天下太平,都称臣民。无虞,没有纷乱,没有二心。《诗经·鲁颂·閟宫》:"无贰无虞,上帝临女。"孔颖达释"无虞"曰:"无有二心,无有疑误。"

〔58〕 万岁山呼——王伯祥曰:"万岁本古人庆贺之辞,犹万福,万幸之类。其始上下通用,后因朝贺时对君主常用'万岁'作颂祷的口号,于是变为帝王的专称,而民间口语,仍相沿未改。"(《史记选·项羽本纪》注)《汉书·武帝纪》:"元封元年……(武帝)亲登崇嵩,御史乘属、在庙旁吏卒,咸闻呼'万岁'者三。"后以"山呼"或"嵩呼",代指臣民口呼万岁祝颂皇帝的行动。后来又发展为一种仪式,《元史·礼乐志一·元正受朝仪》:"曰跪左膝、三叩头,曰山呼,曰山呼,曰再山呼。"注云:"凡传'山呼',控鹤(按,指近侍)呼噪应和曰:'万岁!'传'再山呼',应曰:'万万岁!'后仿此。"

〔59〕　行迈羲轩——德行超过了伏羲和轩辕。羲、轩都是传说中的古代圣王。

〔60〕　仁文义武——犹言文治武功都符合儒家的仁义原则。

〔61〕　河清——河,黄河。黄河水浊,古人以河水澄清为祥瑞,是政治开明、太平富庶的象征。《后汉书·襄楷传》:"京房《易传》曰:'河水清,天下平。'"王嘉《拾遗记》卷一《高辛》:"黄河千年一清,至圣之君以为大瑞。"故以"河清"为太平盛世之颂词。

〔62〕　乐土——《诗经·魏风·硕鼠》:"逝将去女,适彼乐土。乐土乐土,爰得我所。"郑玄笺:"乐土,有德之国。"朱熹集传:"乐土,有道之国也。"意谓行仁政爱黎民的安乐之处。

〔63〕　凤凰来仪——凤凰飞来而有容仪。《尚书·益稷》:"《箫韶》九成,凤皇来仪。"言多次演奏舜乐《箫韶》,招来凤凰。孔颖达疏:"仪为有容仪。"凤凰飞来而有容仪,是太平盛世之象征。《论语·子罕》:"子曰:'凤鸟不至,河不出图,吾已矣夫!'"邢昺疏:"言孔子伤时无明君也。圣人受命则凤鸟至。"

〔64〕　麒麟屡出——麒麟,瑞兽。《史记·司马相如列传》载《上林赋》:"兽则麒麟角䚡。"司马贞索隐:"张揖曰:'雄曰麒,雌曰麟。其状麋身,牛尾,狼蹄,一角。'郭璞云:'麒似麟而无角。'"麒麟的出现,也被认为是一种祥瑞,是天下太平的象征。《春秋公羊传》哀公十四年:"麟者,仁兽也。有王者则至,无王者则不至。"

〔65〕　"谢当今"句——为当时颂圣俗语。贯云石〔双调·新水令·皇都元日〕套:"拜舞嵩呼,万万岁当今圣明主。"元剧剧末多用之,白朴《裴少俊墙头马上》作"万万岁当今圣明主"、王实甫《四丞相高会丽春堂》作"四荒八方万邦,齐仰贺当今圣上。"

〔66〕　眷属——本指家眷亲属。《梁书·侯景传》:"君门眷属,可以无恙,宠妻爱子,亦送相还。"剧中专指夫妻。毛西河曰:"此亦元人词习例,如《墙头马上》剧亦有'愿普天下姻眷皆完聚'类。但此称'有情的',此是眼目,盖概括《西厢》书也,故下曲即以'无情的郑恒'反结之。"

〔67〕 "总目"及以下四句,原无。此本剧剧名所由来,据王伯良本补。毛西河本亦有"总目",与王本文字稍异。

〔68〕 南赡——即南赡部洲,佛教认为须弥山四方咸海之中有四洲:东胜神洲、南赡部洲、西牛贺洲、北俱卢洲。南赡部洲产赡部树,又在须弥山之南,故名。中国即在此洲。参见《俱舍论》卷十一及玄奘《大唐西域记》卷一。

〔69〕 北堂——主母所居之处。《诗经·卫风·伯兮》:"焉得谖草,言树之背。"毛亨曰:"谖草令人忘忧;背,北堂也。"赵翼《陔馀丛考》卷四三"萱堂桂窟":"按古人寝堂之制,前堂后室,其由室而之内寝有侧阶,即所谓北堂也。见《尚书·顾命》注疏及《尔雅·释宫》。凡遇祭祀,主妇位于此。主妇则一家之主母也。北堂者,母之所在也,后人因以北堂为母。而北堂既可树萱,遂称曰萱堂耳。"按"谖"同"萱"。

附录一

莺莺传

　　唐贞元中，有张生者，性温茂，美风容，内秉坚孤，非礼不可入。或朋从游宴，扰杂其间，他人皆汹汹拳拳，若将不及，张生容顺而已，终不能乱。以是年二十三，未尝近女色。知者诘之，谢而言曰："登徒子非好色者，是有凶行。余真好色者，而适不我值。何以言之？大凡物之尤者，未尝不留连于心，是知其非忘情者也。"诘者识之。无几何，张生游于蒲。蒲之东十馀里，有僧舍曰普救寺，张生寓焉。适有崔氏孀妇，将归长安，路出于蒲，亦止兹寺。崔氏妇，郑女也。张出于郑，绪其亲，乃异派之从母。是岁，浑瑊薨于蒲。有中人丁文雅，不善于军，军人因丧而扰，大掠蒲人。崔氏之家，财产甚厚，多奴仆。旅寓惶骇，不知所托。先是，张与蒲将之党有善，请吏护之，遂不及于难。十馀日，廉使杜确将天子命以总戎节，令于军，军由是戢。郑厚张之德甚，因饰馔以命张，中堂宴之。复谓张曰："姨之孤嫠未亡，提携幼稚，不幸属师徒大溃，实不保其身。弱子幼女，犹君之生。岂可比常恩哉！今俾以仁兄礼奉见，冀所以报恩也。"命其子，曰欢郎，可十馀岁，容甚温美。次命女："出拜尔兄，尔兄活尔。"久之，辞疾。郑怒曰："张兄保尔之命，不然，尔且掳矣。能复远嫌乎？"久之，乃至。常服睟容，不加新饰，垂鬟接黛，双脸销红而已。颜色艳异,光辉动人。张惊,为之礼。因坐郑旁,以郑之抑而见也,凝睇怨绝,若不胜其体者。问其年纪,郑曰:"今天子甲子岁之七月,终于贞元庚辰,生年十七矣。"张生稍以词导之,不对,终席而罢。张自是惑之,愿致其情,无由得也。崔之婢曰红娘,生私为之礼者数四,乘间遂道其衷。婢果惊沮,腆然而奔。张生悔之。翼日,婢复至。张生乃羞而谢之,不复云所求矣。婢因谓张曰:"郎之言,所不敢言,亦不敢泄。然而崔之姻族,君所详也。何不因其德而求娶焉?"张曰:"余始自孩提,性不苟合。或时纨绮闲居,曾莫流盼。不为当年,终有所蔽。昨日一席间,几不自持。数日来,行忘止,食忘饱,恐不能逾旦暮,若因媒氏而娶,纳采问名,则三数月间,索我于枯鱼之肆矣。尔其谓我何?"婢曰:"崔之贞慎自保,虽所尊不可以非语犯之。下人之谋,固难入矣。然而善属文,往往沉吟章句,怨慕者久之。君试为喻情诗以乱之。不然,则无由也。"张大喜,立缀《春词》二首以授之。是夕,红娘复至,持彩笺以授张,曰:"崔所命也。"题其篇曰《明月三五夜》,其词曰:"待月西厢下,迎风户半开。拂墙花影动,疑是玉人来。"张亦微谕其旨。是夕,岁二月旬有四日矣。崔之东有杏花一株,攀援可逾。既望之夕,张因梯其树而逾焉。达于西厢,则户半开矣。红娘寝于床,生因惊之。红娘骇曰:"郎何以至?"张因绐之曰:"崔氏之笺召我也。尔为我告之。"无几,红娘复来,连曰:"至矣!至矣!"张生且喜且骇,必谓获济。及崔至,则端服严容,大数张曰:"兄之恩,活我之家,厚矣,是以慈母以弱子幼女见托。奈何因不令之婢,致淫逸之词。始以护人之乱为义,而终掠乱以求之:是以乱易乱,其去几何?诚欲寝其词,则保人之奸,不义;明之于母,则背人之惠,不祥;将寄于婢仆,又惧不得发其真诚。是用托短章,愿自陈启。犹惧兄之见难,是用鄙靡之词,以求其必至。非礼之动,能不愧心?特愿以礼自持,无及于乱。"言毕,翻然而逝。张自失者久之,复逾而出,于是绝望。数夕,张生临轩独寝,忽有人觉之,惊骇而起,则红娘敛衾携枕而至,抚张曰:"至矣!至矣!睡何为哉!"并枕重衾而去。张生拭目危坐久之,犹疑梦寐,然而修谨以俟。俄而红娘捧崔氏而至。至则娇羞融冶,力不能运支体,曩时端庄,不复同矣。是夕,旬有八日也。斜月晶莹,幽辉半床,张生飘飘然,且疑神仙之徒,不谓从人间至矣。有顷,寺钟鸣,天将晓,红娘促去。崔氏娇啼宛转,红娘又捧之而去,终夕无一言。张生辨色而兴,自疑曰:"岂其梦邪?"及明,睹妆在臂,香在衣,泪光荧荧然,犹莹于茵席而已。是后又十馀日,杳不复知。张生赋《会真诗》三十韵,未毕,而红娘适至,因授之,以贻崔氏。自是复容之,朝隐而出,暮隐而入,同安于曩所谓西厢者,几一月矣。张生常诘郑氏之情,则曰:"我不可奈何矣。"因欲就成之。无何,张生将之长安,先以情谕之,崔氏宛无难词,然而愁怨之容动人矣。将行之再夕,不复可见,而张生遂西下。数月,复游于蒲,会于崔氏者又累月。崔氏甚工刀札,善属文,求索再三,终不可见。往往张生自以文挑,亦不甚睹览。大略崔之出人者,艺必穷极,而貌若不知;言则敏辩,而寡于酬对;待张之意甚厚,然未尝以词继之。时愁艳幽邃,恒若不识;喜愠之容,亦罕形见。异时独夜操琴,愁弄凄恻,张窃听之。求之,则终不复鼓矣。以是愈惑之。张生俄以文调及期,又当西去。当去之夕,不复自言其情,愁叹于崔氏之侧。崔已阴知将诀矣,恭貌怡声,徐谓张曰:"始乱之,终弃之,固其宜矣,愚不敢恨。必也君乱之,君终之,君之惠也;则没身之誓,其有终矣,又何必深感于此行?然而君既不怿,无以奉宁。君常谓我善鼓琴,向时羞颜,所不能及;今且往矣,既君此诚。"因命拂琴，鼓《霓裳羽衣》序，不数声，哀音怨乱，不复知其是曲也。
左右皆欷歔，崔亦遽止之，投琴，泣下流连，趋归郑所，遂不复至。
明旦而张行。明年，文战不胜，张遂止于京。因赠书于崔，以广
其意。崔氏缄报之词，粗载于此。曰："捧览来问，抚爱过深，儿
女之情，悲喜交集。兼惠花胜一合，口脂五寸，致耀首膏唇之饰。
虽荷殊恩，谁复为容？睹物增怀，但积悲叹耳。伏承使于京中就
业，进修之道，固在便安。但恨僻陋之人，永以遐弃，命也如此，
知复何言！自去秋已来，常忽忽如有所失，于喧哗之下，或勉为
语笑，闲宵自处，无不泪零。乃至梦寐之间，亦多感咽，离忧之
思，绸缪缱绻，暂若寻常，幽会未终，惊魂已断。虽半衾如暖，而
思之甚遥。一昨拜辞，倏逾旧岁。长安行乐之地，触绪牵情，何
幸不忘幽微，眷念无斁。鄙薄之志，无以奉酬。至于终始之盟，
则固不忒。鄙昔中表相因，或同宴处。婢仆见诱，遂致私诚。儿
女之心，不能自固。君子有援琴之挑，鄙人无投梭之拒。及荐寝
席，义盛意深，愚陋之情，永谓终托。岂期既见君子，而不能定
情，致有自献之羞，不复明侍巾帻。没身永恨，含叹何言！倘仁
人用心，俯遂幽眇，虽死之日，犹生之年。如或达士略情，舍小从
大，以先配为丑行，以要盟为可欺。则当骨化形销，丹诚不泯，因
风委露，犹托清尘。存没之诚，言尽于此。临纸呜咽，情不能申。
千万珍重，珍重千万！玉环一枚，是儿婴年所弄，寄充君子下体
所佩。玉取其坚润不渝，环取其终始不绝。兼乱丝一绚，文竹茶
碾子一枚。此数物不足见珍。意者欲君子如玉之真，弊志如环
不解。泪痕在竹，愁绪萦丝。因物达情，永以为好耳。心迩身
遐，拜会无期。幽愤所锺，千里神合。千万珍重！春风多厉，强
饭为嘉。慎言自保，无以鄙为深念。"张生发其书于所知，由是
时人多闻之。所善杨巨源好属词，因为赋《崔娘诗》一绝云："清

润潘郎玉不如,中庭蕙草雪销初。风流才子多春思,肠断萧娘一纸书。"河南元稹亦续生《会真诗》三十韵,诗曰:"微月透帘栊,萤光度碧空。遥天初缥缈,低树渐葱茏。龙吹过庭竹,鸾歌拂井桐。罗绡垂薄雾,环珮响轻风。绛节随金母,云心捧玉童。更深人悄悄,晨会雨濛濛。珠莹光文履,花明隐绣龙。瑶钗行彩凤,罗帔掩丹虹。言自瑶华浦,将朝碧玉宫。因游洛城北,偶向宋家东。戏调初微拒,柔情已暗通。低鬟蝉影动,回步玉尘蒙。转面流花雪,登床抱绮丛。鸳鸯交颈舞,翡翠合欢笼。眉黛羞偏聚,唇朱暖更融。气清兰蕊馥,肤润玉肌丰。无力慵移腕,多娇爱敛躬。汗流珠点点,发乱绿葱葱,方喜千年会,俄闻五夜穷。留连时有恨,缱绻意难终。慢脸含愁态,芳词誓素衷。赠环明运合,留结表心同。啼粉流宵镜,残灯远暗虫。华光犹苒苒,旭日渐瞳瞳。乘鹜还归洛,吹箫亦上嵩。衣香犹染麝,枕腻尚残红。幂幂临塘草,飘飘思渚蓬。素琴鸣怨鹤,清汉望归鸿。海阔诚难渡,天高不易冲。行云无处所,萧史在楼中。"张之友闻之者,莫不耸异之,然而张志亦绝矣。稹特与张厚,因征其词。张曰:"大凡天之所命尤物也,不妖其身,必妖于人。使崔氏子遇合富贵,乘宠娇,不为云为雨,则为蛟为螭,吾不知其变化矣。昔殷之辛,周之幽,据百万之国,其势甚厚。然而一女子败之。溃其众,屠其身,至今为天下僇笑。予之德不足以胜妖孽,是用忍情。"于时坐者皆为深叹。后岁馀,崔已委身于人,张亦有所娶。适经所居,乃因其夫言于崔,求以外兄见。夫语之,而崔终不为出。张怨念之诚,动于颜色,崔知之,潜赋一章,词曰:"自从消瘦减容光,万转千回懒下床。不为旁人羞不起,为郎憔悴却羞郎。"竟不之见。后数日,张生将行,又赋一章以谢绝云:"弃置今何道,当时且自亲。还将旧时意,怜取眼前人。"自是,绝不复知矣。

时人多许张为善补过者。予尝于朋会之中,往往及此意者,夫使知者不为,为之者不惑。贞元岁九月,执事李公垂宿于予靖安里第,语及于是,公垂卓然称异,遂为《莺莺歌》以传之。崔氏小名莺莺,公垂以命篇。

（据《太平广记》卷四八八校录）

附 录 二

商调蝶恋花鼓子词

夫传奇者,唐元微之所述也。以不载于本集而出于小说,或疑其非是。今观其词,自非大手笔孰能与于此。至今士大夫极谈幽玄,访奇述异,无不举此以为美话。至于娼优女子,皆能调说大略。惜乎不被之以音律,故不能播之声乐,形之管弦。好事君子极饮肆欢之际,愿欲一听其说,或举其末而忘其本,或纪其略而不及终其篇,此吾曹之所共恨者也。今于暇日,详观其文,略其烦亵,分之为十章。每章之下,属之以词。或全摭其文,或止取其意。又别为一曲,载之传前,先叙前篇之义。调曰商调,曲名蝶恋花。句句言情,篇篇见意。奉劳歌伴,先定格调,后听芜词。

丽质仙娥生月殿,谪向人间,未免凡情乱。宋玉墙东流美盼,乱花深处曾相见。　　密意浓欢方有便,不奈浮名,旋遣轻分散。最恨多才情太浅,等闲不念离人怨。

传曰:"余所善张君,性温茂,美丰仪,寓于蒲之普救寺。适有崔氏孀妇,将归长安,路出于蒲,亦止兹寺。崔氏妇,郑女也。张出于郑,绪其亲,乃异派之从母。是岁,丁文雅不善于军,军人因丧而扰,大掠蒲人。崔氏之家,财产甚厚,多奴仆。旅寓惶骇，不知所措。先是，张与蒲将之党有善，请吏护之，遂不及于难。郑厚张之德甚，因饰馔以命张，中堂宴之。复谓张曰：'姨之孤嫠未亡，提携幼稚，不幸属师徒大溃，实不保其身。弱子幼女，犹君之所生也，岂可比常恩哉！今俾以仁兄之礼奉见，冀所以报恩也。'乃命其子曰欢郎，可十馀岁，容甚温美。次命女曰莺莺：'出拜尔兄，尔兄活尔。'久之，辞疾。郑怒曰：'张兄保尔之命。不然，尔且虏矣，能复远嫌乎？'又久之，乃至。常服睟容，不加新饰。垂鬟浅黛，双脸断红而已。颜色艳异，光辉动人。张惊，为之礼。因坐郑旁，凝睇怨绝，若不胜其体。张问其年几。郑曰：'十七岁矣。'张生稍以词导之，不对，终席而罢。"奉劳歌伴，再和前声。

锦额重帘深几许，绣履弯弯，未省离朱户。强出娇羞都不语，绛绡频掩酥胸素。　　黛浅愁红妆淡伫，怨绝情凝，不肯聊回顾。媚脸未匀新泪污，梅英犹带春朝露。

"张生自是惑之，愿致其情，无由得也。崔之婢曰红娘，生私为之礼者数四，乘间遂道其衷。翌日，复至，曰：'郎之言，所不敢言，亦不敢泄。然而崔之族姻，君所详也，何不因其媒而求娶焉？'张曰：'予始自孩提时，性不苟合。昨日一席间，几不自持。数日来，行忘止，食忘饭，恐不能逾旦暮。若因媒氏而娶，纳采问名，则三数月间，索我于枯鱼之肆矣。'婢曰：'崔之贞顺自保，虽所尊不可以非语犯之。然而善属文，往往沉吟章句，怨慕者久之。君试为喻情诗以乱。不然，无由得也。'张大喜，立缀《春词》二首以授之。"奉劳歌伴，再和前声。

懊恼娇痴情未惯，不道看看，役得人肠断。万语千言都不管，兰房跬步如天远。　　废寝忘餐思想遍，赖有青鸾，不必凭鱼雁。密写香笺论缱绻，春词一纸芳心乱。

"是夕，红娘复至，持彩笺以授张曰：'崔所命也。'题其篇云：《明月三五夜》。其词曰：'待月西厢下，迎风户半开。拂墙花影动，疑是玉人来。'"奉劳歌伴，再和前声。

庭院黄昏春雨霁，一缕深心，百种成牵系。青翼蓦然来报喜，鱼笺微喻相容意。　　待月西厢人不寐，帘影摇光，朱户犹慵闭。花动拂墙红萼坠，分明疑是情人至。

"张亦微谕其旨。是夕，岁二月旬又四日矣。崔之东墙有杏花一树，攀援可逾。既望之夕，张因梯树而逾焉。达于西厢，则户半开矣。无几，红娘复来，连曰：'至矣，至矣。'张生且喜且骇，谓必获济。及女至，则端服俨容，大数张曰：'兄之恩，活我家厚矣，由是慈母以弱子幼女见依。奈何因不令之婢，致淫泆之词。始以护人之乱为义，而终掠乱而求之，是以乱易乱，其去几何？诚欲寝其词，则保人之奸不义；明之母，则背人之惠不祥；将寄于婢妾，又恐不得发其真诚。是用托于短章，愿自陈启。犹惧兄之见难，是用鄙靡之词以求其必至。非礼之动，能不愧心？特愿以礼自持，毋及于乱。'言毕，翻然而逝。张自失者久之，复逾而出，由是绝望矣。"奉劳歌伴，再和前声。

屈指幽期惟恐误，恰到春宵，明月当三五。红影压墙花密处，花阴便是桃源路。　　不谓兰诚金石固，敛袂怡声，恣把多才数。惆怅空回谁共语，只应化作朝云去。

"后数夕，张君临轩独寝，忽有人惊之。惊骇而起，则红娘敛衾携枕而至。抚张曰：'至矣，至矣，睡何为哉？'并枕重衾而去。张生拭目危坐久之，犹疑梦寐。俄而红娘捧崔而至，则娇羞融冶，力不能运支体。曩时之端庄，不复同矣。是夕，旬有八日，斜月晶荧，幽辉半床。张生飘飘然，且疑神仙之徒，不谓从人间至也。有顷，寺钟鸣晓，红娘促去。崔氏娇啼宛转，红娘又捧而去。终夕无一言。张生辨色而兴，自疑曰：'岂其梦耶？'所可明者，妆在臂，香在衣，泪光荧荧然，犹莹于茵席而已。"奉劳歌伴，再和前声。

数夕孤眠如度岁，将谓今生，会合终无计。正是断肠凝望际，云心捧得嫦娥至。　　　玉困花柔羞拭泪，端丽妖娆，不与前时比。人去月斜疑梦寐，衣香犹在妆留臂。

"是后又十数日，杳不复知。张生赋《会真诗》三十韵，未毕，红娘适至，因授之以贻崔氏。自是复容之，朝隐而出，暮隐而入，同安于曩所谓西厢者，几一月矣。张生将之长安，先以情谕之。崔氏宛无难词，然愁怨之容动人矣。欲行之再夕，不复可见，而张生遂西。"奉劳歌伴，再和前声。

一梦行云还暂阻，尽把深诚，缀作新诗句。幸有青鸾堪密付，良宵从此无虚度。　　　两意相欢朝又暮，争奈郎鞭，暂指长安路。最是动人愁怨处，离情盈抱终无语。

"不数月，张生复游于蒲，舍于崔氏者又累月。张雅知崔氏善属文，求索再三，终不可见。虽待张之意甚厚，然未尝以词继之。异时，独夜操琴，愁弄凄恻。张窃听之，求之，则不复鼓矣。以是愈惑之。张生俄以文调及期，又当西去。当去之夕，崔恭貌怡声，徐谓张曰：'始乱之，今弃之，固其宜矣，愚不敢恨。必也君始之，君终之，君之惠也。则没身之誓，其有终矣，又何必深憾于此行？然而君既不怿，无以奉宁。君尝谓我善鼓琴,今且往矣,既达君此诚。'因命拂琴,鼓《霓裳羽衣》序,不数声,哀音怨乱,不复知其是曲也。左右皆欷歔,张亦遽止之。崔投琴拥面,泣下流涟,趣归郑所,遂不复至。"奉劳歌伴,再和前声。

碧沼鸳鸯交颈舞,正恁双栖,又遣分飞去。洒翰赠言终不许,援琴请尽奴衷素。　　　曲未成声先怨慕,忍泪凝情,强作霓裳序。弹到离愁凄咽处,弦肠俱断梨花雨。

"诘旦,张生遂行。明年,文战不利,遂止于京。因贻书于崔,以广其意。崔氏缄报之词,粗载于此,曰:'捧览来问,抚爱过深,儿女之情,悲喜交集。兼惠花胜一合,口脂五寸,致耀首膏唇之饰。虽荷多惠,谁复为容?睹物增怀,但积悲叹耳。伏承便于京中就业,于进修之道,固在便安。但恨鄙陋之人,永以遐弃,命也如此,知复何言!自去秋以来,尝忽忽如有所失。于喧哗之下,或勉为笑语,闲宵自处,无不泪零。乃梦寐之间,亦多叙感咽离忧之思。绸缪缱绻,暂若寻常,幽会未终,惊魂已断。虽半衾如暖,而思之甚遥。一昨拜辞,倏逾旧岁。长安行乐之地,触绪牵情。何幸不忘幽微,眷念无斁。鄙薄之志,无以奉酬。至于终始之盟,则固不忒。鄙昔中表相因,或同宴处;婢仆见诱,遂致私诚。儿女之情,不能自固。君子有援琴之挑,鄙人无投梭之拒。及荐枕席,义盛恩深,愚幼之情,永谓终托。岂期既见君子,不能以礼定情,致有自献之羞,不复明侍巾帻。没身永恨,含叹何言!倘若仁人用心,俯遂幽劣,虽死之日,犹生之年。如或达士略情,舍小从大,以先配为丑行,谓要盟之可欺,则当骨化形销,丹忱不泯;因风委露,犹托清尘。存殁之诚,言尽于此。临纸呜咽,情不能申,千万珍重。'"奉劳歌伴,再和前声。

别后相思心目乱,不谓芳音,忽寄南来雁。却写花笺和泪卷,细书方寸教伊看。　　独寐良宵无计遣,梦里依稀,暂若寻常见。幽会未终魂已断,半衾如暖人犹远。

　　"'玉环一枚,是儿婴年所弄,寄充君子下体之佩。玉取其坚洁不渝,环取其终始不绝。兼致彩丝一绚,文竹茶合碾子一枚。此数物不足见珍,意者欲君子如玉之洁,鄙志如环不解。泪痕在竹,愁绪萦丝。因物达诚,永以为好耳。心迩身遐,拜会无期。幽愤所钟,千里神合。千万珍重。春风多厉,强饭为佳。慎言自保,毋以鄙为深念也。'"奉劳歌伴,再和前声。

尺素重重封锦字,未尽幽闺,别后心中事。佩玉彩丝文竹器,愿君一见知深意。　　环玉长圆丝万系,竹上斓斑,总是相思泪。物会见郎人永弃,心驰魂去神千里。

　　"张之友闻之,莫不耸异。而张之志固绝之矣。岁余,崔已委身于人,张亦有所娶。适经其所居,乃因其夫言于崔,以外兄见。夫已诺之,而崔终不为出。张怨念之诚,动于颜色。崔知之,潜赋一诗寄张曰:'自从消瘦减容光,万转千回懒下床。不为旁人羞不起,为郎憔悴却羞郎。'竟不之见。后数日,张君将行,崔又赋一诗以谢绝之。词曰:'弃置今何道,当时且自亲。还将旧来意,怜取眼前人。'"奉劳歌伴,再和前声。

梦觉高唐云雨散,十二巫峰,隔断相思眼。不为旁人移步懒,为郎憔悴羞郎见。　　青翼不来孤凤怨,路失桃源,再会终无便。旧恨新愁无计遣,情深何似情俱浅。

逍遥子曰:乐天谓微之能道人意中语。仆于是益知乐天之言为当也。何者？夫崔之才华婉美,词彩艳丽,则于所载缄书诗章尽之矣。如其都愉淫冶之态,则不可得而见。及观其文,飘飘然仿佛出于人目前。虽丹青摹写其形状,未知能如是工且至否？仆尝采摭其意,撰成鼓子词十一章,示余友何东白先生。先生曰:"文则美矣,意犹有不尽者,胡不复为一章于其后,具道张之于崔,既不能以理定其情,又不能合之于义。始相遇也,如是之笃;终相失也,如是之遽。必及于此,则完矣。"余应之曰:"先生真为文者也,言必欲有终始箴戒而后已。"大抵鄙靡之词,止歌其事之可歌,不必如是之备。若夫聚散离合,亦人之常情,古今所共惜也。又况崔之始相得而终至相失,岂得已哉！如崔已他适,而张诡计以求见;崔知张之意,而潜赋诗以谢之,其情盖有未能忘者矣。乐天曰:"天长地久有时尽,此恨绵绵无尽期。"岂独在彼者耶？予因命此意,复成一曲,缀于传末云。

镜破人离何处问,路隔银河,岁会知犹近。只道新来消瘦损,玉容不见空传信。　　弃掷前欢俱未忍,岂料盟言,陡顿无凭准。地久天长终有尽,绵绵不似无穷恨。

（据《侯鲭录》卷五校录）

附 录 三

董解元西厢记

金·董解元

卷　一

【仙吕调】【醉落魄缠令】(引辞)吾皇德化,喜遇太平多暇,干戈倒载闲兵甲。这世为人,白甚不欢洽？　秦楼谢馆鸳鸯幄,风流稍是有声价,教惺惺浪儿每都伏咱。不曾胡来,俏倬是生涯。

【整乾坤】携一壶儿酒,戴一枝儿花,醉时歌,狂时舞,醒时罢,每日价疏散不曾著家。放二四不拘束,尽人团剥。

【风吹荷叶】打拍不知个高下,谁曾惯对人唱他说他？好弱高低且按捺。话儿不是扑刀捍棒,长枪大马。

【尾】曲儿甜,腔儿雅,裁剪就雪月风花,唱一本儿倚翠偷期话。

【般涉调】【哨遍】(断送引辞)太皞司春,春工著意,和气生旸谷。十里芳菲,尽东风丝丝柳搓金缕。渐次第,桃红杏浅,水绿山青,春涨生烟渚。九十日光阴能几？早鸣鸠呼妇,乳燕携雏。乱红满地任风吹,飞絮蒙空有谁主？

278

春色三分,半入池塘,半随尘土。　满地榆钱,算来难买春光住。初夏永,薰风池馆,有藤床、冰簟、纱幮。日转午,脱巾散发,沉李浮瓜,宝扇摇纨素。著甚消磨永日?有扫愁竹叶,侍寝青奴。霎时微雨送新凉,些少金风退残暑。韶华早暗中归去。

【耍孩儿】萧萧败叶辞芳树,切切寒蝉会絮。淅零零疏雨滴梧桐,听哑哑雁归南浦。澄澄水印千江月,淅淅风筛一岸蒲。穷秋尽,千林如削,万木皆枯。　朔风飘雪江天暮,似水墨工夫画图。浩然何处冻骑驴?多应在霸陵西路。寒侵安道读书舍,冷浸文君沽酒垆。黄昏后,风清月淡,竹瘦梅疏。

【太平赚】四季相续,光阴暗把流年度。休慕古,人生百岁如朝露。莫区区,莫区区,好天良夜且追游,清风明月休辜负。但落魄,一笑人间今古,圣朝难遇。　俺平生情性好疏狂,疏狂的情性难拘束。一回家想么,诗魔多爱选多情曲。比前贤乐府不中听,在诸宫调里却著数。一个个,旖旎风流济楚,不比其馀。

【柘枝令】也不是崔韬逢雌虎,也不是郑子遇妖狐,也不是井底引银瓶,也不是双女夺夫。　也不是离魂倩女,也不是谒浆崔护,也不是双渐豫章城,也不是柳毅传书。

【墙头花】这些儿古迹,见在河中府,即目仍存旧寺宇。这书生是西洛名儒,这佳丽是博陵幼女。　而今想得,冷落了迎风户,唯有旧题句。空存著待月回廊,不见了吹箫伴侣。　聪明的试相度,惺惺的试窨付。不同热闹话,冷淡清虚最难做。三停来是闺怨相思,折半来是尤云殢雨。

【尾】穷缀作,腌对付,怕曲儿捻到风流处,教普天下颠不剌的浪儿每许。

　　此本话说,唐时这个书生,姓张名珙,字君瑞,西洛人也。从父宦游于长安,因而家焉。父拜礼部尚书,薨。五七载间,家业零替,缘尚书生前守官清廉,无他蓄积之所致也。珙有大志,二十三不娶。

【仙吕调】【赏花时】西洛张生多俊雅,不在古人之下。苦爱诗书,素闲琴画;德行文章没包弹,绰有赋名诗价。选甚嘲风咏月,擘阮分茶。　平日春闱较才艺,策名屡获科甲。家业凋零,倦客京华。收拾琴书访先觉,区区四海游学,一年多半,身在天涯。

【尾】爱寂寥,耽潇洒,身到处他便为家,似当年未遇的狂司马。

　　贞元十七年二月中旬间,生至蒲州,乃今之河中府是也。有诗为证。诗曰:"涛涛金汁出天涯,滚滚银波通海洼。九曲湾灢冲孟邑,三门汹涌返中华。瞿塘潋滟人虚说,夏口喧轰旅谩夸。傍有江湖竞相接,上连霄汉泛浮槎。"这八句诗,题著黄河。黄河那里最雄?无过河中府。

【仙吕调】【赏花时】芳草茸茸去路遥,八百里地秦川春色早,花木秀芳郊。蒲州近也,景物尽堪描。　西有黄河东华岳,乳口敌楼没与高,仿佛来到云霄。黄流滚滚,时复起风涛。

【尾】东风两岸绿杨摇,马头西接著长安道。正是黄河津要,用寸金竹索,缆著浮桥。

　　入得蒲州,见景物繁盛,君瑞甚喜,寻旅舍安止。

【仙吕调】【醉落魄】通冲四达,景物最堪图画。茏葱瑞云迷鸳瓦,接屋连甍,五七万人家。　六街三市通车马,风流人物类京华。张生未及游州学,策马携仆,寻得个店儿下。

　　有宋玉十分美貌,怀子建七步才能,如潘岳掷果之容,似封
　　鸾心刚独正。时间尚在白衣,目下风云未遂。张生寻得一
　　座清幽店舍下了。住经数日,心中似有闷倦。

【黄钟调】【侍香金童】清河君瑞,邸店权时住,又没个亲知为伴侣,欲待散心没处去。正疑惑之际,二哥推户。

　　张生急问,道:“都知听说:不问贤家别事故,闻说贵州天下没,有甚希奇景物? 你须知处。”

【尾】二哥不合尽说与,开口道不够十句,把张君瑞送得来腌受苦。

　　被几句杂说闲言,送一段风流烦恼。道甚的来? 道甚的
　　来? 道:“蒲州东十馀里,有寺曰普救。自则天崇浮屠教,
　　出内府财敕建,僧蓝无丽于此。请先生一观。”

【高平调】【木兰花】店都知,说一和,道“国家修造了数载馀过,其间盖造的非小可。想天宫上光景,赛他不过。说谎后,小人图甚么? 普天之下,更没两座。”张生当时听说破,道:“譬如闲走,与你看去则个。”

　　生出蒲州,随喜普救寺。离城十馀里,须臾早到。

【仙吕调】【醉落魄】绿杨影里,君瑞正行之次,仆人顺手直东指,道:"兀底一座山门!"君瑞定睛视。　见琉璃碧瓦浮金紫,若非普救怎如此? 张生心下犹疑贰,道"普天之下行来,不曾见这区寺。"

【尾】到根前,方知是,觑牌额分明是敕赐。写著簸箕来大六个浑金字。

> 祥云笼经阁,瑞霭罩钟楼。三身殿,琉璃吻,高接青虚;舍利塔,金相轮,直侵碧汉。出墙有千竿君子竹,绕寺长百株大夫松。绿杨映一所山门,上明书金字牌额,簸箕来大,颜柳真书,写"敕赐普救之寺"。秀才看了寺外景,早喜。入寺来谒,知客令一行童引随喜,陡然顿豁尘俗之性。

【商调】【玉抱肚】普天下佛寺,无过普救,有三檐经阁,七层宝塔,百尺钟楼。正堂里幡盖悬在画栋,回廊下帘幕金钩。一片地是琉璃瓦,瑞烟浮,千梁万斛。宝阶数尺是琉璃甃,重檐相对,一谜地是宝妆就。　佛前的供床金间玉,香烟袅袅喷瑞兽。中心的悬壁,周回的画像,是吴生亲手。金刚揭帝骨相雄,善神菩萨相移走。张生觑了,失声的道:"果然好!"频频地稽首。欲待问是何年建,见梁文上明写著"垂拱二年修"。

【尾】都知说得果无谬,若非今日随喜后,著丹青画出来不信道有。

> 此寺盖造真是富贵:捣椒泥红壁,雕花间玉梁;沉檀金四柱,玳瑁压阶矼。松桧交加,花竹间列。观此异景奢华,果为人间天上。若非国力,怎生盖得!

【双调】【文如锦】景清幽，看罢绝尽尘俗意。普救光阴，出尘离世。明晃晃，辉金碧，修完济楚，栽接奇异。有长松矮柏，名葩异卉。时潺潺流水，凑著千竿翠竹，几块湖石。瑞烟微，浮屠千丈，高接云霄。　　行者道："先生本待观景致，把似这里闲行，随喜塔位。"转过回廊，见个竹帘儿挂起。到经藏北，法堂西，厨房南面，钟楼东里。向松亭那畔，花溪这壁，粉墙掩映，几间寮舍，半亚朱扉。正惊疑，张生觑了，魂不逐体。

【尾】瞥然一见如风的，有甚心情更待随喜，立挣了浑身森地。

　　当时张生却是见甚的来？见甚的来？与那五百年前疾憎的冤家，正打个照面儿！一天烦恼，当初指引为都知；满腹离愁，到此发迷因行者。一场旖旎风流事，今日相逢在此中。

【仙吕调】【点绛唇缠】楼阁参差，瑞云缥缈香风暖。法堂前殿，数处都行遍。　　花木阴阴，偶过垂杨院。香风散，半开朱户，瞥见如花面。

【风吹荷叶】生得于中堪羡，露著庞儿一半，宫样眉儿山势远。十分可喜，二停似菩萨，多半是神仙。

【醉奚婆】尽人顾盼，手把花枝捻。琼酥皓腕，微露黄金钏。

【尾】这一双，鹘鸰眼，须看了可憎底千万，兀底般媚脸儿不曾见。

　　手捻粉香春睡足，倚门立地怨东风。髻绾双鬟，钗簪金凤；

眉弯远山不翠，眼横秋水无光；体若凝酥，腰如弱柳；指犹春笋纤长，脚似金莲稳小。正传道："张生二十三岁，未尝近于女色。"其心虽正，见此女子，颇动其情。

【中吕调】【香风合缠令】转过荼蘼，正相逢著，宿世那冤家。一时间见了他，十分地慕想他。不道措大连心要退身，却把个门儿亚。唤别人不见哟，不见哟！　朱樱一点衬腮霞，斜分著个庞儿鬓似鸦。那多情媚脸儿，那鹘鸰渌老儿，难道不清雅？见人不住偷睛抹，被你风魔了人也嗦，风魔了人也嗦！

【墙头花】也没首饰铅华，自然没包弹，淡净的衣服儿扮得如法。天生更一段儿红白，便周昉的丹青怎画？　手托著腮儿，见人羞又怕。觑举止行处，管未出嫁。不知他姓甚名谁，怎得个人来问咱？　不曾旧相识，不曾共说话。何须更买卦，已见十分掉不下。兀的般标格精神，管相思人去也妈妈！

【尾】你道是可憎么？被你直羞落庭前无数花。

门前纵有闲桃李，羞对桃源洞里人。佳人见生，羞婉而入。

【大石调】【伊州衮】张生见了，五魂俏无主，道："不曾见恁好女，普天之下，更选两个应无！"胆狂心醉，使作得不顾危亡，便胡做。一向痴迷，不道其间是谁住处！　忒昏沉，忒粗鲁，没掂三，没思虑，可来慕古。少年做事，大抵多失心粗。手撩衣袂，大踏步走至根前，欲推户。脑背后个人来，你试寻思怎照顾？

【尾】凛凛地身材七尺五，一双手把秀才摔住，吃搭搭地拖将柳阴里去。

　　真所谓："贪趁眼前人，不防身后患。"捽住张生的，是谁？是谁？乃寺僧法聪也。生惊问其故。僧曰："此处公不可往，请诣他所。"生曰："本来随喜，何往不可？"僧曰："故相崔夫人宅眷，权寓于此。"

【仙吕调】【惜黄花】张生心乱，法聪频劝："这里面狼藉，又无看玩。不是厮遮拦，解元听分辩：这一位也非是佛殿。　旧来是僧院，新来做了客馆。崔相国家属，见寄居里面。"君瑞道："莫胡来，便死也须索看！这里管塑盖得希罕。

【尾】"莫推辞，休解劝，你道是有人家宅眷，我甚恰才见水月观音现？"

　　僧笑曰："子言谬矣。何观音之有？此乃崔相幼女也。"生曰："家有闺女，容艳非常，何不居驿而寄居寺中？"应曰："夫人，郑相女也。闺门有法，至于童仆侍婢，各有所役。间有呼召，得至帘下者，亦不敢侧目。家道肃然。恶传舍冗杂，故寓此寺。"生曰："几日见归？"僧曰："近日将作水陆大会，及今岁有忌而不得葬，权置相公枢于客亭，率幼女孤子，严祭祀之礼。待来岁通，方诣都营葬。今于此守服看灵而已。"怎见得当时有如此事来？有唐李绅公垂作《莺莺本传歌》为证。歌曰："伯劳飞迟燕飞疾，垂杨绽金花笑日。绿窗娇女字莺莺，金雀鸦鬟年十七。黄姑上天阿母在，寂寞霜姿素莲质。门掩重关萧寺中，芳草花时不曾出。"

【大石调】【蓦山溪】法聪频劝，道："先辈休胡想。——

话行藏,不是贫僧说谎。适来佳丽,是崔相国女孩儿,十六七,小字唤莺莺,白甚观音像?"　张生闻语转转心劳攘。使作得似风魔,说了依前又问当,颠来倒去,全不害心烦。贪说话,到日斋时,听珰珰钟响。

　　语话之间,行者至,请生会饭。生不免从行者参堂头和尚至德大师法本。法本见生服儒服,骨秀过群,离禅榻以释礼敬待。

【仙吕调】【恋香衾】法本慌忙离禅榻,连披法锦袈裟。君瑞敬身,大师忙答,各序尊卑对榻坐,须臾饮食如法。一般般滋味,肉食难压。　君瑞虽然腹中馁,奈胸中郁闷如麻,待强吃些儿,咽他不下。饭罢须臾却卓儿,急令行者添茶。银瓶汤注,雪浪浮花。

【尾】纸窗儿明,僧房儿雅,一碗松风啜罢,两个倾心地便说知心话。

　　气合道和,如宿昔交。法本请其从来,生对以:"儒学进身,将赴诏选,游学连郡,访诸先觉。偶至贵寺,喜贵寺清净,愿假一室,温阅旧书。"

【般涉调】【夜游宫】君瑞从头尽诉:"小生是西洛贫儒,四海游学历州府,至蒲州,因而到梵宇。　一到绝了尘虑,欲假一室看书,每月房钱并纳与,问吾师,心下许不许?"

　　生曰:"月终聊备钱二千,充房宿之资。未知吾师允否?"

【大石调】【吴音子】张生因僧好见许,以他辞说,道:"比及归去,暂时权住两三月,欲把从前诗书温阅。"若不与后,而今没这本话说。

> 法本曰:"空门何计此利? 寮舍稍多,但随堂一斋一粥,欲
> 得三个月道话,何必留房缗,俗之甚也。"

【吴音子后】大师曰:"先生错,咱儒释何分别? 若言著钱
物,自家斋舍却难借。况敝寺其间,多有寮舍,容一儒生
又何碍也?"

> 生曰:"和尚虽然有此心,奈容朝夕则可矣;岁寒过有搔扰,
> 愚意不留房缗,更不敢议。有白金五十星,聊充讲下一茶
> 之费。"本不受,生坚纳而起;本邀之,竟去。由是,僧徒知
> 生疏于财而重于义,过善之。乃呼知事僧引于塔位一舍
> 后,有一轩,清肃可爱,生令仆取行装而至。

【中吕调】【碧牡丹】小斋闲闭户,没一个外人知处。一
间儿半,擗掠得几般来清楚。一到其间,绝去尘俗虑。
纸窗儿明,湘簟儿细,竹帘儿疏。　晚来过雨,有多少燕
喧莺语。太湖石畔,有两三竿儿修竹。好寄闲身,眼底
无俗物。有几扇儿纸屏风,有几轴儿水墨画,有一枚儿瓦
香炉。

【尾】其馀有与谁为伴侣? 有吟砚紫毫笺数幅,壁上瑶琴
几上书。

> 闲寻丈室高僧语,闷对西厢皓月吟。是夜月色如昼,生至
> 莺庭侧近,口占二十字小诗一绝,其诗曰:"月色溶溶夜,花
> 阴寂寂春。如何临皓魄,不见月中人?"诗罢,绕庭徐步。

【中吕调】【鹘打兔】对碧天晴,清夜月,如悬镜。张生徐
步,渐至莺庭。僧院悄,回廊静;花阴乱,东风冷。对景
伤怀,微吟步月,陶写深情。诗罢踟蹰,不胜情,添悲哽。

一天月色,满身花影。心绪恶,说不尽,疑惑际,俄然听。听得哑地门开,袭袭香至,瞥见莺莺。

【尾】脸儿稔色百媚生,出得门儿来慢慢地行,便是月殿里嫦娥也没恁地撑。

> 青天莹洁,瑞云都向鬓边来;碧落澄晖,秀色并觺眉上长。料想春娇厌拘束,等闲飞出广寒宫。容分一捻,体露半襟。鼗罗袖以无言,垂湘裙而不语。似湘陵妃子,斜偎舜殿朱扉;如月殿姮娥,微现蟾宫玉户。

【仙吕调】【整花冠】整整齐齐试稔色,姿姿媚媚红白。小颗颗的朱唇,翠弯弯的眉黛。滴滴春娇可人意,慢腾腾地行出门来。舒玉纤纤的春笋,把颤巍巍的花摘。　低矮矮的冠儿偏宜戴,笑吟吟地喜满香腮。解舞的腰肢,瘦岊岊的一搦。簌簌的裙儿前刀儿短,被你风韵韵煞人也猜。穿对儿曲弯弯的半折来大弓鞋。

【尾】遮遮掩掩衫儿窄,那些袅袅婷婷体态,觑著剔团圆的明月伽伽地拜。

> 不知心事在谁边,整顿衣裳拜明月。佳人对月,依君瑞韵,亦口占一绝。其诗曰:"兰闺久寂寞,无事度芳春。料得行吟者,应怜长叹人。"生闻之惊喜。

【仙吕调】【绣带儿】映花阴,靠小栏,照人无奈,月色十分满。眼睛儿不转,仔细把莺莺偷看。早教措大心撩乱,怎禁那百媚的冤家,多时也长叹。把张生新诗答和,语若流莺啭。樱桃小口娇声颤,不防花下,有人肠断。　张生闻语意如狂,相抛著大地苦不远,没些儿惧惮,便发狂言。手撩著衣袂，大踏步走至根前。早见女孩儿家心肠软，諕得颤著一团，几般儿害羞赧。思量那清河君瑞，也是个风魔汉。不防更被别人见，高声喝道："怎敢戏弄人家宅眷！"

【尾】气扑扑走得掇肩的喘，胜到莺莺前面，把一天来好事都惊散。

　　真所谓佳期难得，好事多磨。来的是谁？来的是谁？张生觑，乃莺之婢红娘也。莺莺问所以。

【仙吕调】【赏花时】百媚莺莺正惊讶，道："这妮子慌忙则甚那？管是妈妈使来吵！"红娘低报："教姐姐睡来呵。"促莺同归。　引调得张生没乱煞，把似当初休见他。越添我闷愁加，非关今世，管宿世冤家。

【尾】东风惊落满庭花，玉人不见朱扉亚。"孩儿，莫不是俺无分共伊嘛？"

　　生怏怏归于寝舍，通宵无寐。

【大石调】【梅梢月】划地相逢，引调得人来眼狂心热。见了又休，把似当初，不见是他时节。恼人的一对多情眼，强睡些何曾交睫！更堪听窗儿外面，子规啼月。此恨教人怎说？待拚了依前又难割舍。一片狂心，九曲柔肠，划地闷如昨夜。此愁今后知滋味，是一段风流冤业，下梢管折倒了性命去也！

　　自兹厥后，不以进取为荣，不以干禄为用，不以廉耻为心，不以是非为戒。夜则废寝，昼则忘餐，颠倒衣裳，不知所措。盖慕莺莺如此。

【大石调】【玉翼蝉】前时听和尚说，空把愁眉敛，道："相国夫人从来性气刚，深有治家风范。"怎敢犯？寻思了空闷乱。难睹莺莺面，更有甚身心，书帏里做功课？百般悄如风汉。　水干了吟砚，积渐里尘蒙了书卷。千方百计，无由得见。小庭那畔，不见佳人门昼掩。列翅著脚儿，走到千遍。数幅花笺，相思字写满，无人敢暂传。正是：咫尺是冤家，浑如天样远。

客窗错种疏疏竹，细雨斜风故恼人。

【双调】【豆叶黄】薄薄春阴，酿花天气，雨儿霡霂，风儿淅沥。药栏儿边，钩窗儿外，妆点新晴，花染深红，柳拖轻翠。　采蕊的游蜂，两两相携；弄巧的黄鹂，双双作对。对景伤怀恨自己，病里逢春，四海无家，一身客寄。

【搅筝琶】穷愁泪，穷愁泪，掩了又还滴。多病的情怀，孤眠况味，说不得苦恹恹。一个少年身己，多因为那薄幸种，折倒得不戏。　千般风韵，一捻儿年纪，多宜！多宜！不惟道生得个庞儿美，那堪更小字儿得惬人意，虫蚁儿里多情的，莺儿第一，偏称缕金衣。你试寻思：自家又没天来大福，如何消得？

【庆宣和】有甚心情取富贵？一日瘦如一日。闷答孩地倚著个枕头儿，悄一似害的。　写个帖儿倩人寄，写得不成个伦理。欲待飞去欠双翼，甚时见你？

【尾】心头怀著待不思忆，口中强道不憔悴，怎瞒得青铜镜儿里？

千方百计，无由得见意中人；丧尽身心，终是难逢忆戏种。

【正宫】【虞美人缠】霎时雨过琴丝润，银叶龙香烬。此时风物正愁人，怕到黄昏，忽地又黄昏。　花憔月悴罗衣褪，生怕旁人问。寂寥书舍掩重门，手卷珠帘，双目送行云。

【应天长】两眉无计解愁颦，旧愁新恨，这一番愁又新。淹不断眼中泪，揾不退脸上啼痕，处置不下闲烦恼，磨灭了旧精神。　几番修简问寒温，又无人传信，想著后先断魂。书写了数幅纸，更不算织锦回文。我几曾梦见人传示，我亏你，你亏人。

【万金台】比及相逢奈何时下窨，你寻思闷那不闷？这些病何时可？待医来却又无个方本。　饮食每日餐三顿，不曾饱吃了一顿。一日十二个时辰，没一刻暂离方寸。

【尾】待登临又不快，闲行又闷，坐地又昏沉。睡不稳，只倚著个鲛鮹枕头儿盹。

　　　生从见了如花，烦恼处治不下。本待欲睡，忽听得枨门儿低哑，见个行者道："俺师父请吃碗淡茶。"生摄衣而起，勉就方丈，与法本闲话。

【正宫调】【应天长】僧斋擗掠得好清虚，有蒲团、禅儿、经案、瓦香炉。窗间修竹影扶疏。围屏低矮，都画山水图。银瓶点嫩茶，啜罢烦渴涤除。有行者、法师、张君瑞，一个外人也无。　许了林下做为侣，说得言语真个不入俗。高谈阔论晓今古，一个是一方长老，一个是一代名儒，俗谈没半句，那一和者也之乎。信道：若说一夕话，胜读十年书。

【尾】倾心地正说到投机处，听哑的门开瞬目觑，见个女孩儿深深地道万福。

　　桃源咫尺无缘到，不意仙姬出洞来。生再觑久之，乃向者促莺之人也。

【般涉调】【墙头花】虽为个侍婢，举止皆奇妙。那些儿鹐鸽那些儿掉。曲弯弯的宫样眉儿，慢松松地合欢髻小。

　　裙儿窄地，一搦腰肢袅。百媚的庞儿，好那不好？小颗颗的一点朱唇，溜刃刃一双渌老。　不苦诈打扮，不甚艳梳掠。衣服尽素缟，稔色行为定有孝。见张生欲语低头，见和尚佯看又笑。

【尾】道了个"万福"传示了，姿姿媚媚地低声道："明日相国夫人待做清醮。"

　　法本令执事准备。红娘辞去，生止之曰："敢问娘子：宅中未尝见婢仆出入，何故？"红娘曰："非先生所知也。"生曰："愿闻所以。"红娘曰："夫人治家严肃，朝野知名。夫人幼女莺莺，数日前夜乘月色潜出，夫人窃知，令妾召归，失子母之情。立莺庭下，责曰：'尔为女子，容艳不常。更夜出庭，月色如昼，使小僧、游客得见其面，岂不自耻？'莺莺泣谢曰：'今当改过自新，不必娘自苦苦。'然夫人怒色，莺不敢正视。况姨奶敢乱出入耶？"言讫而去。生谓法本曰："小生备钱五千，为先父尚书作分功德。"师曰："诺。"

【中吕调】【牧羊关】适来因把红娘问，说夫人恁般情性：作事威严，治家廉谨。无处通佳耗，无计传芳信。欲要成秦晋，天，天，除会圣！　闷答孩地倚著窗台儿盹，你寻思大小大郁闷？处治不下，擘画不定。得后是自家采，不得后是自家命。更打著黄昏也，兀的不愁杀人！

【尾】倘或明日见他时分，把可憎的媚脸儿饱看了一顿，便做受了这恓惶也正本。

　　　　生曰："来日向道场里，须见得你。"越睡不著，只是想著莺莺。

【中吕调】【碧牡丹】小春寒尚浅，前岭早梅应绽，玉壶一夜，积渐里冰渐生满。业重身心，把往事思量遍。闷如丝，愁如织，夜如年。　　自从人个别，何曾考五经三传？怎消遣？除告得纸和笔砚，待不寻思，怎奈心肠软。告天，天，天不应，奈何天！

【尾】没一个日头儿心放闲，没一个时辰儿不挂念，没一个夜儿不梦见。

　　　　张生捱得天晓，来看做醮，已早安排了毕。

【越调】【上平西缠令】月儿沉，鸡儿叫，现东方，日光渐拥出扶桑。诸方檀越，不论城郭与村坊，一齐齐随喜道场来，罢铺收行。　　登经阁，游塔位，穿佛殿，立回廊，绕著圣位，随喜十王。供坛高垒，宝花香火间金幢。救拔亡过相公灵，灭罪消殃。

【斗鹌鹑】法聪收拾，鼓鸣钟响。众僧云集，尽临坛上：有法悟、法空、慧明、慧朗。甚严洁，甚磊浪，法堂里摆列著诸天圣像。　　整整齐齐，自然成行。只少个圆光，便似圣僧模样。法本临坛，众人瞻仰。尽稽首，尽合掌，至心先把诸佛供养。

【青山口】众髻鬟簇捧著个老婆娘，头白浑一似霜。体穿一套孝衣裳,年纪到六旬以上。临坛揖了众僧,叩头礼下当阳。左壁头个老青衣拖著欢郎。　右壁个佳人举止轻盈,脸儿说不得的抢。把盖头儿揭起,不甚梳妆,自然异常。松松云鬟偏,弯弯眉黛长;首饰又没,著一套儿白衣裳,直许多韵相。

【雪里梅】诸僧与看人惊晃,瞥见一齐都望。住了念经,罢了随喜,忘了上香。　选甚士农工商,一地里闹闹攘攘。折莫老的、小的,俏的、村的,满坛里热荒!　老和尚也眼狂心痒,小和尚每揆头缩项。立挣了法堂,九伯了法宝,软瘫了智广。

【尾】添香侍者似风狂,执磬的头陀呆了半晌,作法的阇黎神魂荡飏。不顾那本师和尚,眊起那法堂,怎遮当! 贪看莺莺,闹了道场。

　　禅僧既见,十年苦行此时休;行者先忧,二月桃花今夜破。

　　馀者尚然,张生何似?

【大石调】【吴音子】张生心迷,著色事破了八关戒。佛名也不执,旧时敦厚性都改,抖搜风狂,摆弄九伯,作怪!作怪!　骋无赖,旁人劝他又谁偢睬。大师遥见,坐地不定害涩奈,觑著莺莺,眼去眉来。被那女孩儿,不睬,不睬。

【尾】短命冤家薄情煞,兀的不枉教人害,少负你前生眼儿债。

　　抵暮,暮食毕,大作佛事。

【般涉调】【哨遍缠令】是夜道场,同业大众,众僧都来到。宝兽炉中瑞烟飘，珰珰地把金磬初敲。众僧早躬身合掌，稽首皈依，佛、法、僧三宝。相国夫人煞年老，虔心岂避辞劳！莺莺虽是个女孩儿，孝顺别人卒难学，礼拜无休，追荐亡灵，救拔先考。　那作怪的书生，坐间悄一似风魔颠倒。大来没寻思，所为没些儿斟酌，到来一地的乱道。几曾惧惮相国夫人，不怕旁人笑。盛说法，打匹似闲腌诨，正念佛作偈，把美令儿胡嘌。秀才家那个不风魔，大抵这个酸丁忒劣角，风魔中占得个招讨。

【急曲子】比及结绝了道场，恼得诸人烦恼。智深著言苦劝："解元休心头怒恶，譬如这里闹镬铎，把似书房里睡取一觉。"

【尾】道著睬也不睬，焦也不焦，眼眯睎地伴呆著，一夜胡芦提闹到晓。

　　日欲出，道场罢，众僧请夫人烧疏。

【商调】【定风波】烧罢功德疏，百媚地莺莺，不胜悲哭，似梨花带春雨。老夫人哀声不住。那君瑞醮台儿旁立地不定，瞑子里归去。　法本众僧徒，别了莺莺、夫人子母，佛堂里自监觑，觑著收拾铺陈来的什物。见个小僧入得角门来，大踏步走得来荒速。

【尾】口茄目瞠面如土，諕杀那诸僧和寺主，气喘不迭叫苦！

　　天晓众僧恰斋罢，忽走一小僧，荒急来称祸事。

卷　二

【仙吕调】【剔银灯】阶下小僧报覆："观了三魂无主！尘

蔽了青天,旗遮了红日,满空纷纷土雨。鸣金击鼓,摆槊抢刀,把寺围住。　为首强人英武,见了早森森地怯惧。裹一顶红巾,珍珠如糁饭,甲挂唐夷两副,靴穿抹绿,骑匹如龙,卷毛赤兔。

【尾】"弯一枝窈镫黄华弩,担柄簸箕来大开山板斧,是把桥将士孙飞虎!"

唐蒲关乃屯军之处。是岁浑太师薨,被丁文雅不善御军,其将孙飞虎半万兵叛,劫掠蒲中。如何见得?《莺莺本传歌》为证。歌曰:"河桥上将亡官军,虎旗长戟交垒门。凤凰诏书犹未到,满城戈甲如云屯。家家玉帛弃泥土,少女娇妻愁被掳。出门走马皆健儿,红粉潜藏欲何处?呜呜阿母啼向天,窗中抱女投金钿。铅华不顾欲藏艳,玉颜转莹如神仙。"

【正宫】【文序子缠】诸师长,权且住,略听开解。不幸死了蒲州浑瑊元帅,把河桥将文雅,荒淫素无良策。乱军失统,劫掠蒲州,把城池损坏。　劫财物,夺妻女,不能挣揣。岂辨个是和非?不分个皂白。南邻北里成灰,劫掠了民财。蒲城里岂辨个后巷前街?变做尸山血海。

【甘草子】骋无赖,骋无赖,于中个首将罪过迷天大。是则是英雄临阵披重铠,倚仗著他家有手策,欲反唐朝世界。不来后是咱家众僧采,来后怎当待?

【脱布衫】来后怎生当待?思量怎怪那不怪,由然甚矮也不矮,仿佛近此中境界。

【尾】那里到一个时辰外,埻埻腾腾地尘头蔽日色,半万贼兵胜到来！

　　寺僧不及措手，惟掩户以拒军。贼以剑扣门，飞镞入寺，大呼曰：“我无他取，惟望一饭。”典寺者与僧众议：“欲开门迎贼，法堂廊宇，足以屯众，悉与会食，聊赠财贿，以悦众心，庶恶人不生凶意。若不然，恐斩关而入，不问老幼善恶，皆被残灭。大众可否？”执事僧智深启大师曰：“开门迎贼，于我何害？今寺有崔夫人幼女莺莺，年少貌丽，乱军既入，若不准备，必被掳掠而去。崔相姻亲交朋，蒙恩被德，职司权路，不利后事。虽被贼掠，皆我开门迎贼所致。执作同情，何辞以辩？”

【大石调】【伊州衮】佛堂里诸僧尽商议，开门欲迎贼。于中监寺道“不可”，对众说及仔细：“乱军贼党，倘或掳了莺莺，怎的备？朝野所知，满寺里僧人索归逝水。”　大师言道：“如何是？诸乱军屯门首，不能战敌。”众中个和尚，厉声高叫如雷，道：“大师休怕。众僧三百馀人，只管絮聒聒地，空有身材，枉吃了馒头没见识。”

【尾】把破设设地偏衫揭将起，手提著戒刀三尺，道：“我待与群贼做头抵！”

　　这和尚是谁？乃是法聪也。聪本陕右蕃部之后，少好弓剑，喜游猎，常潜入蕃国，盗掠为事，武而有勇。一旦父母沦亡，悟世路浮薄，出家于此寺。“大丈夫之志决矣！既遇今之乱，安忍坐视？非仁者之用心也。愿得寺僧有勇敢，共力破贼，易如振稿自断。众止一二作乱，馀必胁从，见目前之利，忘返掌之灾。我若敷陈利害，必使逆徒不能奋武作威，自令奔溃。”

【仙吕调】【绣带儿】不会看经，不会礼忏，不清不净，只有天来大胆。一双乖眼，果是杀人不斩。自受了佛家戒，手中铁棒，经年不磨被尘暗；腰间戒刀，是旧时斩虎诛龙剑，一从杀害的众生厌，挂于壁上，久不曾拈。　顽羊角靶尽尘缄，生涩了雪刃霜尖。高呼僧行："有谁随俺？但请无虑，管不有分毫失赚。"心口自思念：戒刀举今日开斋，铁棒有打鏊。立于廊下，其时遂把诸僧点："挡搜好汉每兀谁敢？待要斩贼降众，大喊故是不险。

【尾】"开门但助我一声喊，戒刀举把群贼来斩，送斋时做一顿馒头馅！"

　　杀人肝胆，翻为济众之心；落草英雄，反作破贼之勇。聪大呼曰："上为教门，下为僧众，当此之时，各当勉力。有敢助我退贼者，出于堂右。"须臾，堂下近三百人，各持白棒戒刀，相应曰："愿从和尚决死！"

【双调】【文如锦】细端详，见法聪生得挡搜相：刁厥精神，跷蹊模样；牛脚阔，虎腰长。带三尺戒刀，提一条铁棒。一匹战马，似敲了牙的活象。偏能软缠，只不披著介胄，八尺堂堂，好雄强，似出家的子路，削了发的金刚。从者诸人二百馀，一个个器械不类寻常。生得眼脑瓯抠，人材猛浪。或拿著切菜刀，干面杖。把法鼓擂得鸣，打得斋钟响。著绫幡做甲，把钵盂做头盔，戴著顶上。几个髯头的行者，著铁褐直裰，走离僧房，骋无量，道："俺咱情愿，苦战沙场！"

【尾】这每取经后不肯随三藏，肩担著扫帚藤杖，簇捧著个杀人和尚。

　　执事者不及嘱谕小心,聪已率众至门。见贼势大,不可立退,下马登楼,敷陈利害,以骇众心。

【般涉调】【沁园春】铁戟侵空,绣旗映日,遍满四郊。捧一员骁将,阵前立马,披乌油铠甲,红锦征袍。鼻偃唇轩,眉粗眼大,担一柄截头古定刀,如神道。更胸高脚阔,胯大臀腰。　　雄豪,举止轻骁,马上斜刀把宝镫挑。觑来手下,诸多军校,英雄怎画,倜傥难描。或短或长,或肥或瘦,一个个精神没弹包。掂详了,纵六千来不到,半万来其高。

【墙头花】寺方五里,众军都围绕。整整齐齐尽摆搦,三停来系青布行缠,折半著黄绸絮袄。　　鼕鼕的鼓响,画角声缭绕,猎猎征旗似火飘。催军的辖地轰声,纳喊的揭天唱叫。　　一时间怎堵当?从来固济得牢。墙坚若石垒,铁裹山门破后砭。待蹉踏怎地蹉踏?待奔吊如何奔吊?

【柘枝令】板钢斧劈群刀砍,一地里热闹和铎。那法聪和尚对将军下情陪告:“念本寺里别无宝贝,敝院又没粮草。将军手下有许多兵,怎地停泊?

【长寿仙衮】“朝廷咫尺不晓?定知道!多应遣军,定把贤每征讨。不当稳便,恁时悔也应迟,贤家试自心量度。”　　那贼将闻斯语,心生怒恶:“打脊的髡囚,怎敢把爷违拗!俺又本无心,把你僧家混耗。甚花唇儿故来相恼?

【急曲子】"又不待夺贤寺宇，又不待要贤金宝。众军饥困权停待，甚坚把山门闭著？众僧其间只有你做虎豹，叮叮地把爷凌虐。

【尾】"你要截了手打破脑，双割了耳朵牢缚了脚，倒吊著山门上晒到老。"

　　聪曰："公等息怒，愿一一从命。且公等几千人，与将军安置饮食，敢告公等少退百步，使众徐行，不至喧争，幸甚。"
　　将军曰："尔既许我，吾不从命，非也。"于是军退百步。聪已下楼上马。

【黄钟调】【喜迁莺缠令】贼军闻语，约退三二百步。下了长关，彻了大锁。两扇门开处，那法聪呼从者："你但随吾！"喊得一声，扑碌碌地离了寺门，不曾见恁地跷蹊队伍。　尽是没意头扪搜男女，觑贼军，约半万，如无物。那法聪横著铁棒，厉声高呼："叛国贼！请个出马决胜负，不消得埋竿竖柱。

【四门子】"国家又不曾把贤每亏负，试自心窨腹：衣粮俸禄是吾皇物，恁咱有福。好干、好羞，方今太平征战又无；好干、好羞，你做得无功受禄！　不幸蒲州太守浑瑊卒，你便欺民叛国，劫人财产行粗鲁，更蹊踏人寺宇。好干、好羞，馒头待要俺不与；好干、好羞，待留著喂驴。

【柳叶儿】"譬如蹊踏俺寺家门户，不如守著你娘坟墓。俺也不是厮虎，孩儿每早早地伏输。

【尾】"好也好教你回去，弱也弱教你回去。待不回去只消我这六十斤铁棒苦！"

聪跃马大呼:"军中掌领相见!"一将出谓聪曰:"汝为佛弟
子,当念经持戒,如何出粗恶?"聪曰:"公等身充卒伍,忝预
军官。且国家养尔,本欲安边,是以月终给粟,岁季支衣。
四时无冻馁之忧,数口享福安之庆。岂以一时失统,忘国
重恩,大掠良民,敢残上郡!朝廷咫尺,且夕必知。命将统
兵,片时可至。汝等作沙场之血,汝族为叛国之囚。族灭
身亡,有财何益?公等宜熟计之。"贼将突马出曰:"尔不为
我备食,何说我众?"

【大石调】【玉翼蝉】贼头领,闻此语,佛也应烦恼。嚼碎
狼牙,睁察大小:"众孩儿曹听我教著:只助我,一声喊,
只一合,活把髡徒捉。"众军闻言,鼕鼕擂战鼓,滴溜溜地
杂彩旗摇。　连天地叫杀,不住齐吹画角,愁云闭日,杀
气连霄。遂呼"和尚!休要狂獐等待著!紧揝著铁棒,
牢坐著鞍鞒,想著西方极乐,见得十分是命夭。略等我仁
事,与贤家一万刀。"

【尾】掩耳不及如飞到,马蹄践碎霞一道,见和尚鼻凹上
大刀落。

　　只听得咭叮地一声,和尚性命如何?

【大石调】【伊州衮缠令】阴风恶,戈甲遍荒郊,杀气黯青
霄。六军发喊,旗前二马相交。法聪和尚,手中铁棒眉
齐,快赌当,咭叮地一声,架过截头古定刀。　马如龙,
人如虎,铁棒轮,钢刀举,各按《六韬》。这一回,须定个
谁强谁弱。三合以上,贼徒气力难迭。怎赌当?办得个
架格遮截,欲胜那僧人砍上砍。

【红罗袄】苦苦的与他当，强强地与他熬，似狡兔逢鹰鼠见猫。待伊揣几合，赢些方便，便宜厮号。欲待望本阵里逃生，见一骑马悄如飞到。捻一柄丈二长枪，骋粗豪，妆就十分恶。　和尚果雄骁，兵法瞅曾学。擗过钢枪，刀又早落。不紧不慌，不惊不怕，不忙不暴。不惟眼辨与身轻，那更马疾手妙。盘得两个气一似揎拳，欲逋逃，又恐怕诸军笑。

【尾】把不定心中拘拘地跳，眼睁得七角八角，两个将军近不得其脚。

　　　六条臂膊，于中使铁棒的偏强；三个英雄，闹里戴头盔的先歇。使刀的对垒，使枪的好斗。

【正宫】【文序子】才歇罢，重披挂，何曾打话？不问个是和非，觑僧人便扎。轻闪过摔住狮蛮，狠心不舍。用平生勇力，抱入怀来，鞍鞒上一纳。　听得叫一声苦，连衣甲，头揰得掉下。奈何使刀的人困马乏，欲待挣揣些英雄不如趔撒。何曾敢与他和尚争锋，望着直南下便迤。

【甘草子】怎拿挈？怎拿挈？法聪觑了，勃腾腾地无明发。仿佛赶相近，叫声如雷炸。和尚何曾动著，子喝一声那时諕煞。贼阵里儿郎瀽眼不扎，道："这秃厮好交加！"

【尾】怎禁那和尚高声骂："打脊贼徒每怎敢反国家！怕更有当风的快出马！"

　　　绣旗开队，临风散几百里朝霞；战鼓助威，从地涌一千个霹雳。直恼得这个将军出马。是谁？是谁？

【仙吕调】【点绛唇】这个将军，英雄名姓非俚俚。嫌小官不做,欲把山河取。　　状貌雄雄,人见森森地惧。法聪觑,恐这人脸上,常带著十分怒。

【哈哈令】生得邓虏沦敦著大肚,眼三角鼻大唇粗,额阔颏宽眉卓竖,一部赤髭须。也么哈哈。

【风吹荷叶】云雁征袍金缕,狼反战靴抹绿,磊落身材宜结束,红彪彪地戴一顶纱巾,密砌著珍珠。

【醉奚婆】甲挂两副,雄烈超今古。力敌万夫,绰名唤孙飞虎。

【尾】带一枝铁胎弩,弧内插著百双钢箭,担一柄簸箕来大开山斧。

　　适来压路赢人,不意棋逢对手。

【般涉调】【麻婆子】飞虎是真英烈,法聪是大丈夫;飞虎又能征战,法聪甚是英武;飞虎专心取寺宇,法聪本意破贼徒;法聪有降贼策,飞虎有叛国图。　　法聪使一条镔铁棒,飞虎使一柄开山斧。恨不得一斧砍了和尚,恨不得一棒待搠了飞虎。不道飞虎惯相持,思量法聪怎当赌?法聪寻赢便,飞虎觅走路。

【尾】法聪赢,飞虎输。法聪不合赶将去,飞虎扳番窍镫弩。

　　那法聪认做真实取胜,怎知是飞虎佯败。把夹钢斧擗在战鞍,伸靴入镫,扳番龙筋弩,安上一点油,摇番铜牙利,会百步风里穿杨,教七尺来僧人怎躲?

【正宫】【文序子】将军败,有机变,不合追赶。赶上落便宜,输他方便。斜挑金镫,那身十分得便。一声霹雳,弩箭离弦,浑如飞电。　　法聪早当此际,遥遥地望见。果是会相持,能征惯战,不慌不紧不忙,果手疾眼辨。揢著宝勒,侧坐著鞍鞒,阣地勒住战骦。

【尾】剔团圞的睁察杀人眼,嗔忿忿地斜横著打将鞭,咭叮地拈折点钢箭。

　　铁鞭举大蟒腾空,钢箭折流星落地。贼众大骇,飞虎谓众曰:“僧无甲,不可以短兵接战,可以长兵敌。如僧再追,汝必齐发弓弩,僧必溃矣。”聪自度贼有变,又马困不可久敌,因谓众曰:“汝等退而保寺,我当冲阵而出,自有长策。”

【中吕调】【乔捉蛇】和尚定睛睃,见贼军兵众多,郊外列干戈。威风大,垓前马上一个将军坐,肩担著铁斧来也么。一个越添忿怒精神恶。　　征战瞧偻㑩,把法聪来便砍,砍又砍不著。法聪出地过,谁人比得他骁果?禁持得飞虎心胆破,手亲眼便难擒捉。

【尾】贼军觑了频相度:打脊的髡徒怎恁么,措手不及早撺过我!

　　粗豪和尚,单身鏖战,勇如九里山混垓西楚王;独自征敌,猛似毛驼冈刺良美髯公。全然不顾残生,走在飞虎军内。

【仙吕调】【一斛叉】乱军虽然众,望见僧人忽地开。有若山中羊逢虎,恰似兽逢豺。弓弩如何近傍,铁棒浑如遮箭牌。马过处连天叫苦,血污溅尘埃。　　半个时辰突围透,和尚英雄果壮哉!上至顶门红彤彤,事急怎生捱?妆就个曜州和尚,撞著抅搜孟秀才。不合道浑如那话,初出产门来。

纵聪独力不加,走出阵去。贼兵把寺围了,孙飞虎隔门大
叫:"我第一待交兵卒吃顿饭食;第二知崔相夫人家眷在
此,来取莺莺。与我,大兵便退;不与我,目下有灾。"人报
崔氏子母,諕杀莺莺。

【大石调】【玉翼蝉】冲军阵,鞭骏马,一径地西南上迓。
更不寻思,手下众僧行,身边又无衣甲,怎禁他诸贼党,
著弓箭射,争敢停时霎?众僧三百馀人,比及叩寺门,十
停儿死了七八。　几个参头行者,著箭后即时坐化。头
陀中剑,血污了袈裟。几个诵经五戒,是佛力扶持后马践
杀。一个走不迭和尚,被小校活拿,諕得脸儿来浑如蜡滓,
几般来害怕。绣旗底飞虎道:"驱来询问咱!"

【尾】欲待揪揣没头发,扯住那半扇云衲,屹搭搭地直驱
来马直下。

　　飞虎问曰:"我求一饭,汝辈拒我?"僧曰:"大师欲邀将军
　　会食,执事者论及前相国崔公灵枢在寺,公有女莺莺,艳绝
　　一时,恐公等虏去。崔公之亲旧,权重朝野,致患在他时。"
　　飞虎笑曰:"适来法聪所言,真有莺莺。我想河桥将丁文
　　雅,好色嗜酒之外,百事不能动其情。我若使莺莺靓妆艳
　　服献之,文雅必大悦,可连师据蒲,虽朝廷兴兵,莫我
　　御矣。"

【正宫】【甘草子缠令】听说破,听说破,把黄髯捻定,彻
放眉间锁。遂唤几个小偻儸,传令教撺掇。　隔著山门
厉声叫:"满寺里僧人听呵!随俺后抽兵便回去,不随后
恁须识我。

【脱布衫】"得莺莺后便退干戈,不得后目前生祸。不共

你摇嘴掉舌，不共你斗争斗合。

【尾】"寺墙儿便是纯钢裹，更一个时辰打不破，屯著山门便点火。"

　　僧众闻之大骇。法本领被伤行者来见夫人，说及贼事。夫人闻语，仆地諕倒。红娘与莺莺连救，多时稍苏。莺泣曰："且以相公灵柩为念，莺莺乞从乱军：一身被辱，上救夫人残年，下解寺灾，活众僧之命。愿不以女子一身见辱，而误众人。"

【道宫】【解红】蓦闻人道，森森地諕得魂离壳。全家眷爱，多应是四分五落。先人化去，不幸斯间遭贼盗。思量了，兄弟欢郎忒年纪小。隔门又听得贼徒叫，指呼著莺莺是他待要。心头悄如千刀搅，孤孀子母，没处投告。

　　心下徘徊自筹度，只除会圣一命难逃。寻思到底，多应被他诛剿。我随强寇，年老婆婆有谁倚靠？添烦恼，地阔天空没处著，到此怎惜我贞共孝！多被贼人控持了，有些儿事体夫人表："若惜奴一个，有大祸三条：

【尾】"第一我母亲难再保，第二那诸僧都索命夭，第三把兜率般的伽蓝枉火内烧。"

　　夫人泣曰："母礼至爱，母情至亲。汝若从贼，我生何益？吾今六十，死不为夭。所痛莺莺幼年，未得从夫，孤亡萧寺！"言讫，放声大恸。

【大石调】【还京乐】是时莺莺孤孀母子，抱头哭泣号咷。放声不住，哭得他众僧心焦。思量这回，子母不能保，待觅个身亡命夭，又恐贼军，不知缕细，葫芦提把寺院焚烧。我还取次随贼寇，怕后人知道，这一场污名不小，做下千年耻笑，辱累煞我，相公先考。　我寻思，这事体，怎生是著？夫人与大师，议论评度烦恼。阶前僧行，一谜地向前哀告。擎拳合掌，要奴献与贼盗。指约不住，一地里闹镬铎。除死后一场足了。欲要乱军不生怒恶，怎献与妾身尸壳，尽教他阵前乱刀万斫，假如死也名全贞孝。

【尾】觑著阶址恰待褰衣跳，众人都諕得呆了。见阶下一人拍手笑。

"法聪施武，寺中难可退贼兵；不肖用谋，破尽许多强寇众。"莺莺褰衣望阶下欲跳，欲跳，被夫人与红娘扯住。忽听阶下一人大笑，众人皆觑，笑者是谁？

【黄钟宫】【快活尔缠令】子母正是愁，大众情无那。忽闻得一人语言，称将贼盗捉。一齐观瞻，见个书生，出离人丛，生得面颜相貌有谁过！　年纪二十馀，身品五尺大，疏眉更目秀，鼻直齿能粗，唇若涂朱，脸似银盘，清秀的容仪，比得潘安、宋玉丑恶。

【出队子】却认得是张生，僧人把他衣扯著，低言悄语唤哥哥："比不得书房里闲吟课，你须见贼军排列著。　贤不是九伯与风魔，出言了怎改抹？见法聪临阵怎比合，与飞虎冲军恶战讨，也独力难加他走却。

【柳叶儿】"你肌骨似美人般软弱，与刀后怎生抢摩？气力又无些个，与匹马看怎乘坐？　春笋般指头儿十个，与张弓怎发金凿？觑你人品儿矬矮，与副甲怎地披著？

【尾】"你把笔尚犹力弱,伊言欲退干戈,有的计对俺先道破。"

  笑者是谁?是谁?众再觑,乃张珙也。生言曰:"妇人女子,别无远见,临危惟是悲泣而已;寺僧游客,何愚之甚也!不能止此乱军,坐定灭亡。倘用吾言,灭贼必矣。"法本大师仰知生间世之才,必有奇划,可遏乱众。法本就见生而嘱曰:"僧众无脱祸之计,先生既有奇策,愿除众难。"生笑曰:"师等佛家弟子,岂不悟此:生者死之原,死者生之路,生死乃人之常理。向者佛祖亦须入灭,况佛书分明自说因果。如师等前生行恶于贼,今生固当冤报,何能苟免耶?若前生与贼无因,今世不为冤对,又何惧也?"师曰:"诚如是。但可惜寺门、佛殿、廊庑、钟鼓、经阁,计其营造,不啻百万,一旦火举,便为灰烬。愿以功德为念。"生愈笑曰:"师坐讲《金刚经》,岂不知骨肉皮毛,亦非己有。性者,我也;身者,舍也。若当来限尽之后,一性既往,四大狼籍:妻子虽亲,不能从其去;金珠虽宝,不可挈而行。是何佛殿、钟楼,欲为己有哉!"师曰:"我等说道,不计生死,不恤寺宇。所悲者,母子生离,故来上请。"生曰:"夫人与我无恩,崔相与我无旧,素不往还,救之何益?"僧曰:"子不救莺,即夫人必不使莺从贼,乱军必怒,大举兵来,先生奈何?"生曰:"我自有脱身计,师当自画。"师又曰:"子为儒者,行仁义之教。仁者爱人,恶所以害之者,固当除害;义者循理,恶所以乱之者,固当除乱。幼闱孀母,皆欲就死,子坐而笑之,岂仁者爱人之意欤?且乱军馀党,恣为暴虐,子视而弗诛,岂义者循理之意欤?古者叔段有不弟之恶,郑伯可制而不制;黎侯有狄人之患,卫伯可救而不救:《春秋》讥之。

先生有安人退军之策，卷而怀之，责以《春秋》，未为得也。先生裁之。"生又笑曰："师知其一，不知其二。闻诸夫子曰：'君子有勇而无义为乱，小人有勇而无义为盗。'故君子恶其勇而无礼也。我虽负勇，他无所求，我何自举？又曰：'礼闻来学，未闻往教。'是以君子不屑就也。"

【般涉调】【麻婆子】大师频频劝："先生好性撇。众人都烦恼，偏你怎欢悦！"君瑞闻言，越越地笑："吾师情性好倖呆。又不是儒书载，分明是圣教说：'有生必有死，无生亦无灭。'生死人常理，何须怎怕怯？乱军都来半万馀，便做天蓬黑瞰般尽刁厥，但存得自家在，怎到得被虏劫？

【尾】"不须骑战马，不须持寸铁，不须对阵争优劣。觑一觑教半万贼兵化做膏血！"

大师以生言语及夫人，夫人曰："诚如是？"夫人以礼见生，泣而告曰：

【小石调】【花心动】"乱军门外，要幼女莺莺，怎生结果？可怜自家，母子孤孀，投托解元子个！"张生闻语先陪笑，道："相国夫人且坐，但放心，何须怕怯子么！　　不是咱家口大，略使权术，立退干戈。除却乱军，存得伽蓝，免那众僧灾祸。您一行家眷须到三五十口，大小不教伤著一个。怎时节，便休却外人般待我！"

夫人曰："是何言也！不以见薄为辞，祸灭身安，继子为亲。"云云。生谓僧曰："先令人传报乱军：莺非敌他，当辞母别灵，理妆治服，少顷即至。愿不见逼。"乱军稍缓。生曰："乱军不可以言说，人众不可以力争，但可威服。"师与夫人皆曰:"孰为有威者?"生曰:"吾一故人,以儒业进身,武勇治乱。内怀信义之心,外有威严之色。初典郡城,贼盗悉皆去境;再擢边任,塞马不敢嘶南。故知武备德修,人归军仰。临军常跨雪白马,人目之曰'白马将军'。姓杜,名确,今镇守蒲关,素得军心,人莫敢犯,与仆为死生交。我有书稿,上呈夫人。"其略曰:"辱游张珙书上将军帅府:仓惶之下,不备文章;慷慨之前,直陈利害。不幸浑太师薨于蒲郡,丁文雅失制河桥。兵乱军叛,悉残郡邑。蒲州兵火,盈耳哀声。生灵有惧死之忧,黎庶有倒悬之急。伏启将军:天姿神策,人仰洪威。有爱民治乱之谋,奋斩将破敌之勇。忍居住守,安振军城?坐看乱军,肆凶暴恶?公如不起,孰拯斯危?稍缓师徒,恐成大乱。公至,则斩贼降众,守郡安民,百里无虞,一方苏泰。诏书将下,必推退乱之功;旌旆不行,自受怯敌之过。今日贼兵见围普救,陋儒何计逃生?但愿上扶郡国,下救寒生。垂死之馀,鹄观来耗;再生之赐,皆荷恩光。辱游张珙再拜良契将军帅府足下。"

卷　三

【中吕调】【碧牡丹缠令】"是须休怕怖,请夫人放心无虑。乱军虽众,张珙看来无物。俺有个亲知,只在蒲关住。与俺好相看、好相识、好相与。　祖宗非佃佃,也非是庶民白屋,不袭门荫,应中贤良科举。是杜如晦的重孙,英烈超宗祖。开六钧弓,阅八阵法,读五车书。

【摸鱼儿】"初间典郡城,一方贼盗没。后临边地职,塞马胡儿不敢正觑。方今出镇蒲关,掌著军卒。普天下好汉果煞数著,有文有武有权术,熟娴枪槊快弓弩。遮莫贼军三万垓,便是天蓬黑煞,见他应也伏输。

【鹊打兔】"爱骑一匹白战马,如彪虎。使一柄大刀,冠绝今古。扶社稷,清寰宇,宰天下,安邦国。为主存忠,愿削平祸乱,开疆展土。　自古有的英雄,这将军,皆不许。压著一万个孟贲,五千个吕布。楚项籍,蜀关羽,秦白起,燕孙武:若比这个将军,兵书战策,索拜做师父。

【尾】"文章贾、马岂是大儒?智略孙、庞是真下愚,英武笑韩、彭不丈夫。"

　　夫人曰:"杜将军诚一时名将,威令人伏。与君有旧,书至则必起雄师,立残诸恶。关城相去几数十里,若候修书,师定见迟留。"生曰:"适于法聪出战之时,已持此书报杜将军矣。请夫人、大师待望于钟楼之上,兵必至矣。"

【大石调】【吴音子】相国夫人,怕伊不信自家说,"请宽尊抱,是须休把两眉结。"倚著栏杆,凝望时节,寺宇周回,贼军间列稍宁贴。　堪伤处,见杀气迷荒野。尘头起处,远观一道阵云斜,五百来儿郎,一个个刁厥,似初下云端,来的驱雷使者。

【尾】甲溜晴郊似银河泻,绣旗飐似彩霞招折,管是白马将军到来也!

　　夫人陡长欢容,大众便生喜色。

【越调】【斗鹌鹑缠令】天昏昏兮,阵云四合;埼腾腾地,

尘头悄如枚簸。栲栳大队精兵，转过拽脚慢坡。六百来
少，半千来多。一心待把，群贼立破。　　一字阵分开，尽
都摆搊。一个个精神，悄没弹剥。三十的早年高，六尺的
早最殂。把业龙擒捉，猛虎倒拖。乱军虽众，望他怕他。
【青山口】嘶风的骄马弄风珂，雄雄军势恶。步兵卒子小
偻偻，擂狼皮鼓，筛动金锣。森森排剑戟，密密列干戈。
待破贼军解君忧，与民除祸。　　簇捧著个将军，状貌雄
雄，古今没两个。把金镫笑踏，宝鞍斜坐。腕下铁鞭是水
磨，脚背到恁来阔，身材恁来大。挟矢负弧，甲挂熟铜，
袍披茜罗。
【雪里梅】行军计若通神，挥剑血成河。莫道是乱军，便是
六丁黑煞，待子甚么！　　马上笑呵呵，把贼众欲平蹉。
乱军觑了，道："这爷爷来也，咱怎生奈何？"
【尾】马颔系朱缨，栲栳来大一团火。肩上钢刀门扇来阔。
人似金刚，马似骆驼。孙飞虎諕得来肩磨，魂魄离壳，自
摧挫，只管为这一顿馒头送了我！
　　　　贼众没精神，飞虎挫锐气。
【般涉调】【墙头花】白马将军手下，五百来人衣铁，一布地
平原尽摆列。觑一觑飞虎魂消，喝一声群贼脑裂。　　贼
军厮见，道："咱性命合休也！"半万馀人看怎者，又不敢赌
个输赢，又不敢争个优劣。　　贼军悄似儿，来兵悄似爷；
来兵势若龙，害怕的贼军悄似鳖；来兵似五百个僧人，贼
军似六千个行者。
【尾】把那弓箭解，刀斧撇，旌旗鞍马都不藉。回头来觑著

白马将军，喝一声爆雷也似喏。

> 杜将军曰："尔等以浑太师薨后，无人统制，丁文雅恣其酒色，稍失训练，因为掠闹，想无叛心。汝等父母妻子，皆处旧营，一忘国恩，悉皆诛戮。我今拥强出兵，振英武，杀尔无主乱军，易如刈草。但恐其间有非叛者，吾实不忍。"又曰："军中不叛者，东向弃仗坐甲；叛者西向作队，以备死战。"言讫，军中皆弃仗向东坐甲。杜取孙飞虎斩之，馀众悉免。张生与大师出寺邀杜，杜与生兄弟礼毕，执手入寺，置酒于廊下，以道契阔。生曰："君今有功于国，有义于朋友，有恩于蒲民，只在朝夕，朝廷必当重有封拜，即容上贺。"

【仙吕调】【满江红】相邀入寺，满寺里僧人尽欢悦。"有义于知交，有恩于寺舍，即时呈表闻帝阙。功业见得凌烟阁上写，赏延后世，名传万劫。不是降了群贼后，蒲州百姓，几时宁贴？弟兄休作外，几盏儿淡酒，聊复致谢。"白马将军，饮了一杯，道："君瑞何须，恁般恌懒。"约退杂人，把知心话说。三巡酒外红日斜，白马将军离坐起，道："先生勿罪，小官索去也。"相送到山门外，临歧执手，彼此难舍。更了一杯酒，比及再回，哥哥且略别。

> 马离普救摇金勒，人望蒲关和凯歌。生次日见大师曰："昨日乱军至寺，夫人祷我退贼之策，愿我继亲。未审亲事若何？

【高平调】【于飞乐】"念自家，虽是个浅陋书生，于夫人反有深恩。是他家先许了、先许了免难后成亲。十分里九分，多应待聘与我莺莺。　细寻思，此件事对面难陈。

师兄略暂听闻:既为佛弟子,须方便为门。不合上烦,托付你作个媒人。"

　　师笑许之,曰:"先生少待,小僧径往。"师诣夫人院,令人报,夫人出,请师坐,师乃劳问安慰,夫人陈谢而已。师徐曰:"张生,义人也。当时献退贼之策,夫人面许继亲。张生托贫僧敬问一耗,未审懿旨若何?"夫人曰:"张生之恩,固不可忘。方备蔬食,当与生面议。"师喜而退,以夫人语报生。

【高平调】【木兰花】那法师,忙贺喜,道:"那每殷勤的请你,待对面商议。"张生曰:"今朝正是个成婚日,那家多应,管准备那就亲筵席。"　又问道:"吾师,那里做甚底?买了几十瓶法酒?做了几十分茶食?"法师笑道:"休打砌,我见舂了几升陈米,煮下半瓮黄虀。"

　　生喜不自胜,整衣而待。

【仙吕调】【恋香衾】梳裹箱儿里取明镜,把脸儿挣得光莹。拂拭了纱巾,要添风韵。窣地罗衫长打影,偏宜二色罗领。沈郎腰道,与绛绦儿厮称。　铃口鞋儿样儿整,僧勒袜儿恬净。扮了书闱里坐地不稳,镜儿里拈相了内心骋。窗儿外弄影儿行,恨日头儿不到正南时分。

【尾】痒如如把心不定,肚皮儿里骨辘辘地雷鸣,眼悬悬地专盼著人来请。

　　生更衣不作饭,专待来请。自早至晚,不蒙人至,生曰:"法本和尚何相戏我至此! 夫人亦待我薄矣!"

【高平调】【木兰花】从自斋时,等到日转过,没个人偢问,

酪子里忍饿。侵晨等到合昏个,不曾汤个水米,便不饿损
卑末?　果是咱饥变做渴,咽喉干燥,肚儿里如火。开
门见法本来参贺:"恁那门亲事,议论的如何?"

生作色曰:"我平日待师不薄,师何薄我如此!"师曰:"不
知我所以薄公者。"生曰:"适来嘱师问亲,师报我以今日见
请。自朝抵暮,殊不蒙召。非师薄我何?"师曰:"山僧过
矣。夫人言明日作排,非今日矣。"生笑曰:"两句传示,尚
自疏脱,怎背诵《华严经》呵?秃屌!"师笑而去。生通宵
不寐。须臾,日色清晨,果见红娘敛衽,道:"夫人有请。"

【仙吕调】【赏花时】恰正张生闷转加,蓦见红娘欢喜煞,
叉手奉迎他。连忙陪笑,道:"姐坐来么!"红娘曰:"夫人
使来,怎敢。　相国夫人教邀足下,是必休教推避咱。多
谢解元呵!"张生道:"依命。我有分见那冤家!

【尾】"不图酒食不图茶,夫人请我别无话,孩儿,管教俺
两口儿就亲哕!"

红娘笑而去。

【双调】【惜奴娇】绝早侵晨,早与他忙梳裹,不寻思虚脾
真个。你试寻思,秀才家,平生饿,无那,空倚著门儿咽
唾。　去了红娘,会圣肯书阃里坐!坐不定一地里笃
么。觑著日头儿,暂时间,斋时过。"杀剁,又不成红娘
邓我?"

生正疑惑间,红娘再至,生与俱往见夫人。

【双调】【惜奴娇】再见红娘,五脏神儿都欢喜,请来后何
曾推避。逐定红娘,见夫人,忙施礼。道:"前日,想娘娘

可来惊悸？"　　相国夫人，谨陪奉张君瑞，道："辄敢便屈邀先辈。子母孤孀，又无个，别准备。可怜客寄，愿先生高情勿罪。"

命生坐，茶讫，生起致辞曰："前者凶人掩至，惊扰尊怀，且喜雅候无恙。"夫人称谢，邀生坐，命进酒来。

【仙吕调】【赏花时】体面都输富贵家，客馆先来擗掠得雅，铺设得更奢华：帘垂绣额，芸阁小窗纱。　　尺半来厚花茵铺矮榻，百和奇香添宝鸭。饮膳味偏佳。一托头的侍婢，尽是十五六女孩儿家。

【尾】轻敲檀板送流霞，壁间簌吊儿是名人画如法，胆瓶儿里惟浸几枝花。

生自思之：莺莺必为我有！

【黄钟宫】【侍香金童】不须把定，不在通媒媾，百媚莺莺应入手。郑氏起来方劝酒，张生急起，避席祗候。　　一门亲事，十分指望著九。不隄防夫人情性㤭，捽下脸儿来不害羞，欺心丛里，做得个魁首。

【尾】把山海似深恩掉在脑后，转关儿便是舌头，许了的话儿都不应口。

道甚的来？夫人谓生曰："妾之孤嫠未亡，提携幼稚。不幸属师徒大溃，实不保其身。弱子幼女，犹君之生也，岂可忘其恩哉！"乃命弱子欢郎出拜。

【大石调】【红罗袄】酒行到数巡外，君瑞将情试想，自家倒大采。百媚的冤家，风流的姐姐，有分同谐。红娘满捧金卮，夫人道个无休外。想当日厚义深恩若山海，怎敢是常人般待。 低语使红娘：叫"取我儿来！"须臾至，鬟角儿如鸦头绪儿白；穿一领绸衫，不长不短，不宽不窄；系一条水运绦儿，穿一对儿浅面铃口僧鞋。都不到怎大小身材，畅好台孩，举止没俗态。

【尾】怎不教夫人珍珠儿般爱？居中中地行近前来，依次第觑著张生大人般拜。

> 夫人指生曰："当以仁兄礼奉。"欢郎拜，生不受，夫人令婢邀坐受拜。生自念之：欢郎，莺之弟也。我不与莺继亲礼，而得兄事，何济？似有愠色。

【仙吕调】【乐神令】君瑞心头怒发，忿得来七上八下。烦恼身心怎捺纳？诵笃笃地酪子里骂。 夫人可来夹衩，刚强与张生说话，道："礼数不周休怪呵！教我女儿见哥哥咱。"

> 夫人令红娘命莺莺"出拜尔兄"。久之，莺辞以疾。夫人怒曰："张生保尔之命，不然，尔虏矣！不能报恩以礼，能复嫌疑乎？"又久之，方至。常服悴容，不加新饰，然而颜色动人。

【黄钟宫】【出队子】滴滴风流，做为娇更柔。见人无语但回眸，料得娘行不自由，眉上新愁压旧愁。 天、天闷得人来毂，把深恩都变做仇。比及相面待追依，见了依前还又休，是背面相思对面羞。

【尾】怪得新来可唧嚼，折倒得个脸儿清瘦，瘦即瘦，比旧时越模样儿好否？

> 当初救难报恩，望佳丽结丝萝；及至免危答贺，教玉容为姊

妹。此时张生筵上无语,情怀似醉,偷目觑莺,妍态迥别。

【南吕宫】【瑶台月】冤家为何,近日精神,直恁的消磨?浑如睡起,尚古子不曾梳裹。杏腮浅淡羞匀,绿鬓珑璁斜觯。眉儿细,凝翠娥;眼儿媚,翦秋波。娇多,想天真不许胭脂点污。 谩言天上有姮娥,算人间应没两个。朱唇一点,小颗颗似樱桃初破。庞儿宜笑宜嗔,身分儿宜行宜坐。腰儿细,偏袅娜;弓脚小,绣鞋儿是红罗。轻挪,伽伽地拜,百般的软和。

【三煞】等得夫人眼儿落,斜著渌老儿不住睃。是他家俫不偢人,都只被你个可憎姐姐,引得眼花心乱,悄似风魔。

酒入愁肠醉颜酡,料自家没分消他。想昨来枉了身心,初间唤做得为夫妇。谁知今日,却唤俺做哥哥。 是俺失所算,谩摧挫,被这个积世的老虔婆瞒过我!

> 如何见得?有《莺莺本传歌》为证。歌曰:"此时潘郎未相识,偶住莲馆对南北。潜叹栖惶阿母心,为求白马将军力。明明飞诏五云下,将选金门兵悉罢。阿母深居鸡犬安,八珍玉食邀郎餐。千言万语对生意,小女初笄为姊妹。"莺拜毕,因坐于郑旁,凝睇怨绝,若不胜情。生目之,不知所措。

【商调】【玉抱肚】没留没乱,不言不语,尽夫人问当,夫人说话,不应一句。酒来后满盏家没命饮,面磨罗地甚情绪!吃著下酒,没滋味,似泥土。自心窨腹:莺莺指望同鸳侣,谁知道打脊老妪许不与。 可憎的脸儿堪捻塑,梅妆浅浅宜淡注。唱呵,好风风韵韵,捻捻腻腻,济济楚楚。鹘鸰的渌老儿说不尽的抢,尽人劳攘把我不觑。咱尺半，如天边，谩长吁，奈何夫人间阻！苦煞人也天不管，刚待拚了，争奈煞肠肚！

【尾】婆婆娘儿好心毒，把如休教请俺去。及至请得我这里来，却教我眼受苦！

　　生因问莺齿，夫人曰："十七岁矣。"生徐以辞道莺，宛不蒙对，生彷徨爱慕而已。欲结良姻，未获其便，因乘酒自媒，云："小生虽处穷途，祖父皆登仕版，两典大郡，再掌丝纶。某弟某兄，各司要职。惟珙未伸表荐，流落四方。自七岁从学，于今十七年矣。十三学《礼》，十五学《春秋》，十六学《诗》、《书》，前后五十馀万言，置于胸中。二九涉猎诸子，至于禅律之说，无不著于心矣。后拟古而作相材时务内策，仗此决巍科，取青紫，亦不后于人矣。不幸尚书捐馆，数年置功名于度外，乃躬祭祀于墓侧。生事死葬之礼，于今毕矣。今日蒙圣天子下诏，乃丈夫富贵之秋，姑待来年，必期中鹄。愿不以自陈见责者，东方朔求见武帝，尚自媒书，时异事同，吾不让矣。今日旅食萧寺，邂逅相遇，特叙亲礼者，不自序行藏，夫人焉知终始。今因酒便，浪发狂词，无罪，无罪。"夫人曰："先生之言，信不诬矣。然尚困布衣，必关诸命。"生曰："若承家荫，践仕途久矣。奈非本心。丈夫隐则傲世，起则冲天，况遇明时简阅！然莺莺方年十七，未结良姻，敢问夫人，愿闻所以。"

【仙吕调】【乐神令】张生因而下泪以跪，说道："不合问个小娘子年纪。"相国夫人道："十七岁。"张生道："因甚没佳配？"　夫人可来积世，瞧破张生深意，使些儿譬似闲腌见识，著衫子袖儿淹泪。

夫人泣下,徐而言曰:"先生之言,深会雅意。莺莺女子,容质粗陋,如若委身足下,其幸有三:一则谩塞重恩,二则身有所托,三则佳人得配才子。妾甚愿也。"言未已,生起谢曰:"无状竖子,敢继良姻。"夫人急起,谓生曰:"先相公秉政朝省,妾兄郑相幼子恒,年今二十,郑相以亲见属,故相不获已,以莺许之恒。莺方及嫁,相公逝去,故未得成亲。若非故相先许郑相,必以莺妻君,以应平生之举。"

【仙吕调】【醍醐香山会】那张生闻说罢,喏喏地告退。夫人请"是必终席"。张生不免放身坐地,便是醍醐甘露酒怎再吃?　不语不言,闻著酒只推磕睡,枉了降贼见识。歪著头避著,通红了面皮,筵席上软摊了半壁。

莺莺见生敷扬己志,窃慕于己,心虽匪石,不无一动。

【双调】【月上海棠】张生果有孤高节,许多心事向谁说?眼底送情来,争奈母亲严切。空没乱,愁把眉峰暗结。

多情彼此难割舍,都缘只是自家孽。席上正喧哗,不觉玉人低趄。莺道:"休劝酒,我张生哥哥醉也。"

莺谓夫人曰:"兄似不任酒力。"生开目视莺微笑。夫人曰:"本欲终席,先生似倦于酒。"令红娘扶生归馆,生亦不答而去。至舍,生取金钗一只,以馈红娘。红娘惊谓生曰:"妾奉夫人懿旨,送先生归馆,是何以物见赐?窥先生有意于莺,不能通殷勤,欲因妾以叙意。不然,何赐之厚?"生曰:"慧哉,红娘之问。吾实有是心。娘子侍莺左右,但欲假你一言,申余肺腑。如万一有成,不忘厚德。"红娘笑曰:"莺莺幼从慈母之教,贞顺自保,虽尊亲不可以非语犯,下人之谋,固难入矣。"

【仙吕调】【赏花时】"酒入愁肠闷转多,百计千方没奈何,都为那人呵！知他、你姐姐,知我此情么？ 眼底闲愁没处著,多谢红娘见察我,与你试评度:这一门亲事,全在你成合！

【尾】"些儿礼物莫嫌薄,待成亲后再有别酬贺。奴哥,托付你方便子个。"

红娘曰:"先生醉矣！"竟不受金,忿然而去。生不胜怏怏。况是无聊,又闻夜雨。

【中吕调】【棹孤舟缠令】不以功名为念,五经三史何曾想？为莺娘,近来妆就个腌浮浪。也罗！ 老夫人做事抌搜相,做个老人家说谎。白甚铺谋退群贼,到今日方知是枉。也罗！ 一陌儿来,直恁地难偎傍。死冤家无分同罗幌。也罗！ 待不思量又早隔著窗儿望,赢得眼狂心痒痒。百千般闷和愁,尽总撮在眉尖上。也罗！

【双声叠韵】烛荧煌,夜未央,转转添惆怅。枕又闲,衾又凉,睡不著,如翻掌。谩叹息,谩悒怏。谩道不想,怎不想？空赢得肚皮儿里劳攘。 泪汪汪,昨夜甚短,今夜甚长,挨几时东方亮？情似痴,心似狂,这烦恼如何向？待漾下,又瞻仰;道忘了,是口强,难割舍我儿模样。

【迎仙客】宜淡玉,称梅妆,一个脸儿堪供养。做为挣,百事抢,只少天衣,便是捻塑来的观音像。 除梦里,曾到他行,烧尽兽炉百合香。鼠窥灯,偎著矮床,一个孽相的蛾儿,绕定那灯儿来往。

【尾】淅零零的夜雨儿击破窗,窗儿破处风吹著忒飘飘的响，不许愁人不断肠。

　　早是梦魂成不得，湿风吹雨入疏棂。异日，红娘复至，曰："夫人致意先生，今夜文候清胜。昨日酒不终席，先生不罪，多幸。"生谢曰："不才小子，过蒙腆饷。然昨者凶贼叩门，夫人以亲见许。以酒食馈我，令莺娘以兄礼待，薄我何多？今当西归长安，与夫人绝矣。

【大石调】【洞仙歌】"当初遭难，与俺成亲事，及至如今放二四。把如合下，休许咱家——你怎地，我离了他家门便是。　　不如归去，却往京师。见你姐姐、夫人俱传示：你咱说谎，我著甚痴心没去就，白甚只管久淹萧寺？"道得一声"好将息"，早收拾琴囊，打叠文字。

【双调】【御街行】张生欲去心将碎，却往京师里，收拾琴剑背书囊，道："保重，红娘将息！"红娘觑了高声道："君瑞先生喜！　　思量此事非人力，也是关天地。这书房里往日瞋曾来，不曾见这般物事。只应此物，不须归去，你有分学连理。"

　　红娘曰："妾不忍先生凄怆，谩为言之：观人好恶，乃知人之本情。顺之则合，逆之则离。将有所谋，必有所好。今有一策，可使莺启门就此。愿不以愚贱之言见弃。"生曰："我思面莺之计，智竭思穷，尚不可得。今娘子有屈莺就见之策，敢不听命！虽赴汤火，亦愿为之。乞赐一言，以慰愁苦。"红娘曰："莺莺稍习音律，酷好琴阮。今见先生囊琴一张，想留心积有日矣。如果能之，莺莺就见之策，尽在此矣。"生闻之，捧腹而笑。

【仙吕调】【恋香衾】是日张生正郁闷，闻言点头微哂，道："九百孩儿，休把人厮嘬，你甚胡来我怎信？"红娘道："先辈停头，只因此物，有分成亲。　妇女知音的从古少，知音的止有个文君；著一万个文君，怎比莺莺！多慧多娇性灵变，平生可喜秦筝。若论弹琴擘阮，前后绝伦。

【尾】"等闲要相见、见无门，著何意思得成秦晋？不须把定，这七弦琴便是大媒人。"

　　红娘曰："如先生深夜作两三弄，莺闻必至，妾当从行。如闻声咳，乃莺至矣。愿先生变雅操为和声，以辞挑之，事必谐矣。莺亦善赋者，恐因此而得成。先生裁之。但恐先生不能耳。"生曰："吾虽不才，深善于此。"

卷 四

【双调】【文如锦】"说恁心聪，算来有分咱家共。若论著这弹琴，不是小儿得宠，从幼小，抚丝桐，《啼乌》《怨鹤》，《离鸾别凤》。使了千百贯现钱，下了五七年埤功。曾师高士，向焚香窗下，煮茗轩中，对青松，弹得高山流水，积雪堆风。《三百篇》新声诗意尽通，一篇篇弹得，风赋雅颂。古操新声，循环无始终。述壮节，写幽惊，闲愁万斛，离情千种。教知音的暗许，感怀者自痛。今夜里弹他几操，博个相逢。若见花容，平生的学识，今夜个中用。

【尾】"红娘，我对你不是打哄，你且试听一弄，休道你姐姐，遮莫是石头人也心动。"

　　红娘归。

【仙吕调】【赏花时】去了红娘闷转加,比及到黄昏没乱煞。花影透窗纱,几时是黑,得见那死冤家?　　先拂拭瑶琴宝鸭。只怕我今宵磕睡呵,先点建溪茶。猛吃了几碗,惭愧哑,僧院已闻鸦。

【尾】碧天涯,几缕儿残霞,渐听得珰珰地昏钟儿打。钟声才罢,又成楼寒角奏《梅花》。

　　是夜晴天澄澈,月色皓空,生横琴于膝。

【中吕调】【满庭霜】幽室灯清,疏帘风细,兽炉香爇龙涎。抱琴拂拭,清兴已飘然。此个阁儿虽小,其间趣不让林泉。初移轸,啼乌怨鹤,飞上七条弦。　　循环成雅弄,纯音合正,古操通玄。渐移入新声,心事都传。一鼓松风琴瑟,再弹岩溜涓涓。空庭静,莺莺未寐寝,须到小窗前。

　　其琴操曰:琴琴,轸玉,徽金。其操雅,其趣深。玄鹤集洞,啼乌绕林。洗涤是非耳,调和道德心。漱松风于石壁,迸远水于孤岑。不是秦筝合众听,高山流水少知音。琅琅雅韵,宽游子之愁怀;落落正声,醒饮人之醉梦。红娘报莺曰:"张兄鼓琴,其韵清雅,可听否?"莺曰:"夫人寝未?"红娘曰:"夫人已熟寐矣。"莺潜出户,与红俱出。

【中吕调】【粉蝶儿】何处调琴,惺惺地把醉魂呼醒?正僧庭夜凉人静。羽衣轻,罗袜薄,春寒犹嫩。夜阑时,徘徊月移花影。　　寻声审听,泠然出尘幽韵。过空庭渐穿花径,蹑金莲,即渐到中庭。待侧近,转踌躇,嚣嚣地把心不定。

【尾】牙儿抵著不敢子声,侧着耳朵儿窗外听,千古清风指下生。

　　红娘声咳于窗侧,生闻之,惊喜交集,曰:"莺即至矣,看手段何似!"

【仙吕调】【惜黄花】清河君瑞,不胜其喜,宝兽添香,稽首顶礼。十个指头儿,自来不孤你,这一回看你把戏。

　　孤眠了一世,不闲了一日。今夜里弹琴,不同恁地。还弹到断肠声,得姐姐学连理。指头儿,我也有福啰,你也须得替。

【仙吕调】【赏花时】宝兽沉烟袅碧丝,半折的梨花繁杏枝,妆一胆瓶儿。冰弦重理,声渐辨雄雌。　说尽心间无限事,謦咳微闻莺已至,窗下立了多时。听沉了一晌,流泪湿却胭脂。

【尾】也不弹雅操与新声,流水高山多不是,何似一声声尽说相思。

　　张生操琴歌曰:"有美人兮见之不忘,一日不见兮思之如狂。凤飞翱翔兮四海求凰,无奈佳人兮不在东墙。张弦代语兮聊写微茫,何时见许兮慰我彷徨?愿言配德兮携手相将,不得于飞兮使我沦亡。"其辞哀,其意切,凄凄然如别鹤唳天。莺闻之,不觉泣下。但闻香随气散,情逐声来。生知琴感其心,推琴而起。

【双调】【芰荷香】夜凉天,泠泠十指,心事都传。短歌才罢,满庭春恨寥然。莺莺感此,阁不定粉泪涟涟,吞声窨气埋冤。张生听此,不托冰弦。　火急开门月下觑,见莺莺独自,明月窗前,走来根底,抱定款惜轻怜。"薄情业种,咱两个彼各当年。休休,定是前缘,今宵免得,两下里孤眠。"

【尾】女孩儿謔得来一团儿颤,低声道:"解元听分辩,你便做搂慌,敢不开眼?"

　　抱住的是谁?是谁?张生拜覷。

【中吕调】【鹘打兔】畅忒昏沉,忒慕古,忒猖狂。不问是谁,便待窝穰。说志诚,说衷肠,骋奸俏,骋浮浪。初唤做莺莺,孜孜地覷来,却是红娘!　　打惨了多时,痴呆了半晌。惟闻月下,环珮玎珰。莲步小,脚儿忙;柳腰细,裙儿荡。嚣嚣地心惊,微微地气喘,方过回廊。

【尾】朱扉半开哑地响,风过处惟闻兰麝香,云雨无缘空断肠。

　　生问红娘曰:"莺适有何言?"红娘曰:"无他言,惟凄怨泣涕而已。妾逆度之,似有所动。今夕察之,拂旦报公。"红娘别生归寝,莺已卧矣。烛光照夜,愁思搅眠。

【中吕调】【碧牡丹】夜深更漏悄,莺莺更闷愁不小。拥衾无寝,心下徘徊筹度:君瑞哥哥,为我吃担阁。你莫不枉相思,枉受苦,枉烦恼?　　适来琴内排唤着,即自家大段不晓,自心思忖,怕咱做夫妻后不好?奴正青春,你又方年少。怕你不聪明?怕你不稔色?怕你没才调?

【鹘打兔】奈老夫人,情性恼,非草草,虽为个妇女,有丈夫节操。俺父亲,居廊庙,宰天下,存忠孝。妾守闺门,些儿怎地,便不辱累先考?　　所重者,奈俺哥哥,由未表。

适来恁地,把人奚落。司马才,潘郎貌,不由我,难偕老。怎得个人来,一星星说与,教他知道?

【双声叠韵】夜迢迢,睡不著,宝兽沉烟袅。枕又寒,衾又冷,画烛愁相照。甚日休?几时了?强合眼,睡一觉,怎禁梦魂颠倒,夜难熬。　背画烛,魆魆地哭,泪滴了,知多少!哭得烛又灭,香又消,转转心情恶。自埋怨,自失笑,自解叹,自敦撺。眼悬悬地,盼明不到。

【尾】昏沉的侍者管贪睡著,业柜的明月儿不疾落,慵懒的鸡儿甚不唱叫?

　　莺通宵无寐,抵晓方眠。红娘目之,不胜悲感。侵晓而起,以情告生。

【黄钟宫】【侍香金童缠令】红娘急起,心绪愁无那,忙穿了衣裳离绣阁。如与解元相见呵,一星星都待说与子个。　急离门首,连忙开放锁,直奔书帏里来见他。天色儿又待明也,不知做甚么,书帏里兀自点著灯火。

【双声叠韵】把窗儿纸,微润破,见君瑞披衣坐。管是文字忙,诗赋多,做甚闲功课。见气出不迭,口不暂合,自埋怨,自摧挫,一会家自哭自歌。

【出队子】悄一似风魔,眉头儿厮系著。红娘不觉泪偷落。相国夫人端的左,酷毒害的心肠忒嗑过!

【尾】做个夫人做不过,做得个积世虔婆,教两下里受这般不快活。

　　红娘推开书斋,张生见了,且喜且惊。

【仙吕调】【胜葫芦】手取金钗把门打,君瑞问:"是谁家?""是红娘啰,待与先生相见咱!"张生闻语,速开门连问:"管是恁姐姐使来吵? 昨日因循误见他,咫尺抵天涯,一夜教人没乱煞。"红娘道:"且住,把莺莺心事,说与解元嗄!"

红谓生曰:"公勿忧。观姐姐之情,于公深矣,听诉衷肠:

【中吕调】【古轮台】"莫心忧,解元听妾话踪由。俺姐姐夜来个闻得琴中挑斗,审听了多时,独语独言搔首。手抵牙儿,喟然长叹:'奈何慈母性搊搜,应难欢偶。'料来他一种芳心,尽知琴意,非不多情,自僝自僽。争奈他家不自由。我团著情,取个从今后为伊瘦。" 张生闻语,扑撒了满怀里愁。想料死冤家心中先有,琴感其心,见得十分能勾。教俺得来,痛惜轻怜,绣帏深处效绸缪,尽百年相守。据自家冠世文章,谪仙才调,胸卷江淮,肠撑星斗,脸儿又清秀,怎不教那稔色的人人挂心头?

【尾】他家肯方便觑个缘由,知自家果有相如才调,肯学文君随我走。

生曰:"情已动矣,易为政耳。"因笔砚作诗一首。

【双调】【御街行】文房四宝都拈至,先把松烟试。墨池点得兔毫浓,拂拭锦笺一纸。笔头洒落相思泪,尽写心间事。 也不打草不勾思,先序几句俺传示,一挥挥就一篇诗。笔翰与羲之无二。须臾和泪一齐封了,上面颠倒写一对鸳鸯字。

张生谓红娘曰:"敢烦持此,达莺左右。"红娘曰:"莺素端雅,焉敢以淫词致于前?然恃先生脱祸之恩,因莺莺慕郎

之意，试为呈之。"持笺归，置于妆台一边。莺起理妆，见其
简而视之。

【仙吕调】【赏花时】过雨樱桃血满枝，弄色奇花红间紫。
清晓雨晴时，起来梳裹，脂粉未曾施。　把简儿拈来抬
目视，是一幅花笺，写著三五行儿字，是一首断肠诗。低
头了一晌，读了又寻思。

【尾】觑著红娘道："怎敢如此！打脊风魔虔妮子！"这妮
子合死，脸儿上与一照台儿。

> 照台举绶带飞空，宝鉴响花砖粉碎。红娘急躲过，曰："死
> 罪，死罪！"诗云："相思恨转深，谩托鸣琴弄。乐事又逢春，
> 花心应已动。幽情不可违，虚誉何须奉。莫恶月华明，且
> 怜花影重。"

【仙吕调】【绣带儿】纸窗儿前，照台儿后，一封儿小简，掉
在纤纤手。拆开读罢，写著淫诗一首。自来心肠怕，更
读著恁般言语，你寻思怎禁受？低头了一晌，把庞儿变了
眉儿皱，道："张兄淫滥如猪狗。若夫人知道，多大小出
丑？　不良的贱婢好难容，要砍了项上驴头。多应是
你，厮迤厮逗。兀的般言语，怎敢著我咱左右？这回且
担免，若还再犯后，孩儿多应没诉休。如今俺肯推穷到底
胡追究？思量定不必闲合口，且看当日把子母每曾救。

【尾】"如还没事书房里走，更著闲言把我挑斗，我打折你
大腿缝合你口！"

> 莺曰："非汝孰能持诗至此？我以兄有活命之恩，不欲明
> 言。今后勿得！"红娘谢罪。莺曰："我不欲面折。"因笔左

侧,书于笺尾,令红娘:"持此报兄,庶知我意。"红娘精神失措,手足战栗,趋至生前。生惊问之。

【仙吕调】【点绛唇】惊见红娘,泪汪汪地眉儿皱。生曰:"可憎姐姐,休把人偢僽。　百媚莺莺,管许我同欢偶,更深后与俺相约,欲学文君走。"

【尾】红娘闻语,道:"休针喇,放二四不识娘羞! 待要打折我大腿缝合我口。"

红娘曰:"几乎累我。"生曰:"何故?"红娘尽诉莺莺意。生惊曰:"奈何?"红娘示笺。生视之,微笑曰:"好事成矣!"红娘曰:"莺适甚怒,却有何言?"生指诗,悉解其意:"题其篇曰《明月三五夜》,其诗曰:'待月西厢下,迎风户半开。拂墙花影动,疑是玉人来。'今十五日,莺诗篇曰《明月三五夜》,则十五夜也,故有'待月西厢'之句;'迎风户半开',私启而候我也;'拂墙花影动'者,令我因花而逾垣也;'疑是玉人来'者,谓我至矣。"红娘笑曰:"此先生思慕之深,妄生穿凿,实无是也。"言讫而去。生专俟天晚。

【黄钟宫】【出队子】咫尺抵天涯,病成也都为他,几时到今晚见伊呵? 业相的日头儿不转角,敢把愁人刁虐杀!

假热脸儿常钦定,把人心不鉴察。邓将军你敢早行么? 咱供养不曾亏了半恰,枉可惜了俺从前香共花。

【尾】一刻儿没巴避抵一夏,不当道你个日光菩萨,没转移好教贤圣打。

是夕一鼓才过,月华初上,生潜至东垣,悄无人迹。

【中吕调】【碧牡丹】夜深更漏悄,张生赴莺期约。落花薰砌,香满东风帘幕。手约青衫,转过栏杆角。见粉墙高,怎过去?自量度。　又愁人撞著,又愁怕有人知道。见杏梢斜堕嫋,手触香残红惊落。欲待逾墙,把不定心儿跳。怕的是,月儿明,夫人劣,狗儿恶。

【尾】照人的月儿怎得云蔽却?看院的狗儿休唱叫,愿劣相夫人先睡著。

【黄钟宫】【黄莺儿】君瑞,君瑞,墙东里一跳,在墙西里扑地。听一人高叫道:"兀谁?"生曰:"天生会在这里!"　闻语红娘道:"踏实了地,兼能把戏,你还待要跳龙门,不到得恁的。"

　　见其人,乃红娘也。红娘曰:"更夜至此,得无嫌疑乎?"

【双调】【搅筝琶】红娘曰:"君瑞好乖劣!半夜三更,来人家院舍。明日告州衙,教贤分别。官人每更做担饶你,须监收得你几夜!"　张生闻语,急忙应喏。"听说,听说,不须姐姐高声叫,怀儿里兀自有简帖。写著启户迎风,西厢待月。明道暗包笼,是恁姐姐。红娘,你好不分晓,甚把我拦截?

【尾】"今宵待许我同欢悦,快疾忙报与恁姐姐,道门外'玉人'来也!"

　　怎见得有简帖期生来?有《本传歌》为证。歌曰:"丹诚寸心难自比,写在红笺方寸纸。寄与春风伴落花,仿佛随风绿杨里。窗中暗读人不知,剪破红绡裁作诗。还怕香风畏飘荡,自令青鸟口衔之。诗中报郎含隐语,郎知暗到花深处。三五月明当户时,与郎相见花间语。"生返复解诗中之意,红娘曰:"先生少待,容妾报之,容妾报之。"倏忽,红娘奔至,连曰:"至矣,至矣!"张生但欢心谓得矣。及乎至,则端服严容,大怒生曰:"兄之恩,活我之家,厚矣。是以慈母以弱子幼女见托。奈何因不令之婢,致淫佚之词?始以护人之乱为义,而终以诲淫之语为谋。以谋易乱,夺彼取此,又何异矣?诚欲寝其词,则保人之奸,不贞;明之于母,则背人之惠,不祥;将寄词婢仆,又惧不得发其真诚。是用托谕短章,愿自陈启。犹惧兄之见难,因鄙靡之词,以求必至。非礼之动,能不愧心!愿兄怀廉耻之心,无及于乱,使妾保谨廉之节,不失于贞。"

【般涉调】【哨遍缠令】是夜莺莺,从头对著张生,一一都开解:"当日全家遇非灾,夫人心下惊骇,与眷爱家属,尽没逃生之计,仿佛遭残害。谢当日先生奇谋远见,坐施了决胜良策。谊深恩重若山海,不似寻常庶人般待,认义做哥哥,厚礼相钦,未尝懈怠。　念兄以淫词,适来侍婢遗奴侧,解开遂披读,兀然心下疑猜。故恰才,令人诈以新词相约,果是先生届。料当日须曾读先圣典教,五常中礼义偏大。弟兄七岁不同席,今日特然对兄白,岂不以是非为戒?

【急曲子】"思量可煞作怪,夜静也私离了书斋,走到寡妇人家里,是别人早做贼捉败。此言当记在心怀,知过后自今须改。

【尾】"莫怪我抢,休怪我责,我为个妹妹你作此态,便不枉了教人唤做秀才!"

　　张生去住无门,红娘精神失色。

【般涉调】【夜游宫】言罢莺莺便退,兀的不羞杀人也天地！怎禁受红娘厮调戏，道："成亲也，先生喜，喜。　贱妾是凡庸辈，诗四句不知深意。只唤做先生解经理，解的文义差，争知快打诗谜。"

　　红娘曰："羞煞我也，羞煞我也！"张生自笑，徐谓红娘曰：

【仙吕调】【绣带儿】"你寻思，甚做处，不知就里，直恁冲冲怒？把人请到，是他做死地相抢，大小大没礼度。俺也须是你个哥哥，看人似无物。据恰才的做作，心肠料必如土木。刚夸贞烈，把人耻辱。这一场出丑，向谁伸诉？红娘姐姐，你便聪明，当初曾救他子母，谁知到今把恩不顾。恰才据俺对面不敢支吾，白受恁闲惊怖。细寻思，吾也乾白。俺捺拨那孟姜女，之乎者也，人前卖弄能言语，俺错口儿又不曾还一句。这些儿羞懒，怎能担负？

【尾】"如今待欲去又关了门户，不如咱两个权做妻夫。"红娘道："你莽时书房里去！"

　　生带惭色，久之方出。

【般涉调】【苏幕遮】那张生，心不悦，过得墙来，闷闷归书舍。壁上银釭半明灭，床上无眠，愁对如年夜。　寸心间，愁万叠，非是今生，尽是前生业。有眼何曾暂交睫！泪点儿不干，哭向西窗月。

【柘枝令】花唇儿恁地把人调揭，怎对外人分说？当初指望做夫妻，谁知变成吴越！　顿不开眉尖上的闷锁，解不开心头愁结。是前生宿世负偿伊，也须有还彻。

【墙头花】当初指望，风也不教泄，事到而今已不藉。莫不是张珙曾声扬？莫不是别人曾间谍？　群贼作警，早忘了当时节,及至如今卖弄贞烈。孤恩的毒害婆婆,负心的薄情姐姐。　亲曾和俺诗韵,分明寄著简帖,谁知是喈喥,此恨教人怎割舍?情诗儿自今休吟,简帖儿从今莫写。

【尾】不走了,厮觑著,神天报应无虚设。休,休,休,负德孤恩的见去也!

　　张生勉强弃衣而卧。

【黄钟宫】【出队子】他每孤恩,适来到埋怨人。见人扶弱骋精神,幸自没嗔刚做嗔,浑不似那临危忙许亲。花言巧语抢了俺一顿,俺耳边佯不闻。归来对这一盏恼人灯,明又不明,昏又不昏,你道教人怎不断魂?

【尾】早是愁人睡不稳,约来到二更将尽,隔窗儿蓦听得人唤门。

卷　　五

　　生启门观,喜不自胜。是谁?是谁?伴愁单枕,翻成并枕之欢;淹泪孤衾,变作同衾之乐。是谁?是谁?乃莺莺也。生惊问:"适何遽拒我?"莺莺答曰:"以杜谢侍婢之疑。"生拥莺至寝。

【仙吕调】【绣带儿】喜相逢,笑相拥。抱来怀里,埋怨薄情种:"适来相见,不得著言相讽,今夜劳合重。你也有投奔人时,姐姐瞰起动。传言送简,分明许我效鸾凤,谁知一句儿不中用。甚厮迤厮逗,把人调弄?"　莺莺闻此,道谢相从,著笑把郎供奉。耳朵儿畔,尽诉苦惊。脸儿粉腻,口边朱麝香浓。锦被翻红浪,最美是玉臂相交,偎香恣怜宠。莺莺何曾改,怪娇痴似要人揾纵,丁香笑吐舌尖儿送——撒然惊觉,衾枕俱空。

【尾】珰珰的听一声萧寺击疏钟,玉人又不见方知是梦。愁浓,楚台云雨去无踪。

疏钟敲破合欢梦,晓角吹成无尽愁。

【中吕调】【踏莎行】辣浪相如,薄情卓氏,因循堕了题桥志。锦笺本传自吟诗,张张写遍莺莺字。　沈约一般,潘郎无二,算来都为相思事。莺莺,你还知道我相思,甘心为你相思死!

生自此行忘止,食忘饱,举措颠倒,不知所以,久之成疾。大师窃知,径来问病,曰:"佳时难得,春物正妍。何事萦心,致损天和如此?"生曰:"非师当问。

【仙吕调】【赏花时】"过雨樱桃血满枝,弄色的奇花红间紫,垂柳已成丝。对许多好景,触目是断肠诗。　稔色的庞儿憔悴死,欲写相思,除非天样纸,写不尽这相思。拍愁担恨,孤负了赏花时。

【尾】"不明白担阁的如此。欲问自家心头事,愿听我说似,这心头横傪个海猴儿。"

大师笑曰:"以一女子,弃其功名远业乎?"生曰:"仆非不达。潘郎多病,宋玉多愁,触物感情,所不免矣。"师知其不可勉,但曰"子慎汤药"而去。自是废寝忘餐,气微嗜卧。夫人想生病,令红娘问候。张生声丝气噎,问红娘曰:"莺莺知我病否？你来后，又有甚诗词简帖？"红娘道："又来也那？你又来也！"

【高平调】【糖多令】"光景迅如梭，恹恹愁闷多，思量都为奴哥。不顾深恩成间阔，大抵是那少年女奴。也啰！

　　旧恨怎消磨？新愁没奈何！不防忧损天和。怎吃受夫人看冷破，云和雨怎成合？也啰！

【牧羊关】"白日且犹自可，黄昏后是甚活？对冷落书斋，青荧灯火。一回家和衣睡，一回家披衣坐。共谁闲相守？与影儿厮伴著。　　心头病怎成恁么？几日来气微嗜卧，舌缩唇干，全无涕唾。针灸没灵验，医疗难痊可。见恁姐姐与夫人后，一星星说与呵！

【尾】"没亲熟病染沈疴。可怜我四海无家独自个，怕得工夫肯略来看觑我么？"

　　　红娘亦为之沾洒，曰："妾必为郎伸意，但恐莺莺情分薄耳。"欲去，生止。

【南吕宫】【一枝花】红娘将出门，唤住低声问："孩儿，你到家道与莺莺，都为他家，害得人来病。咱家干志诚，不望他家，恁地孤恩短命！　　我见得十分难做人，待死后通些灵圣。阎王问'你甚死'，与说实情。从始末根由，说得须教信。少后三二日，多不过十朝，须要您莺莺偿命。

【尾】"待阎王道俺无凭准，抵死谩生断不定，也不共他争，我专指著伊家做照证。"

　　　红娘曰："休攀绊！"去无多时，红娘曰："夫人、姐姐至矣。"生亦不顾，但张目而已矣。

【大石调】【感皇恩】张君瑞，病恹恹担带不去。说不得凄凉，觑不得凄楚，骨消肉尽，只有那筋脉皮肤。又没个亲熟的人抬举。　有些儿闲气，都做了短叹长嘘。便吃了灵丹怎痊愈！尽夫人存问，半晌不能言语。目间泪汪汪，多情眼，把莺莺觑。

莺抚榻谓生曰："兄之病危矣，不识病甚？愿速言之。

【黄钟宫】【降黄龙衮缠令】"自与兄别来，仿佛十馀日。甚陡顿肌肤消瘦添憔悴？尽教人问当，不能应对，眼儿里空恁泪汪汪地。　尚未知伤著甚物，直恁不能起？愿对著夫人，一一说仔细。"料来想必定是些儿闲气，白瘦得个清秀脸儿不戏。

【双声叠韵】有甚愁，消沈围，潘鬓慵梳洗？眼又瞑，头又低，子管里长出气。细觑了，这病体，好不忘，怎下得！多应是为我后恁地细思忆。　何处疼，那面痛，教俺没理会。管腹胀满，心闭塞，快请个人调理。便道破，莫隐讳！到这里，命将逝，莺莺有个药儿善治。

【刮地风】生曰："多谢伊来问当俺，纵来后何济！自家这一场腌臜病，病得来跷蹊。难服汤药，不停水米。不头沉，不脑热，脉儿又沉细。知他为个甚，吃药后难医？

【尾】"妹子、夫人记相识，多应管命归泉世。这病说不得闷恹恹一肚皮。"

莺曰："妾有小药，能治兄心间郁闷。少顷，令红娘专献药至。"生勉劳谢，夫人曰："先生好服汤药，我且去矣。"生见夫人与莺欲去，生勉强披衣而起。

【高平调】【木兰花】那张生，闻得道，把旋阑儿披定，起来陪告。东倾西侧的做些腌躯老，闻生没死的的陪笑。"相国夫人恁但去，把莺莺留下，胜如汤药。"红娘闻语把牙儿咬，怎得条白练，我敢绞煞这神脚！

夫人与莺俱去，生目送之。

【黄钟宫】【降黄龙衮】那相国夫人，探看了张君瑞，便假若铁石心肠应粉碎。子母每行不到窗儿西壁，只听得书舍里一声仆地。　是时三口儿转身，却往书帏内，惊见张生，掉在床脚底，赤条条地，不能收拾身起，口鼻内悄然没气。

【尾】相国夫人道得"可惜，早是孩儿一身离乡客寄，死作个不著坟墓鬼。"

令红娘救，少顷稍苏。令一仆驰骑入蒲，请医人至，令看其脉。医曰："外貌枯槁，其实无病。"

【黄钟宫】【黄莺儿】奇妙！奇妙！郎中诊罢，嘻嘻的冷笑，道："五脏六腑又调和，不须医疗。"　又问生曰："先生无病，何瘦弱？如此为个甚肌肤浑如削？"张生低道："我心头横著这莺莺。"医人曰："我与服泻药。"

医留汤一贴，夫人赐钱二千。医退，夫人曰："宜以汤药治，不可自苦如此。"夫人与莺既归，无一人至。生曰："所望不成，虽生何益！"强整衣巾，以绦悬栋。

【仙吕调】【六幺实催】情怀转转难存济，劳心如醉。也不吟诗课赋，只恁昏昏睡。恰恁待才合眼，忽闻人语，哑地门开，却见薄情种，与夫人来这里。　著他方言语，把人调戏。不道俺也识你恁股圈圚。慢长吁气空垂泪,念向日春宵月夜,回廊下,恁时初见你。

【六幺遍】向花阴底潜身立,渐审听多时,方见伊端的:腰儿稔腻,裙衣翡翠,料来春困把湖山倚。偏疑:沉香亭北太真妃。　好多娇媚诸馀美,遂对月微吟,各有相怜意。幽情未已,忽观侍婢,请伊归去朱门闭。堪悲,只怨阿母阻佳期。

【哈哈令】伊家只在香闺,小生独守书帏,纵写花笺无人寄。忍轻离也哈哈,敛愁眉也哈哈。

【瑞莲儿】咫尺浑如千万里。谁知后来遇群贼,子母无计皆受死,难闪避。恁时节,是俺咱可怜见你那里。

【哈哈令】蒲关巡检与我相知,捉贼兵免了灾危,恁时许我为亲戚。不望把心欺也哈哈,好昧神祇也哈哈!

【瑞莲儿】刁蹬得人来成病体,争如合下休相识。三五日来不汤个水米,教俺难恋世。到此际,兀谁可怜见我这里!

【尾】把一条皂绦梁间系,大丈夫死又何悲,到黄泉做个风流鬼!

【双调】【御街行】张生是日心将碎,猛把残生弃。手中把定套头儿,满满地两眼儿泪。思量人命也非小可,果是关天地。　夫人去后门儿闭,又没甚东西,蓦一人走至猛推开,不觉胜来根底。舒开刺绣弹筝手,扯住张生君瑞。

　　虽云祸福无门,大抵死生由命。当日一场好事,顷刻不成;

后来万里前程，逡巡有失。拽住的是谁？是谁？红娘也。谓生曰："先生惑之甚矣！妾若来迟，已成不救。"曰："莺自视郎疾归，泣谓妾曰：'莺之罪也。因聊以诗戏兄，不意至此。如顾小行，守小节，误兄之命，未为德也。'令妾持药见兄。"

【中吕调】【古轮台】那红娘，对生一一说行藏："俺姐姐探君归，愁入兰房。独语独言，眼中雨泪千行。良久多时，喟然长叹，低声切切唤红娘，都说衷肠。道：'张兄病体尫羸，已成消瘦，不久将亡。都因我一个，而今也怎支当？我寻思，顾甚清白救才郎！'当时闻语，和俺也恓惶。遣妾将汤药来到伊行，却见先生，这里恰待悬梁。些儿来迟，已成不救，定应一命见阎王。人好不会思量！试觑他此个帖儿，有些汤药，教与伊服，依方修合，闻著喷鼻香。久服后，补益丹田助衰阳。"

【尾】一天来好事里头藏，其间也没甚诸般丸散，写著个专治相思的圣惠方。

乃一短简，外封曰："小诗奉呈才兄文几，莺莺谨封。"生取古鼎，令添香，置诸笔几之上。谓红娘曰："往者以亵慢而见责，今日敢无礼乎！"生遂拜之。

【木兰花】急添香，忙礼拜，躬身合掌，以手加额，香烟上度过把封皮儿拆，明窗底下，款地舒开。不知写著甚来，读罢稿几回喝采。十分来的鬼病，九分来痊瘥。红娘劝道："且宁耐，有何喜事，恁大惊小怪？"

张生遂展开，读了莺莺诗，喜不自胜，其病顿愈。诗曰："勿以闲思想，摧残天赋才。岂防因妾幸，却变作君灾。报德

难从礼,裁诗可当媒。高唐休咏赋,今夜雨云来。"都来四
十字,治病赛卢医。

【仙吕调】【满江红】清河君瑞,读了嘻嘻地笑不止。也不
是丸儿,也不是散子,写遍幽期书体字。叠了舒开千百
次,念得熟如本传,弄得软如故纸。也不是闲言语,是五言
四韵,八句新诗。若使颗硃砂印,便是偷期帖儿,私期会
子。　尽红娘问而不答。蓦见红娘询问著,道:"若泄漏
天机,是那不是?""是恁姐姐,今宵与我偷期的意思,说
与你也不碍事。"红娘闻语,吸地笑道:"一言赖语都是二
四! 没性气闲男女,不道是哑你,你唤做是实志。你好不
分晓,是前来科段,今番又再使。"

　　生曰:"汝欲闻此妙语,吾能唱之,而无和者,奈何?"红娘
　　曰:"妾和之,可乎?"张生曰:"可。"

【仙吕调】【河传令缠】"不须乱猜这诗中意思,略听我款
款地开解。谁指望是他劣相的心肠先改,想咱家不枉了
为他害。　红娘姐姐且宁耐,是俺当初坚意,这好事终
在。一句句唱了,须管教伊喝采。"那红娘道:"张先生,
快道来。"

【乔合笙】"休将闲事苦萦怀,"和:"哩哩啰,哩哩啰,哩
哩来也!""取次摧残天赋才。"和。"不意当初完妾命,"
和。"岂防今日作君灾。"和。"仰酬厚德难从礼,"和。
"谨奉新诗可当媒。"和。"寄语高唐休咏赋,"和。"今宵
端的雨云来。"和。

【尾】那红娘,言"休怪,我曾见风魔九伯,不曾见这般个

神狗乾郎在。"

　　　生谓红娘曰："自向来饮食无味,今日稍饥。想夫人处必有
　　佳馔,烦汝敬谒,不拘多寡,以疗宿饥,可乎?"红娘诺而往。
　　顷而至,持美馔一盘。生举箸而罄。红娘曰:"吃得作得,
　　信不诬矣。"

【中吕调】【碧牡丹】小诗便是得效药,读罢顿然痊较。入
时衣袂,脱体别穿一套,煞懒懒地做些鯆躯老。问红娘
道:"韵那不韵? 俏那不俏?"　镜儿里不住照,把须鬟掠
了重掠。口儿里不住,只管吃地忽哨。九伯了多时,不
觉的高声道:"吼啰,日斋时;哑,日转角;哑,日西落!"

【尾】红娘觑了吃地笑,"俺骨子不曾移动脚,这急性的郎
君三休饭饱!"

　　　生赠金钗一只而嘱曰:"今夕不来,愿相期于地下!"红娘谢
　　生而归。生送至阶下,再三叮嘱。

【仙吕调】【胜葫芦】送下阶来欲待别,又嘱付两三歇:
"待好事成合后别致谢。把目前已往,为他腌苦,都对著
那人说。　生死存亡在今夜。不是我佯呆,待有一句儿
虚脾天地折! 是必你叮咛嘱付,你那可人的姐姐,教今夜
早来些!"

【尾】去了红娘归书舍,坐不定何曾宁贴,倚门专待西
厢月。

　　　是夜玉宇无尘,银河泻露。月华铺地,愈增诗客之吟;花气
　　薰人,欲破禅僧之定。人间良夜静复静,天上美人来不来?
　　生专待,鼓已三交,莺无一耗。

【仙吕调】【赏花时】倚定门儿手托腮，闷答孩地愁满怀，不免入书斋。倘冤家负约，今夜好难捱！　闷损多情的张秀才，忽听得枕门儿哑地开，急把眼儿揩，见红娘敛袂，传示解元咳！

【尾】"莫萦心且暂停宁耐，略时间且向书帏里待。教先生休怪，等夫人烧罢夜香来。"

　　生隐几小眠，有人觉之，曰："织女降矣，尚耽春睡？"生惊视之，红娘抱衾携枕而至，谓生曰："至矣，至矣！"生出户迎莺，但见欲行欲止，半笑半娇。生就而抚之，翻然背面。

【大石调】【玉翼蝉】多娇女，映月来，结束得极如法：著一套衣服，偏宜恁潇洒；乌云䯼，玉簪斜插，好娇姹！脚儿小，罗袜薄，疑把金莲撒。更举止轻盈，诸馀里又稳腻，天生万般温雅。　甫能相见，擗著个庞儿那下。尽人问当，佯羞不答；万般哀告，手摸著裙腰儿做势煞。怎不偢人，俺怎敢嗔他？自来不曾，亏伊半恰。薄情的妈妈，被你刁蹬得人来，实志地咱！

　　夜半红娘拥抱来，脉脉惊魂若春梦。

【大石调】【洞仙歌】青春年少，一对儿风流种，恰似娇鸾配雏凤。把腰儿抱定，拥入书斋，道："我女儿，休恁人前庄重。"　哄他半晌，犹自疑春梦。灯下偎香恣怜宠，拍惜了一顿，呜咽了多时，紧抱著噢，那孩儿不动。更有甚功夫脱衣裳，便得个胸前，把奶儿摩弄。

　　羞颜慵怯，力不能运肢体。曩时之端庄，不复同矣。张生飘然，一旦疑神仙中人，不谓从人间至矣。

【中吕调】【千秋节】良宵夜暖,高把银钲点,雏鸾娇凤乍相见。窄弓弓罗袜儿翻,红馥馥地花心,我可曾惯？百般捆就十分闪。　忍痛处,修眉敛;意就人,娇声战;洳香汗,流粉面。红妆皱也娇娇羞,腰肢困也微微喘。

　　月传银漏和更长,郎抱莺娘舌送香。一宵之事,张生如登霄汉,身赴蓬宫。

【仙吕调】【临江仙】燕尔新婚方美满,愁闻萧寺疏钟。红娘催起笑芙蓉,巫姬云雨散,宋玉枕衾空。　执手欲言容易别,新愁旧恨无穷。素娥已返水晶宫,半窗千里月,一枕五更风。

　　怎见得有如此事来？有唐元微之《莺莺传》为证:"红娘捧莺而去,终夕无一言。张生辨色而兴,自疑于心,曰:'岂其梦耶？岂其梦耶？'所可明者:妆在臂,香在衣,泪光荧荧然,犹莹于衽席而已。"

【羽调】【混江龙】两情方美,断肠无奈晓楼钟。临时去幽情脉脉,别恨匆匆。洛浦人归天渐晓,楚台云断梦无踪。空回首,闲愁与闷,应满东风。　起来搔首,数竿红日上帘栊。犹疑虑:实曾相见？是梦里相逢？却有印臂的残红香馥馥,偎人的粉汗尚融融。鸳衾底,尚有三点、两点儿红。

　　生取纸笔,遂写词二首。词毕,又赋《会真诗》三十韵。

【仙吕调】【朝天急】锦笺和泪痕,一齐封了,欲把莺莺今夜约,殷勤把红娘告:"休推托,专专付与多娇。　姐姐便不可怜见不肖,更做于人情分薄。思量俺,日前恩非小,今夕是他不错。　　道与冤家休负约,莫忘了。如把浓欢容易抛,是咱无分消。你莫辞劳,若见如花貌,一星星但言我道。

【尾】"我眼巴巴的盼今宵,还二更左右不来到,您且听著:提防墙上杏花摇。"

　　红娘归,以诗词授莺。莺看之,愈喜愈爱。词曰:"司马伤春候,文君多病时。残红簌簌褪胭脂,恰恰流莺,催日上花枝。　释闷琴三弄,消愁酒一巵。此时无以说相思,彩笔传情,聊赋会真诗。"右调《南柯子》。　又词曰:"云雨事,都向会真夸。麝墨轻磨声韵玉,兔毫初点色翻鸦,书破锦笺花。　诗句丽,造化窟中拿。俊逸参军非足羡,清新开府未才华,寄与谢娘家。"　诗曰:"微月透帘栊,萤光度碧空。遥天初缥缈,低树渐葱茏。龙吹过庭竹,鸾歌拂井桐。罗绡垂薄雾,环珮响轻风。绛节随金母,云心捧玉童。更深人悄悄,晨会雨濛濛。珠莹光文履,花明隐绣龙。宝钗行彩凤,罗帐掩丹虹。言自瑶华浦,将朝碧玉宫。因游洛城北,偶向宋家东。戏调初微拒,柔情已暗通。低鬟蝉影动,回步玉尘蒙。转面流花雪,登床抱绮丛。鸳鸯交颈舞,翡翠合欢笼。眉黛羞偏聚,唇朱暖更融。气清兰蕊馥,肤润玉肌丰。无力慵移腕,多娇爱敛躬。汗光朱点点,发乱绿松松。方喜千年会,俄闻五夜穷。留连时有限,缱绻意难终。慢脸含愁态,芳词誓素衷。赠环明运合,留结表心同。啼粉流清镜,残灯绕暗虫。华光犹冉冉,旭日渐曈曈。乘鹜还归洛,吹箫亦上嵩。衣香犹染麝,枕腻尚残红。幂幂临塘草,飘飘思渚蓬。素琴鸣怨鹤,晴汉望惊鸿。海阔诚

难度，天高不易冲。行云无处所，萧史在楼中。"莺惊异之，
索笺拟和；伫思久之，阁笔不下，掷笔自笑曰："才不迨于
郎矣！"

【大石调】【吴音子】莺莺从头读罢，缩首顿称赏。此诗
此韵，若非神助便休想。著甚才学，和恁文章？休强，休
强！　果非常，做得个诗阵令、骚坛将。收拾云雨，为郎
今夜更相访。消得一人，因君狂荡，不枉，不枉！

【尾】岂止风流好模样，更一段儿恁锦绣心肠，道个甚教
人看不上？

次夜，张生启门伺莺，莺多时方至。似姮娥离月殿，如王母
下瑶台。

【正宫】【梁州缠令】玉漏迢迢二鼓过，月上庭柯，碧天空
阔镜铜磨，哑地听枕门儿响，见巫娥。　对郎羞懒无那，
靠人先要偎摩。宝髻挽青螺，脸莲香傅，说不得媚多。

【应天长】欲言羞懒颤声讹，多时方语，低谓"粉郎呵，莺
莺的祖宗你知么？家风清白，全不类其他。莺莺是闺内
的女，服母训怎敢如何？不意哥哥因妾病，恹恹地染沉
疴。　思量都为我咱呵！肌肤消瘦，瘦得浑似削，百般
医疗终难可。莺莺不忍，以此背婆婆。婆婆知道，除会
圣，云雨怎得成合！异日休要相逢别的，更不管负
人呵！"

【甘草子】听说破，听说破，张生低告道："姐姐言语错，休
恁厮埋怨，休恁厮奚落。张珙殊无潘、沈才，辄把梅犀玷
污。负心的神天放不过，休么奴哥！"

【梁州三台】莺莺色事,尚兀自不惯,罗衣向人羞脱。抱来怀里惜多时,贪欢处呜损脸窝;办得个噷著、摸著,偎著、抱著,轻怜痛惜一和。恣恣地觑了可喜冤家,忍不得恣情呜噄。

【尾】莺莺色胆些来大,不惯与张生做快活,那孩儿怕子个,怯子个,闪子个。

【仙吕调】【点绛唇缠令】殢雨尤云,靠人紧把腰儿贴。颤声不彻,肯放郎教歇! 檀口微微,笑吐丁香舌,喷龙麝,被郎轻啮,却更嗔人劣。

【风吹荷叶】只被你个多情姐,噷得人困也、怕也,痛怜呜损胭脂颊。香喷喷地,软揉揉地,酥胸如雪。

【醉奚婆】欢情未绝,愿永远如今夜。银台画烛,笑遣郎吹灭。

【尾】并头儿眠,低声儿说。夜静也无人窥窃,有幽窗花影西楼月。

　　红娘至,促曰:"天色曙矣!"

卷　六

【仙吕调】【恋香衾】一夕幽欢信无价,红娘万惊千怕。且恐夫人暗中知察。暂不多时云雨罢,红娘催定如花,把天般恩爱,变成潇洒。 君瑞莺莺越偎的紧,红娘道:"起来么,娘呵!"戴了冠儿把玉簪斜插。欲别张生临去也,偎人懒兜罗袜。"我而今且去,明夜来呵!"

【尾】懒别设的把金莲撒，行不到书窗直下，兜地回来又说些儿话。

　　自是朝隐而出，暮隐而入，几半年矣。夫人见莺容丽倍常，精神增媚，甚起疑心。夫人自思，必是张生私成暗约。

【双调】【倬倬戚】相国夫人自窨约：是则是这冤家没弹剥，陡恁地精神偏出跳，转添娇，浑不似旧时了？　旧日做下的衣服件件小，眼慢眉低胸乳高，管有兀谁厮般著，我团著这妮子做破大手脚。

　　莺以情系心，恋恋不已。夫人察之，是夕私往。

【大石调】【红罗袄】君瑞与莺莺，来往半年过，夜夜偷期不相度。没些儿斟量，没些儿惧惮，做得过火。莺莺色事迷心，是夜又离香阁。方信乐极悲来，怎知觉，惹场天来大祸。　那积世的老婆婆，其时暗猜破，高点著银釭堂上坐。问侍婢以来，兢兢战战，一地里笃么。问莺莺更夜如何背游私地，有谁存活？诸侍婢莫敢形言，约多时，有口浑如锁。

【尾】相国夫人高声喝："贱人每怎敢瞒我！唤取红娘来问则个！"

　　一女奴奔告，莺莺急归。见夫人坐堂上，莺莺战慄。夫人问红娘曰："汝与莺更夜何适？"红娘拜曰："不敢隐匿：张生猝病，与莺往视疾。"夫人曰："何不告我？"答曰："夫人已睡，仓猝不敢觉夫人寝。"夫人怒曰："犹敢妄对，必不舍汝！"

【南吕调】【牧羊关】夫人堂上高声问："为何私启闺门？

你试寻思，早晚时分，迤逗得莺莺去，推探张生病。恁般闲言语，教人怎地信？　思量也是天教败，算来必有私情。甚不肯承当，抵死讳定，只管厮瞒昧，只管厮咭嗻？好教我禁不过，这不良的下贱人！

【尾】"思量又不当口儿稳。如还抵死的著言支对，教你手托著东墙我直打到肯！"

　　红娘徐而言曰："夫人息怒，乞申一言。

【仙吕调】【六幺令】"夫人息怒，听妾话踪由。不须堂上，高声挥喝骂无休。君瑞又多才多艺，咱姐姐又风流。彼此无夫无妇，这时分相见，夫人何必苦追求？　一对儿佳人才子，年纪又敌头。经今半载，双双每夜书帏里宿。已恁地出乖弄丑，泼水再难收。夫人休出口，怕旁人知道，到头赢得自家羞。

【尾】"一双儿心意两相投，夫人白甚闲疙皱？休疙皱，常言道'女大不中留'。

　　"当日乱军屯寺，夫人、小娘子皆欲就死。张生与先相无旧，非慕莺之颜色，欲谋亲礼，岂肯区区陈退军之策，使夫人、小娘子得有今日？事定之后，夫人以兄妹继之，非生本心，以此成疾，几至不起。莺不守义而忘恩，每侍汤药，愿兄安慰。夫人聪明者，更夜幼女潜见鳏男，何必研问，自非礼也。夫人罪妾，夫人安得无咎？失治家之道。外不能报生之恩，内不能蔽莺之丑，取笑于亲戚，取谤于他人。愿夫人裁之。"夫人曰："奈何？"红娘曰："生本名家，声动天下。论才则屡被魏科，论策则立摧凶丑，论智则坐邀大将，论恩则活我全家。君子之道，尽于是矣。若因小过，俾结良姻，通男女之真情,蔽闺门之馀丑,治家报德,两尽美矣。

【般涉调】【麻婆子】"君瑞又好门地,姐姐又好祖宗;君瑞是尚书的子,姐姐是相国的女;姐姐为人是稔色,张生做事忒通疏;姐姐有三从德,张生读万卷书。　姐姐稍亲文墨,张生博通今古;姐姐不枉做媳妇,张生不枉做丈夫;姐姐温柔胜文君,张生才调过相如;姐姐是倾城色,张生是冠世儒。

【尾】"著君瑞的才,著姐姐的福:咱姐姐消得个夫人做,张君瑞异日须乘驷马车。"

　　夫人曰:"贤哉,红娘之论! 虽如此,未知莺之心下何似。恐女子之性,因循失德,实无本心。"令红娘召之:"我欲亲问所以。"莺莺羞惋而出,不敢正立。

【般涉调】【沁园春】是夜夫人,半晌无言,两眉暗锁。多时方唤得莺莺至,羞低著粉颈,愁敛著双蛾,桃脸儿通红,樱唇儿青紫,玉笋纤纤不住搓。不忍见,盈盈地粉泪,淹损钿窝。　六十馀岁的婆婆,道:"千万担饶我女呵! 子母肠肚终须热。著言方便,抚恤求和。事到而今,已装不卸,泼水难收怎奈何? 都闲事,这一场出丑,著甚达摩?

【尾】"便不辱你爷、便不羞见我? 我还待送断你子个,却又子母情肠意不过。"

　　夫人曰:"事已如此,未审汝本意何似? 愿则以汝妻生,不愿则从今绝断。"莺莺待道"不愿"来,是言与心违;待道"愿"来后,对娘怎出口? 卒无词对。夫人又问:

【双调】【豆叶黄】"我孩儿安心,省可烦恼,这事体休声扬,著人看不好,怕你个冤家是厮落。你好好承当,咱好好的商量,我管不错。　有的言语,对面评度。凡百如何,老婆斟酌。"女孩儿家见问著,半晌无言,欲语还羞,把不定心跳。

【尾】可憎的媚脸儿通红了,对夫人不敢分明道,猛吐了舌尖儿背背地笑。

　　愿郎不欲分明道,尽在回头一笑中。拂旦,令红娘召生小饮。生惧昨夜之败,辞之以疾。

【仙吕调】【相思会】君瑞怀羞惨,心只自思念:这些丑事,不道怎生遮掩。"红娘莫恁把人干厮啈!我到那里见夫人吵,有甚脸?　寻思罪过,盖为自家险。算来今日,请我赴席后争敢?"红娘见道,道:"君瑞真个欠!我道你,佯小心,妆大胆。"

　　红娘曰:"但可赴约,别有长话。"生惊曰:"如何?"红娘以实告生,生谢曰:"诚如是,何以报德?"曰:"妾不敢望报。夫人与郑恒亲,虽然昨夜见许,未足取信。先生赴约,可以献物为定。比及莺莺终制以来,庶无反覆,以断前约。"生曰:"善。然自春寓此,迄今囊橐已空矣,奈何?

【仙吕调】【喜新春】"草索儿上,都无一二百盘缠。一领白衫又不中穿;夜拥孤衾三幅布,昼敧单枕是一枚砖:只此是家缘。　要酒后,厨前自汲新泉;要乐,当筵自理冰弦;要绢,有壁画两三幅;要诗后,却奉得百来篇——只不得道著钱。"

红娘曰："先生平昔与法聪有旧，法聪新当库司，先生归而
贷之，何求不得？"生闻言而顿省，遂往见法聪。

【大石调】【蓦山溪】张生是日，叉手前来告："有事敢相
烦，问库司兄不错。相公的娇女，许我作新郎。这事体，
你寻思，定物终须要。　小生客寄，没个人挨靠。刚准
备些儿，其外多也不少，不合借索。总赖弟兄情，如借
得，感深恩，是必休推托。"

【尾】法聪闻言先陪笑，道："咱弟兄面情非薄，子除了我
耳朵儿爱的道。"

生曰："如有馀资，烦贷几索，甚幸。"聪曰："常住钱不敢私
贷。贫僧积下几文起坐，尽数分付足下，勿以寡见阻"。取
足五千索。聪曰："几日见还？"生指期拜纳。

【双调】【荙荷香】忒孤穷，要一文钱物，也擘划不动。法
聪不忍，借与五千贯青铜。"几文起坐，被你个措大倒得
囊空。三十、五十家撺来，比及儧到，是几个斋供。"　君
瑞闻言道："多谢。"起来叉手，著言陪奉："若非足下，定
应难见花容。咱家命里，算来岁运亨通，多应鱼化为龙。
怎时节奉还，一年请俸。"

【尾】法聪笑道："休打哄！不敢问利息轻重，这本钱几
年得用。"

生以钱易金，赴夫人约，坐不安席。酒行，夫人起曰："昨不
幸相公殁，携稚幼留寺，群贼方兴，非先生矜悯，母子几为
鱼肉矣。无以报德。虽先相以莺许郑恒，而未受定约。今
欲以莺妻君，聊以报，可乎？"

【大石调】【玉翼蝉】夫人道"张解元"，美酒斟来满。道："不幸当时，群贼困普救，全家莫能逃难。赖先生，便画妙策，以此登时免。今日以莺莺，酬贤救命恩，问足下愿那不愿？"夫人曰："如先生许，则满饮一盏。"张生闻语，急把头来暗点。小生目下，身居贫贱，粗无德行，情性荒疏学艺浅。相公的娇女，有何不恋？何必夫人苦劝？吃他一盏，忽地推了心头一座山。

　　生取金以奉夫人，曰："贫生旅食，姑此为礼，无以微见却。"夫人不受，曰："何必乃耳！"红娘曰："物虽薄，礼不可废也。"夫人受金，生拜堂下。夫人曰："然莺未服阕，未可成礼。"生曰："今蒙文调，将赴选闱，姑待来年，不为晚矣。"夫人曰："愿郎远业功名为念，此寺非可久留。"生曰："倒指试期，几一月矣。三两日定行。"夫人以巨觥为寿，生饮讫，令红娘送生归。生谓红娘曰："不意有今日！"答曰："适莺闻夫人语亲，欣喜之容见于面；闻郎赴文调，愁怨之容动于色。"生曰："烦为我言之：功名，世所甚重，背而弃之，贱丈夫也。我当发策决科，策名仕版，谢原宪之圭窦，衣买臣之锦衣，待此取莺，惬余素愿。无惜一时孤闷，有防万里前程。"红娘以此报莺，亦不见答。自是不复见矣。后数日，生行，夫人暨莺送于道，法聪与焉。经于蒲西十里小亭置酒。悲欢离合一尊酒，南北东西十里程。

【大石调】【玉翼蝉】蟾宫客，赴帝阙，相送临郊野。恰俺与莺莺，鸳帏暂相守，被功名使人离缺。好缘业！空恓快，频嗟叹，不忍轻离别。早是恁凄凄凉凉，受烦恼，那堪值暮秋时节！雨儿乍歇，向晚风如漂冽，那闻得衰柳蝉鸣凄切！未知今日别后，何时重见也。衫袖上盈盈，揾泪不绝。幽恨眉峰暗结，好难割舍，纵有千种风情，何处说？

【尾】莫道男儿心如铁，君不见满川红叶，尽是离人眼中血！

【越调】【上平西缠令】景萧萧，风淅淅，雨霏霏，对此景怎忍分离？仆人催促，雨停风息日平西。断肠何处唱《阳关》？执手临歧。　蝉声切，蛩声细，角声韵，雁声悲，望去程依约天涯。且休上马，苦无多泪与君垂。此际情绪你争知，更说甚湘妃！

【斗鹌鹑】嘱付情郎："若到帝里，帝里酒酽花秾，万般景媚，休取次共别人，便学连理。少饮酒，省游戏，记取奴言语。必登高第。　专听著伊家，好消好息；专等著伊家，宝冠霞帔。妾守空闺，把门儿紧闭；不拈丝管，罢了梳洗。你咱是必，把音书频寄。

【雪里梅】"莫烦恼，莫烦恼！放心地，放心地！是必是必，休恁做病做气！　俺也不似别的，你情性俺都识。临去也，临去也，且休去，听俺劝伊。

【错煞】"我郎休怪强牵衣，问你西行几日归？著路里小心呵，且须在意。省可里晚眠早起，冷茶饭莫吃，好将息，我倚著门儿专望你！"

　　生与莺难别，夫人劝曰："送君千里，终有一别。"

【仙吕调】【恋香衾】苒苒征尘动行陌，杯盘取次安排。三口儿连法聪，外更无别客。鱼水似夫妻正美满，被功名

354

等闲离拆。然终须相见,奈时下难捱。　君瑞啼痕污了衫袖,莺莺粉泪盈腮。一个止不定长吁,一个顿不开眉黛。君瑞道"闺房里保重",莺莺道"路途上宁耐"。两边的心绪,一样的愁怀。

【尾】仆人催促怕晚了天色,柳堤儿上把瘦马儿连忙解。夫人好毒害,道:"孩儿每回取个坐车儿来。"

　　生辞,夫人及聪,皆曰:"好行!"夫人登车,生与莺别。

【大石调】【蓦山溪】离筵已散,再留恋应无计。烦恼的是莺莺,受苦的是清河君瑞。头西下控著马,东向驭坐车儿。辞了法聪,别了夫人,把樽俎收拾起。　临行上马,还把征鞍倚。低语使红娘:"更告一盏以为别礼。"莺莺君瑞,彼此不胜愁,觑觑者,总无言,未饮心先醉。

【尾】满酌离杯长出口儿气,比及道得个"我儿将息",一盏酒里,白泠泠的滴够半盏儿泪。

　　夫人道:"教郎上路,日色晚矣!"莺啼哭,又赋诗一首赠郎。
　　诗曰:"弃置今何道,当时且自亲。还将旧来意,怜取眼前人。"

【黄钟宫】【出队子】最苦是离别,彼此心头难弃舍。莺莺哭得似痴呆,脸上啼痕都是血,有千种恩情何处说!

夫人道:"天晚教郎疾去。"怎奈红娘心似铁,把莺莺扶上七香车。君瑞攀鞍空自撷,道得个"冤家宁耐些"。

【尾】马儿登程,坐车儿归舍;马儿往西行,坐车儿往东拽:两口儿一步儿离得远如一步也!

【仙吕调】【点绛唇缠令】美满生离,据鞍尤尤离肠痛。

旧欢新宠,变作高唐梦。　回首孤城,依约青山拥。西风送,戍楼寒重,初品《梅花弄》。

【瑞莲儿】衰草萋萋一径通,丹枫索索满林红。平生踪迹无定著,如断蓬。听塞鸿,哑哑的飞过暮云重。

【风吹荷叶】忆得枕鸳衾凤,今宵管半壁儿没用。触目凄凉千万种,见滴流流的红叶,淅零零的微雨,率剌剌的西风。

【尾】驴鞭半袅,吟肩双耸,休问离愁轻重,向个马儿上驮也驮不动。

离蒲西行三十里,日色晚矣,野景堪画。

【仙吕调】【赏花时】落日平林噪晚鸦,风袖翩翩催瘦马,一径入天涯。荒凉古岸,衰草带霜滑。　瞥见个孤林端入画,篱落萧疏带浅沙。一个老大伯捕鱼虾,横桥流水,茅舍映荻花。

【尾】驼腰的柳树上有渔槎,一竿风旆茅檐上挂,淡烟潇洒,横锁著两三家。

生投宿于村店。

【越调】【厅前柳缠令】萧索江天暮,投宿在数间茅舍,夜永愁无寐。谩咨嗟,床头上怎宁贴?　倚定个枕头儿越越的哭,哭得悄似痴呆。画橹声摇拽,水声呜咽,蝉声助凄切。

【蛮牌儿】活得正美满,被功名使人离缺。知他是我命薄?你缘业?比似他时,再相逢也,这的般愁,兀的般闷,终做话儿说。　料得我儿今夜里,那一和烦恼阵嗏。

不恨咱夫妻今日别,动是经年,少是半载,恰第一夜。

【山麻秸】淅零零地雨打芭蕉叶,急煎煎的促织儿声相接。做得个虫蚁儿天生的劣,特故把愁人做脾憋,更深后越切。　恨我寸肠千结,不埋怨除你心如铁。泪点儿淹破人双颊,泪点儿怕揾不迭,是相思血。

【尾】兀的不烦恼煞人也!灯儿一点甫能吹灭,雨儿歇,闪出昏惨惨的半窗月。

　　西风怯雨难眠熟,残月窥人酒半醒。

【南吕宫】【应天长】无语闷答孩,漫漫两泪盈腮,清宵夜好难捱,一天愁闷怎安排?役损这情怀。睡不著万感,勉强的把旅舍门开,披衣独步在月明中,凝睛看天色。淡云遮笼素魄,野水连天天竟白。见衰杨折苇,隐约映渔台。新愁与旧恨,睹此景,分外增瞧白。柳阴里忽听得有人言,低声道:"快行么娘咳!"

【尾】张生觑了失声道:"怪!"见野水桥东岸南侧,两个画不就的佳人映月来。

　　鞋弓袜窄,行不动,步难移;语颤声娇,喘不迭,频道困。是人是鬼俱难辨,为福为灾两不知。生将取剑击之,而已至矣。因叱之曰:"尔乃谁人諕秀才!"月影柳阴之下,定睛细认。云云。

【双调】【庆宣和】"是人后疾忙快分说,是鬼后应速灭!"入门来取剑取不迭,两个来的近也,近也!　君瑞回头再觑些,半晌痴呆,回嗔作喜唱一声喏,却是姐姐那姐姐!

　　熟视之,乃莺、红也。生惊问曰:"尔何至此?"莺曰:"适夫人酒多寐熟,妾与红娘计之曰:'郎西行,何日再回?'红曰:'郎行不远,同往可乎?'妾然其言,与红私渡河而至此。"生携莺手归寝。未及解衣,闻群犬吠门。生破窗视之,但见火把照空,喊声震地,闻一人大呼曰:"渡河女子,必在是矣!"

【商调】【定风波】好事多妨碍,恰拈了冠儿,松开裙带,汪汪的狗儿吠,顺风听得喊声一派。不知为个甚,諕得张生变了面色,真个大惊小怪。　火把临窗外,一片地叫"开门",倒大惊骇。张生隔窗觑,见五千馀人,全副执戴;一个最大汉提著雁翎刀,厉声叫道:"与我这里搜猜!"

【尾】柴门儿脚到处早蹉开,这君瑞有心挣揣,向卧榻上撒然觉来。

无端怪鹊高枝噪,一枕鸳鸯梦不成。坐以待旦,仆已治装。

【仙吕调】【醉落魄缠令】酒醒梦觉,君瑞闷愁不小。隔窗野鹊儿喳喳地叫,把梦惊觉人来,不当个嘴儿巧。　闷答孩似吃著没心草,越越的哭到月儿落;被头儿上泪点知多少,媚媚的不干,抑也抑得著。

【风吹荷叶】枕畔仆人低低道:"起来么解元,天晓也!"把行李琴书收拾了。听得幽幽角奏,哨哨地钟响,忔忔地鸡叫。

【醉奚婆】把马儿控著,不管人烦恼。程程去也,相见何时却?

【尾】华山又高,秦川又杳,过了无限野水横桥,骑著瘦马儿圪登登的又上长安道。

行色一鞭催瘦马,羁愁万斛引新诗。长安道上,只知君瑞艰难;普救寺中,谁念莺娘烦恼?莺自郎西迈,憔悴不胜。乘间诣郎阅书之阁,开牖视之,非复曩日,莺转烦恼。

【黄钟宫】【侍香金童缠令】才郎自别,划地愁无那。袅袅炉烟萦绿琐,浓睡觉来心绪恶。衣裳羞整,雾鬟斜軃。

香消玉瘦,天天都为他,眼底闲愁没处著。是即是下梢相见,咱大小身心,时下打叠不过。

【双声叠韵】吟砚干,黄卷堆,冷落了读书阁。金篆鼎,宝兽炉,谁爇龙涎火?几册书,有谁垛?粉笺暗,被尘污,悄没人照觑子个。

【刮地风】薄幸的冤家好下得,甚把人抛趖?眉儿淡了教谁画?哭损秋波。琵琶尘暗,懒抅金扑。有新诗,有新词,共谁酬和?那堪对暮秋,你道如何?

【整金冠令】促织儿外面斗声相聒,小即小,天生的口不曾合。是世间虫蚁儿里的活撮,叨叨的絮得人怎过?

【赛儿令】愁么,愁么,此愁著甚消磨?把脚儿擤了、耳朵儿搓,没乱煞,也自摧挫。塞鸿来也那,塞鸿来也那!

【柳叶儿】淅冽冽的晓风帘幕,滴流流的落叶辞柯。年年的光景如梭,急煎煎的心绪如火。

【神仗儿】这对眼儿,这对眼儿,泪珠儿滴了万颗;止约不定,恰才淹了,扑簌簌的又还偷落,胜秋雨点儿多。

【四门子】些儿鬼病天来大,何时是可?罗衣宽褪肌如削,闷答孩地独自个。空恨他,空怨他,料他那里与谁做活?空恨他,空怨他,不道人图个什么?

【尾】把宝鉴儿拈来强梳裹,腮儿被泪痕儿浥破,甚全不似旧时节风韵我?

　　　自季秋与郎相别,杳无一信。早是离恨,又值冬景。白日犹闲,清宵更苦。

【中吕调】【香风合缠令】烦恼知何限,闷答孩地独自泪涟涟。身心悄似颠,相思闷转添。守著灯儿坐,待收拾做些儿闲针线,奈身心不苦欢,不苦欢!　一双春笋玉纤纤,贴儿里拈线,把绣针儿穿。行待纴针关,却便纴针尖。欲待裁领衫儿段,把系著的裙儿胡乱剪,胡乱剪!

【石榴花】觑著红娘,认做张郎唤。认了多时自失叹,不惟道鬼病相持,更有邪神缴缠。　苦,苦! 天,天! 此愁何日免? 镇日思量够万千遍。算无缘得欢喜存活,只有分与烦恼为冤。　譬如对灯闷闷的坐,把似和衣强强的眠。心头暗发著愿,愿薄幸的冤家梦中见。争奈按不下九曲回肠,合不定一双业眼。

【尾】是前世里债,宿世的冤,被你担阁了人也张解元!

　　　明年,张珙殿试,第三人及第。

卷　七

【正宫】【梁州令缠令】步入蟾宫折桂花,举手平拿。《长扬》赋罢日西斜,得意也,掀髯笑,喜容加。　才优不让贾、马,金榜名标高甲。踪迹离尘沙,青云得路,凤沼步烟霞。

【甘草子】最堪嘉,最堪嘉,一声霹雳,果是鱼龙化。金殿拜皇恩,面对丹墀下。正是男儿得志秋,向晚琼林宴罢。沉醉东风里,控骄马,鞭袅芦花。

【脱布衫】追想那冤家,独自在天涯;怎知此间及第,修书索报与他。　有多少女孩儿,卷珠帘骋娇奢;从头著眼看来,都尽总不如他。　不敢住时霎,即便待离京华,官人如今是我,县君儿索与他。　偏带儿是犀角,幞头儿是乌纱;绿袍儿当殿赐,待把白衫儿索脱与他。

【尾】得个除授先到家,引著几对儿头答,见俺那莺莺大小大诈。

　　珙赋诗一绝,令仆赴莺莺报喜。

【双调】【御街行】须臾唤得仆人至,"嘱付你些儿事:蒲州东畔十馀里,有敕赐普救之寺。法堂西壁,行廊背后,第三个门儿是。　见妻儿、太君都传示,但道我擢高第。教他休更许别人,俺也则不曾聘妻。相烦你,且叮咛寄语,专等风流婿。"

　　生缄诗与仆,仆行。莺未知郎第,荏苒成疾。时季春十五夜,莺思之,去年待月西厢之夜也,感而泣下。红娘曰:"姐姐今春多病,触时有感,恐伤和气。妾未知姐姐所染何患,当以药理之,恐至不起。"莺莺愈哭。

【道宫】【凭栏人缠令】忆多才,自别来约过一载,何日里却得同谐?萦损愁怀。怕黄昏愁倚朱门,到良宵独立空阶,趁落英遍苍苔。东风摇荡,一帘飞絮,满地香埃。欲问俺心头闷答孩,太平车儿难载。都是俺今年浮灾,烦恼煞人也猜。闷恹恹的心绪如麻,瘦喦喦的病体如柴,鬓云乱慵整琼钗。劳劳攘攘,身心一片,没处安排。

【赚】据俺当初,把你个冤家命般看待,谁知道到今赢得段相思债,相思债。是前生负偿他,还著后瞧。你试寻思怪那不怪?都是命乖,争奈心头那和不快,好难消解。近来,这病的形骸,镜儿里觑了后自涩耐。伤心处,故人与俺彼此天涯客,天涯客!我于伊志诚没倦怠,你于我坚心莫更改。且与他捱,下稍知他看怎奈,闷愁越大!

【美中美】困把栏杆倚,羞折花枝戴。这段闲烦恼,是自家买。劳劳攘攘,不是自家心窄。春色褪花梢,春恨侵眉黛。遥望著秦川道,云山隔。　白日浑闲夜难熬,独自兀谁睬?闷对西厢月,添香拜。去年此夜,犹自月圆人在。不似去年人,猛把栏杆拍。有个长安信,教谁带?

【大圣乐】花憔月悴,兰消玉瘦,不似旧时标格,闲愁似海!况是暮春天色,落红万点,风儿细细,雨儿微筛。这些光景,与人妆点愁怀。　闷抵著牙儿,空守定妆台。眼也倦开,泪漫漫地盈腮。似恁凄凉,何时是了?心头暗暗疑猜。纵芳年未老,应也头白。

【尾】红娘怪我缘何害,非关病酒,不是伤春,只为冤家不到来。

　　莺对春时感旧恨,为忆生渐成消瘦。

【高平调】【青玉案】寂寞空闺里,苦苦天天甚滋味!淅淅微微风儿细,薄薄怯怯半张鸳被,冷冷清清地睡。忧忧戚戚添憔悴,袅袅霏霏瑞烟碧,灭灭明明灯将煤,哀哀怨怨不敢放声哭,只管嗜嗜暇暇地。

　　覆旦,灵鹊喜晴,莺起。

【仙吕调】【满江红】残红委地,灵鹊翻风喜新晴。玉惨花愁,追思傅粉。巾袖与枕头儿都是泪痕,一夜家无眠白日盹。不存不济,香肌瘦损,教俺萦方寸。想他那里,也不安稳。恰正心头闷,见红娘通报,有人唤门。门人报曰:"张先生仆至。"夫人与莺教召,须臾入。　仆使阶前忙应喏,骨子气喘不迭,满面征尘。呼至帘前,夫人亲问,道:"张郎在客可煞苦辛?想见彼中把名姓等?几日试来那几日唱名?得意那不得意?有何传示,有何书信?"那厮也不多言语,觑著夫人贺喜,唤莺莺做"县君"。

　　仆以书呈夫人,红娘取而奉莺,莺发书视之,止诗一绝。诗曰:"玉京仙府探花郎,寄语蒲东窈窕娘。指日拜恩衣昼锦,是须休作倚门妆。"莺解诗旨曰:"'探花郎',第三也;'指日拜恩衣昼锦',待除授而归也。"夫人以下皆喜。自是至秋,杳无一耗。莺修书密遣使寄生,随书赠衣一袭,瑶琴一张,玉簪一枝,斑管一枚。

【越调】【水龙吟】露寒烟冷庭梧坠,又是深秋时序。空闺独坐,无人存问,愁肠万缕。怕到黄昏后,窗儿下甚般情绪!映湖山侧左,芭蕉几叶,空阶静听疏疏雨。　一自才郎别后,尽自家凭栏凝伫。碧云黯淡,楚天空阔,征鸿南渡,飞过蒹葭浦。暮蝉噪烟迷古树,望野桥西畔,小旗沽酒,是长安路。

【看花回】想世上凄凉事,离情最苦,恨不得插翅飞将往他行去！地里又远关山阻，无计奈，谩登楼，空目断故人何许！　密召得，仆人至，将传肺腑。连几般衣服一一包将去。是必小心休迟滞，莫耽误。唤红娘，教拈与，再三嘱付。

【雪里梅】"白罗素裆袴，摺动的裉儿也无。一领汗衫与裹肚，非足取，取是俺咱自做。　绵袜儿莫嫌薄，灯下曾用工夫。一针针刺了羡觑，恐虑破后，有谁重补？

【揭钵子】"蓝直系有工夫，做得依规矩。幽窗明净处，潜心下绣针，著意分丝缕。绣著合欢连理花，雉子儿交颈舞。　绒绦儿细绛州出，宜把腰围束。青衫忒离俗，裁得畅可体，褸儿是吴绫，件件都受取。更与伊几件物。

【叠字三台】"簪虽小，是美玉。玉取其洁白纯素，微累纤瑕不能污。浑如俺为汝、俺为汝心坚固。你曾惜俺如珍，今日看如粪土。　紫毫管，未尝有，是九嶷山下苍竹。当日湘妃别姚虞，眼儿里泪珠，泪珠儿如秋雨，点点都画成斑，比我别离来苦。　瑶琴是你咱抚，夜间曾挑斗奴。你悄似相如献了《上林赋》，成名也在上都，在上都里贪欢趣，镇日家耽酒迷花，便把文君不顾。

【绪煞】"孩儿沿路里耐辛苦，若见薄情郎传示与，但道'自从别来，官人万福！'一件件对他分付，教他受取，看是阻那不阻？临了教读这一封儿堕泪书。"

　　仆未至京，君瑞擢第后，以才授翰林学士。因病闲居，至秋未愈。

【仙吕调】【剔银灯】寂寞空斋，清秋院宇，潇洒闲庭幽户。槛内芳菲,黄花开遍,将近登高时序。无情绪,憔悴得身躯,有谁抬举? 早是离情恁苦,病体儿不能痊愈。泪眼盈盈,眉头镇蹙,九曲回肠千缕。天遥地远,万水千山,故人何处?

【尾】许多时节分鸳侣,除梦里有时曾去,新来和梦也不曾做。

　　生喜来擢第,愁来病未愈。那逢秋夜,为忆莺莺,杳无一耗,愁肠万结。

【正宫】【梁州令断送】帘外萧萧下黄叶,正愁人时节,一声羌管怨离别。看时节,窗儿外雨些些。 晚风儿淅溜淅冽,暮云外征鸿高贴,风紧断行斜,衡阳迢递,千里去程赊。

【应天长】经霜黄菊半开谢,折花羞戴,寸肠千万结。卷帘凝泪眼,碧天外乱峰千叠。望中不见蒲州道,空目断暮云遮。 荒凉深院古台榭,恼人窗外,琅玕风欲折。早是离人心绪恶,阁不定泪啼清血。断肠何处砧声急?与愁人助凄切。

【赚】点上灯儿,闷答孩地守书舍。谩咨嗟,鸳枕大半成虚设,独对如年夜。守著窗儿闷闷地坐,把引睡的文书儿强披阅。检秦晋传检不著,翻寻著吴越,把耳朵揶。 收拾起,待刚睡些儿,奈这一双眼儿劣。好发业,泪漫漫地,会圣也难交睫。空自撅,似恁地凄凉,恁地愁绝,下场知他看怎者! 待忘了,不觉声丝气噎,几时揠彻!

【甘草子】我偬呆,我偬呆,一向志诚,不道他心趄。短命的死冤家,甚不怕神天折?一自别来整一年,为个甚音书断绝?著意殷勤待撰个简牒,奈手颤难写!

【脱布衫】几番待撇了不藉,思量来当甚厮憋?孩儿我须有见伊时,咱对著惺惺人说。

【梁州三台】愁敧单枕,夜深无寐,袭袭静闻沉屑。隔窗促织儿泣新晴,小即小,叫得畅咿,辄向空阶那畔,叨叨地悄没休歇。做个虫蚁儿,没些儿慈悲,聒得人耳疼耳热。

【尾】越越的哭得灯儿灭,惭愧哑秋天甫能明夜,一枕清风半窗月。

　　生渴仰间,仆至。授衣发书,其大略曰:"薄命妾莺莺,致书于才郎文几:自去秋已来,常忽忽如有所失。于喧哗之中,或勉为笑语;闲宵自处,无不泪零。至于梦寐之间,亦多叙感咽离忧之思。绸缪缱绻,暂若寻常;幽会未终,惊魂已断。虽半枕如暖,而思之甚遥。一昨拜辞,倏逾旧岁。长安行乐之地,触绪牵情;何幸不忘幽微,眷念无斁。鄙薄之志,无以奉酬。至于终始之盟,则固不忒。鄙昔中表相因,或同宴处;婢仆见诱,遂致私诚。儿女之心,不能自固。兄有援琴之挑,鄙人无投梭之拒。及荐枕席,义盛恩深,愚幼之情,永谓终托。岂其既见君子,而不能以礼定情,松柏留心,致有自献之羞,不复明侍巾栉,殁身永恨,含叹何言!倘若仁人用心,俯遂幽劣,虽死之日,犹生之年;如或达士略情,舍小从大,以先配为丑行,谓要盟之可欺,则当骨化形销,丹诚不泯,因风委露,犹托清尘。存殁之诚,言尽于此。临纸鸣咽,情不能申。千万千万,珍重珍重。玉簪一枝,斑管一枚,瑶琴一张。假此数物,示妾真诚。玉取其坚润不渝,泪痕在竹,愁绪萦琴。因物达诚,永以为好。心迩身远,拜会何时! 幽情所钟,千里神合。秋气方肃,强饭为佳,慎自保持,无以鄙为深念也。"生发书,不胜悲恸。

【大石调】【玉翼蝉】才读罢,仰面哭,泪把青衫污。料那人争知我,如今病未愈,只道把他孤负。好凄楚,空闷乱,长叹吁。此恨凭谁诉? 似恁地埋怨,教人怎下得? 索刚拖带与他前去。　读了又读,一个好聪明妇女,其间言语,都成章句。寄来的物件,斑管、瑶琴、簪是玉,窈包儿里一套衣服,怎不教人痛苦! 眉蹙眉攒,断肠肠断,这莺莺一纸书。

生友人杨巨源闻之,作诗以赠之。其诗曰:"清润潘郎玉不如,中庭霜冷叶飞初。风流才子多春思,肠断萧娘一纸书。"巨源勉君瑞娶莺。君瑞治装未及行,郑相子恒至蒲州,诣普救寺,往见夫人。夫人问曰:"子何务而至于此?"恒曰:"相公令恒,庆夫人终制,成故相所许亲事矣。"夫人曰:"莺已许张珙。"恒曰:"莫非新进张学士否?"夫人曰:"珙新进,未知除授。"恒曰:"珙以才授翰林学士,卫吏部以女妻之。"

【南吕宫】【一枝花缠】这畜生肠肚恶,全不合神道。著言厮间谍,忒奸狡,道:"张珙新来,受了别人家捉。本萌著一片心,待解破这同心,子脚里他家做俏。"　郑氏闻言道:"怎地著?"撅损红娘脚。莺莺向窗那畔也知道,九曲柔肠,似万口尖刀搅。那红娘方便地劝道:"远道的消息,姐姐且休萦怀抱。

【傀儡儿】"妾想那张郎的做作,于姐姐的恩情不少。当初不容易得来，便怎肯等闲撇掉？郑恒的言语无凭准，一向把夫人说调。　为姐姐受了张郎的定约，那畜生心头热燥。对甫成这一段儿虚脾，望姐姐肯从前约。等寄书的若回路便知端的，目下且休，秋后便了。"

【转青山】莺莺尽劝，全不领略，迷留闷乱没处著。上梢里只唤做百年谐老，谁指望是他没下梢！负心的天地表，天地表！　待道是实，从前于俺无弱；待道是虚，甚音信杳？为他受苦了多多少少，争知他恁地情薄。只是自家错了，自家错了！

【尾】孤寒时节教俺且充个"张嫂"，甚富贵后教别人受郡号！刚待不烦恼呵，呼的一声仆地气运倒。

　　谗言可畏，十分不信后须疑；人气好毒，一息不来时便死。左右侍儿皆救，多时方苏。夫人泣曰："皆汝之不幸也！"密嘱红娘曰："姐姐万一不快，必不赦汝！"恒潜见夫人曰："珙与恒孰亲？况珙有新配，恒约在先，当以故相姑夫为念。"夫人不获已，阴许恒择日成礼。议论间。

【双调】【文如锦】好心斜，见郑恒终是他亲热。嘱付红娘："你管取恁姐姐，是他命里十分拙。休教觅生觅死，自推自撅。有些儿好弱，你根柢不舍！"郑恒又潜言，道："恁姐姐休呆，我比张郎，是不好门地？不好家业？　不是自家自卖弄，我一般女婿，也要人选。外貌即不中，骨气较别；身分即村，衣服儿忒捻；头风即是有，头巾儿蔚帖；文章全不会后，《玉篇》都记彻。张郎是及第，我承内祗，子是争得些些。他别求了妇，你只管里守志哟，当甚贞烈?"

【尾】言未讫,帘前忽听得人应喏,传道:"郑衙内且休胡说,兀的门外张郎来也!"

郑恒手足无所措,珙已至帘下,拜毕夫人。夫人曰:"喜学士别继良姻!"珙惊曰:"谁言之?"曰:"都下人来,稔闻是说。今莺已从前约。"郑恒以此言,使张君瑞添一段风流烦恼,增十般稔腻忧愁。夫人且将实言,谑君瑞面颜如土。夫人道甚来?

【仙吕调】【香山会】那君瑞闻道,扑然倒地,只鼻内似有游气。曲匝了半晌,收身强起,伤自家来得较迟。　"谁曾受捉?那说来的畜生在那里?唤取来夫人面前诘对!"旁边郑衙内,怎生坐地?忍不定连打哕。

夫人曰:"学士息怒。其事已然,如之奈何?"生思之:郑公,贤相也,稍蒙见知。吾与其子争一妇人,似涉非礼。夫人令恒拜珙曰:"此莺兄也。"珙视之,觑衙内结束模样,越添烦恼。

【中吕调】【牧羊关】张生早是心羞惨,那堪见女婿来参!不稔色,村沙段,鹘鸰干淡,向日头獾儿般眼,吃虱子猴狲儿般脸。皂绦拦胸系,罗巾脑后担。　鬓边虮虱浑如糁,你寻思大小大腌臜!口啜似猫坑,咽喉似泼忏。诈又不当个诈,谄又不当个谄。早是辘轴来粗细腰,穿领布袋来宽布衫。

【尾】莫难道诗骨瘦嵒嵒,掂详了这厮趋跄身分,便活脱下钟馗一二三!

生谓夫人曰:"莺既适人,兄妹之礼,不可废也。"夫人召莺,久之方出。

【仙吕调】【点绛唇缠令】百媚莺莺，见人无语空低首。泪盈巾袖，两叶眉儿皱。　攧损金莲，搓损葱枝手。从别后，脸儿清秀，比是年时瘦。

【天下乐】拜了人前强问候，做为儿娇更柔。料来他家不自由，眉尖有无限愁。无状的匹夫怎消受？与做眷属，俺来得只争个先共后。是自家错也，已装不卸，泼水难收。

【尾】莺莺悄似章台柳，纵使柔条依旧，而今折在他人手！

　　莺莺坐夫人之侧，生问曰："别来无恙否?"莺莺不言而心会。

【越调】【上平西缠令】自年前，长安去，断行云，常记得分饮离樽。一声长喟，两行血痕落纷纷。耳畔叮咛，嘱付情人，肠断消魂。　马儿上，骎骎地，眠樵馆，宿渔村。最怕的愁到黄昏，孤灯一点，被儿冷落又难温。眼前不见意中人，枕满啼痕。

【斗鹌鹑】把个溜庞儿，为他瘦损，减尽从来，稔腻风韵。自到长安，身心用尽。自及第，受皇恩，奈何病体，淹延在身。　前者才初得封书信，告假驱驰，远来就亲。比及相逢，几多愁闷。雨儿又急，风儿又紧。为他不避，甘心受忍。

【青山口】甫能到此甚欢欣，见夫人先话论，道俺娶妻在侯门，把莺莺改婚姻。教人情惨切，对景转伤神。唤将到女婿，各叙寒温。　觑了他家，举止行为，真个百种村！行一似揦老，坐一似猢狲，甚娘身分！驼腰与龟胸，包牙缺上边唇。这般物类，教我怎不阴哂——是阎王的爱民！

【雪里梅花】更口臭把人薰，想莺莺好缘分！暗思向日，共他鸳衾，效学秦晋。　谁想有今辰，共别的待展纹裀。暗暗觑地，玉容如花，不施朱粉。　然憔悴，尚天真，纤腰细褪罗裙。下得下得，将人不偢不问。　佯把眉黛颦，金钗弹坠乌云。恨他恨他，索甚言破？是他须自隐。

【尾】泪珠儿滴了又重揾，满腹相思难诉陈。吃喜的冤家，怎生安稳？合著眼不辨个真情，岂思旧恩？我然是个官人，却待教兀谁做"县君"？

　　君瑞与莺，各目视，而内心皆痛矣。

【中吕调】【古轮台】好心酸，寸肠千缕若刀剜。被那无徒汉，把夫妻拆散。合下寻思，料他不违言。说尽虚脾，使尽局段，把人赢勾厮欺谩，天须开眼！觑了俺学士哥哥，少年登第，才貌过人，文章超世，于人更美满。却教我，与这匹夫做缱绻？　所为身分，举止得人嫌，事事不通疏，没些灵变。旷脚、驼腰、秃鬓、黄牙、乌眼。不怕今宵，只愁明夜，绣帏深处效鸳鸯——争似孤眠！最难甘眼底相逢，有情夫婿，不得团圆。好迷留没乱，教人怎舍弃，孜孜地，觑著却浑似天远！

【尾】如今"方验做人难"，尽他家问当，不能应对，正是"新官对旧官"！

卷　八

张君瑞坐止不安,遽然而起。法聪邀珙于客舍,方便著言劝诱,曰:"学士何娶不可?无以一妇人为念。"珙曰:"师言然善,奈处凡浮,遭此屈辱,不能无恨!"聪与珙抵足。珙披衣,取莺莺书及所赐之物,愈添潇洒矣!

【黄钟宫】【间花啄木儿第一】黄昏后,守僧舍,那堪暮秋时节。窗外琅玕弄翠影,见西风飘败叶。煎煎地耳畔蛩吟切,啾啾唧唧声相接。俺道了不恁栖惶,心肠除是铁!

【整乾坤】牵情惹恨,几时捱彻?听戍楼,角奏《梅花》,声鸣咽。画壁间一盏恼人灯,碧荧荧半明不灭。

【第二】思量俺,好命劣,怎著恁恶缘恶业!幸自夫妻恁美满,被旁人厮间谍。两口儿合是成间别,天教受此栖惶苦,想旧日雨迹云踪,枉教做话说。

【双声叠韵】玉漏迟,鸳被冷,愁对如年夜。宝兽烟,萦断缕,袅袅喷龙麝。暂合眼,强睡些,便会圣,怎宁贴?床儿上自推自搌。

【第三】镇思向日,空教人气的微撒。小庭那畔,捻吟须,步廊月。朱扉半挜,蓦观伊向西厢下,渐渐至空阶侧畔,倚湖山,春困歇。

【刮地风】手把白团轻扇捻,有出尘容冶。腰肢袅娜纤如束,举止殊绝。柳眉星眼,杏腮桃颊,口儿小,脚儿弓,扮得蔚贴。一时间,暂相见,不能割舍。

【第四】两情暗许,著新诗意中写。正相眷恋,见红娘把绣帘揭,低声报道:"夫人使妾来唤。"步促金莲归去,飘飘香暗惹。

【柳叶儿】教人半晌如呆,回来却入书舍。后来更不相逢,十分舍了休也!

【第五】不幸蒲州军乱,把良民尽虏劫。一部直临此寺,周围尽摆列。高声喝叫:"得莺莺便把残生怯。若是些小迟然,都教化胥血!"

【寨儿令】骋些英烈,被俺咱都尽除灭,满门家眷得宁贴。那老婆,把恩轻绝,是俺弄巧翻成拙。

【第六】后来暗约,向罗帏镇欢悦。夜来晓去,约未近数月。不因败漏,才时许我为姻眷。奈何名利拘人,夫妻容易别!

【神仗儿】得临帝阙,帝阙,蟾宫桂枝独折,名标金甲,俺咱怎时,准备了娶他来也,不幸病缠惹。

【第七】想太君,情性劣,往日夸侣共撇。陡恁地不调贴,把恩不顾,信无徒汉子他方说,便把美满夫妻,恩情都断绝。

【四门子】这些儿事体难分别,如今也待怎者?莺莺情性,那里每也悄无了贞共烈!你好毒,你好呆,恰才那里相见些!你好羞,你好呆,亏杀人也姐姐!

【第八】从来呵,惯受磨灭。他家今日已心邪,尽人问当不应对,亏人不怕神天折!惝得人头百裂。　便假饶天下雪,解不得我这腹热。一封小简,分明都是伊家写,只被你迤逗人来,一星星都碎扯百裂。

【尾】斑管虽圆被风裂,玉簪更坚也掂折,似琴上断弦难再接。

> 聪见珙不快,起而勉之,曰:"足下聪明者也。以一妇人,惑至于此,吾与子不复友矣。"珙曰:"男女佳配,不易得也。加以情思,积有日矣。一旦被谗,反为路人,所以痛余心也。"聪曰:"足下倘得莺,痛可已乎?"珙曰:"何计得之?"聪曰:"吾为子谋之。"

【中吕调】【碧牡丹】"不须长叹息,便不失了咱丈夫的纲纪?惹人耻笑,怎共贫僧做相识?可惜了你才学,枉了你擢高第。莫忧煎,休埋怨,放心地。"　猛然离坐起,壁中间取下戒刀三尺。"兀的二更方尽,不到三更已外,比及这蜡烛烧残,教你知消息。我去后必定有官防,君莫怕,我待做头抵。

【尾】"把忘恩的老婆枭了首级,把反间的畜生教尸粉碎,把百媚的莺莺分付与你!"

> 法聪言未已,隔窗间人笑曰:"尔等行凶,岂不累我?"言者是谁?是谁?

【大石调】【玉翼蝉】把窗间纸,微润开,君瑞偷睛觑。半夜三更,不知是甚人,特来到于此处。移时节,方认得,是两个如花女:一个是莺莺骎骎步月来,红娘向后面相逐。　开门相见,不问个东西便抱住。可憎问当:"别来安否?"也无闲话,只办得灯前魆魆地哭。犹疑梦寐之间,频掐肌肤。泪点儿盈盈如雨,止约不住。料想当日别离,不忔的苦。

【尾】比及夫妻每重相遇，各自准备下万言千语，及至相逢却没一句。

多时，莺语郎曰：“学士淹留京国，至有今日。奈何？奈何？”

【中吕调】【安公子赚】女孩儿低声道，道：“别来安乐么，张学士？忆自伊家赴上都，日许多时，夜夜魂劳梦役。愁何似？似一川烟草黄梅雨。闷似长江，揽得个相思担儿。　远别春三月，恁时方有音书至。火急开缄仔细读，元来是一首新诗。披味那其间意思，知你获青紫。满宅家眷喜不喜？以‘县君’呼之，不枉了俺从前实志。

【赚】“谁知后来，更何曾梦见个人传示。时暮秋，令人特地传锦字，连衣袂，玉簪斑管与丝桐，一星星比喻著心间事。临去也，嘱付了千回万次：‘早离京师！’　谁知郑家那厮，新来先自长安至。谁曾问著，从头说一段希奇事。道京师里卫尚书家女孩儿，新来招得个风流婿。道是及第官，雁序排连第三，年纪二十六七。

【渠神令】“道是洛京人氏，先来曾蒲州居止；见今编修国史，莫比洛阳才子。夫人一向信浮词，不问是那不是。　许了姑舅做亲，择下吉日良时。谁知今日见伊，尚兀子鳏居独自，又没个妇儿妻子。心上有如刀刺。假如活得又何为？枉惹万人嗤！”

莺解裙带，掷于梁。

【尾】“譬如往日害相思，争如今夜悬梁自尽，也胜他时憔悴死。"

珙曰:"生不同偕,死当一处。"

【黄钟宫】【黄莺儿】懒噪懒噪,似此活得,也惹人耻笑。把皂绦儿搭在梁间,双双自吊。　謔得红娘,忙扯著道:"休厮合造,怎两个死后不争,怎结末这秃厮?"

红娘抱莺,聪止君瑞,曰:"先生之惑愈甚矣!幸得续弦,死而何益?"珙曰:"莺已适人,不死何待?"聪曰:"吾有一策,使莺不适人,与子百年偕老。"珙曰:"策将安出?"聪曰:"吾不能矣。子谒一故人,事可济矣。"

【般涉调】【哨遍缠令】君瑞悬梁,莺莺觅死,法聪连忙救。"怎死后教人打官防,我寻思著甚来由?好出丑,夫妻大小大不会寻思,笑破贫僧口。人死后浑如悠悠地逝水,厌厌地不断东流。荣华富贵尽都休,精爽冥寞葬荒丘。一失人身,万劫不复,再难能勾。　欲不分离,把似投托个知心友?不索打官防,教您夫妻尽百年欢偶。快准备,车乘鞍马,主仆行李,一发离门走。投托的亲知,不须远觅,而今只在蒲州。昔年也是一儒流,壮岁登科,不到数馀秋,方今是一路诸侯。

【长寿仙衮】"初典郡城,更牢狱无囚;后临边郡,灭尽草贼猾寇。坐筹帷幄,驷马临军挑斗,十场镇赢八九。天下有底英雄汉,闻名难措手。这个官人,不枉食君禄,匡扶社稷,安天下,兼文锐武,古今未尝曾有。

【急曲子】"也不爱耽花恋酒,也不爱打桃射柳,也不爱放马走狗,也不爱射生猎兽。去年曾斩逆臣头,腰间剑是帝王亲授。

【尾】"是百万军都领袖,天来大名姓传宇宙,便是斩砍自由的杜太守。"

> 生曰:"杜太守谓谁?"聪复言之。

【高平调】【于飞乐】"告吾师:杜太守端的是何人,与自家是旧友关亲?"法聪闻得,道:"君瑞休劳问,果贵人多忘,早不记得贼党临门。　这官人,与足下,非戚非亲,恁两个旧友忘形,与夫人连大众,都有深恩。太守谓谁?是去年白马将军。"

> 生曰:"杜将军骤拜太守也,以何故?"聪曰:"以威摄贼军,乱清蒲右,蒙天子重知,数月前,特授镇西将军、蒲州太守,兼关右兵马处置使。"珙喜谢曰:"非吾师指迷,实不悟此。"生携莺宵奔蒲州,时二更左右。

【大石调】【洞仙歌】收拾行李,一步地都行上,两口儿眉头暂开放。望秋天,即渐月淡星稀东方朗,隐隐城头鼓响。　抵晓入城,直至衙门旁,不及殷勤展参榜。门人通报,太守出厅相见,未及把行藏问当。太守道:"君瑞喜登科!"君瑞道:"哥哥自别无恙?"

> 太守邀生入偏厅。生曰:"门外拙妻,参拜兄嫂子个。"太守令夫人请莺。客礼毕,夫人请莺至后阁。珙与太守酌酒道旧,可谓:青山牵梦寐,白发喜交亲。

【越调】【上平西缠令】杜将军,张君瑞,话别离,至坐上各序尊卑。别来经岁,故人青眼喜重期。两情谈论正投机,一笑开眉。　情相慕,心相得,重相见,旧相知,便畅饮彼此无疑。风流太守,为生满满劝金杯。"喜君仙府探花归,高步云梯!"

【斗鹌鹑】君瑞闻言,欠身避席,饮罢躬身,向前施礼,道:"多谢哥哥,此般厚意。据自家,寡才艺,尽都是父母阴功所得。　幸得今朝,弟兄面会,敢烦将军,万千休罪!小子特来,有些事体。记去年,离上国,访诸先觉,游学到这里。

【看花回】"普救院,权居止,诗书谙理。却不幸,蒲州元帅浑公逝。乱军起,无人统,残郡邑,害良民,蒲州里满城铁骑。　神鬼哭,生灵死,哀声振地。至普救,诸多僧行难堤备,关闭得,山门著。怎当众军卒,群刀手砍,是铁门也粉碎!

【青山口】"众僧欲走又不及,须识前朝崔相国,那家女孩儿叫莺莺,当时未及笄岁。群贼门外逼,道:'得莺后便西归!'相国老夫人,听得悲泣。　不奈之何,故谒微生,愿求脱命计。特仗法聪,曾把书寄。太守既到那里,飞虎虢来痴,群贼倒枪旗。退却乱军,免却生离,都是哥哥虎威。

【渤海令】"那夫人,感恩义,许莺莺与俺为妻。幸天子开贤路,因而赴帝里,也已高攀月中桂。不幸染沉疾,风散难医治,淹延近一岁。　谁知个,郑衙内,与莺莺旧关亲戚,恐吓使为妻室,不念莺莺是妹妹。夫人不敢大喘气,连忙拣下吉日。只争一脚地,大分与那畜生效了连理。

【尾】"是他的亲姑舅要做夫妻,倚仗是宰臣家有势力,不辨个清浊没道理。托付你个慷慨的相识,别辨个是非,与俺做些儿主意。看那骨胀的哥哥近俺甚的!"

太守曰:"吾弟放心。不争则已,争则吾必斩恒。少待,公退闲话。"

【大石调】【还京乐】蓦观仪门开处,两廊下悄不闻鸦。冬冬地鼓响,正厅上太守升衙。阶前军吏,谁敢闹嘈杂!大案前行本把。五日三朝家没纸儿文字,官清法正无差。大牢里虞候羊儿般善,是有大人弹压。有子有牢房地匣,有子有栏军夹画,有子有铁裹榆枷:更年没罪人戴他、犯他。狱门前草长,有谁曾蹉?　有刑罚徒流绞斩,吊拷绷扒。设而不用,束杖理民宽雅。地方千里,威教有法,吏也不爱侵官弄法。善为政威而不猛,宽而有勇,一方人唤做"菩萨"。但曾坐处绝了群盗,纵有敢活拿。正不怕明廉暗察,信不让春秋里季札,治不让颍川黄霸。蒲州里大小六十万家,人人钦仰,悄如爹妈。

【尾】虎符金牌腰间挂,英雄镇著普天之下,諕得逆子贼臣望风的怕。

分符守郡,昔年杨震不清白;迪简在廷,曩日比干非骨鲠。

太守公坐之次,郑恒鞭马叩门,遽然而下。

【中吕调】【古轮台】郑衙内,当时休道不心嗔,祇候的每怎遮拦,大走入衙门,直上厅来,悄不顾白马将军。气莽声高,叫呼对人,骋尽百般村。都说元因,道:"化了的相国姑夫,在时曾许聘与莺莺。不幸身死,因此上未就亲。如今服阕也,却序旧婚姻。　许多财礼,一划是好金银;

十万贯馀钱首饰皆新；百件衣服，更兼霞帔长裙。准备了筵席，造下食饭，杯盘水陆地铺衬，今日是良辰。去昨宵半夜已来，四更前后，不觉莺莺随人私走，教人怎不忿？我寻思，那张珙哥哥好没人情！

【尾】"莺莺那里怎安稳，觑著自家般丈夫，下得随人逃奔，短命的那孩儿没眼斤！"

太守怒曰："子欺我乎？公厅对官无礼，私下怎话！"

【双调】【文如锦】那将军，见郑恒分辩后冲冲地怒，道："打脊匹夫，怎敢诳吾！当日个，孙飞虎，因亡了元帅，夺人妻女。莺莺在普救，参差被虏。若非君瑞，以书求救，怎地支吾？怕贤不信，试问普救里僧行，我手下兵卒。因此上夫人把亲许，不望你中间说他方言语。今日他来，先曾告诉，君瑞待把莺莺娶。你甚倚强压弱，厮欺厮负，把官司诳诳，全无畏惧！你可三思：婚姻良贱，明存著法律，莫粗疏，姑舅做亲，便不败坏风俗？

【尾】"平白地混赖他人妇，若不看恁朝廷里的慈父，打一顿教牒将家去！"

郑恒对众官，但称："死罪！非君瑞之愆。"又曰："我之过矣！倘见亲知，有何面目！"

【大石调】【伊州衮】添烦恼，情怀似刀搅，都是自家错。花枝般媳妇，又被别人将了。我还归去，若见乡里亲知，甚脸道？待别娶个人家，觑了我行为肯嫁的少。　怎禁当，衙门外，打牙打令，诨匹似闲唠哨！等著衙内，待替君瑞著言攒梁。郑恒打惨道："把如吃恁摧残，厮合燥，不出衙门，觅个身亡却是了。"

【尾】觑著一丈来高石阶级褰衣跳，衙内每又没半个人扯著，头扎番身吃一个大碑落。

> 浣纱节妇，昔年抱石身亡；好色穷人，今日投阶而死。太守令手下拽尸于门外，退厅张宴。

【南吕宫】【瑶台月】从今至古，自是佳人，合配才子。莺莺已是县君，君瑞是玉堂学士。一个文章天下无双，一个稔色寰中无二。似合欢带，连理枝；题彩扇，写新诗。从此，趁了文君深愿，酬了相如素志。　　将军满满劝金卮，道："今日极醉休辞！"欢喜教这两个也，干撞杀郑恒那村厮。牙关紧，气堵了咽喉；脑袋裂，血污了阶址。后门外，横著死尸。牌写著数行字出示："这厮一生爱女，今番入死。"

【尾】会见乾堆每强相思，从前已往有浮浪儿，谁似这厮般少年花下死！

> 君瑞莺莺，美满团圆，还都上任；郑恒衙内，自耻怀羞，投阶而死：方表才子施恩，足见佳人报德。怎见得有此事来？蓬莱刘讷题诗曰："蒲东佳遇古无多，镂板将令镜不磨。若使微之见新调，不教专美《伯劳歌》。"

（据闵遇五"六幻"本校录）

附 录 四

《西厢记》的经典意义

张 燕 瑾

我现在讲这个题目,有两个原因。一是 2011 年 5 月 21 日《光明日报》刊登消息:恋爱课有望成为大学生必修课,认为此举"不仅及时而且更加必须",其中就提到了《西厢记》。二是我们讲孔子、老子、庄子……讲了那么多。我很疑惑:让人们修身养性,安于上下尊卑的等级秩序,克己复礼,能激发进取图强的精神,使我们成为民主自由平等的民族? 绝圣弃智,无为而治,小国寡民,老死不相往来的思想能建设现代化的国家,涵养合格的世界公民,能使一个民族避免鲁迅先生所担心的"煌煌居历史之首,而终匿形于卷末"(《摩罗诗力说》)的命运? 什么是我们传统文化中更能向现代化、民主化转化的成分?

孔孟老庄当然可以读,应该读,应当用诚敬之心来读,这样才不会有李贽《答焦漪园》所说的"假道学"借尸还魂。尤须警惕的是,不要让它成为束缚我们向民主和文明前进的镣铐。我想强调的是:《西厢记》值得一读,尤其是性情中人应该读,用童心去读,用诗心去读,金圣叹说须在花前读。贾宝玉、林黛玉就是这样在花前读的,周有光、张允和夫妇也是这样在花前读的。周有老、张允老乃当代难得的既具历史眼光又具世界眼光的君子儒,他们特别看重的是读《西厢记》,不然为什么特意选出优俪共读《西厢》的照片供媒体刊载呢？宝黛、周张也是一首诗。

爱情所体现的精神，在促使我们民族历史走向现代化的进程中所起的作用，窃以为是远在儒道两家之上的。所以今天以古代文学中的爱情经典《西厢记》为个案，谈谈我的意见。

什么是经典？本义的，或狭义的是指儒家圣贤之作，我们使用的是广义的、开放性的定义，即具有权威性的文学作品。什么是权威性的作品？用《文心雕龙·宗经》的话说就是："恒久之至道，不刊之鸿教也。"作品表现的是永久不变的道理，不可改动、不会磨灭的教训。作品要有博大深厚的仁者胸怀，是悲天悯人的，关怀众生的，而且是推动人类历史发展进程的；艺术上则独具开创性、完美性。由此二端，经典作品不仅领一代之风骚，且为后世开新境，为后世所宗，影响深远。

愿作鸳鸯不羡仙：爱情文学的价值

爱情是最个人的，具有隐秘性，它想逃避一切监督；又具排他性，所谓"卧榻之侧岂容他人酣睡"、"情深妒亦真"是也。但却不是小事，是光明正大的行为，不是见不得人的丑事。不分地域、不分民族、不论贵贱、不论贫富，古往今来的地球人，人人心向往之的事不正大光明？是小事？所以卢照邻《长安古意》说"得成比目何辞死，愿作鸳鸯不羡仙"。曹雪芹《红楼梦》第五回说"厚地高天，堪叹古今情不尽"。不仅东方，西方人也是如此。《旧约圣经·雅歌》说："它（爱情）迸出的火花，熊熊燃烧，终将成为不可遏制的烈焰；激流冲不走爱情，洪水淹不没爱情，如果有人想用财富换取爱情，他只会受人鄙视。"恩格斯在《家庭、私有制和国家的起源》中说，如果两人相爱而不能结合和彼此分离,便会甚至拿生命孤注一掷。梁漱溟在《东西方文化及其哲学》中也说过:"男女恋爱是顶大问题,并且是顶难设法对付的","男女恋爱问题容易引起情志的动摇,当然就很富于走入宗教的动机。"平庸的作者可以把爱情写俗,爱情本身不俗,即使是老年,无爱的婚姻也并不幸福,只是表现形态与青年人不同而已。

爱情不仅在世界文学史上被称为"永恒的主题",在中国就更具进步的意义。

在清代《西厢记》被列为禁书,谓之"诲淫",成语云"万恶淫为首"。爱情从来就与专制不相容,强迫、命令不会产生爱情,爱情是在平等、自由、独立的基础上产生的,它总是企图摆脱家庭和社会的一切干扰而自行其是。而古代中国的社会环境是与爱情不相容的。"国家",国之本在家,积家而成国,"家"是中国社会的组织单位,由一个个的小家组成一个总的、以皇帝为家长的大家,便是中国古代的"国"。家是社会的基础,社会的细胞,家庭统摄个人,个人不是独立的,而是从属于具体的小家和"国"这个大家。大家和小家都由家长主持(皇帝是国之家长),讲等级秩序,"君君臣臣父父子子"(《论语·颜渊》),讲三纲,每个人都在家的系统中占一个位置,是一个社会脚色,是社会中人而不是自然人,不是独立的个人,所谓"父子有亲,君臣有义,夫妇有别,长幼有序,朋友有信"(《孟子·滕文公上》),个人在君臣、父子、夫妻、兄弟、朋友间的秩序关系,这便是五伦、人伦。这就是所谓人是社会机器的"齿轮和螺丝钉"。由于我们特重家庭、宗族、乡里,所以我们特别看重"社会关系",安排工作都要看你的社会关系、讲家庭出身。大家只要看看《红楼梦》就明白个人在家庭中所处的脚色地位了。只有中国才把"四世同堂"、"九世同居"视为佳话。这在西方是不可想象的,西方社会以个人为本位,重"个人主义",我们没有"个人"的地位才批判个人主义,也因此,西方对个人的称谓为公民,而旧中国则称"百姓"、"子民"。张东荪在《理性与民主》第三章论人性与人格时说:"在中国思想上,所有传统的态度总是不承认个体的独立性,总是把个人认做'依存者',不是指其生存必须依靠于他人而言,乃是说其生活在世必须尽一种责任,无异为了这个责任而生","中国的社会组织是一个大家庭而套着多层的无数小家庭。可以说是一个'家庭的层系'。所谓君就是一国之父,臣就是国君之子。这样的社会中,没有'个人'观念。所有的人,不是父,就是子。不是君,就是臣。不是夫,就是妇。不是兄,就是弟。中国的五伦就是中国社会组织……把个人编入这层系组织中,使其居于一定之地位,而课以那个地位所应尽的责任。"所以鲁迅《摩罗诗力说》说,古之临民者,独夫而已。梁漱溟在《东西文化及其哲学》中谈及西方文化时认为有两层:"第一层便是公众的事大家都有参与做主的权;第二层便是个人的事大家都无权过问的权。"是个人对社会的关系。而我们不同,中国人讲的五伦是个人对个人的关系,"中国人以服从侍奉一个人为道德,臣对君,子对父,妇对夫,都是如此……而西方人简直不讲,并有相反的样子,君竟可不要。大约只有对多数人的服从没有对某个人的服从,去侍奉人则更是无其事。"西方人"全没个尊卑上下之分",而"几千年来维持中国社会安宁的就是尊卑大小四字……尊卑是名分而以权利不平等为其内容,而所谓平等的也不外权利的平等,所以所争实在权利。权利的有无,若自大家彼此间比对着,便有平等不平等的问题,若自一个人本身看,便有自由不自由的问题。照中国所走的那条路其结果是大家不平等,同时在个人也不得自由……由一个人做主拿主意,但其势必一个个人的私生活,也由他做主而不由个人做主了。非只公众的事交给他,我们无过问的权利,就是个人的言论行动,也无自由处理的权了,这就叫不自由。"因此只有中国才会出现"君父"、"父母官"、"子民"之类称谓。"孔子三月无君则皇皇如也"(《孟子·滕文公下》),杜甫"一饭未尝忘君"(苏轼《王定国诗集序》),韩愈"臣罪当诛兮,天王圣明"(《拘幽操》)是典型的臣子心态,体现了传统政治伦理的核心价值。皇权下延至家长则出现了包办婚姻。所以爱情本身便是争个人权利、个人自由的一种抗争——首先要有支配自身的权利和自由。其意义大矣,歌颂爱情的文学,不可等闲视之。

情词之宗:《西厢记》思想的深刻性

　　凌濛初在《谭曲杂札》中称《西厢记》为"情词之宗"。宗者宗主,为众人所景仰、所归依的权威。爱情文学古已有之,《关雎》为《诗经》之始,历代不乏名篇,为什么单视《西厢记》为宗?

　　人们的婚恋观念也是随时代而不断发展变化的。唐人的恋爱标准是郎才女貌,李白《代别情人》:"我悦子容艳,子倾我文章。"蒋防《霍小玉传》:"小娘子爱才,鄙夫重色。两好相应,才貌相兼。"宋代是理学形成并走向成熟的时代,束缚了男女问题上的自然人性,苏轼〔蝶恋花〕词写得很形象:"墙里秋千墙外道,墙外行人,墙里佳人笑。笑渐不闻声渐悄,多情却被无情恼。"一个多情,一个无情,一堵大墙阻隔了爱情的通道。元代的曲家把婚恋观念发展到全新的阶段。一是世俗化了,平民化了。兰楚芳〔南吕·四块玉〕《风情》:"我事事村,他般般丑。丑则丑村则村意相投,则为他丑心儿真、博得我村情儿厚。似这般丑眷属,村配偶,只除天上有。"人人都有爱的权利而不论地位、家世、财产、才情、形貌,爱情是普世之追求,不仅仅是才子佳人的专利,丑的、笨的也可以成为情投意合的美满眷属。二是要自己心顺。王实甫《吕蒙正风雪破窑记》里的刘小姐择婿,不论贫富,即使是烧地为炕、凿壁偷光、砂锅漏汤、蜘蛛结网、土坑芦席草房,她都不怕,"心顺处便是天堂"。《西厢记》则最为深刻:

> 永老无别离,万古常完聚,愿普天下有情的都成了眷属。

不是说崔莺莺张君瑞应当成为眷属,也不是说某类人应当成为眷属,而是普天下所有的有情人都应当成为眷属;而且是不离不弃长相厮守的夫妻。同情他人,热爱他人,把普世大爱给予他人,这便是仁者胸怀。而其关键又在"有情的"三字,《毛西河论定西厢记》说:"《墙头马上》剧亦有'愿普天下姻眷皆完聚'类,但此称'有情的',此是眼目,概括《西厢》书也。"《闺怨佳人拜月亭》中也提出了"愿普天下心厮爱的夫妇永无分离"。白朴、关汉卿侧重表现相爱的已婚夫妇应当长相完聚,而《西厢记》则是表现有情的未婚男女应当如愿以偿。这就说出了爱情的本质,也说出了婚姻的本质。有情,爱情和婚姻才有生命。毛奇龄看得很清楚。毛奇龄背明仕清,学术上也有不端行为,梁启超《清代学术概论》说他"学者的道德缺焉,后儒不宗之宜耳"。但其论《西厢记》却是极有眼光的,"在启蒙期,不失为一冲锋陷阵之猛将"。王实甫从改变人类婚姻观念的高度提出了前人没有提出过的问题,后人又未能超越之,明清时期凡涉婚恋、"男女"的叙事文学,无不见出受《西厢记》影响的痕迹。杭州西湖月老祠对联云：

> 愿天下有情人都成了眷属
>
> 是前生注定事莫错过姻缘

月老祠今已不存，但对联却流传至今，刘鹗《老残游记》第十七回便有提及。可见《西厢记》所提出的愿望已被人们普遍接受，不仅恩被古人，而且泽及当代，成为人们的婚姻理想。这是其他任何文艺作品所没有做到的，体现了圣者精神，所以是伟大的。我们只举两个例子看王实甫对情的诠释：

> 他那里尽人调戏軃着香肩，只将花笑捻。

> 虽然是眼角传情，咱两个口不言心自省。

这使我们想起了两个佛典。一是禅宗心传的第一公案"拈花微笑"。据《五灯会元》，释迦牟尼佛在灵山会上说法，拈起一朵金色婆罗花示众，众人不明何意，默然无应。只有摩诃迦叶破颜微笑。"世尊云：'吾有正法眼藏，涅槃妙心，实相无相，微妙法门，不立文字，教外别传，付诸摩诃迦叶。'"心心相印，去除了一切外在的形式而直达心灵深处。语言是多馀的，也用不着文字，就看你能不能、是不是心灵契合，心灵相通，此之谓会心，"心有灵犀一点通"。二是《景德传灯录》所谓"如人饮水，冷暖自知"。人人都向往爱情，人人都有爱的权利，但人人却各不相同。世上没有两片相同的叶，两粒一样的沙，更没有一模一样的人。爱情也便是独特的"这一个"，或"这一对儿"。有欢乐也有痛苦，有时痛苦也是欢乐，比如明人汪廷讷《狮吼记》写宋人陈季常惧内，其妻柳氏悍妒异常，季常则跪池、顶灯，乐此不疲。西方所谓心中的痛苦只有自己知道,心中的喜乐别人无法分享。道理是相通的。把难以言喻的爱情体验提升到禅理的境界,是《西厢记》浅而能深之处,其他作品均未臻此境。只有《红楼梦》中警幻仙姑说出过"可心会而不可口传,可神通而不能语达"。但那已是四百多年以后的事了。

《西厢记》与它以前描写男女感情的作品相比,有着明显不同。一是莺莺与张生之间的互相爱慕有着多方面的因素,并不仅仅是"郎才女貌",更没有"财"和"势"的考虑。作者所着重强调的,是男女之间感情上、情趣上的和谐融洽、契合无间。二是这种选择是相互的,不仅男子对女子有一定的要求,同样的,女子对男子也有自己的选择标准,改变了男女关系中以男子为中心,妇女只是以容貌的美丽作为被挑选对象的情况,男女双方的地位,更趋向于平等了。因此郭沫若在《西厢记艺术上的批判与其作者的性格》中说:"人们殆不能不赞美元代作者之天才,更不能不赞美反抗精神之伟大!反抗精神,革命,无论如何,是一切艺术之母。元代文学、不仅限于剧曲,全是由这位母亲生出来的。这位母亲所产生出来的女孩儿,总要以《西厢记》为最完美,最绝世了。《西厢记》是超过时空的艺术品,有永恒而且普遍的生命。《西厢记》是有生命的人性战胜了无生命的礼教的凯旋歌,纪念塔。"

莺莺和张生是一见钟情式的爱情。一见钟情是古今中外都很常见的爱情表现形态。青年男女在成长过程中,或观察社会人生,或阅读报刊书籍,或观看文艺演出……通过各种渠道形成了自己的爱情审美观念,在心目中已经储备了一个朦胧的理想可意人形象。一旦在现实生活中遇到一个符合自己审美标准的人物时,便有似曾相识之感,这就如汤显祖《牡丹亭》杜丽娘、柳梦梅梦中相逢时所谓"是那处曾相见,相看俨然",《红楼梦》里贾宝玉初见林黛玉便脱口而出:"这个妹妹我见过的。"在双方心灵上都激起了爱的火花,他与她所积累的生活经验迅速反应到大脑中来,促使他和她当机立断做出定夺,以心相许。这种决定只是在瞬间做出的,却是以长期生活积累作前提的。人的面孔不仅是人的总体美的集中表现,也是展示心灵世界的窗口,在点燃爱情之火的时候会由于生理原因而展示得更加鲜明和充分,双方都可以从对方的脸上读出对自己爱慕的程度;尤其当一个人微笑的时候,就会完全揭开掩饰心灵的面纱,向对方袒露真情,避免误读。这就是为什么莺莺在佛殿初遇张生便拈花微笑,令张生狂癫忘形了。所以一见倾心式的爱情看似神秘,却蕴涵着爱情的真谛。

《西厢记》写一见钟情还有着其他原因。这一方面是受了杂剧这种艺术形式的限制,它不可能像小说那样细腻地、不受篇幅限制地去描写男女双方感情的发展历程;另一方面,这又是社会造成的。关汉卿的《温太真玉镜台》里说"男女七岁不可同席",《董西厢》里说"弟兄七岁不同席",男女之间,即使是兄弟姐妹,还在孩提时代就被隔绝开来,在成长的过程中,接受的是封建伦理道德的教育,没有可能对异性进行认识,更不可能对具体的异性有接触、认识和了解的机会。在封建时代,对于大多数人来说,夫妻间的第一次认识,大概就是"洞房花烛夜"了。所以张生与莺莺这种邂逅相逢,便是一种奇遇了。郭沫若说:"我国素以礼教自豪,而于男女间之防范尤严,视性欲若洪水猛兽,视青年男女若罪囚,于性的感觉尚未十分发达以前即严加分别以催促其早熟。年轻人最富于暗示性,年轻人最富于反抗性,早年箝束已足以催促其早解性的差异,对于父母长辈无谓的压抑,更于无意识之间,或在潜意识之下,生出一种反抗心:多方百计思有以满足其性的要求。"这偶然一次相遇,彼此产生爱慕之情是自然的。这种爱情,凭借的完全是自身条件,排除了社会和家庭因素的介入;是自愿的选择,体现的是婚姻当事人的意志,而非他人包办;在不允许相互接触的社会环境中,"一见"毕竟是一种了解,比起被蒙蔽的包办婚姻来,也算前进了一步。

张生与莺莺的幽会偷欢写得比较刻露,往往为人诟病,被讥为"浓盐赤酱"。爱情固然不能仅仅归结为单纯的生理快乐,但是性欲毫无疑问是爱情内涵中的应有之义,瓦西列夫《情爱论》说:"爱情的动力和内在本质是男子和女子的性欲,是延续种属的本能。"随着人类文明的不断发展,这种动物性本能被人性化,包含了社会性的内容,使这种建立在本能基础上的感情不仅具有独立的品格,而且具有永恒的力量,表现为精神状态,而性欲反而以被隐形的状态存在于其中了。爱情既是男女双方互相吸引的前提,也是男女欢合的结果。只有爱才能使人类看似低俗的动物性行为变得美丽和道德。总之,爱情是幸福的,美好的,但却不是圣洁的,崇高的,只有同人类的伟大理想相结合,它才圣洁、崇高,所谓"生命诚可贵,爱情价更高。若为自由故,二者皆可抛"。所以人们并不赞成恋爱至上主义。相反,恰恰因为爱情的平凡和世俗,才具有切近人情、合乎人性的属性。假如抽去了生命的欲望,还谈得上幸福和美好吗?明清时代人们就对这个问题有过不同意见的争辩。在《西厢记》是否淫书的辩难中,金圣叹言辞最为激烈,他在批《第六才子书》时说:"人说《西厢记》是淫书,他止为中间有此一事耳。细思此一事,何日无之,何地无之,不成天地中间有此一事,便废却天地耶?细思此身自何而来,便废却此身耶?……至于此一事,直须高阁起不复道。""有人谓《西厢》此篇,最鄙秽者。此三家村中冬烘先生之言也。夫论此事,则自从盘古至于今日,谁人家中无此事者乎?若论此文,则亦自从盘古至于今日,谁人手下有此文者乎?谁人家中无此事,而何鄙秽之与有?""盖《西厢记》所写事,便全是'国风'所写事。"性是人对自身的态度,从中可以看出人的发展水平。恩格斯在《格奥尔格·维尔特》中批评对肉欲的虚伪时说:"德国社会主义者也应当有一天公开地扔掉德国市侩的这种偏见,小市民的虚伪和羞怯心,其实这种羞怯心不过是用来掩盖秘密的猥亵言谈而已。例如,一读弗莱里格拉特的诗,的确就会想到,人们是完全没有生殖器官的。……最后终有一天,至少德国工人们会习惯于从容地谈论他们自己白天或夜间所做的事情,谈论那些自然的、必需的和非常惬意的事情……"即使是有生理疾患的人,也"盲不忘视,跛不忘履",何况《西厢记》所写的也不仅仅是肉体的感受,还有着审美欣赏、怜香惜玉等等复杂情愫。对人类自身必不可免的行为应当宽容。

欧洲文艺复兴时期的人文主义者宣称他们"发现"了"人",于是用张扬人性来反对神权,反对禁欲,主张乐生,主张感情和情欲自由,被恩格斯《自然辩证法》一书导言评价为"这是人类先前从未经历过的一个最伟大的进步性的变革"。这个变革从13世纪末的意大利开始,直到16世纪中期结束,恰好相当于我国的元明两代。历史有很多惊人的相似,人们已经熟知文艺复兴的代表作家、英国的莎士比亚与我国的汤显祖同年(1616)谢世,莎翁《罗密欧与朱丽叶》表现了没有情生不如死,而汤氏《牡丹亭》则进一步认为有了情死可复生。还有另外两颗东西辉映的明星——意大利的但丁与中国的王实甫。但丁作为文艺复兴的先驱,被誉为"标志了新时代的来临"的新时代的最初一位诗人,逝世于 1321 年,而王实甫则逝世于 1324 年之前,两人生活于东西方的同一历史时期。但丁遵从"爱情的命令"进行写作,而王实甫则表达了"愿普天下有情的都成了眷属"的理想,被尊为"情词之宗",可以说王实甫是中国的但丁,而但丁则是意大利的王实甫;同理,汤显祖是中国的莎士比亚,而莎士比亚乃是英国的汤显祖。伟大的艺术家是历史赐予人类的厚爱。在中国文学史上,从作家身份、作品内容、传播途径以及受众群体等诸方面来看,元代文学第一次完成了由贵族文学、高雅文学,向平民文学、世俗文学的转变,因此也可以说元明两代是中国的文艺复兴时期,或者说是中国式文艺复兴的时期。

还应当指出,《西厢记》这些"浓盐赤酱"的描写,是通过审美体现的,诸如"软玉温香"、"春花弄色"、"露滴牡丹"等等,美,且不直白浅露;美,比喻,便高于生活,与生活的自然形态拉开了距离,因而成为艺术。这些描写已经超出了生物水平而走向精神层面,又由精神层面进而达乎文化水平。总而言之,这是供人欣赏的艺术,而非坏人心术的挑逗。

词与事各擅其奇:《西厢记》艺术的创新

思想与艺术从来都是手心手背,谁也离不开谁的两个方面。没有好的艺术,思想不会深刻,图说主题,宣传画而已,可以产生暂时的浅层的效果,而不具备艺术永久和深沉的魅力。《西厢记》之所以成为经典,在于它深刻的思想体现于近于完美的无与伦比的艺术之中。王思任在《合评北西厢序》中说:"人人靡不脍炙而尸祝之,良由词与事各擅其奇,故传之者永久不绝。"奇,佳妙之谓,新异之谓,并非怪诞,像后来的明清传奇狠求奇怪

风潮那样。所以王国维说元曲为"最自然之文学"，李卓吾说
《西厢记》乃"化工"之作，而金圣叹赞叹《西厢记》为天衣无缝、
不见斧凿痕迹的"天地妙文"。说它自然，首先它是写实的，只
取材于现实生活。我们只与名著比较便知。四大奇书中《三国
演义》中显圣之类描写颇多，《水浒传》一开头便是误走妖魔，
《西游记》不消说了，满是神仙鬼怪，《金瓶梅》被郑振铎称为"赤
裸裸的绝对的人情描写"的"伟大的写实小说"，但最后一回也
有冤魂孽鬼转世超生之类不经之谈；《红楼梦》也有一僧一道、
太虚幻境、马道婆、金呀玉呀之类描写。戏曲五大名剧中《琵琶
记》赵五娘筑坟有山神、土地差阴兵相助的描写，《牡丹亭》有花
神、鬼魂、判官的描写，《长生殿》有"仙圆"描写，《桃花扇》"入
道"一出也有鬼魂出现。只有《西厢记》是完全写实，它只是取
材于人间的故事，按人情物理细细写来，不写超人，不写传奇英
雄，写吃人间烟火的普普通通的人，写他们真实而生动细腻的心
理，他们的喜怒哀乐，这便是直面人生。张岱《答袁箨庵》中评
《西厢记》说："布帛菽粟之中自有许多滋味，咀嚼不尽。传之永
远，愈久愈新，愈淡愈远。"谁见过吃五谷杂粮吃腻的？这是《西
厢记》具有永久生命力的一个原因。

在人们都沉浸在戏剧一本四折的元代，王实甫竟然创作了
五本二十折的《西厢记》！这种庞大的结构不仅在杂剧中是首
创，据杨栋《元曲起源考古研究》，它还早于《永乐大典》中所收
的南戏《张协状元》。这种破天荒式的创造，为中国戏曲敷衍长
篇故事、表现丰富内容做出了开疆拓土的贡献。通过交错发展
的双线结构写出波澜起伏的戏剧情节；打破了一本戏由一个脚
色独唱的限制，不仅一本戏里不同脚色都可以唱，甚至同一折中
不同的脚色都可以上场、都可以唱。第一本戏是张生主唱，第四

折里张生、莺莺都有唱;第二本第一、第三、第四折为莺莺唱,楔子为惠明唱,第二折为红娘唱;第四本第一折张生唱,第二折红娘唱,第三折莺莺唱,第四折张生、莺莺都唱;第五本第一折莺莺唱,第二折张生唱,第三折红娘唱,第四折张生、红娘、莺莺都唱。剧中主要人物上场不受限制,又都可以唱,展开剧情、刻画人物灵活,这又是对元杂剧主唱脚色分配体制的一种突破和发展,丰富了元杂剧的表现手段。元杂剧叙事每苦匆促,无蕴蓄徊翔的馀地;描写也苦于草率,不能尽量地展施着作者的才情;布局也为了这,而少有曲折幽邃的局面。《西厢记》改变了这种状况。一部五本二十折的大戏,剧作家创造性地在前四本戏的末尾,于套曲之外,又加了〔络丝娘煞尾〕的曲子预示后面的剧情,对戏剧情节起着上下勾连、使戏剧完整的作用;又有吸引人们继续看下去的作用。如第一本之"则为你闭月羞花相貌,少不得翦草除根大小",第二本之"不争惹恨牵情斗引,少不得废寝忘餐病症",第三本之"因今宵传言送语,看明日携云握雨",第四本之"都则为一官半职,阻隔得千山万水",与说唱文学中的"欲知后事如何,且听下回分解"相似而有开创之功。这也使《西厢记》既具有南戏展开冲突曲折尽情、使用歌唱灵活的特点,又具有北杂剧结构严谨精炼、以唱抒情淋漓尽致的特点,是元代集南北剧之长于一身的唯一杰作,所以胡应麟说"独戏文《西厢》作祖"、"《西厢》为传奇冠"。王季烈说"已开传奇之先声"。如此细腻的恋爱描写不仅同时期剧本中没有,后世传奇中也少见。其人物之生动在古代戏剧中前无古人后无来者。吕效平说它是中国古典戏曲中唯一一部"同时实现东西方美学理想"(《文学遗产》2002年6期)的作品。

张琦《衡曲麈谭》说丽曲之最胜者"以王实甫《西厢》压

卷"，吴梅论《王实甫西厢记》说它"以蕴藉婉丽，易元人粗鄙之风"，像"蝶粉轻沾飞絮雪，燕泥香惹落花尘"，"系春心情短柳丝长，隔花阴人远天涯近"，"碧云天，黄花地，西风紧，北雁南飞。晓来谁染霜林醉？总是离人泪"等等，难怪贾宝玉说"你若看了，连饭也不想吃"，黛玉则"但觉词句警人，馀香满口"。这是语言上的独树一帜。

《西厢记》的艺术成就赢得了历代读者的赞赏。臧晋叔《元曲选序》说《西厢记》"不可增减一字，故为诸曲之冠"，是从情节和语言精练着眼的。王世贞《曲藻》则认为"北曲故当以《西厢》压卷"，是从文辞之美着眼的。陈继儒说得极为形象生动："《西厢》、《琵琶》譬之画图：《西厢》是一幅着色牡丹，《琵琶》是一幅水墨梅花；《西厢》是一幅艳妆美人，《琵琶》是一幅白衣大士。"（毛声山《琵琶记第七才子书·前贤评语》）从风格学角度着眼，对《西厢记》与《琵琶记》进行了比较。既是戏曲创作家又是戏曲理论家的李渔看法冷静而全面："吾于古曲之中，取其全本不懈，多瑜鲜瑕者，惟《西厢》能之。"既肯定了《西厢记》"天下夺魁"的地位，也指出其小有不足。比如第二本楔子中，白马将军杜确出场后的道白，大谈兵书，又全文念出张生的求救信，既太冗长，又无涉剧情，就不够精练。

总觉得是一本新书:《西厢记》的历史地位

说到《西厢记》就不能不说说所谓"元曲四大家"里为什么没有王实甫？有人据此认为元人明初人对其评价不高，明中后期才大为改观。其实这种理解是不对的。所谓"四大家"之说，始见于周德清《中原音韵·自序》：

> 乐府之盛，之备，之难，莫如今时。其盛，则自搢绅及闾阎歌咏者众；其备，则自关、郑、白、马，一新制作，韵共守自然之音，字能通天下之语，字畅语俊，韵促音调；观其所述，曰忠曰孝，有补于世。其难，则有六字三韵："忽听，一声，猛惊"是也。

《中原音韵》乃音韵之书，并非对戏剧作家进行全面评价的著作；其所谓"乐府"，主要指散曲之小令，而非杂剧；四人并提乃举例式，并非专有名词，至明嘉靖间人何良俊《四友斋丛说·词曲》始变四人为"四大家"，为专指的名词。周氏所言"之盛"，指元曲被社会普遍接受，上自士大夫下至百姓，歌咏者众；"之备"的关郑白马，讲了几方面：内容，语言，曲调，韵律。"之难"则以《西厢记》第一本第三折〔麻郎儿〕的〔幺篇〕为例，这是就填曲的难度说的。那么，"难"，要不要"韵守自然之音，字能通天下之语，字畅语俊、韵促音调"？要不要"有补于世"？当然要！这是前提，否则还谈得到难不难的问题吗？王实甫之"难"，是在前述诸标准上的"难"，也即是更高的要求标准。明代中后期围绕《西厢记》的评价问题，产生过一场时间很长的激烈论争，这与对周德清所谓"四大家"的理解有很大关系。为了证明所言不诬，还可以举出两个例子。从创作实践看，元代至少有14种杂剧提到了《西厢记》。"四大家"中白朴《东墙记》结构与《西厢记》全同，王季烈早已指出过；郑光祖《㑇梅香》"全剽《西厢》"、"如一本小《西厢》"，王世贞、梁廷枏也早已言明。在理论上，贾仲明〔凌波仙〕吊曲称王实甫"士林中等辈伏低"，"《西厢记》天下夺魁"。吊曲作于明初，但贾氏在元代生活了二十五年，明初禁戏，士大夫耻于留心词曲，足见其结论当是据元人眼光评价的,足证周德清对王实甫的评价绝非置于"四大家"之下。

由于美则受人喜爱,由于爱故能传播。《西厢记》的传播有两个途径:一为演出,一为刊刻。

戏剧创作的目的当然是为演出,演出的多少标志着受人喜爱的程度。在中国古典戏剧里,《西厢记》是演出历史最长、也最多的作品,至今不衰。古代之演唱,已有多种研究专著问世;当代之演出,京剧、昆曲、越剧、豫剧等舞台上,《西厢记》仍是深受观众喜爱的剧目,2011 年 7 月份在法国举行的世界三大戏剧节之一的阿维尼翁戏剧节上,就上演了上海戏剧学院与法国黑橡树剧院合作排演的话剧《西厢记》(2011 年 9 月 9 日《文艺报》),还有了音乐剧《摇滚西厢》。

人情人性决定了即使是道学端士也看《西厢记》,只是偷偷看而不公开看,只许自己看而不许别人看。于是"几于家置一编,人怀一箧",产生了压制不住的影响。这种影响是从《西厢记》诞生之日的元代就开始了的。刊刻传播是表现之一。《西厢记》的刻本之多也为古代戏曲之最。由于元刻本失传,仅明清两代(1840 年以前),据不完全统计就有 151 种,其中明刊本56 种,清刊本 95 种,甚至有僧众刊行、尼庵收藏的《西厢记》(见1983 年 9 月 27 日《光明日报》)、寺庙四壁画《西厢记》(焦循《剧说》引《谈芬》);近代以来,《西厢记》的整理注释本,在古代戏曲中也是最多的。最早的刊本《新编校正西厢记》仅存 4 页,分卷不分折,当为明初刊本,也有人认为是元末刊本。现存最完整的最早刊本是北京金台岳家书坊于弘治十一年(1498)刊刻的《新刊大字魁本全相参增奇妙注释西厢记》(弘治本),五卷二十一折;上图下文,有注释,有不少相关故事和题咏之类的附录。

明天启间朱墨套印本、凌濛初校注的《西厢记五剧》被学界认为是现存古代《西厢记》刊本中最切合元杂剧体制的刻本。全剧五本,本有本名,每本四折,第一折前有一楔子,每本第四折后有题目正名,正名的最后一句为该本之名。剧中脚色用元杂剧中行当称谓为正末、正旦类。王国维《戏曲散论》称其为《西厢记》刻本中"世号为最善者",流传广,影响也大。清顺治年间,金圣叹《贯华堂第六才子书西厢记》是清代最为流行、最有影响的本子,其原因不在于金氏的校正《西厢记》本文,而在于他对《西厢记》的评论。金氏对原作增删改动大,要确定其底本,殊非易事,虽然有学者作过考辨,但也很难令人无疑。倒是他的评论和评点却是在古代戏曲理论中最具深度的。与李渔《闲情偶寄》相较,李氏是学曲、学剧之津梁,而金氏则为曲学剧学之探讨,虽然金批有"以文律曲"之嫌,但戏剧本来就是文学之一种,是叙事文学与抒情文学融合而生的第三种文学,这是中外学界之共识。明清时期的评点本今存三十余种,分为不同系统,其间关系也非常复杂,这里就不多说了。

《西厢记》的思想和艺术也影响了后世文学艺术,成为作家新的营养成分,影响普遍,也持久。说唱文学、八股文等姑且不论,单以名著为例。《金瓶梅》,据伏涤修统计,明显受《西厢记》影响的地方达33处之多。《牡丹亭》,汤显祖所倡之情与《西厢记》有所不同,但汤氏乃是在对王实甫继承基础上的时代发展则是毫无疑问的。《惊梦》出杜丽娘就明白说了出来;汤氏"四梦"中都可以看出《西厢记》的精神血脉。《红楼梦》,曹雪芹在七回书里都提到了《西厢记》,第二十三回《西厢记妙词通戏语,牡丹亭艳曲警芳心》实际上是曹雪芹读《西厢记》的感受。汤显祖、曹雪芹二公自己承认受了王实甫的影响,从这个意义上说,如果没有《西厢记》，就不会有《牡丹亭》和《红楼梦》，起码《牡丹亭》和《红楼梦》就不会是今天我们所见到的面貌了。

此则《西厢记》影响之大要。至于思想主旨之传承、艺术手法之化用、情节场面之借鉴、词汇语言之模拟等等，有的是明显因袭套用，更多的则是润物无声。且不仅是言情类作品，即使是写朴刀杆棒、绿林草莽之英雄传奇小说《水浒传》，第四十五回潘巧云祭夫的法事场面，也可看出《西厢记》中"闹斋"的影子；神魔小说《西游记》，用相反相成手法塑造猪八戒、孙悟空形象，这种艺术手法却是王实甫开的先河（在莺莺、红娘形象上体现得最为明显）。《西厢记》里早已把"通过书中人物的视角来帮助写景、描写人物的方式"运用得炉火纯青了，而在说部，明代的《金瓶梅》才开始运用，而且还比较幼稚。这些丰富多彩的艺术手法，足资其他文体所借鉴。王实甫的艺匠经营对中国文学艺术的贡献，远不止戏曲一个领域，《西厢记》是当之无愧的文学经典。

《西厢记》的影响也已经越出了国界，成为世界人民的共同财富，日本、朝鲜、英、美、法、俄等均有译本。美国大百科全书称其为"以无与伦比的华丽的文笔写成的，全剧表现着一种罕见的美"。可见深受世界人民的赞赏。可谓沾溉人心，泽及中外，迄今未艾。

文学是一切艺术之母。文学的涵盖面比较广，但其精神，或者说文学的灵魂是对现实世界的人文关怀，它是社会的良心，而不是为什么人服务的工具。一部作品如果不涵蕴悲天悯人的博大胸怀，就不配称为优秀文学，至少算不上伟大的文学。王实甫用他的艺术之犁耕耘着人们的心田，他播下的，是诗一样美的爱情的种子，也是没有族群之分的普世大爱，产生着千古不衰的艺术魅力,每读一次都会有新的收获,都是一次新的美感享受。借用法国人安德烈·纪德评论司汤达《巴马修道院》的话说,就是:"每次重读,总觉得是一本新书。"

我们讲古,但不能复古,开历史的倒车是没有出路的。我想用鲁迅早期著作《摩罗诗力说》的话作为结束:"夫国民发展,功虽在于怀古,然其怀也,思理朗然,如鉴明镜,时时上征,时时反顾,时时进光明之长途,时时念辉煌之旧有,故其新者日新,而其古亦不死。若不知所以然,漫夸耀以自悦,则长夜之始,即在斯时。"古人创造的文化庄严伟大,但如不与今人的呼吸相通,除了供怀古把玩之外,有什么值得留给子孙呢?

最后我想说,我主张读经典,但读古不是复古,昔日的辉煌不说明今日之先进;继往的目的在于开来。我们不能做阿Q——我们的祖先阔多了!

(2011年10月16日在国家图书馆
古籍馆公开课上的讲演)